한국고전문학의 원류 탐색

김명희

서울사대부고를 졸업하고 서강대학교 국어국문학과를 마친 후 동국대학교 국어국문과 대학원에서 석사학
위와 박사학위를 취득하였다.

경력사항으로는 혜원여고 교사를 역임하고 강원대학교, 경기대학교, 동국대학교에서 강사를 역임했다.

현재 강남대학교 국어국문학 전공 교수로 재직중이다.

주요 저서로는 《허난설헌의 문학》《문학과 달과 여인》《옛 문학의 비평적 시각》《소설헌 허경란의 시와 문
학》《허부인 난설헌 시 새로 읽기》 주요 공저에 《조선시대 여성 한문학》 등이 있고, 주요 논문으로는 〈난설
헌과 소설헌 시에 나타난 서왕모〉〈허난설헌 문학의 환생시학〉〈소설헌 허경란 연구〉〈허난설헌과 신사임당
의 모성성 연구〉 등 다수가 있다.

한국고전문학의 원류 탐색

1판 1쇄 인쇄 2010년 02월 15일
1판 1쇄 발행 2010년 02월 25일

지은이 김명희
펴낸이 서채윤
펴낸곳 채륜
표지·본문디자인 Design窓 (66605700@hanmail.net)

등록 2007년 6월 25일(제25100-2007-000025호)
주소 서울 광진구 군자동 229
대표전화 02-6080-8778 | **팩스** 02-6080-0707
E-mail chaeryunbook@naver.com

한국 고전문학의 원류 탐색

김명희 지음

채륜
CHAE RYUN

한국고전문학의 원류 탐색을 내면서

논문을 한 편 한 편 낼 때마다 산고를 겪고, 그 아픔이 결실을 맺어 완성된 작품이 되어 내 손으로 다시 돌아올 때 뿌듯함과 성취감은 이루 말할 수 없다. 그러나, 그런 작품들을 슬쩍 건너뛰며 읽고는 곧 망각의 늪에 빠진다. 산고의 악몽에서 벗어나고 싶어 일부러 잊은 척 한다. 그런 논문이 흩어져 있어 기억 속에서 조차 아물아물 할 때 한 권의 단행본으로 엮어야 할 필요성을 느껴 새로 꺼내 교정보고 편집하기에 이르렀다.

제1부 고전시가의 의식 편에서는 주로 시가 문학에 중요 제재로 쓰이는 성과 문학, 신선문학, 인물 형상들에 대해 살펴보았다. 고전시가에 리얼하게 묘사된 성에 대해 서강대 후배들과 섹슈얼리티 책 읽기, 토의하기, 한국문학에 접목하기 등을 통해 성과 문학에 대해 탐색을 시도하였다. 그 결과가 고전시가에 나타난 섹슈얼리티다. 이어서 시가 문학에 주로 쓰인 신선들과 시조 문학에 투영된 인물형상에 대해 고찰하였다. 우리 선조들은 어떤 인물들을 문학이라는 형식에 투영했는가를 알아내는 것이 목적이다. 문학에 나타난 인물들은 어떤 이미지의 제재들이었는가가 탐색의 요인이 되었다.

제2부 작가의 탐색 편에서는 허균과 매창, 서영수합과 홍유한당의 대비를 통한 작가들의 시문학의 원형 탐색을 시도하였다. 허균과 매창의 우정어린 사랑과 작품들, 서영수합의 모성에 가득찬 시작품과 딸 홍유한당과의 작품 비교를 통한 모녀의 연대감이 그것이다. 허난설헌 시에 있어서는 유선사 작품의 원천인 신선문학, 그중에서도 신

선이라 자처하고 살았던 허난설헌에게 있어서 여신선들의 정체는 어떤 존재였을까에 시선을 둔 채 작품분석을 통해 여신선과 허난설헌의 관계를 찾아내었다. 남성시인 특히 풍류시인 김립에 있어서는 아무도 다루지 않은 〈김립과 여성〉이라는 주제로 김립이 살아가는 데 꼭 필요했던 여성과의 사랑, 리얼한 애정행각, 김립이 바라본 서민 여성관을 통해 김립의 인생관까지 파악할 수 있었다.

제3부에 고전문학의 원류 편에서는 한시를 공부하는 사람들이 꼭 한 번은 짚고 넘어가야 하는 시 창작법인 〈여암의 시칙〉에 대해 연구하였다. 한시 공부는 중국의 시를 먼저 이해하는 데서 출발했으므로 한유, 이백, 백낙천의 시를 예시로 여암이 주장하는 시의 원류를 고찰하였다.

마지막으로 우리가 신선세계를 이야기할 때 흔히 사용하는 용어인 '봉래'가 중국 연태성에 있다는 데에 착안하여 그곳을 탐방하며 자료를 모아 연구하였다. 한국 고전문학 전반에 깔려 있는 봉래와 신선 섬에 대해 중국의 각종 자료를 통해 진시황제, 한무제와의 봉래설화관계와 서왕모의 신화, 소동파, 천후여신의 전설 그리고, 팔선과 봉래섬 명칭에 이르기까지 다양한 고찰을 통해 한국 고전문학에 배경이 되는 봉래 신화와 전설에 대해 망라해 보았다.

이로써 평생을 허난설헌이라는 인물과 시를 가지고 탐구하면서 파생되는 의문점들을 하나하나 파 헤집고 보니 '신선이란 무엇인가'에 봉착하게 되고 신선을 알고자 하니 봉래섬에 대해 알아야 했고 봉래를 알고자하니 중국 신선들에 대해 원류 탐색을 해야 했다. 또한, 한시를 이해하자니 시의 창작 법을 알아야 했고, 시 창작 법을 알자니 중국의 한시를 먼저 고구(考究)해야 했다. 그러한 원류 고찰에 의해 시가문학과 시작가론 등 다양한 시각으로 한국 고전문학의 원류 탐색을 할 수 있었다.

따로따로 집필된 논문이지만 원류는 시 창작법과 제재로 많이 쓰인 신선사상에 대해 끊임없이 탐구한 결과 물 들이다. 그 탐색은 아직도 진행 중이지만 이제까지의 논문을 모아 엮어내고자 한다.

요즈음 출판계가 매우 어려운 상황인데도 불구하고 출간을 맡은 채륜과 편집을 본인이 하겠다고 스스로 나선 용인대 강사 김효림 제자가 고맙고 고마울 따름이다.

2009년 11월 초겨울에 경천관에서

一蘭 金 明 姬 씀

제3부
고전문학의 원류

제1부
고전시가의 의식

◎ 고전시가에 나타난 섹슈얼리티
◎ 시조문학과 신선
◎ 사설시조의 인물 형상고

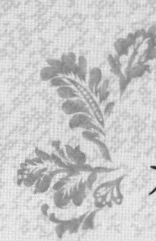

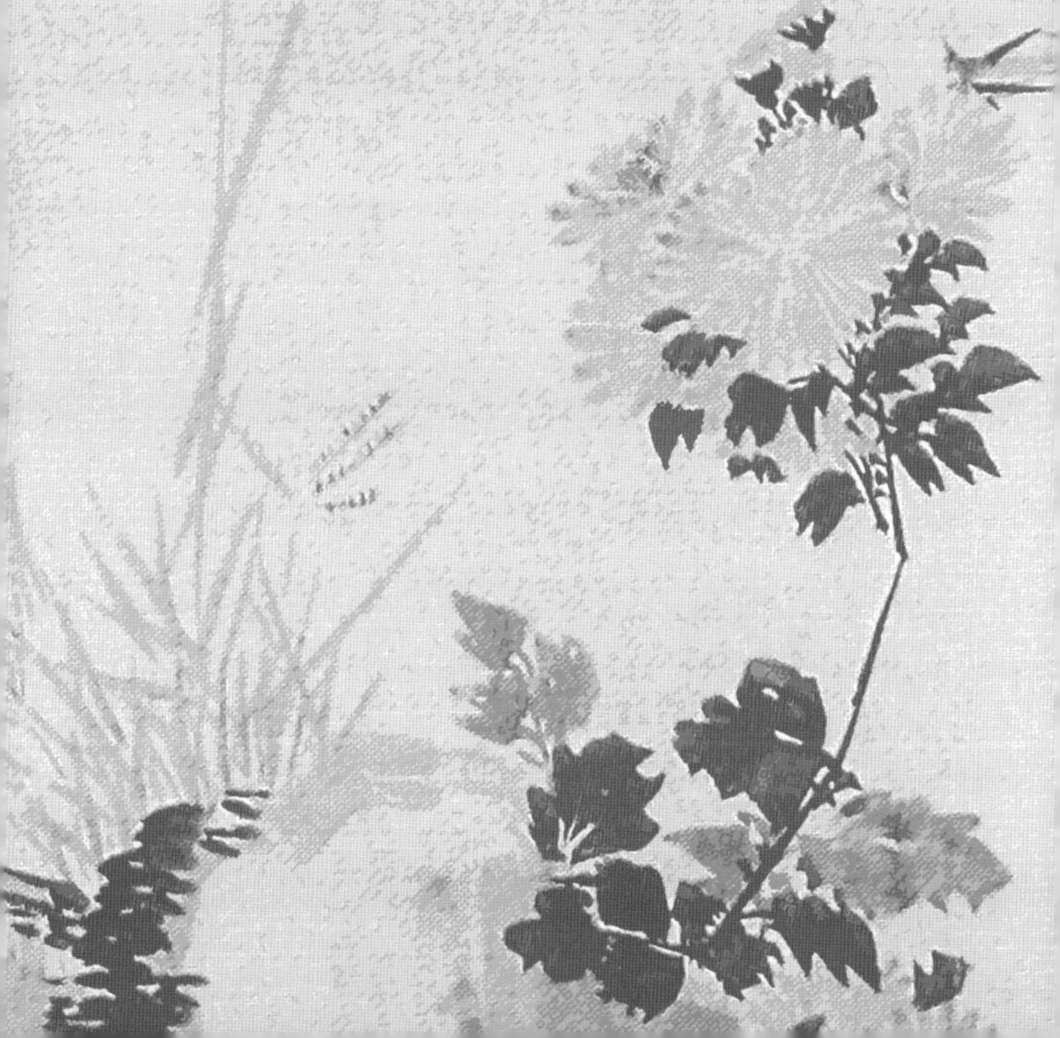

고전시가에 나타난 섹슈얼리티

1. 남자다움과 여자다움

　남자다움과 여자다움의 사회적 조건인 성별(gender)과 육체적인 쾌락과 욕망을 영유하려는 방식인 성(sexuality)은 불가분(不可分)하게 연관되어 있다. 인간은 성이 가장 근원적이고 자연적이라는 환상에 빠지곤 한다. 그리고 남녀의 성적 본성이 근본적으로 다르다는 관념은 매우 강력한 것이다. 성의 경우 유별나게 남성과 여성의 성적 차이를 근본으로 삼았다. 남성은 여성에 비해 본성적으로 성적 충동이 강하다고 여기는 차별적 인식이 여성에 대한 남성의 성적 지배를 정당화시켰다.[1]

　사회란 여러 가지 제도, 신념, 습관, 이데올로기, 사회적 실천의 복

1　뤼스 이리가라이, 박정오역, 『나, 너, 우리』, 동문선, 1996, 47~52면.

잡한 그물망으로 이루어졌다. 성은 바로 그 같은 다양한 사회적 관계에 의해 구성된다. 또한 계급적, 지리적, 인종적 환경의 차이에 따라 남성성과 여성성은 상이한 사실을 의미하게 된다. 우리는 시대에 따라 다른 방식으로 성적 분할을 행한다. 이런 분할은 남성과 여성으로 나누어진다. 우리 문학은 이러한 남성다움과 그 지배에 예속되어 있는 여성다움의 성차(性差)를 줄곧 인식하여 왔다. 본 논의는 일차적으로 이러한 성차에 따른 성욕이 어떠한 양상으로 표출되는가를 고전시가를 통해 밝히는 데 목적을 둔다.

우리 문학사에서 성의 문제를 전면적으로 다룬 작품은 강희맹의 《촌담해이》나 송세림의 《어면순》 등 사대부들이 편찬한 소화집에서 처음으로 나타난다. 이러한 소화집은 남녀관계에 대한 다양하고 직설적인 내용을 담고 있다. 비록 소화집이 사대부들의 순수한 창작물이 아니고 민간에서 떠도는 이야기의 채록이라고 할지라도, 사대부들이 성 문제를 표면화하고 있다는 점에서 주목해 볼 만한 가치가 있다.

조선조에서 성 표현은 한 마디로 음사(淫辭) 혹은 음사(陰詞)로 폄하되었다. 어두운 말, 음탕한 노래, 곧 드러내서는 안 되는 것으로 간주된 것이다. 그래서 한국시사에서 성욕과 에로스는 애정의 문제로 순치되어 나타난다. 이런 애정의 범주에 드는 작품으로는 애틋한 부부애를 다루고 있는 〈공무도하가〉와 〈황조가〉, 그리고 보다 노골적으로 성(性)을 쟁취하고자 하는 〈서동요〉가 그 기원을 이룬다.

선화공주 님은

늄 그즈지 얼어두고

맛둥방을

바밀 몰 안고 가다

〈서동요〉는 백제 무왕이 서동이었을 때 선화공주를 쟁취하기 위해 쓴 참요다. 그런데 그 내용이 성적(性的)이다. 즉 '남몰래 서방을 얻어 두고는 밤마다 몰래 안고 간다'라는 적나라함은 문학에 나타난 최초의 성문학이라고 할 수 있다. 그 후 고려가요에 이르러서는 이런 노골적인 성 표현이 그 농도로 보나 문학적인 가치로 보나 한국시가 사상 가장 전성기를 구가하게 된다. 〈만전춘〉, 〈이상곡〉, 〈동동〉, 〈쌍화점〉 등에서 찾아볼 수 있는 여성의 노골적인 성 표현은 고려사회의 전반적인 부패와 권력층의 무능, 그리고 서민들의 당당함에서 기인한다. 고려사회의 전반적인 퇴폐적 분위기가 성욕의 노골화를 부추겼다고 볼 수 있다.

그러나 조선조의 가부장적인 유교이념 아래에서 성은 금기의 대상으로 전환된다. 조선조 사람들의 성은 겹겹이 입는 옷 속에 감추어져 드러나지 않는다. 조선 중기까지 도덕적인 이데올로기가 지배하는 사회, 정치, 문화 속에서 성은 은밀하게 숨겨져 왔다. 조선조 중기에 이르러서야 그동안 감춰져 있던 성은 기녀를 통해서 은밀히 드러나기 시작했다. 그 후 임진왜란과 병자호란을 겪으면서 가부장적 이데올로기가 위축되고, 중인 및 승려 계층과 서민들의 목소리가 높아짐에 따라 성적 표현이 자유로워지고 노골화된다.

2. 고려가요와 성 평등

고려가요는 우리 선인들이 남겨 놓은 귀중한 문학적 유산으로서, 고려인들의 자유분방한 성에 대한 진솔한 표현이 돋보이는 시가다. 본 논의에서는 조선조의 유학자들에 의해 외설적이라고 폄하되었던, 이른바 '남녀상열지사'에 해당하는 고려가요 가운데 〈쌍화점〉, 〈만전춘〉, 〈이상곡〉을 대상으로 그 작품들에 나타난 성 의식을 살펴보고자 한다.

먼저 〈쌍화점〉은 황음(荒淫)에 극했던 고려 후기의 사회상을 잘 반영하는 작품으로서 성애의 표현이 노골적으로 나타난다.

쌍화점(雙花店)에 쌍화(雙花)사라 가고신딘

회회(回回)아비 내손모글 주여이다

이 말ᄉᆞ미 이 점(店) 밧긔 나명들명

다로러거디러 죠고맛감 삿기광대 네 마리라 호리라

더러둥셩 다리러디러 다리러디러 다로러거디러 다로러

그 자리예 나도 자라 가리라

위 위 다로러거디러 다로러

그 잔ᄃᆡ ᄀᆞ티 덦거츠니 업다

삼장사(三藏寺)애 브를 혀라 가고신딘

그 뎔 사주(社主)ㅣ 내 손모글 주여이다

이 말ᄉᆞ미 이 뎔 밧긔 나명들명

다로러거디러 죠고맛간 삿기 상좌(上座)ㅣ 네 마리라 호리라

(생략)

드레우므레 므를 길라 가고신된

우믓용(龍)이 내 손모글 주여이다
이 말스미 이 우믈 밧씌 나명들명
다로러거디러 죠고맛간 드리바가 네 마리라 호리라
(생략)

술폴 지븨 수를 사라 가고신된
그 짓아비 내 손모글 주여이다
이 말스미 이집밧씌 나명들명
다로러거디러 죠고맛간 싀구바가 네 마리라 호리라
 (생략)

　위의 작품은 충렬왕 때 오잠(吳潛), 김원상(金元祥)[2] 등이 신성(新聲)
이라 하여 기녀들에게 가르친 노래로 육체적인 욕정과 성관계가 주요
모티브다. 남의 이목을 두려워하지 않는 적나라한 성애가 두드러지고
있다. 고려의 어린 소녀들이 회회아비인 색목인들과의 성희를 즐긴다.
여기서 고려 여성은 회회아비의 성적 욕구의 대상이 아니라, '나도 자
러 가리라'에서 확인할 수 있는 것처럼 여성들 자신이 성적 욕구를 적
극적이고 능동적으로 표명하는 주체로 등장한다.

2　최미정, 「쌍화점의 해석」, 『한국문학의 쟁점』, 집문당, 1986, 251면.

이와 같이 여성의 능동적인 성적 욕구는 삼장사 주지와의 밀애를 통해서도 이루어지고 있다. 성적으로 금욕(禁慾)을 요구받는 사주가 내 손목을 쥐고 함께 자러 간다. 뿐만 아니라 제3연에서는 우뭇용으로 비유된 군왕을 정사의 대상[3]으로 등장시키기까지 한다. 즉 애욕의 대상이 고려사회의 전 지배계층에 해당하는 회회아비, 삼장사 주지 등 군왕에서부터 부와 권력을 소유한, 특수계층과는 거리가 먼 서민계층의 술집주인에 이르기까지 총망라되고 있을 만큼 성욕을 긍정적으로 바라 본 고려인들의 성애 의식을 알 수 있다. 성애를 즐긴 여성의 노래나 그 노래를 듣고 성적 충동에 공감하며 함께 희구하는 여성 청자들의 모습, 그리고 '나며 들며 소문을 퍼뜨리는 사람 모두 성욕의 충족을 희구하는 의식이 같다'라는 것에서 보편화된 성 의식이 사회 전반에 깔려 있다는 것을 인지할 수 있다.

〈쌍화점〉을 역사적 문맥에서 떼어놓고 볼 때, 이 작품은 자신의 감정에 충실한 한 여인이 자신이 찾아갔던 공간에서 생긴 교류 및 관계 맺음을 아무런 거리낌 없이 다른 여인에게 자랑하고 그것을 들은 다른 여인 역시 적극적으로 이에 동조하며 부러워하는 태도를 보이는 것을 반복적으로 진술함으로써 성욕을 긍정하고 추구하는 고려사회의 자유분방한 성 의식을 드러낸다.[4]

고려사회는 남녀의 정사에만 골몰하는 퇴폐적인 향락의 풍조가 만연했던 것 같다. 임금이나 귀족과 서민을 막론하고 황음(荒淫), 염정, 패륜에 빠져서 혼란스러웠던 사회에서 유녀(遊女)나 자색이 뛰어난 여인들이 총애를 받기에 이르렀다. 너 나 할 것 없이 명기(名妓)가

---

3 위의 책, 259면.
4 강석중, 「쌍화점 소고」, 『한국고전시가 작품론』1, 집문당, 1992, 313~320면.

되고 유녀가 되어 스스로를 즐기며 살았던 고려 여인들에게 〈만전
춘〉은 대단히 인기가 있는 곡조였을 것이다.

어름우희 댓닙자리 보와 님과 나와 어러주글망뎡
어름우희 댓닙자리 보와 님과 나와 어러주글망뎡
정(情)둔 오ᄂᆞᆯ밤 더듸 새오시라 더듸 새오시라

경경고침상(耿耿孤枕上)애 어느 ᄌᆞ미 오리오
서창(西窓)을 여러ᄒᆞ니 도화(桃花) ᅵ 발(發)ᄒᆞ두다
도화(桃花)ᄂᆞ 시름업서 소춘풍(笑春風)ᄒᆞᄂᆞ다 소춘풍(笑春風)
ᄒᆞᄂᆞ다

넉시라도 님을 ᄒᆞᆫ듸 녀닛景 너기다니
넉시라도 님을 ᄒᆞᆫ듸 녀닛景 너기다니
벼기시더니 뉘러시니잇가 뉘러시니잇가

올하 올하 아련 비올하
여흘란 어듸 두고 소해 자라온다
소콧 얼면 여흘도 됴ᄒᆞ니 여흘도 됴ᄒᆞ니

남산(南山)에 자리보와 옥산(玉山)을 버여 누어
금수산(錦繡山) 니블안해 사향(麝香)각시 아나 누어
남산(南山)에 자리보와 옥산(玉山)을 버여 누어
금수산(錦繡山) 니블안해 사향(麝香)각시를 아나 누어

약(藥)든 가슴을 맛초옵사이다 맛초압사이다

아소 님아 원대평생(遠代平生)애 여힐술 모르옵새

〈만전춘〉의 화자는 얼음 위에 댓잎자리를 깔아 만든 잠자리 위에서 서방과 내가 얼어 죽을망정 정든 오늘밤이 더디 새기를 바란다. 그것은 죽음을 무릅쓰고서라도 성희를 즐기겠다는 고려 여인의 진솔하다 못해 치열한 성교 의식의 단적인 표현이다. 남산에 자리를 보와 옥산(玉山)을 베고 누워서 금수산 이불아래에서 예쁜 각시와 가슴을 맞추자고 노래하는 5연의 적나라한 성희 묘사는 상당히 대범하다.

고려사회는 처첩의 사회였다. '여흘과 소'의 갈등은 한 남자를 두고 처와 첩의 성희의 나눔이 문제가 되는 것이다. '소콧 얼면 여흘로 오라'는 남성에의 권유가 극히 자연스럽다. 성애의 나눔도 자연스러운 발로였을까. 이처럼 뜨거운 성애가 차가운 얼음 위에서 이루어지고 죽음조차 불사되는 에로스적 의식, 무한대의 시간을 임과 함께 하고 싶다는 욕망의 카타르시스와 함께, 독수공방의 처참함 속에서 비웃음을 당하는 여인의 고독이 표출된다.

복숭아꽃, 그것은 여인의 요염한 자태를 상징한다. 화자는 고독한 시간을 보내며 잠을 이루지 못하는데 요염한 한 여인은 임과 함께 밤을 지새우고 있는 것이다. 그러나 소(沼)가 얼면 여흘로 와서 즐기자고 권유하고, 그 임과 함께 한 이불 아래에서 가슴을 맞추며 즐기고자 하는, 원대평생의 소원처럼 헤어지지 말고 영원히 즐기며 살자는, 봄 뜰에 가득한 연정의식이 물씬 풍기는 노래가 〈만전춘〉이다.

이 시의 서정적 자아를 유녀로 못 박을 필요는 없다.[5] 고려사회에서 성의 특징은 누구나 드러낼 수 있는 진솔한 감정으로 보편화되어 있다는 것이다. 따라서 〈만전춘〉은 고려인의 그 같은 자유분방한 성을 에워싼 문화, 관습, 제도가 고스란히 녹아 있는 작품이라고 할 수 있다. 적어도 고려사회에서는 성차(性差)에 따른 어떠한 성 의식도 존재하지 않았다고 볼 수 있다. 여성이나 남성이나 같은 욕구로, 사랑을 전제로, 육체로 이루어 내는 성교와 정신으로 달성해 내는 사랑의 통합체인 에로스를 구가했다고 본다.

마지막 작품으로 〈이상곡〉은 작자·연대 미상의 노래로 《악장가사》를 비롯하여 《악학변고(樂學便考)》, 《대악후보(大樂後譜)》 등에는 실려 있으나 고려 속악에 대한 중요 문헌인 《고려사악지》나 《악학궤범》 등의 문헌에는 그 명칭이나 내용에 대한 기록이 전혀 없다. 그러나 《세종실록》에서는 속악으로, 《성종실록》에서는 가사가 개산(改刪)되어, 《경국대전》에서는 악곡으로 소개되고 있다.[6] 이 작품은 〈서경별곡〉, 〈쌍화점〉과 마찬가지로 '남녀상열지사'라 하여 배척당했지만 위의 예시된 작품에 비해 음란함은 덜하다는 평가다.

비오다가 개야아 눈하 디신 나래
서린 석석사리 조븐 곱도신 길헤
다롱디우서 마득사리 마두너즈세 너우지
잠 싸간 내 니믈 너겨
깃든 열명길헤 자라 오리잇가
죵죵벽력(霹靂) 아 생(生) 함타무간(陷墮無間)

5 성현경, 「만전춘 별사」, 『한국고전시가 작품론』1, 집문당, 1992, 327면.
6 박을수, 『한국시가문학사』, 아세아문화사, 1997, 95~97면.

고대셔 싀여딜 내 모미

죵죵벽력(霹靂) 아 생(生) 함타무간(陷墮無間)

고대셔 싀여딜 내 모미

내 님 두옵고 년 뫼룰 거로리

이러쳐 뎌러쳐

이러쳐 뎌러쳐 기약(期約)이잇가

아소 님하 흔 딕 녀젓 기약(期約)이이다[7]

〈이상곡〉은 비교적 짧은 형식으로 양식사적인 측면에서 볼 때 향가의 잔존 형태에 민요적 요소가 가미된 노래다. 이 작품은 남편을 여읜 청상(靑孀)의 번민(煩悶)과 아울러 유혹에 대한 저항, 그리고 간절한 여인의 마음으로 짜여 있다. 절조(絕調)는 남녀상열지사로 되어 있으나 죽어서도 임과 함께 하겠다는 기약이 시적 주제가 되고 있는 것으로 보아 위의 두 편의 노래와는 품격이 다른, 남녀의 애정의식을 엿보게 하는 노래라고 하겠다.

그 외의 작품 〈동동〉에서도 고려여인인 화자는 동짓달 추위에도 아랑곳하지 않고 봉당 자리에 한삼(汗衫)을 덮고 눕는다. '어름 우희 댓닙자리'와 같이 봉당의 차디찬 공간에서 추위를 사랑으로 녹이는 열정을 노래하고 있는 점이 고려가요에 나타난 남녀상열의 현상이다.

이와 같이 고려 여인들에게는 사랑의 열정이 있었고 애욕을 충족시키려는 적극적인 시도가 있었다. 성욕을 감추려고 하지 않고 오히려 적극적으로 자기 안에 끌어들여 본능적인 삶을 향유하고자 했던

---

7 《악장가사》

것이다. 그들에게 성은 추하지도 천하지도 않은, 누구나 똑같이 지닌 인간의 본성으로 간주된다. 그러므로 고려시가에는 여성이나 남성이나 성에 있어서만큼은 평등하였다.

3. 시조 문학과 섹슈얼리티

조선사회는 근본적으로 일부일처제 사회로 가부장제적 가족 질서가 존재했다. 혼인은 가문과 가문의 결합이라는 의미를 지녔다. 여성의 개가(改嫁)나 중혼(重婚)은 금지됐다. 반면 남성의 경우 사족 출신 여자를 첩으로 삼는 것은 군주 외에는 불가능했지만 평민과 천민을 첩으로 삼는 것은 가능했다.[8]

내외법(內外法)이 엄격했던 조선조 사회에서 부부는 손님처럼 공경하고, 동지로서 존중하고, 남성은 의리로 여성은 공손(恭遜)으로 답하는 등 남성과 여성의 차별화가 보편화되었다. 그 같은 가족 질서는 성을 규제함으로써 강화되고 유지될 수 있었다. 물론 그 규제의 대상은 여성에게만 국한되었다. 여성은 성욕의 능동적인 주체로서가 아니라 단지 남성의 성적 욕구의 대상으로서 존재했다. 여성의 성은 제한되고 부정된다. 물론 전통적인 사회에서도 열정적인 사랑은 존재했다. 전통적인 사회에서 존재했던 사랑의 유형은 네 가지로 제시할 수 있다.

첫째 유형은 부부이기 때문에 서로 존중해야 한다는 의무와 책임이 강조되는 애정 관계로서 나타나는데, 이런 유형은 여성화자들이

---

8 박광용, 「조선후기 여성의 사회적 지위에 대한 시론」, 『성평등 연구』3집, 1999, 137~143면.

쓴 한시에서 쉽게 확인할 수 있다. 둘째 유형은 부모의 명에 의해 결혼했지만 진정으로 사랑하게 되는 행복한 윤리적 사랑의 유형으로서 고전소설에 많이 나타난다. 셋째는 혼전의 열정적인 사랑의 유형으로서 이 역시 고전소설에 빈번하게 나타난다. 넷째는 혼후(婚後)나 혼외(婚外)라는 사랑의 유형으로 시조와 사설시조에서 형상화되고 있다. 물론 이 혼외(婚外) 사랑은 남자에게는 풍류로, 여성에게는 용서받지 못할 죄악으로 이중적인 도덕적 판단이 적용되었다.[9]

문학은 사회적으로 통제되고 억압된 성욕을 드러낸다. 특히 사설시조는 고려가요와 같이 생활 감정, 남녀상열지사라고 일컬어질 만큼 자유분방한 애욕의 욕구와 경험을 진술하게 표출한다. 사설시조의 이와 같은 특징을 고정옥은 "영욕의 기탄(忌憚)없는 영발"이라고 평가했는데, 긍정적으로 보면 솔직한 표현이고 부정적으로 보면 비속한 표현이다.

조선사회에서 성은 금기시되고 은폐되었다. 그러나 기녀시조와 사설시조에서는 바로 그 같은 금기와 은폐의 대상인 성을 담론화시킨다. 본 장에서는 성담론의 문학적 형태라 할 수 있는 시조 장르를 대상으로 그에 나타난 성 형태의 양상을 고찰하고자 한다.

1) 기녀와 사대부와의 성희(性戱)

전통적으로 가부장제 사회에서 부여하는 여성성이 어머니·아내·애인으로서의 용모, 성격, 태도라면, 남성성은 부양자·가장으로서의

---

9 함은선, 「중국 고대 문학에 나타난 사랑」, 『전통과 사회』13, 2000, 96~111면.

성격, 용모, 태도 등으로 정의할 수 있다. 가부장적 문화가 구성하는 젠더 이미지에서 여성은 이타적, 허영성, 자상함, 순종적, 수동적, 감성적, 관계 중심적이고, 남성은 능동적, 결단력, 추진력, 적극성, 합리적, 이성적, 성취 지향적으로 이미지화 되고 있다.[10] 지나치게 단순 이분법으로 되어 있는 구조다. 그러한 이분법이 존재하던 조선조 사회에서 유일하게 제외 될 수 있었던 신분이 기녀들이었다. 먼저 조선시대 사랑 이데올로기가 어떻게 형상화되고 있는지를 다음 작품에서 찾아볼 수 있다.

> ㉮ 스랑이 엇더터냐 둥그더냐 모나더냐
> 기더냐 자르더냐 밟고 남아 자힐러냐
> ㅎ그리 긴 줄은 모로디 ᄭᅳᆺ 간듸를 몰닉라[11]

> ㉯ 사랑(思郎)이 어인 거시 삭 나며 옴 돗ᄂᆞᆫ다
> 장안(長安) 백만가(百萬家)에 너추러도 지건제고
> 아모리 풀려 ᄒᆞ여도 못다 풀가 ᄒᆞ노라[12]

> ㉰ 스랑 스랑 고고이 미친 사랑 왼 바다를 두루 덥는 그물 ᄀᆞᆺ치
>   미친 스랑
> 왕십리 답십리라 츱의 너출 슈박 너출 얼거지고 트러져서
> 골골이 버더 가는 스랑

---

10 이선옥, 「로맨스 서사와 젠더」, 『문학과 사회』, 문학과 교육 연구회, 2000, 겨울, 51~53면.
11 이조한(李明漢), 《악학습령》 191.
12 《영언유초》 101.

아마도 이 님의 ᄉ랑은 ᄀ 업슨가 ᄒ노라[13]

　㉣ 내 사랑(思郞) 님 주지 말고 님의 사랑(思郞) 탐(貪)치 마소

　　우리 두 사랑(思郞)에 잡사랑(雜思郞) 행(幸)혀 섯길식라

　　일생(一生)에 이 사랑(思郞) 가지고 괴야 슬녀 하노라[14]

사랑이라는 개념이 다채롭다. 사랑이라는 단어가 성교를 포함하는 용어[15]라고 할 때 위의 사랑은 다분히 개념적이다.

㉮에서는 사랑의 모양에 대해 논하고 있다. 둥근 모양인지 모난 모양인지 긴지 짧은 형태인지 모르나 아무튼 끝을 알 수 없다는 무한대의 사랑[16]을 노래하고 있다.

㉯에서는 사랑은 삯이 나고 움이 트며 온 나라 백성에게 다 넘쳐나는 것인데 결국 사랑이 무엇인가를 풀려 하지만 못 다 풀고 있다는 잡히지 않는 사랑관념이다.

㉰에서는 그물 같은 사랑이어서 온 바다를 두루 덮을 수 있다. 이 것은 애정의 넓은 폭을 이야기하고 있다. 골골이 안가는 데 없이 퍼져가는 사랑의 가없음은 아마도 남녀 간의 애정, 부모의 사랑 등 어떤 사랑의 형태에도 들어맞는다.

㉣에서는 내 사랑도 남 주지 말고 그렇다고 남의 사랑도 탐내지 말라는 투에서 매우 여유를 부린다. 일생에 한 사랑만 가지고 살았으면

---

13 박문욱(朴文郁),《악학습령》 948.

14 《악학습령》 1020.

15 오생근·윤혜준 공편,『성과 사회』, 나남사, 1998, 35면.

16 고미숙,「19세기 시조의 전개 양상과 그 작품 세계 연구」, 고려대 박사학위 논문, 1993, 46~47면.

하는 바람도 잊지 않는다.

기녀들은 사랑에 대한 본질적인 사고를 지니고 살아야 하는 상대이다. 누구나 성관계를 원하면 거리낌 없이 해야 하고 또는 자신이 상대를 찾아 나서는 일을 서슴지 않고 해야 하는 위치에 선 필요악적인 존재였다. 조선조 시대에서 기녀들은 정규교육을 받아 엘리트 계층으로 자리 잡으면서, 성에 대한 자유도 만끽할 수 있었던 특수한 위치에 있다. 양반들은 너 나 할 것 없이 기생첩을 두었고 관가에 속한 기생들은 관직으로 부임하는 수령들에게 의무적으로 수청을 들어야 했다. 어느 누구에게도 구속되지 않고 정절을 목숨과 동일시하였던 조선조 여성들과는 달리 자유로운 성애를 즐기며 생활하였다. 따라서 이별의 슬픔도 수없이 겪어야 하는 기생이기도 하지만 대신 성희도 자유롭게 즐길 수 있었기 때문에 주로 양반층의 사대부들과 수작하며 부르는 시조창을 즐겼다.

양반 계층 속에서도 서인의 우두머리였고 한시를 출중하게 잘 쓰고 한글 문학에 대가인 송강 정철이 기생과의 놀음에서는 얼마나 질펀하게 성희를 즐기는지 짐작할 수 있는 시가 있다. 먼저 강계의 기생이며 송강의 기생첩이었던 진옥의 시조다. 대정치가인 정철이 적소 생활에 대한 울분을 달래기 위해 기생첩을 두고 술로 세월을 보낼 때의 풍류이다.

철(鐵)이 철(鐵)이라커늘 섭철(鐵)만 너겨써니
이제야 보아ᄒᆞ니 정철(正鐵)일시 분명하다
내게 골블무 잇더니 뇌겨 볼가 ᄒᆞ노라[17]

---

17 《근화악부》 389.

송강 정철을 유혹하고자 하는 노래다. 철(鐵)의 종류를 이야기한 후 정철(正鐵)이라 할지라도 여인의 생식기인 '골블무'로 녹일 수 있다는 것이다. 정치가이며 문학인인 당대의 풍류를 자랑하던 정철이 일개 기생의 성희에 대해서는 여지없이 무너지며 동조하는 시조창에 대한 답가다.

옥(玉)을 옥(玉)이라커늘 번옥(燔玉)만 너겨더니
이제야 보아하니 진옥(眞玉)일시 젹실ᄒ다
내게 술송곳 잇던이 ᄯᅮ러볼가 ᄒ노라[18]

송강이 번옥(燔玉)이라 함은 모근옥이라는 뜻이고 진옥(眞玉)은 번옥에 대해 참옥을 뜻하니 기녀 진옥을 가리키는 것이다. '살송곳'은 살(肉)송곳으로 송강의 성기며 그것으로 참 옥(玉)으로 된 진옥의 성기를 뚫을 수 있다는 장담이다. 또한 철은 정철(正鐵)이며 역시 정철(鄭撤)과 동음이의어(同音異義語)다. 정철도 '살송곳'을 가진 평범한 남성임에 틀림없다. 그 송곳으로 진옥(眞玉) 기녀와의 동침을 하고 싶다는 성적 욕망의 표출이다. 송곳이라는 남성의 성기와 골풀무라는 여인의 풍만한 성기로 대칭 되어 나타난다. 실제 송강의 첩 진옥은 유머가 있으며 자신의 처지를 십분 이해하고 있는 여인으로 송강과의 관계를 유지하고 있었던 것이다. 후에 송강이 한양으로 올라갈 때 함께 가기를 권했으나 진옥이 거절하고 강계에서 혼자 살며 송강과의 인연을 되새기며 나날을 보냈다는 기록으로 보아 기녀들의 '한정된 공간'

---

18 《근화악부》 391.

에서만 허락되었던 사랑놀이다.

풍류객으로 임제를 빼고는 이야기 할 수 없다. 풍류객인 임제와 선조 때의 평강 기생이었던 한우의 성희(性戱)가 또한 양반들의 성에 대한 노골적인 풍류를 알게 한다.

북천(北天)이 묽다커늘 우장(雨裝)업시 길을 나니
산(山)에는 눈이 오고 들에는 춘비로다
오늘은 춘비 마자시니 얼어 잘까 ᄒ노라[19]

어이 얼어 자리 므스일 얼어 자리
원앙침(鴛鴦枕)을 비취금(翡翠衾)을 어듸 두고 얼어 자리
오늘은 춘비 마자시니 녹아 잘까 ᄒ노라[20]

이 시조는 수사의 솜씨가 뛰어나다. 찬비는 기생 이름인 한우(寒雨)라는 이름을 은유화 했고 임제는 찬비에 비유된 한우를 찾아 시로써 여유와 풍류를 즐긴다. '찬 이불 속에서 혼자서 주무시렵니까, 저와 함께 따뜻하게 주무십시오.'라는 뜨겁고도 은근한 권유가 양반 계층으로 대변되는 임제의 애정행각을 그나마도 유화시켜주고 있다. 양반의 도덕적인 체면에 손상 가지 않게 하는 한우와 기녀의 기지가 돋보이는 시다. 임제는 대과에 급제하여 잠시 벼슬에 나갔으나 당시 선비들이 동서(東西)로 싸우는 당쟁을 개탄하고는 명산을 순례하며 시와 음주로 여생을 보낸 호방한 사람이다. 이런 임제가 한우에게 수작

---

19 《병와가곡집》 197.
20 《교주 해동가요》 141.

을 걸고 그 수작에 대한 한우의 답가가 이루어진다. 낭만적인 에로티 시즘이라 할 수 있다. 원래 에로틱이라 함은 터부와 제한에서 벗어나는 것을 뜻한다. 인간은 원래 단절된 존재이기 때문에 타인들과의 육체와의 접촉이 닫혀 있고 타인과 깊이 교제할 수 없는 폐쇄적인 존재다. 에로틱한 만남을 할 때 순간적이나마 단절과 유한성이 깨진다. 어떤 사람의 육체는 타인에게 응하여 그 벽을 깨고 타인의 성기에 들어간다. 이렇듯 벌거벗는 행동은 우리에게 음란한 느낌을 주며 외설은 그들 자신의 육체를 지속적으로 긍정적인 신분의 소유를 어지럽히는 행위다.

에로티시즘이 죽을 때까지 삶을 긍정적으로 보는 것[21]이라면 그것은 기녀들의 삶과 문학에서 나타나는 한 요인이라고 본다. 기녀들은 긍정적으로 자신의 임무이기도 한 성을 방편으로 남성의 성적 충동·성적 욕구를 훌륭하게 채워주는 역할을 담당했다. 그들은 자신의 육체를 활짝 열어 조선시대 때 금기된 성의 문화를 주도해 나간 특수한 계층이기도 하다.

위의 두 시를 통해 양반들의 성희에 대한 감각을 엿볼 수 있었다. 풍류를 앞세운 낭만이 있어 직설적이지 않은 은유적인 성애(性愛)이나 그래도 도덕을 앞세운 사대부들이고 보면 역시 파격적인 음설이라고 할 수 있다.[22] 따라서 조선조 사대부들의 이중생활을 기녀 시조를 통해서 엿볼 수 있었다. 낮에는 도덕군자요, 밤에는 성적 욕구를 쫓는 성적(性的)인 남성으로 살아가야 했던 조선조 사대부들의 면모라 할 수 있다. 반면에 기녀들은 양반들과의 포괄적인 교류를 통한 성행

---

21 피터 브룩스, 이봉지·한애경 옮김, 『육체와 예술』, 문학과 지성사, 2000, 502~503면.
22 김명희, 『옛문학의 비평적 시각』, 태학사, 1997, 155~185면.

위를 자유자재로 할 수 있었고, 더 나아가 몸과 마음이 하나가 되는 성적 사랑을 추구하고자 했다.

2) 사설시조의 성욕(性慾) 유형

(1) 사연(邪戀)과 매매춘(賣買春)의 장면화

사설시조에서는 성욕(性慾)을 추구하고자 하는 노래들이 산재해 있다. 너 나 할 것 없이 성행위와 성적 욕망에 가득 찬 노래를 부르는데 이것은 조선조 가부장제 권력이라는 명분을 뒤흔드는 것이었다. 이미 사설시조에 나타난 성 의식을 본다면 이미 가부장제란 허울뿐인 이념임을 가늠하게 한다. 그만큼 대담하고 솔직하고, 진솔하다 못해 상스럽기까지 한 노래들이 불려왔다는 것이다. 남성은 성적 충동을 이기지 못하는 성적 동물이고 여성은 정숙한 존재이므로 부드러움, 섬세함으로 애정이 넘치는 낭만적인 여성으로 그려져 왔던 성 차별화된 고정관념이 얼마나 허황된 것임을 여실히 드러낸다. 먼저, 부정된 성의 행위와 매매춘에 대한 노래를 고찰하고자 한다.

> 니르랴 보자 니르랴 보자 내 아니 니르랴 네 남진 ᄃᆞ려
> 거즛 거스로 물 깃ᄂᆞᆫ 체하고 통으란 나리워 우물 전에 노코 쏘
> 아리 버서 통조지에 걸고 건너 집 쟈근 김서방(金書房)을 눈기
> 야 불너 내여 두 손목 마조 덥셕 쥐고 슈즌 슉덕 ᄒᆞ다가셔 삼밧
> 트로 드러가셔 무ᄉᆞ 일 ᄒᆞᄂᆞᆫ지 즌 삼은 쓰러지고 굴근 삼대 ᄉᆞᆽ
> 만 나마 우즑우즑 ᄒᆞ더라 하고 내 아니 니르랴 네 남진 ᄃᆞ려
> 져 아희 입이 보다라와 거즛말 마라스라 우리ᄂᆞᆫ 마을 지어미라

밥 먹고 놀기 하 심심ㅎ여 실삼 킈러 갓더니라[23]

불륜의 현장을 목격한 '아희'의 협박으로 시작된다. 불륜을 저지른 여성 화자에게 남편에게 이르겠다고 윽박지르면서 자기가 직접 본 성희 장면을 중장에서 이야기하고 있다. 아희의 언술을 통해서 부도덕한 한 여인의 행실에 대한 비난과 그것에 대한 변명이 실감나게 제시되고 있다. 물을 길러간 아낙이 건너 집 '쟈근 김서방'인 외간 남자와 삼밭에서 부정한 정사를 벌이는 행위를 목도한 아희의 진술을 통해 비행의 성행위가 사실적으로 드러나고 있다. 비행을 저지른 여인이 작은 서방과의 삼밭에서 이루어진 성행위가 구체적으로 묘사되고 있다는 점에서 조선조 여인들의 노골적인 성 의식을 엿보게 한다. 여성 화자가 남성을 유혹했다는 것이 명백히 드러나고 있다는 점에서 여성이 적극적으로 성욕을 충족시키고자 하는 주체 인물임에 틀림없다. 남녀 간의 사랑을 폐쇄적으로 다루었던 시대에도 부정한 애정 행각이 도처에서 이루어졌음을 미루어 짐작하게 하는 시다. 다만 성의 문제를 다루는데 있어 풍자와 은유를 쓰고 있다는 점에서 직설에서 시선을 바꾸는 효과를 거두고 있다. 억압되었던 성의 문제가 인간의 본원적인 욕구의 해방이라는 측면에서 다루어지고 있다는 긍정적인 효과도 있다. 언제까지 숨길 수만은 없었던 성적 관계이다. 이런 성을 구체적으로 육욕(肉慾)에 불타는 노래로 묘사한 시들이 다수 있다.

조선조가 내세웠던 유교적 도덕관 역시 인간의 본성을 통제하지는 못하는 것 같다. 그런가하면 사설시조에는 몸을 파는 여인, 주탕, 서

---

23 《병가》 2297.

방질 잘하는 퉁기, 여기(女妓) 등이 실제로 성을 바탕으로 생계를 유지하는 노래[24] 사설이 나오는 것으로 보아 조선조 후기에 이르면 고려조와 마찬가지로 성의 문란이 상당했던 것 같다. 조선조에 있어서 성은 철저하게 이중적인 잣대로 재어야만 하는 시대로 접어든 것이다. 표면적으로 여성에게는 여전히 유교 이데올로기에서 정절을 지켜야 하는 열녀문화권이면서 이면적으로는 매매춘이 스스럼없이 자행되었던 사회가 아니었나 한다.

> 재너머 막덕(莫德)의 어마네 막덕(莫德)이 존랑 마라
> 내 품에 드러셔 돌겟줌 자다가 니 골고 코 고올고 오줌 쓰고 방
> 기(放氣) 쒸니 춤 盟誓개지 모진 내 맛기 하 즈즐호다 어셔 드
> 려 니거라 막덕(莫德)의 어마
> 막덕(莫德)의 어미년 내두라 발명(發明)호야 니르되 우리의 아
> 기 똘이 고림증(症) 빈아리와 잇다감 제 병(病) 밧긔 녀나믄 잡
> 병(雜病)은 어려셔브터 업노니[25]

막덕이를 데리고 사는 한 남성의 고발이다. 장모격인 막덕 어미에게 막덕이가 잠버릇이 험하고 냄새가 심해 지긋지긋하니 데리고 가라고 한다. 그러니까 막덕이 어미가 '자기 막내딸이 고림증과 배알이는 있었는데 그 밖의 다른 질병은 없다'라는 변명을 통해 막덕이가 문란한 성생활로 인해 성병인 임질에 걸렸다는 것을 드러내어 희극적인 요소를 가미한다. 막덕 모녀는 성을 도구 삼아 생활해 가고 있는 여인

---

24 김명희, 「사설시조의 인물 형상고」, 『시조학 논총』 제16집, 한국시조학회, 2000. 130~132면.
25 《악학습령》 995.

들이었을 것이고, 조선조 근엄한 시대에도 하층민에게는 임질이라는 무서운 성병이 성행했음을 입증하게 한다. 그런가하면 향반인 사람들이 낙향하여 기생들과 성관계를 하며 세월을 보내는 내용으로 된 시조도 여럿 된다. 양반층의 인물로는 김약정, 손약정, 이봉헌, 우당장, 남권롱, 조당장 등 여러 명이 한 기생을 데리고 노는 장면을 연출한다.

> 손약정(孫約定)은 점심(點心)을 츠리고 이풍헌(李風憲)은 주효(酒肴)를 중만ㅎ소
> 거문고 가야금(伽倻琴) 해금(奚琴) 비파(琵琶) 적(笛) 필륨(觱篥) 장고(杖鼓) 무고(巫鼓) 공인(工人)으란 우당장(禹堂掌)이 드려오시
> 글짓고 노릭 부르기와 여기화간(女妓花看)으란 내 드 담당(擔當) 옴식[26]

조선조 향촌사회에서 향약의 임원인 약정과 향소직의 하나인 풍헌, 서원에 속한 당장 같이 관직이라 할 것도 없는 명예직 같은 임원들이 유흥을 준비하는 과정에서 각기 점심, 주효, 악공, 기생을 분담하게 되는데 그중에서 시적 화자인 나는 글 짓고 노래하고 기생과 유희를 즐기는 일은 자신이 하겠다는 해학적인 요소가 가미된 것이다.[27] 기생과의 육체관계는 내가 담당하겠다는 역할분담이 '성관계'라는 것이어서 그들이 유흥을 통해 집단적인 성희도 즐겼을 것이라는 추측

---

26 《악학습령》 984.
27 김명희, 앞의 논문, 같은 면.

도 가능하다.

(2) 파계승의 파행적 성적(性的) 행각

파계승이 많이 나타난 사회적 배경은 숭유억불 정책으로 인한 영
향으로 불교의 위상이 약화되면서부터다. 조선 후기 승려들은 잡역
에 시달리는 잡부의 역할까지 해야 했던 경멸과 천시의 대상이었다.
그들은 시장으로 내려와 여자들과 놀아나면서 재물을 축적하는 가
장 속된 인물로 그려진다. 그러한 파계승들의 노래가 사설시조라는
장르를 통해 많이 불렸다는 사실은 우연이 아니다. 필연적인 조선 후
기 도덕의 파괴 현상이 얼마나 심화되었는가를 여실히 보여준다.

㉮ 어흠아 긔 뉘옵신고 건넌 불당(佛堂)에 동영승(動鈴僧)이 내
올너니
홀 거사(居土) 홀로 ㅈ옵는 방안에 무스것 ㅎ랴 와 겨오신고
홀 거사(居士)님 노감토이 버서 거난 말 겻틔 내 곳갈 버서
걸너 왓노라[28]

㉯ 장삼(長衫)쁘더 중의(中衣) 적삼(赤衫) 짓고 염주(念珠) 글너
당나귀 밀치 ㅎ시
석왕세계(釋王世界) 극락세계(極樂世界) 관세음보살(觀世音
菩薩) 나무아미타불(南無阿彌陀佛) 십년(十年) 공부(工夫)도 네
갈듸로 니거스라

---

28 《병가》 1986.

밤중(中)만 암거사(居士) 품에 드니 염불경(念佛景)이 업세라[29]

㉰ 놈도 사름인양 하야 자고 가니 그립득고

중의 송낙 베옵고 내 쪽도리란 즁놈 베고 즁놈의 장삼(長衫)은 나 덥습고 내 치마란 즁놈 덥고 자다가 찍야 보니 둘의 사랑(思郞)이 송낙으로 ᄒᆞ나 쪽도리로 담북

이튼날 ᄒᆞ던 일 생각(生覺)ᄒᆞ니 못 니즐가 하노라[30]

㉱ 창(窓) 밧게 긔 뉘오신고 소승(小僧)이올소이다

어제 저녁의 동영(動鈴)ᄒᆞ랴 왓던 즁이 올너니 각씨(閣氏)님 자는 방(房) 쪽도리 버서 거ᄂᆞᆫ 말 겻틱 이ᄂᆡ 쇼리 송낙을 걸고 가자 왓소

져 즁아 걸기ᄂᆞᆫ 걸고 갈지라도 후(後)ㅅ 말이나 업게 ᄒᆞ여라[31]

㉲ 듕과 승과 만첩산중(萬疊山中)에 맛나 어드러로 가오 어드러로 오시ᄂᆞᆫ게

산(山) 죠코 믈 죠흔듸 곳갈씨름 부쳐보오 두 곳갈이 흔듸 다하 너푼너푼 ᄒᆞᄂᆞᆫ 양(樣)은 백목단(白牧丹) 두 퍼귀가 춘풍(春風)에 흥(興)을 계워 흔들흔들 휘드러져 넘노ᄂᆞᆫ 듯

암아도 공산(空山)에 이 씰음은 즁과 승(僧) 둘 쑌이라[32]

---

29 《청구》514.
30 《청구》552.
31 《악학습령》937.
32 박문욱, 《청요》74.

ⓑ ……전략

　　남이셔 즁이라 하여도 밤즁(中)만 ᄒᆞ여셔 옥(玉)ᄀᆞᆺ튼 가슴

우희 슈박 ᄀᆞᆺ튼 머리를 둥굴 썰썰 썰썰 둥굴 둘궁둥실 둥굴러

긔여 올라 올져긔ᄂᆞᆫ 내사 죠해 즁 서방(書房)이[33]

파계한 중의 음란한 성행위의 여세가 분명히 담겨져 있다. 여말(麗末)이후 조선조에 이르기까지 수도승들의 풍기, 문란(紊亂)이 시적 제재가 되고 있는 것이다.

ⓐ는 홀거사(비구승)와 동령승(비구니승)의 대화를 통한 은근한 성의 문제를 다루고 있다. 동령승이 홀거사 자는 방을 침입하여 수작을 떠는 것이다. 물론 홀거사 방에 자러 들어가는 동령승을 홀거사가 다 알면서도 너스레로 물어보는 해학이 들어 있는 파계승들의 성희를 다루고 있다. 이들 승려의 성적 비행은 비판의 대상이 아닌 흥미의 대상, 조롱의 대상이었고 당대 불교 폐해나 승려들의 타락상을 짚어낼 수 있다고 한다.[34]

ⓒ의 시조에서도 홀거사 방에 밤마다 자러 들어가는 중이 나무아미타불이라는 염불에는 전혀 관심이 없고 오직 밤마다 성희를 즐기는 재미에 푹 빠져 있는 성욕으로 가득한 중을 만날 수 있을 뿐이다.

ⓓ에 나타난 사설에도 화자가 여성인데 중과 하룻밤을 지내고 난 후 중을 계율을 지켜야 하는 승려가 아닌 성욕의 대상인 한 남성으로 묘사하고 있다. 그 여인은 지난밤에 치른 성희가 즐거워 잊을 수 없다

---

33 《청구》 577.
34 민찬, 「파계승 사설시조의 유흥적 단면」, 『백영 정병욱 선생 10주기 추모 논문집』, 집문당, 1995, 840~841면.

는 고백적인 토로[35]를 통해 다시 그 시간을 그리워하는 적극적인 성애의식을 표출했다.

㉣의 시조에서도 자러 들어오는 중에게 하는 한 여인의 말이 스스럼이 없게 느껴져 자연스럽게 성을 누려왔던 조선조 여인들의 성 의식을 보게 된다. 누구냐고 물어보니 동령승이란다. 중에게 이르는 말이 자고는 가되 홋 말이나 없게 하라는 여인네의 담론이 에로틱하다.

㉤의 박문욱 작품에서는 여승과 남승이 첩첩산중에서 만나 성희를 즐기는 것을 희화하고 있다. 또한 쾌락에 젖어 성희를 즐기는 장면은 '두 곳갈이 한듸 다하 너픈너픈 하는 양은 백목단 두 퍼귀가 춘풍에 휘도는 듯하다.'는 비유된 묘사를 통한 성 장면이어서 여승과 남승의 성 놀이가 자연스럽게 느껴질 정도다.

㉥의 시조에서도 남이야 중이라 비웃건만 나 여성인 화자는 '밤중만 되면 중의 옥 같은 가슴을 내 가슴 위에 올려놓고 수박 같이 빡빡깎은 머리가 둥실 둥실 기여 올라 올 때, 그래서 나와 함께 밤새 쾌락을 쫓는 중이 나는 좋아 죽겠다.'는 중과의 성적 욕망을 마음껏 누리는 여성화자의 만족스러운 성적 쾌락에 대한 고백의 담론이다.

이처럼 중들의 파계에 대한 시조에서 비구승과 비구니승과의 관계, 비구승과 창녀와의 관계, 비구승과 속세 여인과의 관계 등으로 나타난다. 조선조 시대에 불교의 타락은 승려의 타락으로 이어져 중은 종교의 포교를 하는 구원자로서의 존재가 아닌 성희를 즐기며 살았던 일탈된 존재임을 극명하게 보여준다. 불교 신앙으로 민중을 포교하여 구제하겠다는 정신은 없어지고 모두 향락에만 빠져 생활하는

---

35 김명희, 앞의 논문, 154면.

속인으로서의 승려 모습만 볼 수 있을 뿐이다. 신경숙은 그들 중은 시정인과 다를 바 없는 속성을 지닌 채 살아갔던 사람들이어서 계율과는 거리가 멀었다고 한다.[36] 조선조 후기에 중들의 성적 행각은 서민보다 더 리얼하게 즐기지 않았었나 한다.

(3) 남근(penis)의 은유와 과장(誇張)

여성이 남성의 성적 능력을 재고 성기를 과감하게 은유하여 표출하고 있는 시조가 있다. '조선조의 노래가 틀림이 없는가.'라고 의심이 들 정도로 드러냄이 대담하다.

㉮ 고대광실(高臺廣室) 나는 마다 금의(錦衣) 옥식(玉食) 더욱 슬타

은금보화(銀金寶貨) 노비(奴婢) 전택(田宅) 비단치마 대단(大緞)장옷 밀화주(蜜花酒) 겻칼 자적향직(紫的鄉織) 져구리 쁜머리 석웅황(石雄黃) 오로다 꿈자리 굿고

진실(眞實)로 나의 평생(平生) 원ᄒ기는 글 잘ᄒ고 말 잘ᄒ고 얼골개쟈ᄒ고 픔ᄌ리 잘ᄒ는 져믄 서방(書房)인가 하노라[37]

㉯ 석숭(石崇)의 누거만재(累巨萬財)와 두목지(杜牧之)의 귤만거풍채(橘滿車風采)라도

밤일을 홀적의 제 연장 영성(零星)ᄒ면 쉼자리만 자리라 긔

---

36 신경숙,「初期 辭說時調의 性인식과 市井的 삶의 수용」,『한국문화 논총』16집, 1995, 201~221면.

37 《청구》 559.

무서시 귀(貴)할소냐

　　빈한(貧寒)코 풍도(風度)ㅣ 매몰(埋沒)할지라도 제 거시 무
하여 내 것과 여합부절(如合不節) 곳하면 긔 내님인가 하노라[38]

　㉮의 시조에서 여성으로 설정된 화자는 남성의 기준을 재물도 아
니고 인물도 아닌 오로지 성기의 기능을 제 일로 삼는다는 성 본능의
여성이다. 물질적인 것을 나열하면서 여성의 성에 대한 가치관이 어
떻게 변모되고 있는가를 보여 주고 있다. 금은보화 훌륭한 옷 다 필요
없고 여성이 원하는 최고의 남성상은 글 잘하고 말 잘하고 얼굴 반반
하고 밤중에 품자리 잘하는 젊은 서방이다. 요사이도 젊고 잘 생긴
얼굴에 글솜씨 말솜씨까지 있으면 뭇 여성이 좋아하는 세태와 다를
바가 없는 것이어서 받아들이기에 충격적이다. 조선조 신분사회에서
여성이 원하는 것이 높은 신분도 아니고 경제적인 능력도 아니라는
것은 신분 제도의 파괴 현상이라고 본다. 다만 성적으로 매력이 있는
외양적인 요소만을 들고 있는 것이다. 더 나아가 성적 욕구를 충족시
켜 줄 수 있는 성적 능력이 있는 남성이라면 더 이상 바랄 것이 없다.
남성의 능력 중에 육체적인 성관계의 중요성이 부각되는 사회로의 전
이 현상을 볼 수 있다. 따라서 여성화자는 구체적이고도 직설적으로
남성을 평가하려고 한다.

　㉯의 작품에서도 재물로 이름난 석숭과 문장으로 이름난 두목지
등이 부러운 존재가 아니다. 오직 밤일만을 잘하는, 말하자면 성관
계에서 여성인 나를 충분히 만족시켜주는 남성이면 족하다는 것이

---

38 《청진》 546.

다. 비록 그런 남성이 빈한하고 얼굴이 잘 생기지 못할지라도 나의 성
적 욕구를 충분히 채워 줄 수 있는 자라면 그런 님이 '바로 내가 원하
는 님'이며 '최고의 남성'인 것이다. ㉯의 시조에서는 ㉮의 시조에서 가
치로 인정받던 외양적(外樣的)인 것까지도 상관이 없다고 하여 남성성
의 제일 순위가 성 욕구를 충족시키는가 아닌가에 달려 있다고 강조
한다. 이처럼 남성에 대한 가치기준이 달라지고 있음을 사설시조를
통해 알 수 있다. 유교 이데올로기 속에서는 도저히 일어날 수 없었던
'개인에 대한 진정한 삶이 무엇인가'에 대한 새로운 의식이 창출되면
서 성을 이해하고, 성욕을 바라는 여성의 시선을 감지할 수 있다. 기존
의 이데올로기에 대한 반발과 경멸로 이어지는 여성들의 개성적인 삶
의 연출로 이어진 개성 본능에 대한 욕구 의식이 성관계, 성애의식으
로 이어진다고 본다. 성(性)이 조선조에서는 절대로 드러낼 수 없는 것
이어서 은유적 표현이 다양하게 표출되는 것이 한 특징이기도 하다.

㉰ 각씨(閣氏)네 외밤이 오려논이 두던 놉고 물 만코 듸지고 거
지다 흔 데
병작(竝作)을 부대 쥬려 ᄒ거든 연장 묘한 날이나 주소
진실(眞實)노 날을 내여 줄작시면 가뢰 들고 씨지어 볼가 하
노라[39]

㉱ 내 쇼시랑 일허ᄇ린지 오늘 조츳 춘 삼년(三年)이 오려니
전전퇴퇴 문젼ᄒ니 각씨(閣氏)늬 방안의 셔 잇드라 ᄒ되

---

39 《해동》 563.

가지(柯枝)란 니 쎠여 쓸지라도 ᄌ루 드릴 구멍이나 보내소[40]

　㈎ 얽고 검고 킈 구렛나롯 그것조차 길고 넙다

　　쟘지 아닌 놈 밤마다 빈에 올라 죠고만 구멍에 큰 연장 너허

　두고 흘근 홀제ᄂ 애정(愛情)은 크니와 태산(泰山)이 덥누르ᄂ

　듯 준 방기(放氣)소릐에 젓먹던 힘이 다 쓰이노미라

　　아모나 이놈을 ᄃ려다가 백년동주(百年同住)ᄒ고 영영(永

　永) 아니온들 어닉 개쏠년이 싀앗새옴 ᄒ리오[41]

　위의 작품들에서 성기의 비유는 대담하다. ㈎의 작품은 '각시네 외따로 떨어져 있는 논이 굉장히 좋은데 굳이 소작을 주려면 연장 좋은 것을 나에게 주시오, 또 진실로 나에게 줄 것 같으면 가래 들고 씨지어 볼까 한다.'라는 전반적인 은유로 표현하고 있다. 여기에서 연장 가래는 남성의 성기를 암시하며 '씨지어 볼가 하노라'는 구체적인 육체의 결합을 암시하고 있다.

　㈏의 작품에서도 '쇼시랑'은 남성의 성기를 암시하며 구멍은 여성의 성기를 암시하는 은유적 표현이다. 성기의 비유를 통한 솔직한 본능의 욕구를 나타내고 있다.

　㈎에서도 그와 동침한 '남자의 성기가 매우 길고 넓고 젊지도 않은 놈이 밤마다 배에 올라 조그만 구멍에 연장을 넣어 두고 흘근흘근 할 적에 애정은 고사하고 태산이 누르는 듯 젖 먹던 힘까지 다 쓰인다.'라는 성행위의 묘사에 성기 비유로 해서 매우 비속하게 느껴지는 작

---

40 《악학습령》 809.

41 《청구》 569.

품으로 전락한다. 상말로 털어놓은 상황인데 역시 성기의 묘사가 구체성을 띤 은유라 은어의 속성[42]을 지니고 있기도 하다.

농경을 주로 하던 조선조라서 성기의 은유도 농구를 쓰고 있다. 이 외에도 싸리비, 잇비, 방망이, 홍두깨, 두레박 등으로 남성의 성기를 은유화하고 있다.[43] 이처럼 사설시조의 한 특질인 직설적인 언술이 주는 의미는 대단하다. 그런가 하면 시조에 나타난 성행위의 묘사를 통한 몰입과 탐닉행위의 시조도 있다.

(4) 성행위에 대한 몰입과 탐닉

성행위의 모습이 상당히 구체적인 사설이다.

㉮ 드립더 브드득 안으니 셰 허리지 주늑주늑

홍상(紅裳)을 거두치니 설부지풍비(雪膚之豐肥)ᄒ고 거각준좌(擧脚蹲坐)ᄒ니 반개(半開)한 홍목단(紅牧丹)이 발욱어춘풍(發郁於春風)이로다

진진(進進)코 우퇴퇴(又退退)ᄒ니 무림산중(茂林山中)에 수춘성(水春聲)인가 ᄒ노라[44]

㉯ 밋남진 그놈 자(紫)총 벙거지 쓴 놈 소대서방(書房) 그놈은 삿벙거지 쓴 놈 그놈

밋남진 그놈 자(紫)총 벙거지 쓴 놈은 다 븬 논에 졍어이로되

---

42 장순조, 「사설시조의 통속문학적 특성에 관한 연구」, 숙명여대 박사학위논문, 1999, 60면.
43 이영철, 「성소재 사설시조 연구」, 계명대 석사학위논문, 2001, 41~42면.
44 《병가》 937.

밤 중(中)만 샷벙거지 쓴 놈 보면 실별 본 듯 하여라[45]

㉰ 셋괏고 사오나온 져 군뢰(軍牢)의 쥬정보소 반용단(半龍丹)
몸쑹이에 담벙거지 뒤앗고셔

좁은 집 내근(內近)하되 밤듕만 들녀들어 좌우(左右)로 충
돌(衝突)ᄒ여 새도록 나드다가 제라도 기진(氣盡)턴디 먹은 탁
주(濁酒) 다 거이네

아마도 후주(酗酒)를 잡으려면 져 놈브터 잡으리라[46]

㉮에서는 가는 허리를 붙들고 붉은 치마를 거두고 하얀 피부가 풍
만하게 드러나고 다리가 반쯤 벌어진 것이 봄바람에 부는 듯하다. '앞
으로 뒤로 하니 숲 속 산중에 든 듯하다'는 성행위의 극치며 황홀경
을 비유로서 묘사하고 있는 점이 두드러진다. 과연 조선조 시대의 노
래가 맞는가 할 정도로 적나라하다. 요즈음에 현대 소설에서 쓰는 직
설적인 언술보다 더 자극적인 비유다.

㉯에서도 남자 성기의 기능을 평가하고 있다는 것이 놀랍다. 밋남
진 그놈은 남편이다. 남편은 자총(紫驄) 벙거지를 쓰고 있다. 자총 벙
거지는 위가 둥글고 전이 평평한 모자다. 또 다른 사람(情人)인 소대
서방은 샷벙거지를 쓰고 있다. 삿갓 모양의 모자이다. 자총 벙거지나
샷벙거지는 남성의 성기를 형상화한 은유다. 그런데 성적 능력에 대
한 평가가 이색적이다. 자총 벙거지를 쓴 남편은 추수가 끝난 후 허수
아비처럼 쓸모가 없는데 비해 '샷벙거지 쓴 간부는 실별 본 듯' 새롭

45 《청육》 1104.

46 《봉래(신헌조)》

고 만족스럽다. 남편과 간부의 성적인 능력 평가를 여성 화자의 느낌으로 진술하고 있는 것이다.

㉱의《봉래악부》에 수록된 신헌조의 작품에서도 기진(氣盡)토록 성행위를 하는 주정뱅이 남자의 본능적인 욕구를 읊고 있다. '굳세고 사나운 저 군에 소속된 남자의 주정보소. 반용단을 입은 몸뚱이에 담벙거지를 뒤로 벗어 넘기고 좁은 아녀자가 사는 집에 밤중에만 달려들어 좌우로 충돌하며 날이 새도록 있다가 힘이 빠졌든지 먹은 탁주를 다 토해 내는 술주정뱅이'의 성 놀이다.

남편과의 성관계도 여성의 성욕을 충족시켜주지 못하면 간부들과의 만족스러운 성관계를 찾아 나서는 일탈된 성욕 의식을 보여준다. 조선조 여성들에게 금기시 되어 왔던 성에 대한 의식이 조선조 후기에 들어서면서 와르르 무너져 버린 것이었다. 성이 사설시조라는 직설적인 언술로 된 노래를 통해 노출되기 시작하자 너 나 할 것 없이 성을 희화적으로, 풍자적으로 또는 사실적으로 표출하고 있는 것이다. 그것은 조선조 사회의 성리학적인 체계가 무너지고 있었다는 것을 의미하며 본능이 앞서고 자연스러움이 앞서는 사회로의 전이 현상이라 생각한다.

한편, 욕구가 충족되지 못했던 여성들은 한결같이 성에 대한 회고와 동시에 미련을 떨치지 못한다. 그녀들은 자신들의 언술을 통해 먼저 지난밤에 이루어졌던 성희에 대한 회고를 하고는 이후에 간밤에 미처 다하지 못했던 욕구 충족에 대한 미련을 아쉬움으로 수를 놓으며 다른 날 밤에 또 한 번 이루어질 그 욕망에의 환희를 간절히 희망하고 있다.

㉕ 간밤의 ᄌ고 간 그놈 암아도 못니즐다

　　와야(瓦冶)ㅅ놈의 아들인지 즌흙에 쐄녀듯시 두더쥐 영식
(令息)인지 국국기 뒤지듯시 사공(沙工)의 성령(成伶)인지 사어
(沙禦)셔 질으듯시 평생에 처음이오 민증(症)이도 ᄋᆞ르제라

　　전후에 나도 무던이 격거시되 참맹서 간밤 그놈은 참아 못
니즐ᄉᆞ 하노라[47]

㉕ 간밤에 자고 간 펑초 언의 고개 넘어 어드미나 머므는고

　　주인(主人)님 잠간(暫間) 더새와지 양식(糧食) 믈콩 내옴새
동해 동로구(銅爐口) 되박 석도(石刀)내옵소 ᄒ고 뉫짓 나근에
되엿는고

　　정(情)이야 무엇시 중(重)ᄒ리만은 내못니저 ᄒ노라

　두 수 모두 여염집의 부인이 아닌 노는 계집들의 노래다. 남녀가 만
난 장면은 이미 지나간 과거 일로 가려져 있고 오직 성적인 미련에 대
한 안타까움이 묻어난다.

　㉕에서는 여러 명과의 정사를 회고하고 있다. 기와를 굽는 놈, 두
더지 같이 생긴 놈, 사공들, 모두가 이 여인을 거쳐 간 남성들이다. 여
러 명을 무던히 많이 겪어 온 시적 화자이나 지난밤에 자고 간 그 놈
은 정말 미련과 함께 잊지 못한 것이라는 성적 욕망이 충족된 이후의
일을 말하고 있다. 그렇게 못 잊을 남성은 화자를 충분히 만족 시켜
준, 누군지 모를 남성이다. 다시 한 번 온다는 맹서를 믿고 기다릴 수

---

47 《해동》 383.

밖에 없다는 하소연이다. 여기에서 여성 화자는 쾌락의 대상으로 남성을 찾고 있어 성적 쾌락에 대한 집념이 대단한 여성임을 알게 한다. 그리고 성적 쾌락에 탐닉하고 있기도 한 매우 능동적으로 살고 있는 여성이다.

㉣에서도 어젯밤에 자고 간 남성에 대한 아쉬움이 드러난다. 어디에 머무는지 조차 모르는 그 남성에 대해 정(情)은 그다지 중요치 않고 남성을 그리는 것은 오로지 남성의 육욕(肉慾)에 대한 그리움뿐이다. 그래서 못 잊겠다는 것이 시적 제재다.

위에 열거된 것처럼 성의 문제를 다룬 시조는 성을 다양하게 표출하고 있다. 향유계층도 양반, 중인, 서민, 기녀, 승려 등 종교인에서부터 귀족계층에 이르기까지 공통적인 언술을 통해 리얼하게 묘사하고 있음을 보았다. 거리낌 없는 묘사, 구체적인 행위, 성기의 은유 등 마치 나체 사진이나 춘화(春畵)를 보는 듯하다. 이것이 조선조 시대의 시가에 나타난 성(性) 의식이다. 이처럼 직설적인 묘사로 현실적인 욕망을 성으로 대체시키면서 인간의 본능적인 욕구를 대변하고 있는 노골적인 성의 양상을 살펴왔다. 사설시조에서는 주된 담당층이 중인 이하의 신분인 승려나 기녀, 서민, 향반이었고, 고시조에서는 기녀와의 수작에 의한 사대부의 성 놀이도 있었다. 이처럼 관습적으로 묶여진 조선조 시대의 애정 형태가 파격적으로, 또는 성을 즐기며 살았던 계층이나 성을 생활의 방편으로 삼았던 천민들의 노래가 유지될 수 있었던 성에 대한 개념이 이중적으로 유지되어 왔음을 알 수 있다. 사설시조에 나타난 여성의 성 의식은 매우 자유로웠고 남성과 차별화되지 않는 능동적인 주체자로서의 모습이었다.

4. 고전시가 속 두 갈래 성

고전시가 문학에는 가장 통속적인 두 갈래의 성에 대한 관념이 있다. 하나는 폐쇄적이고 보수적인 성(性) 의식으로서 양반 규수들과 도학자들의 차지가 되었을 것이고, 다른 하나는 개방적이며 향락적인 에로티시즘으로서 기녀와 서민과 일부 사대부 풍류객들에게서 확인된다. 우리 문학사에서는 인간의 성을 솔직하고 적나라하게 파헤치려고 하지 않았다. 성은 감추는 것, 은밀한 것, 천한 것이라는 인식이 팽배해 있었다. 전대로부터 전해 내려온 엄격하고 부자연스러운 도덕률은 호색문학을 금기시 해온 것이 사실이다. 그나마 위에 열거된 고려가요와 일부 시조 등에서 우리는 선조들의 에로티시즘적인 요소를 발견하게 된다.

성애를 희구하는 고려가요에서 우리는 성이 인간 본성의 자연스러운 발로로서 표현되고 있음을 확인할 수 있었다. 반면에 조선조 유교이데올로기에서는 성이 부정되고 은폐되어야 할 것으로 철저히 배척당했다. 후렴구에 붙은 부자연스러운 '태평성대(太平聖代)' 운운은 그 단적인 예다. 그러함에도 불구하고 결국 시조라는 장르 중 평시조에서는 기녀들이 당당하게 성애를 즐기려는 의식과 연정의식을 강하게 노출시켜 양반들을 성적 쾌락의 세계로 이끌고 있다. 표면적인 사대부들의 모습은 근엄함, 엄숙함, 청벽(淸壁) 그 자체로 정체성을 지니고 있었으나 이면적으로는 기생첩을 두고 성적 욕구를 충족시키는 이중의 생활을 즐겼다. 그런가하면 조선조 후기 사설시조의 발달과 함께 중인을 비롯한 서민 그리고 천민에 이르기까지 다양한 인물 군이 등장함과 동시에 관념적인 노래가 아닌 구체성을 띤 성애에 대한 노래가 나오게 된다. 그러나 그것은 대부분 작자 미상의 작품으로 지하 문학의 범주에 속한다.

이상으로 고전 시가에 나타난 성 의식을 고찰하였다. 성애에 대한 시가는 고대가요에서부터 비롯된다고 할 수 있다. 부부애를 다룬 〈공무도하가〉, 〈황조가〉를 비롯한 〈서동요〉에 나타난 성애 의식은 단조로운 부부 갈등과 처첩간의 갈등이다. 그중 〈서동요〉는 사랑에 대한 쟁취 의식으로 얻어낸 해피 앤드의 결과물이기도 하다. 그 후 고려시대로 들어오면서부터는 익히 논의되어 온 사실이지만 성애 의식은 보다 적극적이고 노골화된다. 그리고 작품수로 보나 농도로 보나 더욱 짙어진 성애 의식이다. 〈만전춘〉, 〈이상곡〉, 〈동동〉, 〈쌍화점〉 등에서 논의된 바와 같이 남녀 누구나 공통적으로 즐겼던 곡조라는 생각이다.

시조 문학으로 접어들면서 고시조에 나타난 사랑가를 비롯한 기녀들의 시조 중 대부분의 수작(酬酢)류는 모두다 성(性)을 바탕으로 즐긴 노래다. 그 후 파계승의 노래는 보다 노골적이고 사설이 길어지면서 천박하게 불린 노래였다. 이쯤 되면 평민들에게 성은 개방되어진 놀이요, 노래로 즐긴 환각적인 요소로 의식화되어진 것이다. 심지어 매매춘, 성기의 은유화, 성희에 대한 몰입과 탐닉으로 더 나아가 성행위에 대한 노골화로까지 불린 성과 사랑, 에로티시즘적인 노래는 향유계층이 그만큼 다양해졌다는 단적인 증명이다.

시조문학과 신선

1. 운상인의 기질: 신선 모티브

시조는 사대부들의 전용물이었다. 사대부들은 음풍농월(吟風弄月)을 즐기며 생활 시조로써 삶을 풍미하게 하였다. 일상생활을 소재로 도덕적이고 교훈적인 기능을 톡톡히 한 시조 장르에 사대부들은 한 술 더 떠 운상(雲上)인의 기질로 신선을 모티브로 삼았다. 그것이 신선이라는 제재로 쓴 신선 시조다.

신선사상이란 유협의 이야기처럼 위에서는 노자를 표방하고 그 다음에는 신선을 좇으며 아래로는 장릉을 따른다 하여 도가라 명명하였다고 한다. 결국 도가는 중국 고대의 민간 주술에다 장생불사의 신선사상 및 잡다한 다른 종교까지 가미된 것이라고 본다. 이를 도선이라 칭하기도 하는데 도교에 신선을 곁들이면서 노장 사상에 연원하고 신선에 의해 심화되고 미신에 의해 잡다해진 일종의 이상주의적인 종교라 할 수 있다.[1] 성기옥은 사대부 시가에 신선 모티브의 시적 기능에 대해 '사대부들은 신선을 사상의 차원이 아닌 미학적 차원에서 수용하였다'고 했다.[2] 곧 사대부들이 신선을 미학적으로 수용한 것은 유가적 세계관이 와해되는 단면이라는 것이다. 이봉원은 동양사상의 두 부류를 현실적 유가사상과 초현실적 노장사상 내지는 도선사상으로 보았다. 그는 '노장 도선은 무위자연 사상과 은일 사상으로 비롯한 신선사상이 파생되었다'고 한다.[3] 이상원은 신선 모티브가 시조에 나타나기 시작한 것은 16세기 후반에서 17세기 중반이 주요 활동 기간이라 했다.[4] 이것은 16·17세기가 붕당정치시대로 유가적인 현실정치로 인해 극도로 피로해진 사대부들의 심신을 북돋아줘야 할 다른 돌파구로 신선 모티브를 수용하기 시작한 것이 아닌가한다.

이처럼 기존의 시조를 비롯한 국문시가의 신선 연구는 모티브 연구가 주류를 이룬다. 구체적인 논문으로는 조재억, 최동원, 이창룡, 이종은, 한종구, 전일환, 박양기[5] 등이 신선 모티브가 수용되는 일차

---

1 박기정, 「도교문학과 가사문학」, 『국어국문학』114, 국어국문학회, 1995, 133면.

2 성기옥, 『국문학과 도교』, 태학사, 1998, 48면.

3 이봉원, 「시조와 가사에 반영된 신선사상 연구」, 『덕성여대 논문집』2, 덕성여자대학교, 1973, 3~4면.

4 이상원, 「조선 중기 시조의 신선 모티브 수용과 그 역사적 의미」, 『어문논집』32, 민족어문학회, 1993, 220면.

5 조재억, 「한국 시가에 나타난 신선 사상」, 『국문학 논집』2, 단국대 국문과, 1968.
　최동원, 「도가사상과 도교 사상이 국문학에 미친 영향」, 『부산대 논문집』10, 부산대학교 출판부, 1969.
　이창룡, 「시조 문학에 나타난 현실도피사상」, 『한국국어교육 연구』3, 한국어국어교육연구회, 1973.
　이종은, 「한국시가의 도교사상연구」, 동국대학교 박사논문, 1978.
　한종구, 「시조 문학에 나타난 도교 사상」, 고려대 교육대학원 석사논문, 1980.
　전일환, 「시조 가사에 나타난 도가사상」, 『한국언어문학』21, 한국언어문학회, 1982.
　박양기, 「가사문학의 도교 사상적 배경연구」, 서울대학교 석사논문, 1986.

적인 소재에 관심을 두고 신선 사상과 도교에 초점을 맞추었다. 그런 가운데 황형식은 '16·17세기 사대부 시조에 나타난 도교의식'에서 삶의 양상, 삶의 구현, 장생불사의 희원을 통해 도가적 시조문학은 당쟁과 사화와 불가분의 관계에 놓여 있다고 보았다. 결국 은둔생활을 하면서 생긴 선계나 선인에 대한 동경으로 신선사상이 생겨났으며 이것은 산수, 자연에서 묻혀 영생불사를 꾀한 것이라고 하였다.[6]

기존의 논의를 통해 이루어낸 결과물을 기반으로 이번 논고에서는 시조에 나타난 신선들의 정체성과 조선 사대부들이 추종한 신선을 통해 신선의 역할을 고찰하고, 또한 신선들의 분포도와 빈도수를 통해 신선과 사대부, 신선과 시조문학의 상관관계를 찾고자 한다.

2. 신선명의 분포도와 빈도수

신선의 종류는 참으로 다양하다. 신선은 주로 산과 밀접한 관련을 가지고 있다. 산수 자연을 벗하며 강호에 은거한 사람들은 누구나 신선이라 자처하며 살았을 정도다. 신선 사상이 우리나라에 들어온 연대는 자세히 알 수 없으나 고구려 영류(榮留)왕 때로 추정되며 유교, 불교처럼 독립적인 세력을 가지고 발전하지 못하다가 우리 민족의 생활과 문화 사상에 자연스럽게 침투되었다고 본다.[7] 또한, '신라 시대 사람들이 산수에 소요하고 풍월을 음영했던 것도 선사상에 연유한

---

6 황형식, 「16~7세기 사대부 시조에 나타난 도교의식」, 『우리말글』21집, 우리말글학회, 2001, 86면.

7 조재억, 앞의 논문, 149면 재인용.

것이다'라고 한다.[8] 김시업은 '사대부 시가에 수용된 신선 모티브의 시적 기능'에서 노자의 무위자연사상을 표현, 장자의 망기(忘己)에 기반을 둔 은일사상을 부인할 수 없다고 했다.[9] 그러면서 신선 모티브의 범용성은 신선 유형의 검증이 필요하고 16·17세기에 신선 유형은 크게 다섯 가지로 분류한다고 했다. 일반선, 지선, 여선, 천선, 시선이다. 일반선은 일반적인 보통명사로 쓰이는 신선, 진선, 선인, 선옹, 적선 등이고, 지선은 정영위, 적송자, 사선을 들었다. 여선은 서왕모, 무산무녀, 항아이며, 천선은 옥황과 태을진신이다. 시선은 물론 이백과 소동파이다. 이봉원은 시조에 나타난 선어를 개관하였는데 상계인, 선인, 진인, 선옹, 신선, 선녀, 서왕모를 비롯해 선인교, 천향주, 남극노인 등 2376수 중에 120회가 나타난다고 했다.[10] 한종구는 시조문학에 투영된 신선어 중 선어 투영 빈도수를 발표하였다. 삼신산과 불로초·불사약이 52, 방사 49, 옥황, 선궁, 항아가 합쳐서 60, 이백이 42, 적송자 7, 견우직녀 9, 서왕모 2의 빈도수를 나타낸다고 했다. 그리고 신선어 투영 작품 수는 총 314수로 밝히고 있다.[11] 한종구는 신선어 사용 시조가 411수가 되며 풍류나 한정, 은일을 나타내는 자연애적인 심경을 진작시키는데 기여했으며, 신선에 대한 관심과 동경이 시조문학에 적지 않은 영향을 준 것이며 그것이 신선사상이라 했다.[12] 전재강은 도가 사상과 일정한 관련을 가진 작품은 5000여 수의 전체시조 작품

---

8 한종구, 앞의 논문, 37면.

9 성기옥, 앞의 책, 17면.

10 이봉원, 앞의 논문, 8면.

11 한종구, 앞의 논문, 48면.

12 위의 논문, 54면.

가운데 400수가 되어 불교 관련 시조 140여 수 보다 많다고 했다.[13] 그러면서 애정을 주제로 하는 작품에서 도가적 제재를 보면 직녀, 무산무녀, 노담, 서왕모, 반도, 옥황, 장주, 호접, 무릉도원 등으로 다양하게 나타난다고 했다. '이는 도가에서 말하는 애정을 실현하기 위해 옥황에게 호소하거나 이별을 꿈으로 극복하기 위해 호접몽을 가져오기도 한다'[14]고 해서 자연보다는 애정과 신선을 연결시켰다는 시각이 이채롭다. 신연우는 시조에 사용된 신화 소재를 통한 문학적 성격을 규명하기도 했다.[15]

위에서 알 수 있듯이 기존의 논문에서 선어를 자주 사용한 이유는 '자연친화 사상이나 애정'을 나타내는 데에 이용된 것으로 보고 있다. 위의 분류를 보면 신선이라는 어휘로 시조와 가사, 한시 등에 골고루 분포되는 양상을 보이고 있다. 이에 본 논문은 보통명사로 쓰이는 선어나 신선, 방사 등을 제외한 구체적인 인물을 중심으로 고찰하기로 한다. 시조에 자주 나타나는 빈도수에 의해 적송자, 한무제, 진시황, 이백, 서왕모, 무산무녀, 마고할미 등을 통해 시조 속의 신선의 정체성을 통한 기능과 역할만을 고찰하기로 한다. 일반적으로 통용되는 신선류의 지선, 천선, 옥진 등은 예외로 한다.

---

13 전재강, 「도가 관련 시조의 작자와 주제 문제」, 『어문학』73집, 한국어문학회, 2001, 446면.

14 위의 논문, 463면.

15 신연우, 『조선조 사대부 시조문학연구』, 보고사, 1997, 239면.

3. 시조문학과 신선의 상관관계

1) 적송자: 좇아가는 신선

시조문학에 특히 많이 나오는 신선 이름 중에 적송자가 있다. 《열선전》에는 적송자에 대해 다음과 같이 기록하고 있다.

> 적송자는 신농때 우사이다. 수정을 복용했으며 그 비법을 신농에게 가르쳤다. 불속에 들어가 스스로 태울 수 있었다. 종종 곤륜산 위에 이르러 늘 서왕모 석실 안에서 머물렀으며 바람과 비를 따라 산을 오르락내리락 하였다. 염제의 막내딸이 그를 좇아 역시 신선이 되어 함께 떠나갔다. 고신(高辛)때에 이르러 다시 우사(雨師)가 되었다. 오늘날의 우사는 여기에서 근본한다.[16]

> 적송자는 중국 신화 중에 신선으로 후에 도교에서 존귀하게 신봉되는 신선이다.[17]

> 이 몸이 강호의 잇셔 셰스를 어이 알니
> 그리느니 틱빅이요 싱각느니 즈쳠이라
> 언졔나 젹숑즈를 둣츠 아됴 벽곡[18]

---

16 유향, 김장환 옮김, 《列仙傳》, 예문서원, 1996, 51면.
17 박기정, 앞의 논문, 156면, 재인용.
18 李世輔[字 左甫], 《風雅》204, 3259.

이 몸이 강호에만 묻혀 있어 세상사를 알 수가 없다. 이미 속세를 떠난 삶을 영위하고 있음을 초장에서 일러주고 있다. 따라서 시선인 이태백을 그리워하며 살고 자첨을 생각하면서 살아가는 초탈한 인생이다. 화자 이세보는 언제나 적송자를 좇아가는 삶이라고 주장한다. 작자는 강호에서 살아가는 자신의 삶을 마치 태백, 자첨을 매개체로 삼고 적송자를 좇아 신선처럼 안락하게 살아가고 있다는 것을 고지하고 있다. 곧, 적송자를 좇는 까닭을 노래하고 있다고 본다.

> 만고역대(萬古歷代) 인신지중(人臣之中)에 명철(明哲) 보신(保
> 身) 누구누구
> 장량(張良)은 부사병벽곡(附謝病辟穀)ᄒ야 적송자(赤松子)를
> 좃차 놀고 범려(范蠡)는 오호연월(五湖烟月)에 오왕(吳王)이 정
> 주수(正周愁)를 편주(扁舟)에 싯고 간이
> 아마도 무후청명(無後淸名)은 쏘 업쓴가 ᄒ노라[19]

중국의 역사로 역대 신하된 사람 중에 총명하여 사리 밝은 사람이 누구냐 하면 장량이다. 그 장량이 적송자를 좇아 신선이 되어 놀고, 범려는 오호연월에 왕이 정주수를 편주에 싣고 가니 아마도 그렇게 맑은 이름은 또 없을 것이라는 논리다. 범려는 서나라 사람으로 주나라에서 벼슬하여 태공망을 스승으로 삼았다. 계피를 복용하고 물 마시기를 좋아했다. 월나라 대부가 되어 구천을 보좌하여 오나라를 격파하였다. 그 후 작은 배를 타고 바다를 떠다니다가 성명을 바꾸고 제

---

19 《海東歌謠(一石本)》315, 1392.

나라, 도(陶) 땅에서 억만금의 재산가가 되었으나 재산을 모두 버리고 난릉에서 약을 팔았다는 고사가 《열선전》[20]에 나온다. 후세인들은 그를 칭송하며 노래 부르기를, 태공망을 스승삼아 도업을 전수받고 월나라에서 공을 세운 뒤에 잠적함에 탄식하고 천금을 헌신처럼 버렸다는 것에 맑은 기운을 가진 신선으로 기리고 있었다. 그들이 최종으로 따르는 신선은 적송자라는 것이다. 이처럼 적송자는 여러 사람들이 좇아가는 신선 중에 으뜸으로 거론되고 있음을 알 수 있다.

> 국궁진췌(鞠躬盡瘁)ᄒ야 죽은 후(後)에 말을 찐이
> 한천하(漢天下) 안위(安危)를 좌우조(左右祖)에 붓쳐 두고
> 적송자(赤松子) 좃츨엿노라 거즛말도 ᄒ러다[21]

심신을 다 바쳐 국사에 전력하는 것은 죽은 후에야 말 것이니 한나라 천하의 안위를 좌우 신하들에게 맡겨 두고 적송자를 쫓겠다고 거짓말도 하였다는 한무제 고사를 형상화 하였다.

> 말 업슨 청산(靑山)이오 태(態) 업슨 유수(流水)로다
> 왕교(王喬) 적송(赤松) 외(外)에 날 알 니 업건마ᄂᆞᆫ
> 어듸셔 망녕엣 거슨 오라 말라 ᄒᆞᄂᆞ니[22]

말이 없는 것은 청산이오, 형태 없이 흐르는 것은 물이다. 신선인

---

20 김장환, 앞의 책, 121면, 범려편.
21 《海東歌謠(一石本)》425, 443.
22 《靑丘永言(珍本)》311. 《靑丘永言(가람本)》327.

왕자교(王子喬)는 이수 낙수에서 생황을 즐겨 부는 신선이다. 그 생황 소리가 마치 봉황울음소리 같았으며 학을 타고 홀로 떠나니 마을 사람들이 사당을 세워 그를 기다렸다는 신선이다. 마치 바라만 볼 뿐 가까이 갈 수 없는 신선 왕교와 적송이다. 그런 두 신선 이외에 나를 아는 이가 없을 텐데 어디서 망령 난 것들이 나를 오라 말라 하느냐는 책망의 어투다. 화자와 왕교와 적송자는 동격인 선인의 경지를 갖춘 인물이라는 것을 강조하고 있다.

> 오세수(五世讐) 갑흔 후(後)에 금도(金刀)의 업(業)을 닐워
> 삼만호(三萬戸) 사양(辭讓)ᄒ고 적송자(赤松子) 좃차 가니
> 아마도 견기고도(見機高蹈)ᄂ 자방(子房)인가 ᄒ노라[23]

오세에 걸친 원수를 갚은 후에 금도의 업을 이루었으나 삼만 호의 녹(祿)을 사양하고 속세를 떠나 적송자를 좇아가니 이미 낌새를 알고 은거한 장자방이 아닌가라는 장자방의 고사를 원용한 노래다. 장자방은 한고조의 신하였던 장량이다. 그는 황석공에게 병법을 배우고 한고조를 도와 초나라 항우를 멸하게 하는데 큰 공을 세운 인물이다. 장량은 그 후 현실정치의 허망함을 먼저 깨닫고는 적송자를 좇아 신선이 되었다는 것이다. 그가 숨은 곳은 지금 장가계로 이름난 명소다. 이 노래 역시 소원 성취를 하고 부귀영화가 눈앞에 펼쳐졌으나 세상의 허무함을 깨달은 자방이 먼저 알고 속세를 떠나 적송자를 좇아 선계에서 노닌다는 고사다.

---

[23] 白光勳[字 彰卿, 號 玉峰], 《樂學拾零》195 / 《青丘永言(六堂本)》98, 2948.

청려장(靑藜杖) 드더지며 석경(石逕)으로 도라드니

우삼(雨三) 선장(仙庄)이 구름 속에 잠겨세라

오늘은 진연(塵緣)을 다 썰티고 적송자를 좃츠리라 (무명씨)

구름 속에 잠긴 산간이 선경이다. 명아주 지팡이 짚어가며 돌길로 돌아드니 신선이 구름 속에 잠겨 있다. 오늘만이라도 화자도 적송자와 같은 삶을 추구하겠다는 다짐이다. 속세의 인연을 다 떨치고 적송자를 따르겠다는 자연친화적인 신선 노래다.

적송자는 일찌감치 선계에 들어간 신선으로 《열선전》 중에서 맨 처음 등장하는 신선이름이다. 이러한 적송자를 사대부들은 신선의 으뜸으로 생각하고 있었다. 따라서 그 신선을 좇아야만 선계에 들어가 신선이 되는 것으로 인식하고 있었다. 마치 관용어구처럼 신선이 되겠다는 것은 '적송자를 좇으리라'라는 다짐으로 이어지고 이것이 공식화되고 있었음을 알 수 있다. 적송자를 좇는데 꼭 함께 등장하는 인물로는 자방과 범려다. 그들이 세상의 부귀영화와 권력을 눈앞에 두고 은거하여 신선으로 살았다는 것을 이유로 장자방과 범려의 고사를 원용하면서 강조하고 있음도, 너 나 할 것 없이 같고 상투적으로 쓰고 있음도 같다. 이것은 조선조 사대부들 자신들도 적송자를 좇아 신선처럼 살고 싶다는 현실도피적인 욕망을 단조롭게 토로하고 있다는 증좌다. 선인인 적송자를 좇아가야 선인이 될 수 있다는 막연한 기대감에서 적송자인 신선의 이름을 거론하며 노래를 즐겼던 것이다. 사대부들은 적송자를 좇는 것이 본인들의 마지막 이승에서의 역할이라고 생각한 것은 아닌가한다. 그래야만 진정한 사대부 계열에서 초탈한 삶을 유지하는 방법이라고 생각했을 것이다. 그리고 적송자와 자방, 적송자와 태백이 함께 등장하는 것도 시조에 나타난 적송자 좇아가기의 한 특징이다. 이와 같이 적송자는 신선을 동경하는 명철보신(明哲保身)이나 전가(田家), 한거(閑居)나 소요(逍遙), 유람, 은일 등에 자주 인용되고 있음을 확인할 수 있다.

2) 이태백: 상천(上天) 모티브

시를 잘 지어 시선(詩仙)으로 칭해지며 한국문학에서는 적선(謫仙)으로 통용되는 이백이다. 이백은 채석강(採石江)에서 완월(玩月)을 타다가 기경(驥鯨)상천한 모티브로 우리 시가에 흔하게 표출된다. 술을 좋아한 주선(酒仙)으로도 널리 알려져 유영, 도잠과 함께 등장하기도 한다.

> 강산(江山)도 됴흘시고 봉황대(鳳凰臺)가 쩌 왓는가
> 삼산(三山)은 반락청천외(半落靑天外)오 이수(二水)는 중분백
> 로주(中分白鷺洲)로다
> 이백(李白)이 이제 이셔도 이 경(景)밧긔 못 쓰리라[24]

강산이 좋구나. 강산의 경치가 봉래산 봉황대를 떠 온 것 같다. 세 갈래 산은 청천 밖으로 반쯤 걸려 있고, 두 갈래 물은 백로주로 가운데로 나뉘었다. 이태백이 여기에 있다고 해도 이 같은 묘사밖에는 하지 못할 것이라는 선경에 버금가는 경치를 읊고 있다. 이태백은 선경

---

24 李鼎輔[字 士受, 號 三洲],《樂學拾零》1095 /《海東歌謠(一石本)》296, 137.

과 연관지어 떠 올린 시선으로 원용하고 있다.

> 소상강(蕭湘江) 세우중(細雨中)의 누역 삿갓 뎌 노옹(老翁)아
> 뷘 빈 흘니 저어 향(向)ᄒᄂ니 어드메뇨
> 이백(李白)이 기경비상천(騎鯨飛上天)ᄒ니 풍월(風月) 실너 가
> 노라[25]

　소상강에 내리는 세우 중에 도롱이 삿갓 쓴 져 늙은이가 빈 배 흘
러가는 대로 저어 향하는 곳이 어디일까. 그곳이 아마 '이백이 기경비
상 천하고 풍월 실러 간 곳이 아닐까'라는 노래에서 화자는 중국에
소상강을 무대로 늙은이를 등장시키고 '빈 배'라는 무위의식에, 이태
백을 조화시켜 이태백이 고래를 타고 하늘로 날아가 달을 실러 갔다
는 설화를 접목시키고 있다.

　이와 같이 시조 문학에 나타난 이태백은 술과 선경에서 떠오르는
이름으로 잠시나마 진세를 떨치고 싶을 때 인용되고 있음을 알 수 있
다. 그 외의 시조 문학에 이백이 많이 등장은 하지만 보통은 주선으
로 도잠, 유영과 함께 술을 마시며, 취락하며 살자는 현실 퇴폐적인
노래로 자주 인용하고 있을 뿐이다. 인생은 유한하니 술 마시고 놀지
않으면 허망하지 않겠느냐는 유흥을 권유하는 노래에 주로 이태백을
인용하고 있다.

25　李後白[字 季眞, 號 靑蓮], 《靑蓮集》, 2368.

3) 진시황과 한무제: 부정적 시선

진(晋) 한(漢) 대에는 중국에 널리 유포된 신선 사상 중 신선의 대열에서 가장 많이 거론되는 황제가 진시황제다. 진시황과 함께 붙어 다니는 선어는 불로초, 봉래산, 불사약, 동남동녀, 방사 등이다. 시조에 나타나는 진시황과 사대부 화자들은 어떤 관계망을 설치하고 있는지 살펴본다. 진시황, 한무제까지 기록하게 되어 신선이 산다는 삼신산을 찾기에 이른다. 이른바, 봉래 전설이다. 논자는 이미 봉래 전설에 대해서는 논문으로 발표한 바[26] 있어 이곳에서는 생략하기로 하고 이 전설이 시조에서는 어떻게 표출되는지에 대해서만 밝히고자 한다.

> 무산(巫山) 열두 봉(峯)에 저절노 노는 저 학선아
> 진시황(秦始皇) 한무제(漢武帝)도 구지부득(求之不得) 허여거든
> 하물며 날 거튼 일개(一介) 서생(書生)[27]

일개 서생인 '나'는 부정적이다. 신선 대열에 낄 수 없다. 그 이유는 초장에 무산에 노는 학선은 저절로 놀고 있고 진시황제, 한무제 같은 천하를 통일하고 절대 권력을 지닌 황제들도 불로초를 구하지 못했기 때문이다. 따라서 화자인 나는 선계에 가기는커녕 이승에서 불안한 생을 살아야 한다는 푸념이다.

> 백발(白髮)이 공도(公道)ㅣ 업셔 녯 사람의 한(恨)훈 빅라
> 진황(秦皇)은 채약(採藥)ᄒ고 한제(漢帝)은 구선(求仙)ᄒ엿나니

---

26 김명희, 「산동성 연태 지방의 신화 전설」, 『온지논총』 제17집, 사단법인 온지학회, 2007.
27 《調 및 詞》27, 1517.

인생(人生)이 자유천정(自有天定)ᄒ니 한(恨)홀 줄 리 이시랴[28]

한무제는 선도를 구하고자 했고 진시황은 불로초를 구하고자 했다. 두 사람은 채약과 구선이 삶의 지향점이었다. 그런데도 그들은 구하지 못했다. 하물며 백발이 성성한 늙은이들이야 말해 무엇하겠느냐는 자조적 어조지만 화자는 한도 갖지 않겠다는 소극적인 의지도 엿보인다. 자연의 이치에 순응하겠다는 은사들의 삶의 한 단면을 엿볼 수 있다.

신농시 모으든 약을 진씨황제 구하랴고
동남 동여 오백인(五百人)을 해중(海中)의 보너더니
그 고지 약수(弱手) 삼천리(三千里)니 어이 오리[29]

위의 시조도 장생술인 진시황, 불사약을 소재로 하고는 있으나 신선세계를 부정하는 노래다. 신농씨 때부터 모으던 신약을 진황이 구하려고 500여명의 어린 남녀를 보냈으나 물길이 삼천리이니 어찌 돌아오겠느냐는 부정적인 시선으로 바라보고 있다.

장생술(長生術) 거즛말이 불사약(不死藥)을 제 뉘 본고
진황가(秦皇塚) 한무릉(漢武陵)에 모연추초(暮煙秋草) 쁜이로다
인생이 일장춘몽(一場春夢)이라 아니 놀고 어이리

---

28 申喜文[號 明裕], 《靑丘永言(六堂本)》268, 1704.
29 《樂府(羅孫本)》307, 2544.

장생술이라는 것도 거짓말이고 불로초는 누가 보았겠느냐는 부정적인 어조의 노래다. 따라서 인생은 일장춘몽이니 잘 놀고 지내자는 현실적인 노래며 취락을 권유[30]하고 있다.

> 진황(秦皇)이 착한 영웅(英雄)이랴마는 장생술(長生術) 고디 듯고
> 동남동녀(童男童女) 오백인(五百人)을 서시(徐市)의게 붓쳐거다
> 제 감(敢)히 석면(石面)에 이름식겨 지난 줄을 알게 하다

안민영은 한 술 더 떠 진황이 500여명을 방사 서시에게 부쳐 보냈으나 뜻을 이루지 못하고 바위에 새긴 기록만 남을 뿐 허망하다는 사실[31]을 읊고 있다. 조선이라는 공간은 신선세계를 부정하는 사대부가의 세력이 상당히 존재하고 있음을 알 수 있다. 신선세계를 부정하는데 인용되는 인물이 진황과 무제다. 그들은 실제로 역사적 인물로 신선을 쫓고 신선처럼 장생하려 했으나 무제는 봉래섬을 보고 돌아갈 뿐이고 진황은 실각 당하는 아픔을 겪는 등 불우하게 생을 마감한 인물이다.

> 신선(神仙)이 잇단 말이 아마도 허랑(虛浪)ᄒᆞᆫ에
> 진황(秦皇) 한무(漢武)는 씌ᄃᆞ를 줄 모로던고
> 아마도 심청(心淸) 신한(身閑)ᄒᆞ면 진선(眞仙)인가 ᄒᆞ노라[32]

진시황을 믿지 못하겠다는 직설적인 토로다. 신선이 존재한다는

---

30 〈작자미상:《정본시조대전》2513〉, 문복희,『한국 신선시의 이해』, 형성출판사, 2005, 261면.

31 〈안민영:《정본시조대전》2697〉.

32 金振泰[號 君獻],《樂學拾零》460 /《靑丘歌謠》34, 2552.

것은 한마디로 '허무맹랑하다'는 표현이며 신선이 있음을 믿고 신선을 쫓은 그 대표적인 인물로 진시황제와 한무제를 꼽았다. 그러면서 신선에 대한 정의도 내리는데 마음이 맑고 몸이 한가하면 바로 참 신선이 아니겠느냐는 것이며, 화자 자신이 곧 신선 같은 생활을 영위하고 있음을 은유적으로 표현한 사대부 시조의 특징을 잘 나타내고 있다. 이 시조에서는 진시황, 한무제가 허랑한 사실을 쫓는 허랑한 황제로 대변된다.

> 진시황(秦始皇) 한무제(漢武帝)는 불사약(不死藥) 먹단 말가
> 여산(驪山) 무릉(茂陵)에 황제(皇帝) 므덤 아니 본가
> 두어라 비백세(非百歲) 인생(人生)이니 아니 놀고 어이 흐리[33]

무제는 봉선(封禪)과 통천대(通天臺)를 통한 불사등선의 욕구도 숨기지 않았다고 하면서 무제의 봉선 의식을 치수로 간주하는 견해도 있다. 단순한 불사등선이 아닌 치수를 위한 일환으로 서왕모와의 협력관계를 강조하였다고 보는 것이다.[34] 그럼에도 불구하고 조선조 시조문학에서는 진시황, 한무제를 제재로 한 작품은 모두 부정적인 접근을 하고 있음을 알 수 있다. 첫째는 두 사람 다 신선의 계열에 들고자 했으나 들지 못했다는 점이고 진시황제는 불로초를 구해 장생하고자 했으나 불로초를 구하지 못했을 뿐 아니라 방사에게 속았다는 허무한 역사적 사실을 들었고, 두 번째는 두 사람 다 수명을 다하

---

33 《解我愁》442, 5481.

34 이성규, 「한무제의 서역원정·봉선·황하치수와 우·서왕모 신화」, 『동양사학연구』72, 동양사학회, 2000, 52면.

지 못했다는 점이다. 그러니 조선인들은 두 황제도 그러하였거늘 평범한 우리는 그저 현실을 즐기자는 시선으로 대하고 있다. 진시, 무제두 황제의 시조 출현은 결국 현실에 충실하고 만족하며 살자는 논리로 다가선다. 두 황제의 신선되기 노력은 조선인들에게는 비극적인 삶으로 여겨졌고 실패와 좌절을 안겨준 두 황제의 생은 이루지 못할 허망함에 대한 자탄의 노래로 대변하고 있다. 그 외의 시조 문학에 등장하는 신선은 천세의 노인이라고 일컫는 안기생이다. 안기생은 도교의신선으로 전설에 의하면 진시황이 동해에서 같이 있었다고도 하며《사기》, 《열선전》, 《고사전》 등에 보이는 가장 오래된 방사이다. 동방삭은 《사기》, 《골계(滑稽)전》에 나오는 인물이며 《열선전》과 〈한무제 고사〉에서 서왕모의 반도를 훔쳐 먹어 삼천갑자(三千甲子) 동방삭(東方朔)이라는 장수의 방사로 알려져 내려온다. 시조에는 안기생보다는 동방삭이 자주 인용된다.[35]

4) 마고선녀·서왕모·무산신녀·항아: 여선들의 활약

서왕모 전설과 같이 중국에 널리 알려진 전설의 하나가 마고선녀 전설이다. 갈홍의 《신선전》에 나오는 마고는 18세의 미녀인데 우리문학에는 할미가 되어 내려온다. 이것은 마고(麻姑)의 이름에서 고(姑)자의 훈을 그대로 받아들인데 따른 것으로 보았다.[36] 마고는 중국신화 중에 여신으로 서왕모와 함께 우리문학 가사와 시조에 자주 인

---

35 紅顔 白髮 저 老人은 東方朔의 벗이런가
서왕모 비파 타고 적송자 잔 드리니
오날에 人間 신선을 처음 본 듯, 《雜誌(平洲本)》271, 4631.
36 한종구, 앞의 논문, 42면; 이종은, 앞의 논문, 120면.

용되어 나타난다. 18세의 미려한 여인 마고가[37] 우리 문학 가사, 시조에는 할미로 둔갑하여 인용되는 마고 신화를 반고의 거인 화생설의 신화적 원리와 그 궤를 같이 한다고 본 견해가 있다.[38] 곧, 마고할미는 큰 거인으로 상징되며 드르렁 거리며 코를 골며 자고 있는 동안의 세상은 정적으로 가득 차 있다고 했다. 마고할미의 기지개가 백성들에게 시원한 공간을 제공하면서 혼돈이던 세상에 해와 달과 별을 달아주었고 마고할미의 오줌은 강물이 되어 발을 움직일 때마다 태풍이 되고 마고할미가 토하면 섬이 되고 하는 등의 모든 행위는 단군신화의 인본주의적 발상[39]이라고 했다.

서왕모는 금모(金母), 왕모낭낭, 서모라고 하며 도교 여신 중에 최고의 여신선이며 중국 고대 신화 속의 반신반인의 여신이다. 이 부분에 대해서도 논자는 「난설헌과 소설헌 시에 나타난 서왕모」[40]에서 자세히 논한 바 있다. 서왕모의 형상은 사람과 호랑이의 모습으로 휘파람을 잘 불었다는 신으로 《산해경(山海經)》, 《침중서수신기(枕中書搜神記)》, 《열자(列子)》, 《사기(史記)》, 《열선전(列仙傳)》, 《집선전(集仙傳)》, 〈한무제내전(漢武帝內傳)〉, 〈목천자전(穆天子傳)〉, 〈한무제고사〉 등에 보이며 우리 문학 가운데 가사와 시조, 한시 등에 자주 보인다.

무산선녀는 무산의 절경으로 더욱 유명해진 전설이다. 무산선녀 사랑은 매우 안타깝다. 무산선녀는 염제의 셋째 딸 요희를 말하는데 그녀는 어린 나이에 요절하고 만다. 그리고 요초라는 풀로 거듭나게

37 박기정, 앞의 논문, 155면 재인용.

38 표정옥, 『현대 문화와 신화』, 연세대 출판부, 2006, 70면

39 위의 책, 71면.

40 김명희, 「난설헌과 소설헌 시에 나타난 서왕모」, 『우리문학』 제17집, 우리문학회, 2004.

되는데 이 요초의 열매는 사랑의 묘약이다. 전국시대 초나라 회왕이 무산에 구경 왔다가 꿈속에서 요희와 사랑을 나눈다. 그러나 그들의 사랑은 그걸로 끝이 난다. 그녀는 아침에는 구름으로, 밤에는 비가 되어 내릴 수밖에 없는 운명인 것이다.[41]

월궁항아는 예(羿)의 아내다. 항아는 천상의 여자였으나 예의 타락으로 함께 신적(神籍)을 잃었다. 남편 예가 서왕모의 불사약 이야기를 듣고 그곳을 찾아가 불사약을 얻어 온다. 서왕모는 예에게 그 약을 주면서 이 약을 그대 부부가 나누어 먹으면 불로불사할 것이고 혼자서 먹으면 천상에 올라 신이 되는 소원도 이루게 될 것이라 한다. 예는 좋아 어쩔 줄 몰라 하다가 집에 오자 약을 아내에게 맡기고 택일하여 가장 좋다는 날 둘이 같이 먹기로 하였다. 그에겐 천상으로 가고 싶은 생각이 없었다. 그러나 항아의 생각은 달랐다. 항아는 천상의 여인으로 하늘나라에 가지 못하는 것을 남편 때문이라 생각했다. 여신이 되기 위해 항아는 남편이 없는 날 약을 꺼내 혼자 다 마셔버렸다. 항아는 그 약을 먹자 몸이 이상한 것을 느꼈다. 몸이 차츰 가벼워지더니 발이 땅에서 뜨고 어느 새 몸이 창밖으로 둥둥 떠오르는 것이다.

천상의 달이 별들로 에워싸여 있었으며 항아는 계속 날아오르고 있었다. 그녀는 월궁으로 몸을 피하고자 날아갔다. 월궁에 내리자 몸이 달라지기 시작했는데 등뼈가 오므려 붙고 짧아지고 배와 허리통은 부풀어나고 목과 어깨가 붙은 두꺼비가 된 것이다. 미모의 선녀는 두꺼비가 되어 월궁을 지키는 두꺼비로 변신한 것이 월궁항아의 전설이다. 이 전설은 관대해져서 하얀 토끼와 계수나무가 있는 월궁에서

---

41 위의 책, 44면.

후회하면서 살아가는 항아의 모습으로 그려지고 있다. 시인 이상은 항아에 대해 "영약 훔친 것을 응당 뉘우쳤으리니, 바다 같은 푸른 하늘에서 밤마다 애달파라."라고 읊어 그녀에 대한 연민과 비난을 함께 나타냈다. 그 뒤로도 그녀에게는 오직 적막만이 길이길이 따라 붙거나 가혹한 형벌로 남편에게 등을 돌린 비정한 여인으로 상징된다.[42] 다음 시조는 마고를 제재로 하고 있다.

> 님과 나와 다 늙어시니 또 언직 다시 졈어 볼고
> 천태산(天台山) 불로초(不老草)를 마고선녀(麻姑仙女)ㅣ 알년마는
> 아마도 운산(雲山)이 첩첩(疊疊)ᄒ니 모를 듸 업서 ᄒ노라[43]

임과 내가 이미 늙었다. 다시 젊어질 수 없다는 현실이 가로 놓여있다. 그런데 묘책은 있다. 천태산에 불로초가 있다는 것을 마고선녀만 알고 있다. 그러나 그 영약은 구름산으로 첩첩이 쌓여 있어 찾을 길 없다는 한탄이다. 늙음은 어쩔 수 없다는 것이며 마고선녀는 장수를 관장하고 있건만 마고를 만날 길이 없는 현실적 한계성을 표현하고 있다. 이 시조에서 마고의 역할은 수명을 관장하는 할미로 쓰인다. 한국 전역에 분포되어 나타나는 마고할미는 일정 지역에 산이 형성된 곳이면 마고할미가 자리 잡았다고 한다.[44] 마고할미는 이처럼 지모신적(地母神的)인 존재로 출산(出産)과 생산(生産)의 신적 권능도 대표한

---

42 이훈종 편역, 『중국고대신화』, 범문사, 1982, 126~151면.

43 朴道淳, 《정본시조대전》719, 1023; 문복희, 앞의 책, 256면.

44 천혜숙, 「여성신화 연구 대모신 상징과 그 변용」, 『민속연구』1, 안동대학교 민속학 연구소, 1991, 7면.

다. 이것은 천부신에 대한 지모신의 개념으로 분화된 존재다.[45]

> 낙양(洛陽) 동촌(東村) 이화정(梨花亭) 마고선녀(麻姑仙女) 집
> 의 술 닉단 말 반겨 듯고
> 청려(靑驢) 안장(鞍裝) 지어 금(金)돈 싯고 드러가 가셔
> 아해야(兒孩也) 숙낭자(淑娘子) 계신야 문(門) 밧긔 이랑(李郎)
> 왓다 살와라[46]

　서울 동촌 이화정에 마고선녀 집이 있다. 그 집의 술이 익었다는 소리를 듣고는 반가워 당나귀에 안장을 지어 돈을 가득 싣고 가서는 이씨 성의 낭군 왔다고 알려 달라는 것이어서 이 시조에 등장한 마고 선녀는 기녀를 대유한 것으로 보인다. 신화 속에 나오는 마고 선녀의 직능이나 역할과는 다른 술시중을 드는 미녀여서 이 시조에서 18세의 마고는 미인이라는 등식의 대칭이 아닌가 한다.

　시조에 나오는 마고의 기능은 단순하게 불로초를 알고 있고, 장수를 관장하는 정도로 인용되었을 뿐이며 설화나 소설에 나오는 구체적인 마고의 역할이 없음이 특징적이다.

　서왕모는 〈목천자전〉에서 서방의 군주로 기록되어 있는 것으로 보아 《산해경》과는 다른 존재로 변형되어 내려왔음을 알 수 있다. 서왕모는 《장자 대종사편》에 신비적인 색채를 띠고 있으며,[47] 곽본(郭本) 《산해경》18권은 복합적인 성격의 책으로 이에 실려 있는 서왕모

---

45 위의 논문, 21면.

46 《靑丘永言(六堂本)》783, 657.

47 오문의, 「서왕모 신화 연구」, 서울대학교 석사학위논문, 1985, 33면.

의 기록은 신화적 요소를 지녔으며 신과 인간의 모습을 하고 있다.

> 서쪽으로 350미터 가면 옥산이 있는데 서왕모가 기거하는 곳
> 이다. 서왕모는 그 모습이 사람과 같고 표범의 고리와 호랑이
> 이빨을 하였으며 휘파람을 잘 분다. 헝클어진 머리에 승(勝)을
> 이고 있으며 재해 역병 형벌과 죽음을 주재한다.

위의 인용문에서 서왕모는 인간이 아닌 옥산에 기거하는 산신이다.[48] 서왕모는 하늘의 일부를 다스리는 기능을 지닌 산신인 것이다. 서왕모는 늘 시녀인 삼청조(三靑鳥)가 먹이를 구해온다. 즉 산신이 인간으로 인격화되어 나타난다. 서왕모의 기록은《서산경(西山經)》,《해내북경(海內北經)》,《대황서경(大荒西經)》에 모두 보인다. 또한 서왕모가 곤륜산에 살고 있다고 해서 곤륜산과 서왕모를 연관시키고 있다. 《해내서경》에 보이는 곤륜산은 다음과 같이 서술되고 있다.

> 해내의 곤륜산은 서북쪽에 있는데 제의 하도(下都)이다. 곤륜
> 지구는 사방 팔백 리이고 높이는 만인(萬仞)이나 된다. 그 위에
> 는 목화(木禾)라는 곡식이 있는데 길이는 오심(五尋)이며 둘
> 레는 다섯 아름이다. 거기에는 아홉 우물이 있고 옥으로 난간
> 이 있다. 아홉 개의 문이 있는데 개명주(開明獸)가 그것을 지키
> 며 여기가 백신(百神)이 있는 곳이다. 이곳은 팔방이 바위로 둘
> 러싸인 적수(赤水) 근방에 있는데 예(羿)가 아니면 이 산을 오

---

48 위의 논문, 11면.

를 수 없다.[49]

이처럼 서왕모는 여선의 주재자로 도교의 여신 중에 최고의 시선이다. 오래된 전설에 반도연과 반도의 이야기는 널리 유포되어 나타난다. 또한 서왕모와 관련한 약수(弱水) 삼천리가 있다. 곤륜산은 서왕모가 거처하는 곳으로 약수삼천리를 극해 있고 이 물은 비선(飛仙)이라야 건널 수 있다.[50] 중국 신강성(新疆省) 우루무치(烏魯木齋)에서 동쪽으로 120km 떨어진 천산(天山) 정상에 천지(天池)가 있다. 호수는 차고 맑으며 경관이 빼어나 관광지로 개발되어 있는데 이곳을 서왕모가 살던 '선경요지'라 한다. 천지에서 서왕모가 목욕을 하던 연못이라 전하고 양이 뛰어 놀고 있는 건너편 언덕에 서왕모 사당이 있다. 서왕모 사당은 접근이 어려워 직접 보지는 못했으나 서북의 거대한 산악 지형과 사막 그 가운데 곤륜산을 정점으로 나타난 천지의 신비함은 신화 전설이 유래할 수 있는 조건을 가지고 있었다. 따라서 논자는 그곳을 방문 후 '난설헌 시에 나타난 서왕모의 정체성'을 발표할 수 있었다. 다음 시조는 영·정조 시대의 김묵수[51]의 작품으로 중장이 길어진 엇시조다.

님그려 깊히 든 병(炳)을 무슴 약(藥)으로 고쳐 닐고
태상노군(太上老君)의 초선단(草選丹)과 서왕모(西王母)의 천
년(千年) 반도(蟠桃) 낙가산(落迦山) 관세음(觀世音) 감로(甘露)

---

49 위의 논문, 28면 재인용.

50 한종구, 앞의 논문, 46면.

51 김묵수는 호가 시경이고 생몰연대는 미상이다.

수와 삼산(三山) 십주(十洲) 불사약(不死藥)을 아모만 먹은들
하릴소냐
아마도 그리던 님을 만나 량이면 긔 양약(良藥)인가 ᄒ노라[52]

이 작품은 임의 부재를 노래했다. 임이 그리워 병이 난 상태를 말하고 무슨 약으로 고칠 수 있겠느냐는 반문이다. 이어서 당대의 명약으로 꼽히는 이름이 열거된다. 노자가 만들어 썼다는 초선단, 서왕모의 반도, 낙가산의 감로수 등 불사약이 있으나 마음의 상사를 치유하기는 아무 소용이 없다는 화자의 토로다. 따라서 태상노군이나 서왕모는 명약을 만들어내는 신선이기는 하나 상사병은 치료할 수 없는 약을 만들 뿐이며, 그들 신선의 역할도 임을 그리워하는 마음을 치료하기는 어려운 한계를 지닌 신선임을 드러낸 시조다. 서왕모와 관련된 한나라 때 그림에는 시종이 손에 나무처럼 생긴 것을 들고 있는 장면이 있는데 원가(袁珂)는 이를 불사의 나무로 본다고 했다. 이는 후세에 선도가 반도로 변한 듯하다.[53]

남훈전(南薰殿) 달 발근 밤에 오현금(五絃琴) 싣어지고
낙포(洛浦)로 가는 배는 쪼각 달 무광(無光) 속에 초회왕의 원혼이라 운간(雲間)에 나는 새는 서왕모(西王母)의 편지(片紙) 물고 요지로 돌아 들 제 강안의 귤농하니 황금(黃金)이 천편(千片)이요 노화의 풍기(風起)하니 백운(白雲)이 만점(滿點)이라

52 金黙壽[號 始慶],《靑邱歌謠》54 /《靑丘永言(六堂本)》675, 1028.
53 신연우, 앞의 책, 239면.

아마도 지강산(地江山) 제일경(第一景)이 이 아닌가[54]

태을(太乙) 선관(仙官) 택일(擇日)하고 왕모(王母) 선녀(仙女) 보
낸 술로
삼가 인연 매진 후에 오복(五福)만을 축하(祝賀)하니
부모는 화순코 자손 창성 일러 무삼[55]

삼청조는 삼위지산(三危之山)에 살면서 곤륜산을 내왕하며 서왕모
를 위해 음식을 구해 오는 등 잡사(雜事)를 돌보는 존재로 그 새의 형
상은 몸의 깃털은 파랗고 머리털은 붉으며 눈이 검은 새임을 알 수 있
다. 서왕모 신화에서 삼청조는 서왕모의 왕림을 알리는 사자로 등장
하고 있다. 청조에 대해서는 여러 가지 논의가 있지만 하늘을 나는 가
벼운 새의 자유로운[56] 이미지가 주축을 이룬다고 하겠다. 오문의는
서왕모 신화가 역사화 되는 과정에서 신선사상이 가미되어 신선이라
는 존재로 변화하는 양상을 띤다고 했다.[57] 서왕모가 불사의 약을 관
장하는 신선이며 낙원의 색채를 느낄 수 있는 신선이미지가 가미된
다. 따라서 시조에 나타난 서왕모도 역사적 존재가 아닌 신적인 존재
로 부각됨을 알 수 있다. 절세의 미인 이미지가 서왕모의 이미지다. 이
같은 서왕모의 민간전승 정서는 서왕모-금모, 서왕모-동왕부와 같
은 종교적인 전승보다는 요지에 살고 있는 미모의 아름다운 여인이며

---

54 《雜誌(平洲本)》29, 758.
55 《時調(關西本)》53, 4343.
56 육완정, 「서왕모 신화의 문학적 수용」, 『인문과학 연구 논총』13호, 명지대학교 인문과학
　연구소, 1995, 299~322면.
57 오문의, 앞의 논문, 41면.

신비스럽고 절대적인 권위가 있는 신선으로 광범하게 유전되어 왔다. 서왕모 신화는 서왕모-요지, 서왕모-불사약, 서왕모-목천자, 서왕모-반도(선도)의 문학적 정서를 구축하며 더 나아가 서왕모-불사약, 월궁항아, 마고와 함께 다양한 이미지로 시조 문학에 영향을 주었다고 생각한다. 이처럼 시조에서의 서왕모의 정체는 좋은 선경에 청조를 앞세워 인간을 관장하며 착하고 아름다운 선녀며 두 번째 시조에서처럼 오복을 축하하는 연회에 술을 하사하는 인자하고 자상한 어머니상 같은 여선의 모습이다. 다음은 무산무녀들의 역할이다.

무산(巫山) 신녀(神女) 들이 동령천(東嶺川)의 조ᄎ 와셔
도원(桃源)은 여긔로다 십이봉(十二峯)은 어드메고
져 건너 져 봉(峯)이 긔라ᄒᆞ되 나도 몰라 ᄒᆞ노라[58]

무산무녀들이 찾아와 노는 곳이 선계가 아니냐는 것이다. 이곳 동령천이 도원이니 무산무녀가 놀았다는 십이봉이 어디냐는 반문이어서 자신들이 제일 아름다운 장소에서 노닐고 있음을 자랑하고 있다.

초양왕(楚襄王)은 무슴 일로 인간(人間) 악사(樂事) 다 바리고
무산(巫山) 십이봉(十二峯)에 운우몽(雲雨夢)만 싱각는고
두어라 신녀(神女)의 생애(生涯)는 이 ᄲᅮᆫ인가 ᄒᆞ노라[59]

초회왕 고사를 인용해 세상의 온갖 일을 다 놓아두고 무산 십이

---

58 姜復中[字 載起, 號 淸溪], 《淸溪歌詞》53 / 《水月亭歌帖》, 1515.

59 《歌曲源流(國樂院本)》384.

봉에서 노는 운우의 정만 생각하느냐는 것이다. 따라서 무산 신녀의 생애를 생각하며 남성인 화자가 애인을 생각하는 마음을 은근히 내비치고 있음을 알 수 있다.

> 분벽사창(粉壁紗窓) 월삼경(月三更)에 경국색(傾國色)엣 가인
> (佳人)을 만나
> 비취금(翡翠衾) 나소덥고 호박침(琥珀枕) 마조 베고 이곳치 셔
> 로 즐기ᄂ 양은 일쌍원앙(一雙鴛鴦)이 유록수지파란(遊綠水之
> 波瀾)이로다.
> 초양왕(楚襄王) 무산선녀회(巫山仙女會)를 부를 줄이 이시랴[60]

달 밝은 삼경에 나라를 기울게 할 정도의 아름다운 여인을 만났다. 서로 비취 이불을 나누어 덮고 호박 베개를 마주 베고 서로 운우의 정을 기리는 것은 한 쌍의 원앙새가 푸른 물결을 치며 노는 것 같다는 것이어서 서로 사랑하는 광경을 묘사하고 있다. 이렇듯 초양왕이 무산에 와서 선녀들과 모임을 가질 줄 알았겠느냐는 것이다. 아마 초회왕도 무산무녀회를 늘 즐겼을 것이라는 노래다.

> 어화 네여이고 반갑소도 놀라왜라
> 운우양대(雲雨陽臺)에 무산선녀(巫山仙女) 다시 본듯
> 암아도 상사일념(相思一念)이 병(病)이 될까 ᄒ노라[61]

---

60 작자 미상, 《정본시조대전》1333.
61 이정보, 《정본시조대전》1930; 위의 책, 100면.

상사의 병이 나려고 할 때 쯤 반갑고도 놀랍게 사랑하는 여인을 보았다. 마치 초회왕이 무산의 선녀를 만난 듯하다. '아마도 사랑하는 여인을 만나지 못했더라면 상사의 병이 나지 않았을까'라는 생각을 읊조렸다.

이처럼 시조에 자주 인용된 무산선녀는 염제 신농씨의 딸 요희(瑤姬)가 죽어서 된 신이 제재가 된 것이다. 염제는 딸이 결혼할 나이가 되었을 때 그만 요절한 것이 애석하여 그를 무산의 구름과 비의 신으로 삼았다. 전국시대 말기에 초회왕이 운몽지역을 여행할 때 열정적이고 낭만적인 이 여신을 사랑해 주었다고 한다. 아들 초양왕이 그곳을 여행하다가 그 이야기를 전해 듣고 어전시인 송옥(宋玉)에게 그 이야기로 작품을 만들게 했으니 그것이 〈고당부(高唐賦)〉와 〈신녀부(神女賦)〉라 한다.[62] 그런 신화 전설이 시조 작품에서는 '운우의 정'을 다룰 때 주로 쓰였다. 임을 만나 반가움을 표현할 때도 '무산무녀 본 듯'이라는 표현을 썼고 원앙금침을 깔고 부부애를 과시할 때도 무산무녀를 노래했다. 그러기 때문에 초회왕은 인간의 일을 다 버리고 무산무녀만 찾아 나섰다는 노래로 이어진 것이 무산무녀를 제재로 쓴 이유다. 신연우는 무산 십이봉과 초양왕의 운우의 고사와 직녀를 자주 소재로 사용한 것은 조선 사대부들에게 있어서 낭만적 사랑을 노래한 것이어서 그렇다고 했다.[63] 따라서 무산무녀는 사랑의 제재로 쓰이고 있음을 확인할 수 있다.

천상계는 신선들이 거처하는 곳으로, 포박자(抱朴子)에서 말하는 상사(上士)들이 거처하는 곳으로 옥녀(玉女), 옥황(玉皇), 월궁(月宮), 백

---

62 신연우, 앞의 책, 241면.
63 위의 책, 248면.

옥경(白玉京) 등의 신선과 선어가 있다.[64] 이중에서 다음 시조에서는 월궁 항아의 역할을 살펴볼 수 있다.

구곡수(九曲水) 나린 물이 남강수(南江水) 되단말가

월궁의 내친 선녀 탁족(濯足)하랴 네 왓난냐

우리도 봉래(蓬萊)로 가난 길이니 함께 놀가[65]

위의 시조는 유심영(헌종조)이 금강산을 유람하고 지은 4수 중 두 번째 수다. 구곡수 내리는 물이 남강수가 되어 그 물이 맑고 깨끗하다는 이미지다. 너무 맑아 월궁의 선녀가 탁족하러 내려 온 것이 아니겠느냐는 것이며 우리도 선경인 봉래로 가는 길이니 여기서 놀다가 가자는 청유형이다. 월궁항아는 물 맑고 아름다운 선경에서 탁족을 하며 노니는 선녀로 묘사되고 있다. 원래 항아는 남편 몰래 불사약을 혼자 먹고 도망한 모반의 여인이다. 그러나 이 시조는 사실과는 다른 이미지를 연출하고 있다. 세속의 때를 벗기는 탁족 의식과 신선들의 거주지인 봉래로 가자는 청유형의 노래다. 작가 유심영이 헌종 13년(1837)에 친구들과 기생 세 명과 어울려 금강산에 유람 가서 지은 시조[66]라 하니 봉래는 금강산이고 월궁항아는 기생들이 아닌가 한다. 항아는 시조 신화 소재로 자주 이용되나 예(羿)는 이용되지 않는 것이 특징이다.

한국 문학에 서왕모는 자주 등장하지만 여와는 빈도수가 거의 없

---

64 한종구, 앞의 논문, 44면.

65 유심영, 《정본시조대전》283; 문복희, 앞의 책, 162면.

66 신연우, 앞의 책, 247면.

는 것도 한 특징이다.

> 직녀의 짜닌 비단 은하(銀河)의 씨여 닌여
>
> 항아(姮娥) 손을 비러 지어 닌니 금낭(錦囊)이라
>
> 우리도 언제나 봉닌 선관(仙官) 되면 차고 놀가[67]

위의 시조는 선품을 지니고 싶다는 것을 노래하는데 직녀와 항아가
동원된다. 직녀는 고운 비단을 짜고 그것을 은하로 씻어 내어 항아가
그 비단으로 비단주머니를 짜주어 그것을 차고 놀면 봉래 선관이 아니
겠느냐는 것이다. 비단 주머니를 차고 싶은 마음을 표출하였으며 그것
을 차고 놀 수 있을 때를 동경하는 여성의 마음을 읽을 수 있다. 선품
에 대한 지향의식이라 볼 수 있으며 월궁항아는 솜씨 좋은 여선이다.

> 경화(瓊花)에 옥로(玉露)깊퍼 자하삼(紫霞衫) 다 젓거다
>
> 계수(桂樹) 단애(丹崖)에 월궁(月宮)이 어듸 메고
>
> 옥황전(玉皇殿) 봉소용관(鳳簫龍管)은 구름 밧긔 들니더라[68]

한자어를 많이 쓴 작자 미상의 시조다. 풀이하면 '구슬같이 아름
다운 꽃에 옥 같은 이슬이 맺혀 붉은 노을 빛 적삼이 다 젖는구나/ 벼
랑에 서 있는 계수나무에 비치는 달빛, 월궁은 어느 곳에 있는가/ 옥
황상제의 궁전에 봉황을 새긴 퉁소와 용을 새긴 피리소리가 저 구름
밖에서 들려오는 것만 같구나'이다. 월궁은 달 속에 있다는 상상의 궁

---

67 柳心永[憲宗朝],《東遊綠》, 3794.

68 미상.

전으로 옥황상제가 사시는 광한전이라 한다. 남편 예(羿)의 잘못으로 하늘나라로 되돌아가지 못하게 된 항아는 남편이 서왕모에게서 얻은 불사약을 혼자 다 먹어 버렸다. 신이 된 그녀는 월궁으로 달아나 그곳에서 두꺼비로 변했다[69]는 신화적 요소를 위에서 지적하였다. 항아는 달 속에서 두꺼비로 변해 흰 토끼와 계수나무 한 그루와 영원히 외롭게 지낼 수밖에 없는 항아 신세에 대한 노래다.

4. 무위자연의 수기(修己)의식

시조에 사용된 신화소들은 모두 중국의 신화를 원용한 것이 특징이다. 한국 신화를 이용한 고시조는 한 편도 보이지 않는다고 했다.[70] 이런 요소에 대해 최동원은 사대 모화의 병폐 때문이라고 지적했고 이태극은 척불숭유 정책과 명·청의 영향권 아래에 있었기 때문이라고 했다. 그러나 신화소재를 보면 조선인들의 심성에 깊이 자리 잡아 일상적으로 사용한 일상어적인 단어와 인물임을 알 수 있다. 부자연스럽지 않게 평상시에 사용하고 있는 시구 속에 신화적인 인물들이 들어앉은 것이다. 그것은 《태평광기》라는 책이 번역되어 읽혔고 풍류를 좋아하는 사대부들이 초탈한 삶을 이상향으로 잡아 살아가고자 했던 조선조 사대부들의 의식과 맞아 떨어졌기 때문이다.

시조 문학에 나타난 신선은 가사문학과 한 영향권 아래 있다고 생각되는데 노장 사상에서 비롯한 영원불멸의 사상과 무위자연 사상

---

69 신연우, 앞의 책, 243면.

70 위의 책, 245면 재인용.

의 수기(修己) 처방이 드러난 것이라 할 수 있다. 신선 중에서도 가장 유명한 삼신산 전설의 주인공 진시황과 한무제를 비롯한 이백의 달 전설과 서왕모 반도, 마고할미, 적송자 등 방사에 이르기까지 노래 소재로 이용되고 있다. 조재억은 한국시가에 나타난 신선 사상에서 신선 사상은 보편화 되었고, 선어를 이용한 시가는 은일, 한정, 취락 등이 주제라 했으며, 신선 사상은 자연을 극도로 미화시키는 동기가 되었다고 한다.[71] 문복희는 신선시의 개념을 정리하였는데, 장수를 기원하고 불로를 희구하기 위해 심산유곡이나 망망대해, 천상, 선계를 배경으로 상상의 세계를 동경하고, 자연에 몰입하여 신선과 동일시하였다. 또한 자연과 선계를 관조하며 초세하여 신선의 삶을 지향하고, 선계를 이상화하여 세속의 불만을 치유나 순화하려고 해서 선적 요소를 인용하지만 선계를 부정하는 시가로 이루어졌다고 했다.[72] 신연우는 신화 소재의 상상력이 자기만의 것이 아니고 공통의 상상이며 체험과 감정의 공유라 했다. 결국 신화 소재 시조는 완전한 자아가 아닌 공통의 것이라는 결론이다.[73]

사대부들의 전유물인 시조에서 신선은 어떤 역할과 정체성을 가지고 있는가를 고찰하였다. 시조에서 선어들이 빈도수가 많음을 기존의 연구사를 통해 밝혔고 시조라는 장르를 통해서는 신선에만 집중하였다. 그중 적송자가 많이 등장하는데 적송자는 사대부들이 좇아가는 적송자로 표현하고 있어 '적송자를 좇으리'가 관용어구처럼 쓰이고 있다. 이것은 적송자를 좇아야만 비로소 신선 대열에 낄 수 있

---

71 조재억, 앞의 논문, 169면.
72 문복희, 앞의 책, 290면.
73 신연우, 앞의 책, 256면.

다는 등식처럼 되어버린 결과다. 중국의 장량이나 범려도 부귀영화를 다 버리고 적송자를 찾아 신선이 되어 영원 불사했다는 역사적 사건이 변모되어 전설이나 신화로 이어지는 과정에서 시조를 즐기는 사대부들도 마치 장량이나 범려처럼 자신들도 적송자를 좇겠다는 관념어적인 어투로 쓰이고 있음을 알 수 있다. 그런가하면 이태백은 한국문학과 떼려야 뗄 수 없는 인물이다. 태백은 시선이며 주선으로 시조문학에서는 비상 모티브를 가진 신선 또는 상천 모티브로 쓰이는 주선으로 노래 부르고 있어 풍류를 즐기는 사대부들에게 친근하게 인용되고 있음을 확인하였다. 반면에 부정적으로 쓰이고 있는 신선으로는 진시황과 한무제를 들 수 있다. 두 황제는 불로초를 찾고 봉래산을 찾은 인물로 현실정치에서는 실각한 인물이다. 뿐만 아니라 불로장생을 원했지만 뜻을 이루지 못한 인물이어서 사대부들은 그런 면에서 이상적인 이상향은 없다는, 다분히 현실적으로 다가가 유교사상에 입각해 현실에 만족하며 살자는 자족형으로 시조를 부르고 있었다. 따라서 두 황제의 역할은 부정적 이미지다. 시조에서 여선들도 등장하는데 그중 마고선녀, 서왕모, 무산신녀, 항아가 있다. 마고선녀는 장수를 관장하는 할머니로, 때로는 미녀로 등장하고 있으며, 서왕모는 불사약을 가지고 있는 신선으로, 무산신녀는 운우의 정을 대변하는 미녀로, 항아는 남편을 배반하고 외롭게 월궁에서 지내는 신녀로 표출되고 있다. 이들 선녀의 특징은 미녀이며 자상하고 섬세하며 애정시에 두루 나타나고 있음을 알 수 있다.

사설시조의 인물 형상고

1. 시조와 영웅들

한시를 연구하다 보면 무척 많은 역사적인 실존 인물들이 문학 속에 형상화되고 있는 사실을 발견하게 된다. 대개는 중국의 고사(故事)와 연관되어 내려오는 인물들로서 유학자, 도교인, 영웅들이다. 많은 인물들이 왜 그렇게 조선인들에 의해서 노래로 이어져 내려오는지 궁금하지 않을 수 없다. 그 시대, 그 인물들의 형상화되어 투영되는 인물이 문학에 주는 영향은 무엇인지, 선인들은 왜 문학형식을 빌어서 자신들을 고사(故事)에 나오는 인물 등에 대유(代喩)하려 했는지에 주목하게 된다. 한시 번역 작업에 앞서 인물에 관한 주석(註釋)을 다루다 보니 선인들이 중국의 역사 인물들을 자신들과 동일시하려는 경향을 보이고 있다는 흥미로운 사실을 발견할 수 있었다. 사설시조도 마찬가지다. 많은 인물이 작품 속에 투영되어 있는 것을 보고는 그런 인물들의 의미, 사상, 문학 등이 조선인들에게 미친 영향 또는 매료된 인물들의 형상을 재점검하는 일이 곧 조선후기 사설시조가 융성했던 당시의 시대상, 철학관, 문학관, 또는 사상(思想)을 되짚어 보는 일이 될 수 있으리란 생각을 하게 되었다. 바로 그 점이 이 논문을 쓰게 된 동기다. 이미, 서원섭 교수의 「사설시조의 주제연구」[1]와 김동준 교수의 「고시조 인물 소재론」[2] 등에서 사설시조에 대한 인물론적 연구가 언급되었고, 그 외 많은 시조 연구 논문에서 약간씩은 다루어지긴 했지만 본격적인 인물론은 아직 활발하게 전개되고 있지 않은 형편이다. 이에 논자는 이번 논고에서 사설시조에 등장하는 인물들의 유형을 중점적으로 고찰함으로써 사설시조에 표출된 인물론 연구를 시도하고자 한다. 논의 전개상의 편의를 위해 논자는 박을수의 《한국시조 대사전》[3]소재의 작품들을 기본 텍스트로 삼고자 한다.

2. 사설시조에 나타난 인물 분포도

사설시조의 발생이 17세기 이전으로 소급된다는 점과 그 향유층이 평민 혹은 중인 가객으로 제한되지 않는다는 사실에 의거하여 김대행은 사설시조가 평시조와 동시대에 형성되었을 것이라고 주장한다. 사설시조의 작자가 평민이었다는 종래의 통설과 달리 사설시조가 양반 사대부에서부터 시작되었을 것이라는 새로운 가설을 제기하

---

1 서원섭, 「사설시조의 주제 연구」, 《어문학 34집》, 1976.
2 김동준, 『한국시가의 원형이론』, 진명문화사, 1996.
3 박을수 편저, 『한국시조대사전』, 아세아문화사, 1992.

면서 그 형성시기도 평시조와 동일한 시대로 잡고자하는 것이다.[4] 초기의 사설시조 연구가 시대상에 근거한 평민의식을 지나치게 강조한 나머지 양반의식을 담고 있는 많은 작품들을 사장(死藏)시켜 버렸다는 사실을 감안한다면, 그와 같은 새로운 가설의 제기는 사설시조의 전체적 특성을 규명해 낼 수 있는 가능성을 열어 놓은 것이라 할 수 있을 것이다.

　사설시조의 또 다른 담당 계층인 가객이 처음 출현한 것은 17세기 중엽이라 추정된다. 이들의 출현은 물론 일차적으로는 문화적인 회로를 통해 상층에 접근하고자 하는 욕구로부터 비롯된 것이겠으나, 결과적으로는 시조의 다양한 창법을 개발하고 독자적인 문학성을 추구함으로써 근대적인 문학의 성립을 촉진하는 데에 기여했다고 볼 수 있다. 이들의 활동은 19세기 말까지 이어졌다고 할 수 있으나 시조와 관련된 두드러진 업적은 대체로 17세기 말과 18세기 초에 수업과정을 거쳤거나 활동을 전개한 몇 가객들에 의하여 이루어졌다.[5] 그러나 《청구영언》에 이미 많은 사설시조가 무명씨의 작품으로 수록되어 있는 것을 보면 이들에 의해 사설시조의 시형이 이룩되었다고 할 수는 없지만 사설시조가 이들에 의해 크게 발전되었다는 사실은 부인하기 어렵다.

　산문정신과 평민의식을 바탕으로 한 사설시조는 시조문학사에 큰 변화를 초래했다고 볼 수 있다. 사설시조는 단형의 시조와는 달리 영탄(詠嘆)이나 서경의 경지를 완전히 탈피하고 적나라한 묘사와 상징적인 암유(暗喩) 등 새로운 표현기법을 도입하여 애정, 패륜 등 과거에

---

4 김대행, 『시조유형론』, 이화여대출판부, 103면.
5 김승찬, 『고전시가론』, 방송통신대학출판부, 1988, 258면.

는 볼 수 없었던 다채로운 주제 및 소재를 다루고 있다. 18세기 중·말엽에 활동한 이세춘 가객은 금객(琴客) 기생들과 같이 연희집단적 성격을 띠고 시조의 오락적인 기능에 봉사하고 있었다.[6] 높고 우아한 장르로서의 성격을 잃고 여러 다양한 계층이 즐기는 유흥적인 노래로 변모해 가는 과정 속에서 시조는 특수한 경우를 제외하고는 양반 사대부의 관심 영역에서 멀어지게 된다. 그렇지만 박효관, 안민영 두 가객은 대원군의 지원을 받아 시조문학과 음악에 활력을 불어넣기도 했다. 그들은 18세기 가단을 모범삼아 승평계를 조직하고 《가곡원류》를 편찬하거나 창작에 힘을 쏟는 등 시조음악의 본령을 되찾고자 노력했던 것이다.[7]

사설시조의 발생 시기나 작자층 등에 대하여 체계적인 논리를 갖추고 나타난 최초의 논의는 문학과 사회의 대응관계로부터 그 해답을 연역하려는 입장을 취한 것이다. 임병(壬丙) 양란후(兩亂後)를 기점으로 양반사회가 몰락한 결과 시조의 향유층이 양반관료로부터 중인, 창곡가들에게로 자연스럽게 옮겨지고 그들에 의해 사설시조가 융성하게 되고, 형성되었다고 보는 견해들이 그 대표적인 사례(事例)다. 그러나 사설시조 가운데 탈중세적이고 반윤리적인 내용이 풍부하게 나타나고 그것이 임병란 이후 조선조의 사회적 변동과 부합한다 할지라도, 사설시조의 생성 동인이 그러한 사회변동이라는 요인으로만 설명될 수 있는가 하는 문제는 재고되어야 할 것이다. 또한 사설시조의 탈규범성이 고유한 현상인가, 아니면 오락을 즐기려는 양반 사대부들의 이중성과 밀접히 관련되어 있지는 않은가 하는 문제 역시

---

6 위의 책, 261~263면.
7 위의 책, 264면.

해명되어야 한다.[8]

양반 사대부 층에 속해 있으면서 사설시조를 쓴 작가의 이름은 선조대(宣祖代)뿐 아니라 그 후 19세기에 이르기까지 문헌상에 간간이 보이고 있다. 서원섭은 이러한 사대부 층의 사설시조 작가들을 조선조 유학도 내부의 비판적 지성이라 보고, 사설시조의 작자 층이 그 발생 초기에 있어서 뿐만 아니라 사설시조 역사의 전시기에 걸쳐서 지배층 내의 일부 비판적 유학도와 평민가객들로 구성되어 있다고 파악한다.[9] 이런 논의에 의하면 사설시조는 교화적 주제를 한문 어투에 담는 부류와 희락적(喜樂的) 주제를 우리말 어투에 담는 부류로 나누어지는데, 이들 두 부류의 사설시조들이 《청구영언》에서는 만횡청류로 묶여 있다는 것이다. 만횡 사설시조의 유력한 작자층은 한문 소양을 지닌 향반층으로 규정되고 있다.[10]

이상의 논의를 통해 보자면, 사설시조의 작자층은 평민층, 중인층, 양반층 등으로 구성되어 있다고 할 수 있을 것이다. 요컨대 사설시조는 거의 전 계층에 걸쳐 창작되고 향유되었다는 것이다. 이러한 점은 사설시조에 등장하는 인물 유형의 다양성과도 밀접한 관련을 갖는다. 사설시조에 나타나는 인물의 분포는 서민층, 중인층, 집권세력자인 양반층, 역사적 인물인 영웅상, 도교적인 인물, 유교적인 성인군, 취락적 문학인, 승려와 중으로 구분되는 불교인, 여성 인물군 등 여러 유형에 걸쳐 있다. 이를 유형별로 분류하면 아래와 같다.

---

8 서원섭, 앞의 논문, 382면.

9 위의 논문, 385면.

10 위의 논문, 386면.

천민과 서민층 인물군	사공(도사공), 막창, 통직이, 무당년들, 여기(女妓), 술파는 계집, 화낭잡년, 막덕
향반과 양반층 인물군	김약정, 손약정, 이봉헌, 남권롱, 조당정, 국태공, 부대부인, 최영, 사도세자, 대비공주, 세자
영웅 인물군	현덕, 장비, 제갈량, 관운장, 여동빈, 한태조, 자룡, 조조, 장량, 백왕, 이좌거, 초백왕, 장자방, 조인, 조운, 패왕, 손백부, 진시황, 맹상군, 한고조, 소하, 한소열, 범려, 오왕, 항우, 손무자, 유방, 한신, 남이(조선) 최영(조선) 진달, 가달, 번증.
도교 인물군	이태백, 동방삭, 강태공, 왕자진, 곽처사, 마고선녀, 이랑, 장주, 견우직녀, 항아, 아황, 여영, 이선, 마고할미, 사조, 장건, 장자방, 적송자, 희황
유교 성인군	공도, 요순, 우탕, 문무, 주공, 왕개, 석숭, 이돈, 주문왕, 소공, 안증, 백이, 숙제, 한무제, 진시황, 노련, 주요, 남제운, 목왕, 명황, 안연
처사 문학인	두목지, 소동파, 이태백, 유령, 도연명, 장건, 죽림칠현, 두보, 사안, 맹호연, 완적, 강태공, 장자방.
불교인	도선, 무학, 육관대사, 승려(중) 보살
여성 인물군	우미인, 왕소군, 양귀비, 서시, 감단창(한단지방기녀), 다옥녀, 선녀, 왕모(순원황후), 부대부인, 대비공주.

위의 인물 분포도에 나타난 결과를 보면 평시조에서 사설시조로 내려오면서부터는 유교적 성인보다는 영웅을 중요시하는 풍조가 생긴다. 《삼국지(三國志)》에 나타나는 인물들과 《사기(史記)》나 '고사'에 얽힌 인물들에게 집중적인 관심을 보이고 있음을 알 수 있다.

영웅적 인물 다음으로 많은 비중을 차지하는 인물 유형은 처사 문학인들인데, 이는 사설시조에 이르러서는 이미 풍류적인 역할을 담당하는 가객들도 유희적 오락으로 노래 부르고 있기 때문이 아닌가한다. 처사 문학인 다음으로는 공맹의 부류, 여성 인물군과 함께 불교인이 '속된 중과 성(聖)스러운 승려'라는 이중적인 집단으로 표상(表象)되고 있는 점이 흥미롭다. 그 다음으로는 신선사상에서 비롯된 도교인, 그리고 평민과 천민의 인물이 등장하고 있다. 하층민들을 다루고 있는 노래는 그다지 많지 않아 사설시조 담당층이 평민 중심이라고 보는 기존의 학설에 회의를 갖게 된다. 오히려 사설시조가 양반이나 중인 계급의 여흥으로 불렸던 사실을 감안한다면, 사설시조의 작자층과 담당층에 있어서 향반층과 함께 양반층도 큰 비중을 차지했을 것이라고 본다. 그러면 인물군의 형상을 작품을 통해 세부적으로 고찰하기로 한다.

3. 계층별로 본 인물도

1) 서민과 천민층의 인물

서민이나 천민층에서는 사공, 통직이, 무당, 기생, 작부(酌婦), 막덕 등이 등장한다.

> 각도(各道) 각선(各船)이 다 나올제 상가(商賈) 사공(沙工)이 다
> 올라 왓늬
> 조강(助江) 석골 막창(幕娼)드리 비마다 추즐 제 제 식늬 놈의
> 면정이와 용산(龍山) 삼포(三浦) 당도라며 평안도(平安道) 독대
> 선(獨大船)에 강진(康津) 해남(海南) 죽선(竹船)들과 영산(靈山)
> 삼가(三嘉)ㅣ 지토선(地土船)과 메욱 실은 제주(濟州) 비와 소
> 곰 실은 옹진(甕津) 비드리 스르를 올나들 갈 제

어듸셔 각진(各津) 놈의 나로빅야 ㅅ죄야나 볼 줄 이스랴[11]

갓스물 선머슴 ㅅ적에 ᄒ던 일이 다 우읍다

아랫녁 주탕(酒湯)들과 알간나희며 개성부(開城府) 통직이와

덩덕ㅅ궁 치는 무(巫)당년드리 날 몰너라 ᄒ리 뉘 이스리

우리도 소년(少年) ㅅ적 마음이 어제론 듯ᄒ야라[12]

위의 첫 번째 시조는 사공(沙工)이나 도사공이라고 부르는 부류들이 배를 타고 이 나루 저 나루로 다니며, 물 위로 오를 때 주막의 창녀들이 모두 올라와 수작한다는 노래다. 그와 같은 종류의 노래가 다수 있음을 알 수 있다.[13] 뒤의 시조도 술파는 계집들과 알계집아이들, 개성에 사는 서방질 잘하는 통직이들과 무당년들과 철이 덜 난 20세의 소년들과의 성희(性戲)를 회상하며 부른 노래다. 철이 덜 난 어릴 적에 창기들과 놀던 일들이 다 우습더라는 회상의 이야기다. 그와 같은 노래는 목관의 여기(女妓), 소객관에 있는 주탕, 통직이들, 풍악을 울리는 계대(繼隊)년들과의 놀이에서 비롯된 소년 행락이다.[14] 마치 한시 〈소년행(少年行)〉과 같은 맥락의 시들이다. 여기서 본 바와 같이 몸을 파는 여인, 여기(女妓), 주탕, 서방질 잘하는 통직이들과 사공 등 천한 직종의 인물들이 등장하는 작품들은 성(性)을 바탕으로 한 유희요

---

11 육당본, 《청구영언》 727.

12 육당본, 《청구영언》 727.

13 이정보 『악학습령』 943에는 "옹야놈의 아들인지 사공놈의 아들인지 자고 간놈 차마 못잊어라" 풍의 노래가 있다.

14 『청구영언』 572(가람본) 갓스물 선머슴 적의 ᄒ던 일이 다 우읍고야/ 大牧官 女妓 小各官 酒湯이 開城府 桶直이 노니는 갓나희 덩더럿궁 계대년들이 날 몰래 ᄒ리 뉘 이시리/ 그러나 少年行樂은 減ᄒ 일이 업세라.

(遊戲謠)며 때로는 평민들의 소년 행락(行樂)을 주제로 한 노래이기도 하다. 다음 시조에서는 막덕이라는 인물이 등장하는데, 이 막덕이 모녀가 평민인지 천민인지는 확실하게 구분하기 어렵다. 그러나 평민이면서도 하층민으로 살아가는 많은 조선인들이 있고 보면 그들을 평민의 부류에 넣어도 무방할 것 같다.

> 재너머 막덕(莫德)의 어마네 막덕(莫德)이 ᄌ랑 마라
>
> 내 품에 드러서 돌겻즘 자다가 니 ᄀᆞᆯ고 코 고오고 오좀 ᄡᅳ고 방
>
> 기(放氣) 쒸니 ᄎᆞᆷ 맹서(盟誓)개지 모진 내 맛기 하 ᄌᆞ즐ᄒᆞ다 어
>
> 셔 다려 니거라 막덕(莫德)의 어마
>
> 막덕(莫德)의 어미년 내ᄃᆞ라 발명(發明)ᄒᆞ야 니르되 우리의 아
>
> 기ᄯᆞᆯ 이 고림증(症) 빈아리와 잇다감 제증(症) 밧긔 녀나믄 잡
>
> 병(雜病)은 어려셔브터 업ᄂᆞ니[15]

한 남성의 품에 든 막덕이 이미 여러 남성을 경험한 바 있음을 그의 병명인 임질이라는 말을 통해 짐작할 수 있다. 막덕 모녀는 시정의 여인들로서 성을 삶의 한 방편으로 삼고 있는 듯이 보인다. 송세림의 〈어면순〉에도 막덕이라는 동일한 이름의 여종이 등장하는데, 그녀는 이웃집 양반자제와 관계하여 자식을 낳기도 했다고 한다.[16] 사설시조에서의 막덕은 그 이름이 보이는 계층성이나 행위로 보아 조선전기 여비(女婢)나 나인과 같은 하층의 인물이 조선 후기 사회 변화 속에서 새로운 삶의 방식으로 성을 방편으로 살아가게 되는 모습을 보여

---

15 《악학습령》 995, 진본 《청구영언》 567.

16 김흥규, 「사설시조의 시적 시선 유형과 그 변모」, 『한국학보 68집』, 일지사, 1992, 23면

준다. 그들 삶의 추함은 딸을 변명해주는 어미를 통해 들통이 난다는 희극적인 구도 속에서 연민의 감정이 느껴지는 노래다.

2) 향반과 집권 양반층의 인물상

조선조 향반이란 계층은 양반이면서도 낙향하여 살면서 몇 대째 벼슬을 하지 못하는 양반층을 말한다. 향반층의 등장인물로는 김약정, 손약정, 이봉헌, 우당장, 남권롱, 조당장 등 성(姓)만 바뀐 채 하층 계급인 직책 이름이 그대로 표출되고 있다.

> 손약정(孫約正)은 점심(點心)을 추리고 이풍헌(李風憲)은 주효(酒肴)을 장만ᄒ소
> 거문고 가야금(伽倻琴) 해금(奚琴) 비파(琵琶) 적(笛) 필률(觱篥) 장고(杖鼓) 무고(巫鼓) 공인(工人)으란 우당장(禹堂掌)이 드려오시
> 글짓고 노리 부르기와 여기화간(女妓花看)으란 내 다 담당(擔當) ᄒ옴시[17]

조선조 향촌사회에서 향약(鄕約)의 임원인 약정과 향소(鄕所)직의 하나인 풍헌, 서원(書院)에 속한 당장 같은, 관직이라 할 것도 없는 명예직 같은 임원들이 등장한다. 향촌의 중심인물들인 그들은 각각 점심이나 주효 그리고 갖은 악기와 악공, 기생을 분담하여 유흥을 준비

---

[17] 《악학습령》 984, 진본 《청구영언》 525.

하는 과정을 사설시조로 읊었다. 위 시조의 해학적인 요소는 기생과 합의하여 육체관계를 맺는 일은 내가 담당하겠다는 여유 있는 놀이 마당의 성격에 있다. 다양한 악기의 등장과 함께 주로 글짓기와 노래 부르기가 중심이 된다. 이런 모임에 전문 가객은 등장하지 않는다.[18] 사설시조 노래는 위에서처럼 기생이 부르거나 놀이의 주인공들이 직접 짓고 불렀을 것이다. 이러한 사설시조의 등장으로 보아 이 당시 벌써 사설시조는 놀이의 한 방편이었을 것으로 보인다. 송종관은 조선 후기 작품으로 최행수 쑥달힘새에서 나타나는 놀이의 분업적 준비 과정이 구체화되고 있다고 보았다.[19] 악기가 다양하게 나타나고 여기 (女妓)를 동반함으로써 이전의 순수한 자연미의 추구와 풍류의 성격 과는 큰 편차를 보여준다고 했다. 나아가 놀이의 성격도 유흥 일변도 로 진행됨을 지적할 수 있다. 따라서 사설시조가 놀이마당의 성격으로 진행되고 있음을 지적할 수 있는데, 그 같은 변화는 향반들에 의해 주도되었던 것이 아닌가 한다.

이좌수(李座首)는 검은 암소를 타고 김약정(金約正)은 질장군 두루쳐 메고
남권농조당장(南勸農趙堂掌)은 취(醉)ᄒ여 뷔거르며 장고(杖鼓) 무고(巫鼓) 둥더럭국 춤추는고나
협리(峽裡)에 우맹(愚氓)의 질박천진(質朴天眞) 행지(行止)와 태고순풍(太古淳風)을 다시 본 듯 ᄒ여라[20]

18 신경숙, 「사설시조 연행의 존재양상」, 『남사화갑기념논총』, 1992, 747면.
19 송종관, 『조선중기 시조연구』, 영남대학교 박사학위논문, 1996, 149면.
20 약학습령》 983, 진본《청구영언》 524.

위 작품 역시 향소(鄕所)의 장(長)인 좌수와 동리의 소임을 맡은 풍헌과 지방 방리에서 농사를 장려하는 권농과 당장 등 등장인물들이 모여 마음껏 취하여 악기를 두드리며 노는 광경을 보여주고 있다. 이런 유형의 놀이 형태의 노래들은 강한 현장성을 보여주는 것이 특색이라 할 수 있다.

위의 두 시조에서 보았듯이 김약정, 손약정, 이풍헌, 노풍헌, 손당장, 조당장 등 등장인물은 그 성씨만 달라진다. 그 작품들은 개인적인 놀이의 유흥공간에서 현장감 있게 즐겼던 노래며 담당층은 주로 조선후기의 향반이다. 따라서 이런 작품들은 사설시조가 평민의 노래에서 양반층으로 옮겨지는 과정에서 산출된 노래라 생각된다.

사설시조에 있어서 조선시대의 집권 세력층인 양반은 중국의 역사 인물들에 비해 극히 미미하게 등장한다. 그런데 특이하게도 조선조의 양반층 인물들 중에서는 국태공인 대원군이 가장 빈번하게 등장한다. 대원군에 대한 노래가 특히 많다는 사실은 주목해 볼 만하다. 이동연은 이런 현상을 19세기 가곡창이 바야흐로 궁중으로 진출했음을 시사해준다고 한다.[21] 대원군과 대원군 부인의 환갑잔치에서 시조창이 불렸으며, 이러한 시조 음악은 성상(聖上)의 즉위식, 세자(世子)의 탄신 축하 노래, 궁중의 연례악(宴禮樂)으로 공연되었으리라 짐작할 수 있다. 안민영의 《금옥총부》에는 왕실 송축시가 46수, 대원군 예찬시가 20수나 수록되어 있다. 대원군 예찬시는 다시 대원군의 구체적인 시혜(施惠)에 감격하여 읊은 시조군과 일방적 예찬의 두 부류로 분류된다. 대원군의 시혜와 관련된 예찬시는 대원군이 안민영에

---

21 이동연, 『19세기 시조의 변모양상』, 이화여자대학교 박사학위 논문, 1995, 81면.

게 구포동인(口圃東人)이라는 호를 하사하거나 안민영의 회갑연을 열어 준 일 등에서 안민영과 대원군이 각별한 사이였음을 보고하고 있기도 하다.[22] 일방적 예찬은 석파(石坡) 대원군에 대한 7수, 대원군의 장남 우석(又石)에 대한 3수, 대원군의 심복 하정일을 그린 1수 등으로 되어 있다. 안민영이 특히 대원군을 예찬했던 이유는 대원군의 예술적 기질과 소양, 그리고 풍류의 소질을 지니고 있으면서도 시대적인 안목을 갖춘 인물로서 난초를 잘 치고 음률에 정통하기 때문이라고 한다.[23] 구체적인 그의 시조를 보면 다음과 같다.

국태공지선(國太公之亘) 만고영걸(萬古英傑) 이제 뵈와 의론(議論)컨듸

정신(精神)은 추수(秋水)여늘 기상(氣象)은 산악(山岳)이라 만기(萬機)를 궁섭(躬攝)허니 사방(四方)에 풍동(風動)이라 예악(禮樂) 법도(法度)와 의관(衣冠) 문물(文物)이며 정모(旌旄) 절기(節旗)와 검극(劍戟) 도쟁(刀鎗)을 찬연(燦然) 경장(更張)허시단 말가

그 밧게 금석(金石) 정이(鼎彝)와 서화(書畵) 음율(音律)에란 엇

---

22 위의 논문, 89면.

23 위의 논문, 83면 참조: 안민영의 《금옥총부》는 개인 시조집 3권 중에서 가장 음악적인 색채가 강하다. 왕실행사축하 시조는 다음과 같다.
〈대원군의 환갑 금〉 8, 25, 67
〈대원군의 부인과 부대부인의 환갑〉 71, 170, 170
〈세자의 생일〉 2,11 35, 49, 69, 88, 95, 173
〈대왕대비의 칠순〉 169
〈성상즉위〉 1
〈경복궁 중건〉 76
〈별궁신축〉 167

지 그리 발그신고[24]

안민영이 대원군을 예찬하면서 지적한 사항은 대부분 예술 분야다. 요컨대 안민영이 바라본 대원군은 예악법도(禮樂法道)를 찬연히 새롭게 하고 금석문과 서화음률에 밝은 통치자인 것이다. 안민영의 세계인식이 오직 예술가적 자의식에 기초하고 있음을 엿볼 수 있는 대목이기도 하다. 그 시대 사설시조 가객들이 높은 예술성을 추구하고자 하는 욕망을 지녔음을 보여주기도 한다. 안민영은 대원군의 지모(智謀), 담략, 유신, 척사위정(斥邪爲政)을 높이 평가하여 오백 년에 볼 수 없었던 영걸(英傑)이라 찬양하고 있는 대표적인 작가다. 그는 대원군의 정치적 역량을 읊기도 하고 대원군 생활 주변에서 느낀 바를 노래하기도 했다. 전통적인 시조에서도 연군을 즐겨 노래하긴 하지만 이처럼 왕실주변 인물을 집중적으로 칭송한 작가는 일찍이 없었다. 이것은 안민영이 대원군과 종실들과 가까이 할 수 있는 위치에 있었고, 왕실이 그의 생활의 후원자 역할을 했음을 짐작하게 한다.[25] 이런 맥락에서 조선후기 사설시조는 왕실과 밀접한 관계를 유지하고 있는 가운데 번성했다고 할 수 있다.

그 외의 시조에서도 국태공은 지모는 제갈무후요, 담략은 오후(吳侯) 손백부에 비견되고 있고 주문왕의 공업과 맹부자의 성학을 지니신 분이라고 높이 칭송된다.[26] 세자 저하 탄일에 쓰인 시조 노래는 백

---

24 안민영, 《금옥총부》 174, 《해동악장》 636.

25 대원군 송축시가 19수나 된다. 그 외에도 聖上 2수, 왕세자 11수, 府大부인 13수, 대원군의 장남 李載冕을 찬양한 것 13수가 있다. 박길남, 「조선후기 양반시조연구」, 한남대학교 박사학위논문, 1996, 173~4면.

26 안민영, 《금옥총부》, 152면.

룡(白龍)에 비유하고 성세(聖世)에 사는 우매한 백성을 위해 격양고복(擊壤鼓腹)하는 감군은(感君恩)의 성격을 띤 노래다.[27] 그 외 대왕대비의 칠순 잔치 축하연에 대왕대비의 성덕을 기려 노래한 안민영의 노래도 있다.[28] 이처럼 국태공 일가의 노래를 제외하고는 사도세자의 비극이나 최영 장군의 〈호기가〉[29]가 노래되고 있는 정도이다.

> 선왕(宣王)이 화선후(化仙後)에 고은 대군(大君) 어듸 간고
> 에엿스븐 대비공주(大妃公主)의 거슴 소긔 즐겨 계셔 밤이나
> 낫지ᄂ 님 향히 애정(哀情)과 회중살자(懷中殺子)늘 일각(一刻)
> 이나 이즈실가 기한(飢寒)이 도골(到骨)ᄒ야 팔십쇠옹(八十衰
> 翁)은 이고 이고 ᄒ며 서궁(西宮)을 ᄇ라보고 눈물 질 뿐이로듯
> 아미나 유정(有情)ᄒ 벗님네 뎌 쇠 열길 ᄒ쇼셔[30]

이 작품은 강복중(姜服中)의 작품으로 제목은 〈청계통곡육조곡(淸溪慟哭六條曲)〉이며, 사도세자의 비극을 내용으로 하고 있다. 혜경궁 홍씨는 죽은 남편의 슬픈 한(恨)을 끌어 앉고 80평생을 울면서 지내며 사도세자가 거처하였던 서궁(西宮)만을 바라보며 살아간다는 애조(哀調)의 노래다.

양반층의 사설시조는 일방적인 국태공에 대한 칭송 일변도의 노래와 그의 일족에 대한 노래, 혹은 사도세자에 대한 노래로 나타난

---

27 위의 책, 174면.

28 위의 책, 169.

29 김수장, 『해동가요』, 544면

30 姜復中, 〈淸溪歌詞〉

다. 이와 같이 궁중에서 일어나고 있는 일이나 이미 일어난 일을 주된 내용으로 삼고 있는 사설시조는 비교적 작가층이 뚜렷한 사대부가의 노래다. 뿐만 아니라, 그 칭송이나 애한(哀恨)의 대상도 뚜렷한 것이 특징이라고 할 수 있다.

3) 영웅과 영웅전 인물군

앞에서 이미 밝혔듯이 사설시조에서 제일 많이 다루어지고 있는 인물군은 영웅인물전에서 인용되고 있는 영웅적인 인물들이다. 앞의 분포도가 보여 주는 바와 같이 주로 《삼국지》에 나오는 인물들이 주류를 이룬다. 그것도 한 사람의 인물을 칭송하는 것이 아니라 여러 인물을 나열, 열거하고 있다. 이러한 사설시조에서는 영웅이 어떻게 형상화되고 있는지 살펴보기로 한다.

> 적벽수하(赤壁水下) 사지(死地)를 근면(僅免)한 조맹덕(曹孟德)이
> 화용도(華容道)에 다다라 수정후(壽亭候)를 만나 봉목(鳳目)
> 용검(龍劍)으로 추상(秋霜) ㄱ튼 호령(號令)에 초로(草露) 간웅
> (奸雄)이 어이 와석종신(臥席終身)을 바라리오마ᄂᆞᆫ
> 천고(千古)에 관공(關公)은 의장(義將)이라 녜 의(義)를 생각(生
> 覺)ᄒᆞ샤 의석조조(義釋曹操) ᄒᆞ시다[31]

위에서 인용된 시조는 조조가 적벽강에서 패주(敗走)하다가 관우

---

31 육당본, 《청구영언》 620, 《흥비부》 408.

를 만나 사경(死境)을 헤매는데 관우가 조조에게 패류(覇留)하고 있을 때 후대를 받았던 일을 잊지 않고 그를 살려 보낸 일을 노래했다. 관우에 대한 일방적인 칭송의 노래로 충, 효, 의, 열의 유교적 이념에 집착하는 양반의식이 여실히 드러난다. 실제로 《삼국지》에서는 조조와 관우의 개인적이고 인간적인 갈등이 별로 문제되지 않는다. 이 시조에서는 관우의 의리적인 행위를 내세워 자연스럽게 조조를 석방한다. 이 때문에 관우는 칭송의 대상으로 신격화된다. 사설시조에 있어서는 관우에 대한 칭송시가 가장 많다. 조조와 관우, 손무자와 관우, 익덕과 관우를 나란히 하여 쓴 사설시조가 3편이나 되는데, 관우가 '의(義)'를 위해 적중에 홀로 들어갔으며 덕이 높아 세상의 사표가 된다는 내용을 노래하고 있다.[32] 그 밖에 장익덕 명장을 칭송한 노래[33]와, 한고조를 도와 천하를 통일하고 공을 이룬 뒤 오호(吳湖)에 물러나 신선이 되려 한 장량, 항우와 우미인과의 이별을 노래한 곡이 있다. 조선의 장군으로는 남이 장군과 최영 장군에 대한 노래가 있다. 인물 고사(故事)건 작품이건 시조가 용사만으로 이루어진 것은 전대를 계승하려는 양반의식의 소산이지만 사설시조에 있어서는 큰 가치를 지니지 못한다.

관운장(關雲長)의 청룡도(靑龍刀)와 조자룡(趙子龍)의 날낸 쟁

---

32 '千古에 忠膽 義肝은 壽亭候 關公이신가 ㅎ노라'와 같은 유의 노래가 김수장의 『해동가요 560』, 『서울대본 악부』, 『청구영언 997』 등의 노래에서 千古에 드문 凜凜한 大丈夫로 묘사하고 있다.

33 「평주본 시조집」;
그 장사 대답허되 나의 성명은 한종실 유황숙의 셋재 아오
거긔장군연인 장익덕을 네 아느냐 모르느냐
아마도 한국 명장은 장익덕인가

(鎗)이

우주(宇宙)를 흔들면서 사해(四海)의 횡행(橫行)홀 제 소향무적

(所向無敵)이언만은 더러운 피를 무쳐시되 엇지 흔 문사(文士)

의 필단(筆端)이며 변사(辯士)의 설단(舌端)으란 도쟁(刀鎗) 검

극(劍戟) 아니 쓰고 피 업시 죽이오니

무섭고 무서을 슨 필설(筆舌)인가 ᄒ노라[34]

이는 김영(金鍈(煐))의 시조다. 김영은 정조 때 무과 급제하여 관이
형조판서에 이르렀고 시조 7수가 전한다. 위 시조는 관운장과 조자룡
이 그들의 무기인 청룡도와 장쟁을 가지고 사해를 횡행할 때 향하는
곳마다 적이 없었지만 그들의 무기에는 더러운 피가 묻었음에 비하여
문사와 변사는 칼과 창을 사용하지 않고 오직 붓과 혀로 피를 흘리지
않고도 사람을 죽인다는 것을 말하고 있다. 때문에 세상에서 무서운
것은 필설이라고 일깨우고 있어 이 시조에서는 관우와 조자룡은 배
경인물로 등장하고 있다.

사설시조 가운데는 유명한 역사적 사건과 성현재사(聖賢才士)와
영웅호걸들의 일화를 소재로 한 것이 많은데 사설시조 251수 중에서
20수가 전한다.[35] 그중 네 영웅에 대한 예찬시를 보자.

한고조(漢高祖) 모신(謀臣) 맹장(猛將) 이제 와 의론(議論)ᄒ니

소하(蕭何)의 급궤향(給饋餉) 부절양도(不絕糧道)와 장량(張

---

34 김영(金煐), 육당본《청구영언》746.

35 우리나라 사적을 노래한 것이 7수, 중국 사적을 노래한 것이 13수가 있다. 유비, 관우, 제갈
무후, 공명로, 자운정, 기자, 동방삭, 서문표, 남궁활, 북궁무, 사마상여, 범려, 백낙천, 소식,
조조, 두목, 장계, 손오공, 두보, 한유 등이 있다.

良)의 운주장악(運籌帳幄)과 한신(韓信)의 전필승(戰必勝) 공

필취(功必取)는 삼걸(三傑)이라 ᄒᆞ려니와 진평(陳平)의 육출기

계(六出奇計) 아니런들 백등(白登)에 메운 성(城)을 뉘라셔 풀러

닉며 항우(項羽)의 범아부(范亞父)를 뉘라셔 이간(離間)ᄒᆞ리

아마도 금도병업지공(金刀幷業之功)은 사걸(四傑)인가 ᄒᆞ노라[36]

이 시조에는 당쟁이 심한 시대에 관료생활을 하면서 영웅이 출현
하여 나라를 평정하고 그 결과 태평성대가 도래하기를 기대하는 심
중이 내재해 있는 것을 볼 수 있다.[37] 한태조가 백등산에서 7일간 모
돈에게 포위되었으나 진평의 계교로 풀려난 고사를 인용하고, 항우
의 팔천 군사가 한나라 군사에게 밀려 전의를 상실한 채 흩어짐으로
해서 항우의 신세가 가련하게 되었음을 노래하고 있다. 이 시조는 결
국 항우의 무의불충을 말하고 있기도 하고 진평의 6가지 기이(奇異)한
계획과 본영(本營)에서 장량이 세운 작전 계획의 치밀함을 예로 들면
서 삼걸인 장량과 소하, 한신에 이어서 진평까지 넣으면 4걸이 된다는
영웅이 되는 길을 노래했다.[38]

창(窓)밧긔 가마솟 막키라는 장스 이별(離別) 나는 구멍도 막키

ᄂᆞᆫ가

---

36 이정보(李鼎輔), 《악학습령》 963, 주시본 《해동가요》 387.

37 이세보 시조에서 둘째로 많은 내용은 교훈 강호류다. 이에는 고사회고 32수가 있다. 이는
전통적으로 양반시조에서 많이 노래되어온 주제다.

38 박길남, 앞의 논문, 92~93면. 이세보의 고사 회고류는 한태조 8수, 항우 7수, 한신 3수, 범
증 3수, 초한의 영웅을 추앙하는 내용이다. 전기 일반 시조에서는 공맹을 찬양한 것이 대
부분인데 이세보는 유교인물에 대한 칭송시는 없다.

장수의 디답ᄒᆞ는 말이 진시황(秦始皇) 한무제(漢武帝)는 영행

천지(令行天地)ᄒᆞ되 위엄(威嚴)으로 못 막고 제갈량(諸葛亮)은

경천위지재(経天緯之才)로도 막단 말 못 드럿고 ᄒᆞ믈며 서초패

왕(西楚覇王)의 힘으로도 능(能)히 못 막앗ᄂᆞ니 이 구멍 막키란

말이 아마도 우수왜라

진실(眞實)로 장사의 말ᄀᆞᄐᆞᆯ진딘 장리별(長離別)인가 ᄒᆞ노라[39]

이별의 아픔을 노래하면서도 영웅들의 이름이 거론된다. 진시황
의 위엄, 제갈량의 재주, 서초패왕의 힘으로도 어쩔 수 없는 것은 기
나긴 이별의 아픔이라는 것이다. 평시조에서 자연을 배경 삼아 쓰는
초장, 중장의 역할을 사설시조에서는 자연 묘사가 아닌 역사 인물을
둘러치는 수사법이 초장, 중장의 배경 구실을 하고 있다. 조선 후기에
들어서면 자연을 음미하는 한정의 요소가 격감되고 있을 뿐 아니라,
난세에 영웅이 필요하듯 난리를 겪은 후의 사람들에게 있어서 영웅
이름 대기나, 영웅 인물 알기 등이 생활의 한 부분으로 자리 잡는다.
그 같은 현상은 일상적인 어투에서부터 문학 전반에 이르기까지 두
루 나타나는 것으로 보인다. 조선의 영웅 중에서 이순신을 칭송한 시
조는 없어도 고려조 영웅인 최영을 노래한 시조는 있다.

병자(丙子) 정축(丁丑) 난리시(亂離時)예 훈련원대(訓練院垈)

건너 붉은 복닥이 쓴 놈 간다

앞픠는 몽고(蒙古)요 뒤혜 가달(可達)이 백마(白馬)탄 진달(眞

39 朴文郁, 《악학습령》 941, 《청구가요》 65.

達)이는 사슈리 살 츠고 유월내마(騮月乃馬)탄 놈 철철총(鐵鐵
驄)이 탄 놈 양비열(兩鼻裂)이 탄 놈아라마 쵸쵸 마리 베히라
가즈
어즙어 최영(崔瑩)곳 잇뜻쓰면 석은 플치듯 흘랏다[40]

　　이 작품을 상층 세력을 비난한 저항적 세계관이 표출된 것으로 본
견해도 있으나 병란이라는 소재와는 달리 작자의 시야는 고난보다는
오락적인 것에 가깝다.[41] 오락성을 가진 풍자로서 사설시조가 지닌 위
트가 돋보이는 시조라 할 수 있다. 역사의식이나 비판의식이 강하게
드러나지는 않지만 최영 장군이 계셨더라면 몽고족의 진달이나 가달
이 같은 인물이거나 철철총과 양비열 같은 몽고 말 정도는 썩은 풀 치
듯 할 것이라고 말하는 데서 인재의 부족 현상을 풍자하려는 의도도
엿볼 수 있다. 이런 점에서 이 작품은 최영 장군 같은 사람이 다시 등
장하기를 바라는 사람들의 소원이나 희망이 투영된 노래라고 하겠다.
　　영웅을 제재로 하고 있는 시들은 거의 대부분 작자가 알려져 있다.
이세보, 강복중, 안민영 등 작자가 뚜렷하고 사대부들의 문학임을 입
증하는 요소도 볼 수 있다. 그리고 특징적으로는 영웅적 인물들이 도
식화, 공식화되면서 상투적인 배경 역할을 한다. 그런가 하면 실제로
역사적인 인물, 특히 삼국지에 나오는 인물들, 예컨대 관우와 장비,
덕을 가진 유비와 지모를 지닌 제갈량 등을 중심으로 그들의 역사적
사실을 읊기도 하고 덕과 지혜를 칭송하기도 한다. 그런데 항우는 비
운의 왕으로 우미인과의 고사와 관련하여 이별의 제재로 쓰이고 있

---

40 김수장(金壽長), 주씨본《해동가요》544.
41 위의 논문, 73면.

다. 문학성이나 예술성은 차치(且置)하고라도 조선인들이 즐겨 불렀던 이런 사설시조는 그들 생활과 친숙했던 노래 장르가 아니었나 생각된다. 임진왜란과 병자호란에 패한 역사적인 사실을 인정하기 싫었던 조선인들이 역으로 이런 영웅 노래를 부르면서 감정의 울분을 삭이고자 했던 것은 아닐까 하는 생각이 든다. 그것도 해학적인 요소를 섞어가면서 말이다. 그렇다면 그것은 〈임진록〉, 〈박씨전〉 등 소설의 허구성과 별반 다를 것이 없다는 생각이다.

4) 도교 인물군의 사상

중국에서는 위진(魏晉) 시대에 이르러 신선사상이 크게 흥기(興起)한 바, 민간에서는 신선설에서 발전한 도교의 성립을 보게 된다. 이러한 도교와 신선사상은 많은 신선설화를 낳았고, 그로 하여 유명한 인물들이 득선한 신인으로 미화된 이야기들이 유행하게 되었다. 이러한 신선설화의 집대성인 《태평광기》는 70권에 달하는 신선이나 여선 설화들과 호협, 방사, 도술 관계의 이야기를 내용으로 담고 있다.[42] 그러나 우리나라에서는 신선 논의가 토착화되지 못했던 것 같다. 설화 속에는 상당한 양의 신선 이야기가 있긴 하지만 그 양상은 중국과는 다르게 나타난다. 기껏해야 역사적인 인물을 신선화하거나 불가사의한 선술(仙術)을 가졌다는 정도를 넘어서지 못하고 있다. 반대로 신선 논의의 공소함을 역설한 것도 적지 않고 또 신선논의의 허황함을 소재로 하여 믿는 자를 골려 주는 내용의 것도 있다. 김시습, 서화담 같

---

42 金鉉龍, 『한중소설설화비교연구』, 일지사, 1976, 68~80면.

은 역사적인 인물이 서거한 지 백년도 못 되어 그들의 이야기는 신선 설화의 형태로 나타나고 있다.

이상에서 보는 신선 이야기들은 널리 알려진 신선 소재들을 우리 역사상의 인물들에게 끌어다 붙여 선화(仙化)시킨 것에 지나지 않으므로 어떤 문헌이나 고유한 설화에서 영향 받은 것이 아니라 창작된 것이라고 짐작할 수 있다. 다만 《태평광기》가 널리 신선설화를 수록하고 있는 것으로 보아 그 신선 이야기들이 우리나라 문학 전반에 크게 영향을 미쳤을 것임은 자명해 보인다.

조선 태조(太祖)는 등극하기 전에는 태백금성(太白金星)에 제사하기도 하는 등 도교에 큰 관심을 가졌던 듯하다. 그러나 태조 원년에는 예조의 건의에 따라 초례 장소를 폐지하고 소격전 한 곳만을 두었다. 소격전은 임진왜란 이전까지 존속했던 유일한 관반 도교기관이다. 당시 소격전의 직능 및 활동에 대한 기록은 다음과 같다.

> 소격서의 일은 모두 중국 도교에 의거한다. 태일전(太一殿)에서는 북두칠성을 제사하는데 그 신상은 모두 머리를 풀어헤친 여자 얼굴이다. 삼청전에서는 옥황상제(玉皇上帝), 태상노군(太上老君), 보화천존(普化天尊), 재동제군(梓潼帝君) 등 10여 위를 제사하는데 모두 남자의 형상이다. 그 나머지 안팎의 여러 단(壇)에서는 서해 용왕신 명부시왕 수부의 여러 신들을 배설하여 위판에 이름을 써 놓은 것이 수백이다. 헌관 서원(獻官署員)들은 모두 흰옷에 검은 두건을 쓰고 재(齋)를 올리고 관

(冠)과 홀(笏)을 갖춘 예복의 차림으로 매년 제사를 지낸다.[43]

인용문에서 보아 알 수 있듯이 조선시대 전반에 걸쳐 도교사상은 우리네 생활에 밀접히 연결된 것 같다. 시조를 통해 구체적인 도교 인물들을 살피고자 한다.

> 고금(古今) 인물(人物) 혜어 본이 명철보신(明哲保身) 긔 누구고
> 장자방(張子房)은 사병벽곡(謝病辟穀)ᄒᆞ야 적송자(赤松子)를
> 좃ᄎ 놀고 범려(范蠡)는 오호연월(五湖烟月)에 오왕(吳王)의 망
> 국수(亡國愁)를 편주(扁舟)에 싯고 간이
> 아마도 피차(彼此) 고하(高下)를 나는 몰라 ᄒᆞ노라[44]

구체적인 신선 이름이 나오는 것은 적송자다. 적송자는 신농(神農) 때의 우사로 풍우를 타고 곤륜산에 내려와 놀았다는 신선이다. 빙옥(氷玉)을 먹고 불 속에 들어가도 뜨겁지 않았다고 한다. 장량 역시 명성 공도한 뒤 적송자를 따라 신선이 되었다고 한다. 장자방은 병이라 핑계 대고 은퇴하여 곡식을 먹지 않고 대추, 밤, 솔잎을 먹으며 신선이 되려고 한 인물이다. 범려는 춘추시에 월왕 구천의 신하로 구천을 보좌하여 오(吳)나라 부차를 치고는 오호연월에서 신선처럼 놀다가 죽은 인물이다. 적송자를 따르겠다는 것은 세속의 인간과 인연을 끊고 산 속에 묻혀 신선의 생활을 하겠다는 것으로 신선 세계를 동경한 작품이라 할 수 있다. 적송자와 범려는 도교와 관련이 깊은 인물들이다. 그런

---

43 정재서, 「한국 도교의 고유성」, 『정신문화원 논총』, 한국정신문화 연구소, 186면 재인용.
44 이정보, 주씨본《해동가요》381, 서울대본《樂府》491.

인물들이 진정 명철보신(明哲保身)의 인물임을 일깨워주는 노래다.

신선에 대한 환상적인 동경이나 탁의(託意)와 정회(情懷)를 표현한 시조작품과는 그 경향을 달리하여 신선에 대한 부정이나 경멸의 태도를 나타낸 것도 보인다.[45]

님그려 깁히든 병(病)을 무슨 약(藥)으로 고쳐 닐고

태상노군(太上老君)의 초환단(草還丹)과 서왕모(西王母)의 천년(千年) 반도(蟠桃) 낙가산(落迦山) 관세음(觀世音) 감로수(甘露水)와 삼산(三山) 십주(十洲) 불로초(不老草)를 아모나 먹은 들 하릴소냐

아마도 그리던 님을 만나 량이면 긔 양약(良藥)인가 하노라[46]

이 시조는 임을 그리며 임과의 재회를 희구하는 작품이다. 이별의 애상(哀傷)을 병으로 생각하여 그 병을 고칠 약으로 초환단, 천년반도, 불로초 등을 열거하고 있으나, 사실 이 약들은 이별이나 재회와는 직접 관련이 없고 차라리 님과의 만남 그 자체가 양약(良藥)이라는 논리다.[47] 내 병을 치료할 효험이 없는 약으로 노자의 초환단이나 서왕모의 삼천년 만에 한 번 피어 열매를 맺는 선도(仙桃)를 들고 있어서, 효험이 없는 도교의 선인과 선약을 풍자적으로 노래했다고 할 수 있다. 다음 시조도 도교의 부정적인 시각을 나타낸다.

---

45 조재억,「한국시가에 나타난 신선사상」,『국문학논집』제2집, 단국대 국어국문학, 1968. 158면

46 김묵수(金黙壽),《청구가요》54, 육당본《청구영언》675.

47 張成鎭,「사설시조의 작자의식과 그 표현양상」, 경북대학교 석사학위논문, 1980.

북망산천(北邙山川)이 긔 엇더ᄒ여 고금(古今) 영웅(英雄)이 다
가는고
진시황(秦始皇) 한무제(漢武帝)도 채약(採藥) 구선(求仙)ᄒ야 부
듸 아니 가려터니
엇더타 여산(驪山) 풍우(風雨)와 무릉(茂陵) 송백(松柏)을 못닌
슬허 ᄒ노라[48]

북망산천은 사람이 죽어서 가는 곳을 말한다. 진시황이나 한무제
도 약초를 구하려고 모든 방법을 다 동원하였지만 여산과 무릉에 묻
혀 주위의 소나무와 잣나무의 호위를 받고 있으니 그것을 슬퍼한다
는 '인생무상'을 주제로 한 시조다.[49] 사설시조에서는 도교사상을 인
생무상과 연관지어 노래하고 있다. 불로초 같은 모든 종류의 약이 이
별과는 아무 관계가 없고 어떤 효험도 없어 북망산으로 가야하는 인
생의 허무를 노래할 때 신선이나 신선초를 열거하며 노래 불렀다고
본다. 조선조의 대표적인 여성시인 허난설헌의 〈유선사〉에 나타나는
것과 같이 신선과 노닐며 '백옥루(白屋樓)를 소요(逍遙)'하는 풍의 시
조가 없다는 것이 사설시조에 나타난 도교 인물군의 한 특징으로 지
적할 만하다.

5) 유교 성인군의 칭송
고대 중국의 인물들 중에서는 유교적인 성인이 가장 많이 등장하

---

48 《악학습령》 1043, 진본《청구영언》 488.
49 홍승완, 「고시조에 나타난 불교사상 고찰」, 중앙대학교 교육대학원 석사학위논문, 1982.

고 있을 것이다. 김동준은 요순을 노래한 것이 24수, 공자의 용례는 22수, 강태공 11수, 맹자 8수 등이 있다고 한다.[50]

> 태극(太極)이 조판(肇判)ᄒ야 만물(萬物)이 시분(始分)인제 인
> 물지생(人物之生)이 임임총총(林林葱葱)ᄒ더니
> 성인(聖人)이 수출(首出)ᄒ샤 복희(伏羲) 신농(神農) 황제(黃帝)
> 요순(堯舜)이 계천입극(繼天立極)ᄒ시니 인사(人事)의 가즘이
> 대강(大綱)이 븕앗더니 그 후(後)에 우탕(禹湯) 문무(文武)와 주
> 공(周公) 소공(召公) 공자(孔子)ㅣ 니어 나샤 전장(典章) 법도(法
> 度)와 예악(禮樂) 문물(文物)이 욱욱빈빈(郁郁彬彬)ᄒ미 이만
> 썩이 업돗더라
> 이 몸이 느저 난 줄을 못니 스러 ᄒ노라[51]

위의 인용 시조에서는 중국 역대 성현의 덕망과 치적을 열거하고 있다.[52] 용사(用事)의 대상은 같은 유형에 속하는 사람들이다. 복희, 신농, 황제, 요순이 계천입극하여 대강을 밝히고 우, 탕, 문무, 주공과 공자가 이어서 나타나 문물과 예악이 더 없는 전성기를 이루었다. 이들 성현들은 작자의 눈에 완전한 존재로 보이며 그들의 행적은 인간을 완성시킨 업적들로 인식된다. 여기서 인물들은 바로 인륜의 대도(大道)를 밝히고 법률과 제도 예악을 일으킨다. 따라서 인물들과 그들의 공적은 같은 등호(等號)로 성립된다.

---

50 김동준, 「고시조 인명소재론」, 『한국시가의 원형이론』, 진명문화사, 1996, 240~242면.

51 가람본《청구영언》606, 《동국가사》367.

52 김주곤, 『한국시가와 충효사상』, 국학자료원, 2000.

공문제자(孔門弟子) 칠십인(七十人)이 춘풍(春風) 행단(杏亶)에 좌우(左右)로 버러시니

삼월불위(三月不違) 인퇴이여우(仁退而如愚)는 안연(顔淵)의 어딜미오 오도일이관(吾道一以貫) 충서이이(忠恕而已)는 증삼(曾參)의 독학(篤學)이오 옹야(雍也)는 가사(可使) 남면(南面)이오 구야(求也)는 가사위상(可使爲相)이라 자로(子路)는 호용(好勇)ᄒ니 천승(千乘)의 치부(治賦)ᄒ고 자공(子貢)은 명민(明敏)ᄒ니 호련(瑚璉)의 그릇시오 무예(舞霓) ᄇ람 ᄒ고 기수(沂水)에 목욕(沐浴)ᄒ야 천인(千仞) 절벽(絶壁)에 봉황(鳳凰)이 ᄂ라 옴은 증점(曾點)의 기상(氣象)이라

아마도 회인불권(誨人不倦)ᄒ고 작육영재(作育英才)ᄒᄂ 만고(萬古) 지락(至樂)은 부자(夫子)ㅣ 신가 ᄒ노라[53]

공자만큼 한국문학에 영향을 준 이도 드물다. 공자는 정치, 사상, 학문, 문학, 사회, 문화 등에 골고루 영향을 미쳤는데, 그는 교육의 이상을 실현하기 위해 전국을 두루 다니며 왕의 덕치론과 인의예지(仁義禮智) 사상을 피력했다. 공자의 언행록인 논어는 효와 충을 특히 강조했는데 조선조 유교 이데올로기에 젖었던 선인들의 노래가 모두 이 범주에서 벗어나지 못하는 것도 어찌 보면 당연하다고도 할 수 있을 것이다. 위의 시조는 공자의 제자 70인 가운데 유명한 안연, 증삼, 자로, 자공, 증점 등에 대해 특기사항을 열거하고서, 남을 가르치는 데 게으르지 아니하고 제자를 육성하는 즐거움을 누린 분은 부자(夫子)

---

53 작자는 申獻朝. 字는 汝可 號는 竹醉堂, 《蓬萊樂府》 14.

한 분뿐이라며 공부자를 칭송하고 있다.

> 삼대후(三代後) 한당송(漢唐宋)에 충신의사(忠臣義士) 혜여보니
> 이제(夷齊)의 고죽청풍(孤竹淸風)과 용봉비간충(龍逢比干忠)
> 은 니르도 말련이와 노련(魯連)의 도해고풍(蹈海高風)과 주운
> (朱雲)의 절함직기(折檻直氣)와 진처사(晋處士)의 자상일월(紫
> 桑日月)에 불방(不放) 비화과석두(飛花過石頭)와 남제운(南霽
> 雲)의 불위불의굴(不爲不義屈)과 악무목(岳武穆)의 황배정충
> (黃背精忠)은 천추(千秋) 죽백상(竹帛上)에 뉘 아니 경앙(景仰)
> ᄒ고
> 아마도 아동(我東) 삼백년(三百年)에 현충숭절(顯忠崇節)ᄒ샤
> 당당(堂堂)ᄒ 삼학사(三學士)의 만고(萬古) 대의(大義)ᄂ 짝 업
> 슨가 ᄒ노라[54]

위의 시조는 조선조 악장 〈용비어천가〉에서 앞장은 중국의 고사를
원용하고 뒷장에서는 조선의 사적을 노래하는 것과 동일한 수법으로
한나라, 당나라, 송나라의 충신과 의로운 선비들을 나열하고 있다. 이
제(夷齊)를 시발로 하여 비간의 충성심, 노련과 주운의 기개, 남제운
의 굽히지 않는 절개 등을 누가 경앙(敬仰)하지 않겠느냐는 충신을 기
리는 노래다. 누구나 고개를 숙이지 않을 수 없는 천고의 중국 의열사
(義烈士)들을 열거한 후 정작 주장하려는 것은 조선 삼학사의 절의다.
요컨대 이 시조는 병자호란 때 끝까지 척화를 주장하다가 심양에 끌

---

54 작자는 李鼎輔. 字는 士受 號는 三州,《해동가요》389.

려가 살해당한 홍익한, 윤집, 오달제를 칭송하는 노래인 것이다.

그런가 하면 "천황, 지황, 인황, 복희, 신농, 요순, 우탕, 문무, 주공도 죽고 진시황도 장수불사하려다가 죽고 한무제도 육십에 승하하고 했으니 우리 같은 초로 인생 공수래 공수거가 아니 놀고 무엇하리"와 같은 사설시조에서는 인명이 무려 10여 명 이상이 나열된다.[55] 그와 똑같은 수법으로 앞부분을 시작하면서 "관공도 간계에 죽고, 화타 편작도 약명 몰라 죽었고 왕개 석숭같은 돈 많은 사람도 죽고 이러니 초로(草露) 같은 우리 인생은 말해서 무엇하겠느냐"[56]는 식의 '인생무상'을 주제로 한 시조들도 꽤나 많이 존재한다. 시조 초장과 중장을 배경처럼 중국의 인명을 나열하면서 종장에서는 시적 화자의 처지를 이야기하기도 하고 또는 조선의 선비를 칭송하기도 하는 것이다.

그러나 그러한 작품들이 명인들에 대한 단순한 칭송으로 전락하거나 배경으로서의 인명이 허황(虛荒)하게 나열되어 현학적인 시조로 변모하고, 문학적 가치를 잃는 현상이 나타난다. 평시조에서는 유교 성인의 노래를 부르면서 그들의 도덕관을 따르려고 했다면 사설시조에서는 내 말을 하고 싶어 영웅이나 성인의 이름을 원용한 것으로 보인다. 더불어 유교 성인을 따르겠다는 취지의 노래는 현격히 줄어들었다.

6) 처사 문학인의 예술

조선인들은 중국의 문학인들을 정말로 존경하고 사랑한 듯하다.

---

55 평주본 《잡지》 151.

56 《악부》 고대본 904.

이백이나 두보, 두목지, 도연명, 소동파, 완적, 유령에 이르기까지 그들의 노래를 따라 부르고 그들처럼 살고자 했다. 위에 나열된 문학인들의 면모를 살펴보면 그들은 문학을 사랑하고 예술가적 소양이 다분한 사람들이며 세속과 영합하지 못한 처사문학인들이라고 할 수 있다. 실제로 삶이 순탄치 못하고 술과 달과 시와 더불어 거문고를 켜면서 인생을 노래한 사람들이 주류를 이룬다.

> 태산(泰山)이 불양토괴고(不讓土壞故)로 대(大)ᄒ고 하해(河海)
> 불택세류고(不擇細流故)로 심(深)ᄒᄂ니
> 만고(萬古) 천하(天下) 영웅(英雄) 준걸(俊傑) 건안팔자(建安八
> 字) 죽림칠현(竹林七賢) 이적선(李謫仙) 소동파(蘇東坡) ᄀ튼 시
> 주풍류(詩酒風流)와 절대호사(絶代豪士)를 어듸가 어더 이로
> 다 사괴리
> 연작(燕雀)도 홍학(紅鶴)의 무리라 여유(旅遊) 광객(狂客)이 낙
> 양(洛陽) 재자(才子) 모도신 곳에 말지(末地)에 참여(參與)ᄒ여
> 놀고 가려 ᄒ노라[57]

유령이나 태백의 잔과 달을 사랑하는 마음이니 우리도 음주를 하며 달을 즐김이 고인같이 하자는 《악부 나주본》의 시가 있고, 임중환의 《시조연의》에는 벽공에 걸린 달 뚜렷하니 태백(太白)이 반은 부었고 반은 기우러지고 반달만 남아 있으니 두어라 남은 달을 남은 술로 길게 취하며 지내자는 노래가 있다.[58] 그러나 처사의 노래 중에는 도

---

57 《악학습령》 930, 진본《청구영언》 561.
58 박을수, 「시조대사전」, 963면.

잠을 찾아 나서자는 내용의 시조가 대종을 이룬다.

> 동강 칠리탄에 둥둥 떠 잇는 져긔 져 비는 엄즈룽의 낙시빌시
> 가 분면ㅎ구나
> 그 빅 우에다 녯날 녯젹 소동파 리젹션 두목지 쟝건 녀동빈 졔
> 갈량 다 모화 싯고
> 그 빅 졈졈 흘니 져혀 오류촌 진처수 도연명 차자셔 빅노리 가
> 잣구나[59]

엄광(엄자룽)은 훈련대부를 마다하고 부춘산(富春山)에 숨어 살면
서 중국의 절강성 동려현 경계를 흐르던 강가에서 낚시질로 소일하
던 인물이다. 그의 낚시 배에 북송의 문인인 소동파와 당나라 시인인
이태백과 두목지, 그리고 중국 전한의 외교가인 장건과 당나라 사람
으로 종남산에서 수도한 팔선(八仙)의 하나라는 여동빈과 재사(才士)
제갈량을 다 배에 오르게 한 후 오류촌에 사는 도연명을 찾아가 뱃
놀이를 즐기면 어떻겠느냐는 노래다. 마치 한림별곡의 곡조를 보는
듯하다. 신선류와 문인인 한림처사들을 한 곳에 모이게 한 후 처사들
의 대표격인 도잠의 고을에서 머무는 모양이 어떻겠냐, 꽤나 훌륭
한 광경이 아니겠느냐는 유희(遊戲)에 대한 유도(誘導)의 노래다. 그 외
에 연명과 태백, 유령 등이 어우러져 시름을 푸는 데는 술만 한 것이
없다는 투의 노래가 다수 있다.[60]

---

59 《악부》 고대본 89.
60 《악학습령》 908, 852, 928.

건곤이 유의ᄒ여 남ᄌᆞ를 내이시고 세월이 쟝ᄎᆞ 여류ᄒ여 우리

쟝부를 늙케나 낸다

넷말노 말홀지경이면 두목지 소동파 리태백 강태공 동방삭 ᄀᆞᆺ

흔 량반은 ᄉᆔ유 유적이 지금ᄭᅡ지라도 잇건만은 우리 쵸로 ᄀᆞᆺ흔

인싱이야 ᄒᆞᆫ 번 도라가면 만수 천산에 분운 쏀이로구나

청춘지년을 허송치 말고 ᄆᆞ음ᄃᆡ로 노ᄌᆞ⁶¹

위 작품은 열거된 사람들의 훌륭한 유적(遺跡)에 비해 유적이 전혀
없는 초로 같은 인생들은 더 허무할 것이니 마음껏 놀기나 하자는 취
락적인 요소를 지닌 노래다. 중국의 인명들을 아는 대로 모두 나열하
는 사설시조들이 주류를 이룬다. 다른 한편으로는 중국의 명사(名師)
들을 통해 조선인으로서의 열등감을 해소하고자 하는 선인들의 욕망
의식을 엿보게 하는 시도 있다.

석숭(石崇)의 누거만재(累鉅萬財)와 두목지(杜牧之)의 귤만거

(橘滿車) 풍채(風采)라도

밤일을 홀 저긔 제 연장 영성(零星)ᄒ면 ᄉᆞ굼자리만 자리라 긔

무서시 귀(貴)할소냐

빈한(貧寒)코 풍도(風度)ㅣ 매몰(埋沒)홀지라도 졔 거시 무즑ᄒ

여 내 것과 여합부절(如合符節) ᄒ면 긔 내님인가 ᄒ노라⁶²

부자인 석숭이나 풍채 좋은 두목지라도 밤일을 못한다면 빈한하

61 《악부》, 고대본 900.

62 진본《청구영언》 546, 《악학습령》 923.

고 풍도가 형편없더라도 밤일을 잘하는 내 님만 못하다. 이 작품의 시적 화자는 밤일을 잘하는 사람만이 내 님이라고 말함으로써 성적 욕망을 적나라하게 표출하고 있다. 여성 화자에 의해 성이 직설적이고 노골적으로 표현되는 것도 조선후기 중세 해체기의 주요 양식이었던 사설시조는 조선 후기의 복합적인 변화의 제 양상을 보여주는 축소판인 것이다.[63]

이처럼 처사 문학인들을 노래한 시조들은 술과 노래가 어우러진 취락을 읊기도 하고, 인생무상을 읊기도 하면서 여러 처사들과의 연출하는 광경을 묘사한다. '이태백은 미주(美酒)하고, 강태공은 낚시하여 안주를 담당하고, 도연명은 거문고를 타고, 장자방은 추야월(秋夜月)에 옥통소를 부르라'[64]는 내용의 노래가 그 대표적인 예이다. 이런 시조들은 자신들의 개성적인 장기를 가지고 살았던 처사인과 호흡을 같이 하고자 했던 조선인들이 즐겨 부르던 풍류적인 요소의 노래라 할 수 있다.

7) 불교인: 성(聖)과 속(俗)의 세계

불교인들을 다룬 시조는 두 양상으로 나타난다. 하나는 도선이나 무학대사, 육관대사, 손오공 같은 명승(名僧)을 노래하는 것이고, 다른 하나는 단순히 보살 전체를 노래하거나 듕놈, 듕, 중놈이라는 명칭으로 승려를 비하하거나 풍자, 익살, 해학을 곁들여 파계승을 희화화

---

63 신경숙, 「사설시조 연행의 존재양상」, 『남사 화갑기념논총』, 남사 화갑기념논총 간행위원회, 1992, 745면.

64 박씨본《시조》17.

(戱畵化)하는 것이다.

> 화과산(花果山) 수렴동중(水簾洞中)에 천년(千年)묵은 진납이
> 나서
> 신통(神通)이 거룩ᄒ여 용궁(龍宮)에 작란(作亂)ᄒ고 신진철(神
> 鎭鐵) 어든 후(後)에 대(大)시천궁(天宮)틋가 옥제(玉帝)게 득죄
> (得罪)ᄒ여 오행산(五行山)에 지즐엿다가 부텨님 경계(警戒)로
> 발원제중(發願濟衆)ᄒᄂ 금면자(金綿子)의 제자(弟子)되여 팔
> 계사승(八戒沙僧) 거느리고 서역(西域)에 드러갈 제 만수천산
> (萬水千山)이 십만(十萬) 팔천리(八千里)라 요얼(妖孼)을 소청(掃
> 淸)ᄒ고 대뢰음사(大雷音寺) 드러가셔 팔만대장경(八萬大藏經)
> 을 다 닉여 오단 말가
> 아마도 비인비괴(非人非鬼) 역비선(亦非仙)은 손오공(孫悟空)인
> 가 ᄒ노라[65]

이는 중국 사대기서(四大奇書) 중의 하나인 《서유기(西遊記)》에서
취재(取材)한 것인데, 《서유기》는 명(明)의 오승은(吳承恩)이 지었다고
하는 100회로 된 회장(回章)소설로서 당승(唐僧) 현장(玄奘)의 인도 여
행에 관한 전설에서 취재한 것으로 손오공(孫悟空), 저팔계(豬八戒), 사
오정(沙悟淨)이 삼장(三藏)법사를 수호하여 여러 가지 곤란을 극복하
고 천축(天竺)에 가서 무사히 불경을 가지고 돌아온다는 내용으로 되
어 있다. 이 시조는 《서유기》중에서 인간도 아니고 귀신도 아니고 신

---

65 육당본《청구영언》 874, 박씨본《詩歌》 670

선도 아닌 손오공을 노래한 것이다. 소설인 《서유기》에서 취재한 듯하여 역시 승보(僧寶)[66]라고 분류하였다.

우리나라 국사(國師)로는 도선과 무학을 읊은 시조가 많다. '도선(道詵)이 비봉(碑峰)에 올라 국도(國都)를 정ᄒᆞ올씨.(후략)'[67]에서는 도선이 신라 말에서 고려 초에 음양 풍수의 학설이 매우 높은 승려로서 비봉에 올라가서 국도를 정하게 했기 때문에 인걸이 호준하고 와우산은 덕이 있으며 백성들의 식량은 풍족하여 억만 창생(蒼生)하겠다는 노래로 도선이 풍수지리에 밝음을 칭송했다. 도선같은 국사(國師)가 있어서 오늘에 이르기까지 우리가 만만세를 누리고 있다는 노래다.

다음은 불교 예찬시라고 할 수 있다.

> 송낙 쓰고 장삼 입고 바랑 지고 목탁 들고 소승은 문안이요 또
> 드락딱 목탁치며 일심으로 증영발원이요
> 이 댁 기지를 둘러 보니 무학의 수업이요 도선의 비결이라 용세
> 도 조커니와 풍경이 긔이하다 태극조판 하온 후에 천고지후 되
> 엇으니 억만년지무궁이라
> 업는 애기 생남 잇는 애기 수면 장수 부귀 다남 발원이요 또드
> 락딱 나무대비관세음보살[68]

위의 인용 시조는 무학의 도를 배우고 도선의 비결을 배우면 억만년이나 무궁할 것이고 세속적인 부귀영화에 없던 애기도 생겨나고 있

---

66 서원섭, 앞의 논문, 122면.

67 김수장, 자는 子平 호는 老歌齋, 《해동가요》 545.

68 관서본 《시조》 95.

는 애기의 수명은 장수할 것이며, 부귀와 많은 아들을 얻는 데는 '나무관세음보살'밖에 없다는 내용의 '불교 예찬'의 노래이다. 우리나라 고승 중에서 무학과 도선을 꼽는데 주저하지 않는 조선인들의 사상을 엿볼 수 있다. 그밖에 김만중의 《구운몽》에 나오는 육관대사를 읊은 노래도 있다. 《청구영언》102에 보면 성진(成眞)과 팔선녀의 이름을 나열하고 '꿈을 깨어 보니 부질없었다.'라는 내용의 시조가 수록되어 있다. 이 사설시조는 세상의 부귀영화가 부질없음을 일깨우는 노래로 조선인에게 널리 읽히고 감동을 준 김만중의 《구운몽》을 패러디한 것이 아닌가 한다. 또한 보살들의 이름을 모두 열거하면서 보살님들 은혜에 몸을 바쳐 보답하겠다는 내용의 노래도 있다.

> 팔만대장(八萬大藏) 부쳐님게 비나이다 나와 님을 다시 보게 ᄒᆞ오소셔
> 여래보살(如來菩薩) 지장보살(地藏菩薩) 문수보살(文殊菩薩) 보현보살(普賢菩薩) 시왕보살(十王菩薩) 오백나한(五百羅漢) 팔만가람(八萬伽藍) 삼천게제(三千揭諦) 서방정토(西方淨土) 극락세계(極樂世界) 관세음보살(觀世音菩薩) 나무아미타불(南無阿彌陀佛)
> 후생(後生)에 환도상봉(還道相逢)ᄒᆞ여 방록(芳綠)을 잇게 ᄒᆞ면 보살(菩薩)님 은혜(恩惠)를 사신보시(捨身報施) ᄒᆞ오리다.[69]

'석가모니를 비롯하여 모든 보살님의 덕에 귀의하고자 하옵니다.

---

69 이정보, 《악학습령》 962, 학씨본 《시가》 715.

차생(此生)에 못다 한 인연을 내세(來世)에서 이어지게 하신다면 보살님의 크신 은덕을 이 몸을 바쳐서라도 갚겠습니다'라는 내용이다. 이밖에도 석가모니의 탄생일에 재를 올리고 연등(燃燈)하는 풍속을 그린 시조, 반백의 나이지만 탈속하여 입산수도(入山修道)하는 뜻을 밝히고 연화대상에서 놀겠다는 청정의 세계를 읊은 수도의 노래도 있다.[70] 이정보는 서원(誓願) 형식의 불교시조를 많이 읊고 있는데[71] 그는 인간에게 신앙도 중요하나 임과의 사랑도 중요하다고 하여 그의 시조에 나타난 서원(誓願) 사상은 임과 다시 만나게 해달라는 지극히 인간적인 감정으로 표상(表象)된다.

이제까지 살펴 본 시조들과는 사뭇 분위기가 다른 승려시가 있다. 일명 중놈, 중이라 불리우는 속승(俗僧)에 대한 노래로서 그들이 일반인들에게서 어떻게 풍자되었는지를 잘 보여 준다.

> 중과 승(僧)과 만첩산중(萬疊山中)에 맛나 어드러로 가오 어드러로 오시는게
> 산(山) 죠코 물 죠흔듸 곳갈씨름 부쳐 보오 두 곳갈이 흔듸 다
> 하 너푼 너푼ᄒᆞ는 양(樣)은 백목단(白木丹) 두 퍼귀가 춘풍(春風)에 흥(興)을 계워 흔들흔들 위드러져 넘노ᄂᆞ 듯
> 암아도 공산(空山)에 이 씰음은 중과 승(僧)과 둘 쑨이라[72]

이 시조의 작자 박문욱은 호는 여대(汝大)요, 영조(英祖) 때의 가객

70 홍승완, 「고시조에 나타난 불교사상 고찰」, 중앙대 교육대학원, 1982. 49면.

71 위의 논문, 50면.

72 박문욱(朴文郁), 《청구가요》 74, 육당본 《청구영언》 622.

으로서 김천택(金天澤), 김수장(金壽長) 등과 사귀었다. 가난한 환경에도 불구하고 항상 호탕했고 5수의 시조를 남겼는데 위의 시조는 그 중의 하나다. 스님을 소재로 하고 있지만 주제면에서는 남녀 관계를 다룬 노래로서 불교를 풍자하고 있는 노래다. 옛 사람들은 올바른 승도가 무엇인지 잘 알았고, 따라서 스님의 파계를 용납하지 않았다. 선인들은 스님들이 탈선하지 않도록 풍자된 시조를 통해 파계승을 비판하였다. 스님이란 존칭어가 있음에도 불구하고 중이라 언급하고 있는 것은 조선의 숭유억불정책 때문이 아닌가 한다. 스님도 인간이기에 남녀 간의 애정을 느낄 수 있다. 그러나 계율에 위배되는 남녀 간의 불순한 정이나 접촉 등은 일반적으로 용납되지 않았다. 때문에 파계의 행위는 가혹한 비판의 대상이 되었다.

위의 인용 시조는 행운 유수와 같이 정처 없이 돌아다니는 남녀 두 탁발승이 만첩(萬疊) 산중에서 서로 만나 행처(行處)를 물으며 수인사(修人事)를 하다가 호색심(好色心)이 일어나 서로 부둥켜안고 뒹굴며 운우지정(雲雨之情)을 즐기는 것을 풍자하고 있는 노래다. 성행위를 '마치 백목단 두 포기가 춘풍에 휘둘거리는 듯하다'고 직유의 수법으로 묘사하고 있어 사설시조의 해학을 엿보게 한다.[73]

> 즁놈도 사룸이 냥흐야 자고 가니 그립듯고
> 즁의 숑낙 나 볘읍고 내 족도리 즁놈 볘고 즁의 장삼(長衫)은
> 나 덥숩고 내 치마란 즁놈 덥고 자다가 ㅅㄱ야 보니 둘의 사랑
> 이 숑낙으로 ㅎ나 족도리로 ㅎ나

73 서원섭, 앞의 논문, 118면.

이튿날 ᄒ던 일 싱각ᄒ니 못니즐가 ᄒ노라[74]

위 시조의 화자는 한 여염집 여인으로서 중과 동침한 일을 만족스럽게 회상하고 있다. 이와 같은 승려의 파계 행위를 담고 있는 작품은 진본 《청구영언》에 세 편이나 수록되어 있다. 이런 풍의 시는 파계승을 비판하기 위해, 혹은 시적 효과를 극대화하기 위한 장치로 쓰이고 있다. 파계승의 노래는 범용한 남녀의 육체적인 애정행각을 감추지 않고 있는 그대로를 노래하고 있는데 반해 남성 화자에 의한 남성체험을 노래하고 있는 시도 있다.[75] 사설시조의 성(性)현상은 유흥공간인 불당에서도 이루어지는 대담성과 여성에서 남성의 체험으로 바뀌었음을 의미한다. 조선 후기 봉건사회의 모순 속에서 토지로부터 유망(遊亡)한 백성들이 다투어 불문에 투탁(投託)하였음은 주지의 사실이다. 당시 대량으로 발생한 이들 유민은 국가 수취에 위협을 안겨 줄 정도라고 18세기 초 이익은 말하고 있다.[76] 결국 승려는 조선후기 사회가 평민적 삶에 던진 모순과 질곡으로 하여 발생한 유민의 일종이라는 성격을 띤다.[77] 따라서 그들은 불도에의 정진과는 관계없이 세속적인 삶에 대한 절실한 욕구를 지닐 수밖에 없는 존재들이다. 승려가 깃발과 북을 가지고 사람의 이목을 끌면서 양곡을 요구하는 장면, 사

---

74 《악학습령》 1084, 진본 《청구영언》 552.

75 일석본 《해동가요》 573.
으ᄒᆞ긔 긔 뉘어신고 것넌 佛堂에 동녕僧이 오련이
흘긔師 홀로 자옵는 房에 무슴것 ᄒᆞᆯ아 와겨오신고
흘긔師님의 노감탁이 버서건은 말겻틔 내 곳갈 버서 걸녀 왓노라

76 신경숙, 「초기사설시조의 性인식과 市井的 삶의 수용」, 『한국문학논총』16집, 한국문학회, 1995, 15면.

77 김흥규, 「조선후기 유랑 연예인들」, 『고대 문화』20, 1980, 신경숙 재인용.

당과 거사마저 승복을 입고 다니는 일, 시정거리에서 부적을 놓고 파는 승려의 모습, 시정에 내려와 상행위를 하여 재물을 축적하며 여자들과 놀아나는 중들의 모습, 이것들은 모두 조선후기의 사회 변화 속에서 나타난, 세속적 욕망을 가지고 살아가던 당대 인물들의 모습이 형상화된 것이라 하겠다.

이 밖에도 수도의 어려움을 노래하거나, 사이비 승을 비웃는 내용의 척불(斥佛)사상을 드러내는 시조도 있다. 파계승의 행동을 비웃는 내용의 시조들은 악의적이고 척불적인 내용이라기보다는 오히려 희화적(戲畵的)이고 해학적인 불교풍자의 시조라 함이 옳다.

8) 여성 인물군

조선의 여성을 그린 노래로는 순원(純元) 왕후를 찬송하는 취연가(醉宴歌)[78]와 인봉곡(麟鳳曲)[79], 그리고 부대부인(夫大婦人), 대비(大妃) 공주를 노래한 것이 있어서 조선 후기 가객들이 궁중과 밀접한 관계에 있었고 궁중 여인들도 시조창을 즐기며 시조 가객들을 접대했던 것이 아닌가 추측케 한다.

중국의 여성 인물로는 당연히 양귀비와 우(虞)미인이 가장 많이 등장하는데, 당 현종과 양태진의 사랑, 그리고 항우와 우미인의 이별 등이 시적 제재로 쓰이고 있다. 그 밖의 여성으로는 청루가의 여성인 감단창 기생, 돌쇠어미, 신선류인 마고 할미, 서왕모 등이 등장한다. 다

---

[78] 三竹異本 題目 泰山曲 金大妃前醉宴歌.
[79] 삼죽이본 91제목 麟鳳曲; 조정이 청명하고 인민이 안락하니 린봉 성운은 아니라도 성모님 덕이신가 ᄒ노라

음의 인용 시조에서는 여러 미인들이 함께 등장한다.

전략

여반(女班)을 돌아보니 월궁(月宮) 항아(姮娥) 낙포선(洛浦仙)
과 이부인(李夫人) 조비연(趙飛燕)과 절대가인(絕代佳人) 다 왓
는듸 향취(香臭)는 옹비(擁鼻)ᄒ고 패옥(佩玉)이 명랑(鳴浪)이
라 서씨(徐氏)의 운화슬(韻和瑟)과 왕자진(王子晉)의 봉황성(鳳
凰聲)과 송옥(宋玉)의 옥통소(玉洞簫)요 석련사(石蓮士)의 거문
고에 곽처사(郭處士)의 죽장고(竹杖鼓)와 양태진(楊太眞)의 우
의무(羽衣舞)요 채문희(蔡文姬)의 호가성(胡歌聲)과 장정원(張
定元)의 채련곡(採蓮曲)과 진청(秦靑)의 긴노릭로다
후략[80]

위의 노래는 노가재 김수장의 《해동가요》에 수록되어 있다. 꿈에
이적선을 만나 악양루에 올라가 보니 두목을 비롯해 노진군, 여동빈,
유백령, 백낙천, 최고운 등 군선이 모두 모여 있고 절세가인(絕世佳人)
들인 월궁, 항아, 양태진, 채문희, 송옥 등의 특기인 노래, 무희, 거문
고 소리들과 선어(仙語)로 말하며 놀다가 돌아와 보니 모든 것이 '꿈'
이라는 이야기를 담고 있다. 마치 백옥루를 노닐다 돌아오는 한시(漢
詩)인 〈유선사〉를 패러디한 것 같다.
다음은 호가 시경(始慶)인 김묵수(金黙壽)의 노래다.[81]

---

80 김수장, 《해동가요》 562.
81 작가가 金時慶으로 표기되어 있는 경우도 있다고 함. 박을수, 『시조대사전』 참조.

만고(萬古) 이별(離別) ᄒ던 듕에 누고 누고 더 셟던고

항우(項羽)의 우미인(虞美人)은 검광(劍光)에 향혼(香魂)이 ᄂ

라 나고 한공주(漢公主) 왕소군(王昭君)은 호지(胡地)에 원가

(遠嫁)ᄒ야 비파현(琵琶絃) 홍곡가(鴻鵠歌)의 유한(遺恨)이 면

면(綿綿)ᄒ고 석숭(石崇)의 금곡(金谷) 번화(繁華)로도 녹주(綠

珠)를 못 지녓ᄂ니

우리ᄂ 연리지(蓮理枝) 병대화(並帶花)를 님과 나와 것거

쥐고 원앙침(鴛鴦枕) 비취금(翡翠衾)에 백년동락(百年同樂)

ᄒ리라[82]

이 시조는 임과 이별하지 않고 백년을 동락(同樂)하겠다는 다짐의 노래다. 슬프게 이별한 항우와 우미인의 고사와 한공주, 왕소군의 고사를 원용하여 자신과 임은 서로 한 뿌리에서 피어난 두 송이의 꽃처럼 화목하게 원앙 베개를 베고 비취 이불을 덮으며 살겠다는 노래다.

위에서 본 바와 같이 여성 인물군이 등장하는 시조들은 누구나 다 아는 당 현종과 양귀비의 슬픈 고사, 왕소군이 흉노에게 시집간 슬픈 애한(哀恨)의 이야기, 그리고 항우와 우미인의 고사를 제재로 삼아 자신의 회포를 노래하고 있다. 조선의 여성인물 중에도 역사적인 인물이 많이 있음에도 불구하고 조선의 여성 인물에 대해 칭송한 것이 없는 것으로 보아 조선조 봉건 윤리에 따른 것이라 보인다. 그러나 궁중 여인들에 관한 노래가 있는 것은 가객들이 궁중 연희에 불려 다니고 궁중 여인들이 가객을 통해 사설 노래를 즐겼을 것이라는 점을

---

82 《악학습령》 933, 《청구가요》 53.

유추하여 짐작할 수 있다.

4. 사설시조와 인물의 형상

이상으로 사설시조에 인물이 어떻게 형상화되었는가를 고찰하였다. 사설시조에 가장 많이 분포되는 인물형은 영웅 인물군, 유교 성인군, 도교 인물군의 순서로 되어 있음을 주지하였다. 불교 인물에 대해서는 승려와 중이라는 두 가지의 이중적인 인물이 형성되어 있음도 확인하였다.

계층적으로 분류하여 본 인물로는 서민이나 천민에서는 통직이, 기생, 작부가 등장하고 막덕 모녀의 등장에서는 하층 인물들이 성(性)을 방편으로 비참하게 살아가고 있는 모습을 형상화하고 있는 점이 사설시조의 형태로만 성공할 수 있는 장르라는 점에서 사설시조가 지닌 한 특징이라고 할 수 있다.

향반층에서는 몰락한 양반들의 유희요(遊戲謠)가 대부분이었다. 명목상의 벼슬인 약정, 당장, 권롱, 봉헌 등의 향반층들이 모여 기생들과 어우러져 놀며 즐기는 생활을 하고 있고, 또한 그들은 서민층의 생활과 별반 다름없이 기생을 희롱하며 노니는 것이다.

그와는 달리 사대부들을 칭송한 사설시조의 노래는 작자가 뚜렷하며 거의 대원군과 그의 일족을 칭송하는 노래로 꾸며져 있음을 알수 있다. 안민영이 궁중을 드나들면서 궁중의 성상 즉위식, 세자의 탄신 축하 노래, 궁중 연례악(宴禮樂)에서 어김없이 사설시조 창이 가곡창처럼 불려졌음을 알 수 있다. 사도세자의 한을 노래한 시조가 있는 것은 특기할 만한 일이다.

영웅을 노래하는 시조에서는 《삼국지》에 나오는 인물이 가장 많이 등장하는데 특히 칭송의 대상이 되는 인물은 관우다. 또한 영웅을 제재로 하는 사설시조들은 대부분 작자가 뚜렷하다. 이세보, 강복중, 안민영 등 시조작가들이 주류를 이루고 있다. 또한 특징적인 것은 영웅 인물들이 도식화, 공식화, 상투화되어 시조의 배경처럼 둘러치는 역할을 한다는 것이다. 그런가하면 실제적인 역사 인물들인 관우, 장비, 유비, 제갈량의 지혜와 덕을 칭송하고 있다. 이런 사설시조는 임진왜란과 병자호란에 패한 역사적인 울분을 삭이고자 중국의 유명한 영웅들을 대유(代喩)하여 부른 노래가 유행되지 않았나 한다.

도교 인물 중에서는 적송자, 범려, 태상노군, 진시황 등이 등장한다. 도교 인물이 나오는 시조는 도교사상을 인생무상과 연관하여 노래 부르고 있다는 것을 알 수 있다. 불로초의 신비한 약과 북망산이라는 공동묘지의 공간 등이 긍정적으로 노래 불리는 것이 아니라 인생의 허무를 노래할 때 제재로 쓰이고 있는 것이다.

유교 성인을 칭송하는 노래에서는 단순하고 맹목적인 칭송의 노래거나, 초장이나 중장의 배경으로 인명이 나열되고 있어서 문학성이 훨씬 떨어진다. 사설시조에서는 평시조와 달리 성인의 이름을 단지 원용하는 것에 그치고 있다고 본다.

처사 문학인들은 사설시조에서는 술과 노래가 어우러진 취락을 읊기도 하고 인생무상을 여러 처사인들과 연출하는 광경을 묘사하기도 한다. 이런 시조들은 조선인들에게 처사인들과 호흡을 같이 하고자 했던 풍류적 요소를 가지고 있다.

중과 승려의 등장은 조선 후기 사회가 평민적 삶에 던진 모순과 질곡으로 인하여 발생한 유민의 성격을 띠고 있다. 그들은 불도에의 정진과는 상관없이 세속적인 삶에 대한 절실한 욕구를 지닐 수밖에 없는 존재들이었다. 조선후기 사회 변화에 따른 세속적 욕망을 가지고 살았던 인물의 모습이 형상화된 것이다. 이 밖에도 수도의 어려움을 노래하거나, 사이비 중을 비웃는 척불(斥佛)사상을 드러내는 시조도 있다.

여성 인물군이 등장하는 시조에서는 당현종과 양귀비의 사랑과 이별, 왕소군이 흉노에게 시집가는 안타까운 사정, 항우와 우미인의 애처로운 이별의 장면 등을 제재로 삼아 화자의 회포를 풀어내는 해소의 노래다. 조선시대 여성인물이 등장하지 않는 이유는 유교적 봉건 윤리에 의한, 곧 여자는 나서지 않는 침묵하는 여성이었기 때문이 아닌가한다. 조선조에서는 궁중 여인들이 나오는데 이것은 특수한 상황에서 가객들이 궁중연희에 참석하여 불렀기 때문이었고 아울러 궁중 여인들도 사설시조 노래를 즐겼을 것이라는 점을 유추해본다.

이와 같이 여러 계층의 인물들이 다양하게 표출될 수 있었던 것은 사설시조의 형태가 얼마든지 길게 부를 수 있다는 점에서 많이 불러졌던 것 같다. 또한 사설시조는 조선인들이 즐겨 읽던 《삼국지》나 《논어》 등에 등장하는 인물들을 많이 알고 있다는 것을 과시하기 위한 장르였고, 꽤나 현학적이었던 조선인들의 사랑을 받았던 장르였다고 본다. 따라서 사설시조를 즐겼던 계층은 서민에서 귀족에 이르기까지 널리 분포되었던 것 같다.

제2부

작가의 탐색

허균과 매창

1. 허균의 시적 담론

허균은 조선조 기인(奇人) 중에 한 사람이다. 허균은 25세(선조 27)에 문과에 합격하고 중시(重試)에 장원으로 급제하는 총명함과 식견을 가진 사람이었다. 항상 넘치는 재주와 자유분방함으로 권세가들 눈에 거슬렸고 번번이 파직을 당하는 좌절도 맛보며 살아야 했다. 허균은 문장에 능하였으나 인정을 받지 못하였고, 사람이 가볍고 인륜을 어지럽힌다는 평가를 받으며 보수적인 유생들의 표적이 되었다. 그럼에도 불구하고, 그는 유교를 국시로 삼는 선비들의 닫힌 의식에 굴하지 않고 자신의 자유로운 사상을 행동으로 옮겨 참선과 예불을 하며 도교와 불교 의식을 즐겼다.

또한 허균은 조선조 선비들에게 찾아 볼 수 없는 문학을 사랑하고자 하는 철학이 있었고, 성(性)을 초월한 비평의식이 자리 잡고 있었으며, 진정한 성의 본능적인 삶을 예찬하며 살았던 성 평등가라 할 수 있다. 여성과 남성을 가리지 않고 동등하게 대우하는 페미니스트였음은 그의 저서들을 통해 여성의식을 확인할 수 있다. 그런 점에 주안점을 두고 유난히 여성 시에 가치를 두며 높게 평가하는 허균의 여성 비평의식과 허균과 문학적 동지애로 교유하며 지냈던 매창과의 관계를 통해 조선조 선비와 기녀의 시적 담론에 대해 새로운 평가를 하고자 한다. 허균의 여성의식이 뚜렷이 나타나는 허균의 저서인《학산초담》과《성소부부고》를 중심으로 그의 문학적인 식견과 비평의식 안에 들어있는 진정한 자유인으로서의 허균, 여성주의자인 허균을 긍정적으로 평가하고, 그의 비평 인식에서 조선 제일 여성문학인으로 자리 잡은 매창의 시조문학을 중심으로 허균과 여성의 관계망을 조감하도록 한다.

2. 조선 최초의 페미니스트, 허균

허균은 기생들과 노는 것을 즐겨 황해도사로 있을 때 서울 창기(娼妓)들을 데려 갔다고 해서 파직을 당하고 창기 관아를 따로 만들어 관리하였으므로 황해도 관리와 백성 가운데 그를 비웃거나 꾸짖지 않은 사람이 없다고 했다.[1] 그는 또 의주(義州)에서 기생과 잠자리를 한 기생이 12명이나 된다고 스스로 자랑하고 다녔다[2] 는 기록으로 미루어 허균은 기생들을 자신의 문학과 풍류속의 한 개체로 인식하

---

1 《선조대왕실록》 권 120, 기해년(1599) 12월 9일.
2 허균, 《성소부부고》 권 19, 己酉西行紀.

고 있음을 확인 할 수 있다. 그로 인해 사대부들에게 혹평을 당했으나 실은 허균의 문벌은 그 당시 대단한 권력가요, 문장가여서 양천 허(許)씨 가풍(家風)이 곧 조선의 문풍(文風)을 대표한다고 해도 과언이 아니었다.

허균은 아버지 허엽(許曄), 형인 허성(許筬), 허봉(許篈), 누이 허난설헌(許蘭雪軒)에게서 가학(家學)으로 학문에 접하고 스승인 유성룡과 삼당시인 이달(李達)에게서 시와 문장을 배운 신동이었다. 그는 과거에 급제하여 병조좌랑, 황해도사, 좌참찬을 지냈으며, 〈호민론(豪民論)〉, 〈유재론(遺才論)〉을 비롯한 〈손곡산인전(蓀谷山人傳)〉, 〈장생전(蔣生傳)〉, 〈홍길동전〉, 《성수시화(惺叟詩話)》, 《성소부부고(惺所覆瓿藁)》, 《학산초담(鶴山樵談)》, 《국조시산(國朝詩刪)》 등을 지음으로 인해 시화 비평선과 정치사적 철학서, 소설에 이르기까지 다양한 장르의 내용을 저술한 시인이며 정치가며 사상가였다.

그 증거로 최근 북경에서 발굴한 《조선시선》은 중국에서 최초로 편찬하여 전파된 조선 시집[3]인데 허균이 외운 조선 시인들의 시를 직접 필사하여 중국인 오명제에게 전해 주어 간행된 시선집이다. 이 책의 인기가 높아져 중국에서 조선인의 시를 읽는 것이 대유행이 되었고, 조선에 오는 중국 사신마다 《조선시선》을 베껴 가는 것을 자부심으로 여기게 되었고, 중국에서 너도 나도 《조선시선》을 필사 간행하여 중국 낙양에 종이 값을 올렸다고 했으니 《조선시선》이야말로 곧 한류(韓流)의 원조(元祖)가 아닌가 한다. 한편, 《조선시선》에 허균이 한글로 필사하여 음을 달아준 페이지도 있어 조선인의 글인 한글

---

3 오명제, 『조선시선』, 요령출판사.

을 최초로 중국에 알린 장본인이기도 한 셈이다.

그는 종교에서도 보수적이기만 한 성리학에 문제가 있음을 파악하고 양명학과 천주교 서적까지 들여오는 대담성도 보인다.[4] 그러면서 누이 난설헌과 함께 도교를 신봉하여 〈유선사(遊仙詞)〉를 지어 '선계에 몸담은 인간'이라고 자처하며, '초월자의 모습'을 보이고, 〈궁사(宮詞)〉를 지어 궁(宮) 안의 비밀스러운 일을 세상에 알려 조선 시대 문단에서의 이단(異端)도 서슴지 않는다. 그는 또 신분 계층을 파괴하고 서얼들과 공공연한 교유로 인해 불우한 운명을 재촉하게 되는데 그것은 훗날, 서얼들의 차별을 철폐하고자 하는 혁신 사상의 기본이 되고 〈홍길동전〉과 〈손곡산인전〉을 통해 서얼도 인재라면 써야 한다는 '인재론'을 펼치는 계기가 된다. 이것은 서얼 출신의 스승인 이달에게서 받은 영향이기도 했으나, 결국은 본인이 꿈꾸는 새로운 이상 세계를 향해 실제 행동으로 옮겨 서류들과 모의하여 혁명을 꾀하다 이상향의 나라에 근접하지도 못한 채 50세의 역모 죄로 능지처참(陵遲處斬) 당한다. 그로부터 허균과 난설헌의 평가는 조선 문단에 폄하(貶下)되기 시작한다. 허균은 천지간의 괴물[5]로 사람이 아닌 여우나 뱀이나 쥐일 것[6]이라는 인간이 아닌 인간으로 치부되는 평가를 받게 되고, 난설헌 누이에 대해서는 '그녀의 시가 대부분 남의 시를 훔쳐온 표절(剽竊)이다, 여성의 덕인 부덕(婦德)이 없다'는 것이 대표적인 폄하 내용이다.

---

4 홍학희, 「여성 인식의 측면에서 본 허균의 개혁 사상」, 『한국고전여성문학연구』6, 2003, 292~293면.

5 《광해군 일기》, 광해군 10년 윤8월 29일, "許筠 天地間 怪物也".

6 유몽인, 《어우야담》, "此子非人也, 其狀亦不必是狐狸蛇鼠等物精也".

그러나 허균은 누이 난설헌 뿐 아니라, 이옥봉의 시를 '매우 맑고 단장하는 여인의 말투가 아니다'라는[7] 평을 높게 하고, 그 외에 정문영의 아내, 신순일의 아내, 양사언의 아내, 정철의 첩, 금가(여종) 등을 문장을 잘하는 여성으로 꼽았다. 그는 시화(詩話)에서 '우리나라 부인 가운데 시를 잘 짓는 사람이 드물었으니 이는 음식 걱정이나 할 뿐이지 그 밖의 문장은 배우지 않기 때문이다'[8]라고 하며 그 말뜻의 의미는 여성들도 문장을 제대로 배우기만 했으면 더 잘할 여성 시인들이 많았을 것이라는 의미가 함축되어 있다. 이것은 허균이 여성들에게는 문장을 가르치지 않는 '불평등에 대한 새로운 인식'이라 할 수 있다. 곧, '여성과 서얼의 차별이 같음'을 인식하고 있었던 것이다. 그러한 가운데서도 여성들의 시가 훌륭함을 일깨우며 선비들의 시평과 나란히 평가를 하였다는 것은 허균이 여성을 사랑하고 인정해 주는 조선 최초의 페미니스트였음을 입증해 준다. 그중에서도 가장 높은 평가를 받는 여성은 누이 허경번과 기녀 매창(계생), 소실(少室) 이옥봉이다.

조선의 사대부 중에서 이처럼 여성의 시를 인식하고 여성의 시를 제대로 평가해 준 남성은 별로 없다. 그런데 비해 허균은 여종의 시문까지도 열거하며 인정하고 있어 진정한 문학인이며 여성주의자였던 것이다. 허균은 현대적 관점에서 평해 본다면 다정다감한 시인이며, 사회 제도의 모순을 타파하려는 경세가요, 사상가였다. 다만, 시대를 잘못 만난 천재 시인 허균은 사회와 타협하지 못하고[9] 처참한 죽음을

---

7 허경진, 『허균의 시화』, 민음사, 55면.

8 위의 책, 103면.

9 이이화, 『허균』, 한길사, 1997, 105~113면. "나의 성품이 더럽고 옹졸하여 엉성하고 거칠어

당하는 불행한 삶이었으나 오늘날 허균에 대한 새로운 평가를 통해 다시 부활하고 있음을 확인할 수 있다. 허균의 문학과 인간됨이 새롭게 인식되듯이 허균의 시각에서 인정받은 여성 시인들의 면면(面面)과 허균의 여성 시 의식을 보기로 한다.

3. 허균의 여성 시 비평의식

허균의 《학산초담》에 나오는 허난설헌에 대한 글은 '백광훈과 허초희', '허봉과 허초희의 시참' '허초희의 글재주', '허초희의 가사', '허초희의 〈보허사〉' 이다.

허균은 누이의 글을 사랑했고, '누이의 시가 조선 최고'라는 것을 중국에 처음으로 알려 한류 열풍을 일으켰다. 허균은 백광훈의 〈홍경사를 지나며〉시를 소개하면서 난설헌의 〈감우(感遇)〉시에 '최경창, 백광훈이 성당의 시법을 익힌 시인이며 시인의 가난함을 노래해 시인으로 살기 힘들다'는 〈감우〉시를 소개하여 난설헌 시가 삼당시인들의 영향을 받았음을 간접적으로 표출하고 있다. 그 외 〈강남곡〉, 〈빈녀음〉, 〈채련곡〉 등 악부시 중에서 난설헌의 대표시를 소개 비평하며 형인 허봉이 갑산에서 귀양 가시기 전에 '꿈속에서 지은 시'에서 죽음을 예언했듯이 누이 난설헌도 시참(詩讖)에 의해 운수에서 벗어나지 못했다고 했다. 누이 난설헌의 운명과 시를 결부시켜 평한 것이다. 결국 '허초희의 글재주'라는 대목에서 그는 유선시를 통해 허난설헌은

기교를 부릴 줄 모르고 아첨하지도 못한다."

중국의 이태백, 이장길을 넘어선 글이라는 대단한 찬사[10]를 하며 누이에 대한 지대한 사랑과 누이의 문학을 비평의 프리즘을 통해 조선 최고의 여성시인으로 자리매김하는데 앞장선다.

그 다음은 매창에 대한 평가다. 매창은 허균과 10년간의 우정을 지속한 기녀다. 허균과 매창과의 만남을 기록한 〈조관기행〉을 보면 두 사람의 관계에 대해 짐작할 수 있다.

> 신축년 1601년 7월에 부안에 이르러 객사에 머물러 있는데 매창이 거문고를 끼고 들어와 시를 읊조렸다. 얼굴은 예쁘지 않았지만 재주와 정취가 있어서 하루 종일 술을 마시며 시를 주고받았다. 저녁이 되자 조카를 침실로 들여보냈다.

매창은 그 당시 이귀의 애인이었기 때문에 허균과 동침하지 않았다. 허균 또한 친구의 애인인 매창을 기녀이기는 해도 시 벗으로 받아들여 10여 년간의 우정이 지속되었던 것이다.[11] 이 일화에서 허균이 기생과 놀고 자는 것을 즐기기는 해도 예법에 어긋나게 행동하지는 않았다는 사실을 알 수 있다. 또한 얼굴이 아름답지 않은 기녀라도 시인의 재주를 지닌 여성을 높이는 '문학 제일주의에 입각한 여성주의 시각을 지닌 사대부'였다는 사실이 그 당시 사대부들과 다른 점이다. 또 다른 점은, 조선조 사대부들의 의식과 달리 재주 있는 여성이라면 신분 계층을 초월해 관심과 애정을 쏟았다는 사실이다.

그 다음으로 허균이 칭찬을 아끼지 않은 여성은 이옥봉이다. "이

---

10 허균, 《학산초담》, 137면.
11 《성소부부고》 권 18, 「漕官紀行」.

옥봉은 조원(趙瑗)의 첩이다. 옥봉은 시가 맑고 굳세어서 얼굴 단장이나 하는 부인들의 말투가 아니다."라며 옥봉의 시 기개와 시의 품격을 매우 높여 평가하고 있다.[12] 더 한층 높이는 비평 언어로는 자신의 시 스승인 이달 시와 같은 이옥봉의 시라는 평이다.

"이옥봉이 난설헌과 같은 시대에 살았는데 조백옥의 첩이며 분단장의 태도가 없고 이익지의 시와 같은 가락이다"라는 추켜세움이다.[13]

그 외에 우리나라 여성 시인 가운데 20여 명을 문헌에서 찾아 볼 수 있다고 했는데 경번의 '하늘 글 솜씨'와 이옥봉의 '문장의 대가다운 면모'와 사인(士人) 정문영(鄭文榮)의 아내 시인 〈대양인증인(代良人贈人)〉을 꼽았다. 이어서 생원 신순일의 아내는 문장과 시를 잘하고, 양부사(楊府使)의 첩의 〈추한(秋恨)〉과 송강의 첩, 금가(琴哥)라는 여종의 글까지 두루두루 평하며 칭찬을 아끼지 않는 허균의 비평의식에서 문학을 진정 사랑하는 의식과 이를 간과하려는 사대부들의 여성 폄하 시 비평의식과는 매우 다르며, 비록 여성의 시라도 올바르게 평하려는 여성주의 비평가의 면모임을 각인시켜 준다. 허균은 조선 여성들의 훌륭한 시들을 다 셀 수 없을 정도로 문풍(文風)이 성하였다고 했고 당나라에 비추어도 손색이 없으니 나라의 커다란 성사(盛

---

12 허경진, 앞의 책, 55면.
13 이옥봉의 시 "첩의 몸도 왕실의 손녀라 이곳 접동의 울음은 차마 듣기 어렵구료", 이달의 시 "동쪽 바람의 두견새의 쓰라릴 울음은 서쪽으로 지는 해 노산군의 무덤을 차갑게 하네"와 같다는 것이다.

事)라 했다.[14]

한편, 사대부들이 "허균이 도덕적으로 문란하여 인간이 아니다" 라는 평과는 달리 형인 허봉은 허균을 애처가라고 꼬집어 평한 바 있다. 허균이 처가에 옮겨가 앓고 있었을 때 밖에도 나오지 않고 처가에만 머물러 있는 것을 보고 형 허봉은 애처가인 허균이 일부러 종기가 나서 집에만 있다는 시[15]를 써서 허균을 놀렸다는 것이다. 허균은 그러한 형에 대해 '형님의 풍류와 해학이 이와 같았다'고 했는데 이를 미루어 두 형제 사이가 매우 돈독하였음을 알게 한다. 이 대목에서 허균은 기녀와 첩만을 사랑하는 퇴폐적인 인간이 아니라 아내도 깊이 사랑할 줄 아는 인간적인, 너무나 따뜻한 성품의 소유자였음을 밝히고자 한다. 이러한 여성주의 시각에서 시로 맺은 인연을 끝까지 지속한 사이인 매창은 한시와 시조를 가장 잘 쓴 시인이다. 난설헌은 귀족 여성이라 시조 장르가 없다. 매창은 기녀라 시조, 한시를 두루 이용하여 사대부들과 교유하며 수작한다. 한시를 통해 또는 노래 곡조인 시조를 통해 조선의 시인으로 살아남기, 특수계층이며 하층민인 기녀로 생존하기, 한 남자의 애인으로 살아가기 등의 의미를 다루고 있다.

따라서 매창의 인간됨과 그 당시 기녀로서 사대부와의 시조를 매개로 한 남다른 애정 의식과, 남성들과의 성차(性差)에 따른 등거리 사랑에 대해 논하고자 한다.

---

14 허경진, 앞의 책, 103면.
15 "天意憐君慕太王 故敎雙脚遍生瘡 隣家咫尺猶嫌遠 何況蘋洲十里長"

4. 성적 욕망의 배제 시인, 매창

1) 성적 욕망의 대상인 기녀

조선시대 기녀 제도는 성리학적 이상을 실현하는 예악(禮樂)[16] 정치와 신분제, 가부장제 등과 같은 사회 체제가 맞물린 복합적 산물이라 할 수 있다. 공식 기록물 속에서 기녀는 궁중의 의례나 연향(宴享), 양반 남성들의 연회에서 악(樂)·가(歌)·무(舞)를 연행하는 '여악(女樂)'으로서 그 존재를 인정받는다. 그러나 한편으로 기녀는 비공식적인 성적 봉사의 의무를 부여받았으며, 이로 인해 기녀는 전근대 시대 예인(藝人)과 매춘부의 모호한 지점에 자리하게 된다.[17] 이러한 기능직 기녀의 역할은 시대가 내려올수록 대부분의 기녀는 사대부나 변경 지방 군사들을 위한 매춘의 역할이 커지게 되었다. 이는 기생이 창기의 개념으로 변화되어가는 것을 나타내주는 것이라고 할 수 있다. 이렇게 되자 유교 윤리를 중시하는 조선에서는 창기를 폐지하자는 의견이 자주 제기되었다. 그러나 만약 창기를 없애게 되면 관리나 사대부들이 옳지 못한 방법으로 일반 가정의 여자를 범하게 되어 훌륭한 인재들이 벌을 받게 될 것이라는 세종대 허조(許稠)[18]의 주장에 의해

---

16 예악(禮樂): 예법과 음악.

17 서지영, 「조선시대 기녀 섹슈얼리티와 사랑의 담론」, 『한국고전여성문학연구』 제5집, 월인, 2002, 291면.

18 허조(許稠): 이조 세종 때 문신으로 자는 중통(仲通) 호는 경암(敬庵), 시호는 문경(文敬), 본관은 하양(河陽)이다. 양촌(陽村) 권근(權近)에게 학문을 배우고, 1385년 17세에 진사, 19세에 생원에 각각 합격하였다. 사헌잡서(司憲雜瑞), 완산판관(完山判官), 사조정랑(史曹正郎)을 지내고 예조참의에 이르러 소(疏)를 올려 학당을 세웠다. 조묘(朝廟)의 의예(儀禮)와 모든 상제(喪制)를 참작하여 새법전을 만들었다. 세종이 즉위하자 예조판서가 되어 대마도인(對馬島人)의 출입을 제안하고 불법입국으로 안치되어있는 왜인을 돌려보내기를 요청하였으

창기제도는 존속될 수밖에 없었고, 오히려 시대가 내려올수록 그 수가 더 증가하였다.[19]

조선조 여인들은 인간적인 삶을 영위하기 보다는 사회적 규범으로 인해 순종과 인내만을 미덕으로 여겼으니 〈내훈(內訓)〉에 나타난 여성의 '유한정정(幽閑貞靜)한 자태와 믿음성 있는 절개'가 있는 청렴한 인간상으로 제시되어있다.[20] 이와 아울러 여성 교육에 대해서도 '부인은 함부로 시사(詩詞)를 짓거나 밖에서 들은 말은 전하지 말지어다.'라 하여[21] 일체 글을 배우는 일이 허용되지 않았다. 다시 말하여 여자가 글자를 알면 도리어 집안의 규범을 가르칠 염려가 있다는 이유로[22] 여자에게 있어서 재(才)보다는 덕(德)이 우선이었던 것이다. 양반 사대부들은 정처에게는 적자 생산자로서의 의미를 중시하는 반면 기녀들에게서는 성적 또는 감정적인 충족을 얻고자 하는 이중적인 윤리관을 가지고 있었던 것이다.[23] 그러나 기녀들은 일반 부녀자와는 달리 특수한 신분적 조건 때문에 도덕규범으로부터 비교적 자유로울 수 있었고, 인간의 감정 표현을 문학으로 구사할 수 있었다. 양반들의 여성생활에 비해 기녀들의 생활은 그 활동범위가 자유로웠다는 것이 특징적이다. 양반 여성들의 활동 범위가 규방에만 있고 안방문화에 속해 있는데 반해 기녀들은 성에 있어 자유가 보장된 계층이었다.[24]

며, 진하사로 명나라에 출입하는 등 외교적 활약이 많았다.

19 이순구, 「조선시대 여성의 일과 생활」, 『우리 여성의 역사』, 청년사, 1999, 215~216면.

20 金咸得, 「朝鮮朝女人의 敎訓書 〈內訓〉의 近代的 考察」, 『國文學論集』12, 단국대학교 국어국문학과, 1985, 4면.

21 李德懋, 〈士小節〉 卷之七.

22 李能和, 『朝鮮女俗考』, 韓國學研究所, 1977, 132면.

23 이순구, 앞의 논문, 217면.

24 김명희, 『옛 문학의 비평적 시각』, 태학사, 1997, 151면.

또한 여성들이 시를 하면 집안이 망한다는 조선사회의 규범에서
도 기녀들은 특혜를 누렸다. 지식층 남성들과의 접촉은 그들에게 문
학행위의 길을 열어 주었다.[25] 기녀들이 유교 윤리관에서 벗어날 수
있었던 것은 천민 출신의 여성으로 당시 사회가 인권적 대우를 허용
하지 않은 만큼 윤리적 비판도 받지 않아, 그 윤리를 양반 귀족 남성
들과 함께 공범 할 수 있는 기녀신분이기 때문이다. 이런 사회의 무관
심으로 인해 그들은 오히려 자유를 만끽하며 문학 활동을 할 수 있었
다. 기녀들과 문인들과의 교유는 연정으로 발전하는 경우가 종종 있
다. 그중에서도 매창과 촌은 유희경과의 연정생활은 대표되는 것이
며 풍류객과의 연정(戀情)이 제재가 되어 기녀들의 시상은 주옥같은
작품을 탄생시키기도 한다.[26] 기녀들이 정조를 지키면 윤리에 어긋나
는 일이지만 사랑을 나누는 남성이 따로 있었던 것이 조선조 기녀 문
학에 나타난 특질이다.[27] 황진이와 소세양, 매창과 유희경, 홍시유와
매화, 최경창과 홍랑이 그 대표적이다.[28] 이러한 유명문사와의 관계가
드러나지 않은 경우라도 기녀들에게 사랑이나 임은 가장 보편적인 시
적 제재가 되고, 함께 생활할 수 없는 공간적 거리감이 이별의 한이나
그리움의 주조로 표출된다.

기녀들은 자신의 의지와는 달리 고향을 떠난 나그네 삶을 많이 살
아야하는 경우가 많았기에 정서적으로도 뿌리 없는 삶을 영위한다.
기녀는 같은 천인이면서도 비(婢)와는 달리 유식(遊食)하면서도 화려

---

25 吳淳子, 「李梅窓詩文學硏究」, 東國大學校 敎育大學院, 1984, 2면.
26 김명희, 앞의 책, 153~154면.
27 김명희, 『기녀문학에 나타난 특질』, 『시조학논총』, 한국시조학회.
28 박을수, 『시화 : 사랑 그 그리움의 샘』, 아세아문화사, 1994, 101~167면.

한 생활을 했다. 그러므로 비(婢)들은 물론이고, 일반(一般) 양가녀(良家女)들에게도 기녀(妓女)는 선망의 대상이 되기도 한다.[29] 그러한 기녀의 역할은 사대부들에게 성적 욕망의 대상으로서의 삶이다. 비교적 남성들과의 자유로운 성관계를 통한 내면적, 육체적인 모든 자유를 누리며 살았던 신분이었다. 그러한 삶에서 얻어진 체험과 애정 행각이 시조로 나타난다. 그러한 기녀들만의 시조놀이가 사랑에 얽힌 일화와 더불어 유혹에 탐닉하며 질펀한 성적 욕망의 시조를 엮어 내기에 이른다. 이러한 상황에서 유독, 성적 욕구의 대상에서 배제된 기녀들이 종종 나타나 절개와 정조를 지키겠다는 모순적인 삶을 나타내는데 그중의 한 여성이 매창이다. 매창은 절개를 지키겠다고 스스로 선언하고 고독하게 지내다 쓸쓸히 이승을 하직한다.

2) 매창 시조의 상실감과 소망 의식

1668년 12월에 개암사에서 개간한 《매창집》 발문[30]에는 매창의 생애에 대한 기록이 남아 있다.

매창(1573~1610)은 계유생(癸酉生)으로 이름은 계생(癸生)·계생(桂生)이라 하였으며, 처음에 기생이 되어서는 섬초(蟾初)라고 불리기도 했다.[31] 매창의 아버지는 아전이었고, 부안에서 전하는 이야기로는 아

---

29 이신복, 앞의 논문, 3면; 이남희, 앞의 논문, 16면에서 재인용.

30 許米子,『朝鮮朝女流詩文學全集 1』, 太學社, 1988.
계생의 자는 천향이요, 스스로 호를 매창이라 하였고, 현리 아탕종의 딸이다. 만력 계유년에 나서 경술년에 죽으니 겨우 38년을 살았다. 평생 노래 부르기와 시 읊기를 잘했고 그가 지은 시 수백 여수가 있어 한때 인구에 회자되더니 그러나 지금은 흩어져 없어지고 숭정 후 무신년 10월에 아전들이 외우며 전하던 각체 58수를 얻어 개암사에서 목판에 새긴다.

31 李能和,『朝鮮解語花史』, 한남서림, 1927, 118면.

버지 이탕종에게서 한문을 배웠다는데 워낙 재주가 뛰어나 시문과 거문고를 곧 익혔다고 한다.[32] 계생은 자라면서 이름을 향금(香今), 천향(天香)이라 부르기도 하였다. 호를 스스로 매창이라 지어 불렀으며, 부안지방의 아름다운 경관 속에서 유희경·이귀·허균 등과 같은 당대의 뛰어난 시인·묵객들과 창수(唱酬)하였다. 그녀는 얼굴이 절색은 아니었지만, 시와 거문고에 능해서 그 소문이 서울까지 퍼져 있었다. 매창은 오직 촌은 유희경과의 이룰 수 없는 사랑 속에서 자신의 운명을 조용히 받아들이고, 시와 거문고로 그리움과 한을 달래면서 시작에만 힘썼다. 비록 미천한 기생이지만 몸가짐을 바르게 하여 주위 사람들로부터 칭송을 받았으며, 절개를 지키다가 38세의 짧은 생을 마친다.

기녀 매창에 대한 연구 또한 활발한 편이다. 김지용은 '매창문학연구'[33]로 매창에 관련된 모든 기록을 정리하여 매창 생애의 재구(再構)를 보여 줌과 아울러 유희경(劉希慶)과의 관계를 추적하여 매창 문학의 특질을 밝혔으며, 전원범(全元範)은 '매창연구'의 부제(副題)에서도 알 수 있듯이 그 생애와 한시를 중심으로 서술하였다.[34] 문선지는 '매창 한시의 이미지분석'에서 작품속의 다양한 이미지 분석을 통하여 매창 문학의 특질을 자연미 그 자체를 형상화하는데 있어 뛰어난 기교를 구사했다고 밝히고 있다. 최영이는 '매창 문학 연구'에서 그동안 전혀 연구되지 않았던 《매창집》에 대한 서지학적 고찰을 시도하였다. 허미자의 '이매창 연구'는 매창 문학에 관한 기존의 자료가 총

---

32 許米子, 「李梅窓論」, 『古時調作家論』, 白山出版社, 1986, 254면.

33 김지용, 「매창문학연구」, 서울 首都女師大 석사학위논문, 1974, 1~44면.

34 전원범, 「매창연구」, 고려대학교 교육대학원 석사학위논문, 1977.

망라된 단행본이다. 서지학적 접근으로는 각 이본에 따른 작품의 제목 및 내용의 차이를 일일이 대조, 비교하고 있으며, 여류문학사에 있어서의 매창의 위치를 조명하기 위하여 신문, 잡지, 학회지, 학위논문, 저서에 이르기까지 언급함으로써 자료집의 역할에 충실한 것으로 보인다.

기존의 연구사는 한결같이 매창의 문학을 '규원의 고독과 한을 시와 거문고로 달래면서 평생 촌은 유희경만을 사랑한 여인'으로 평가한다. 비련(悲戀)의 문학(文學)에 머물지 않고 신분에서 오는 현실적 질곡을 문학적 표상을 통하여 극복하고자 한 것이 매창 시세계의 특징이라는 것이다. 또한, 매창은 천성(天性)이 아름다운 서정 시인으로 신분의 비애를 초극한 그녀의 격조 높은 시 세계는 여타 여성시인들에게서는 쉽게 발견할 수 없는 특질로 본다. 매창은 기녀이면서도 기녀의 범주를 넘어서는 마음가짐과 행동을 보여줌으로써 비애를 우아한 예술미로 승화시켰고, 자연관조의 문학을 창출할 수 있었다는 최대의 찬사를 한다.[35]

기존의 평가에서 한 걸음 더 나아가 매창의 시조를 중심으로 기녀 신분인 매창과 사대부들과의 등거리 사랑을 중심으로 매창이 사대부들에게 극진히 사랑받았던 이유에 대해 살펴보고자 한다.

매창은 많은 사대부들과 시 벗으로만 존재하였고, 성적 대상이 아닌 성적 배제 시인의 기녀로도 유명하다. 매창과 사대부들과의 사랑 등거리에서 오직 촌은 유희경과는 '이룰 수 없는 사랑'으로 자신의 사랑을 운명적으로 받아들이고 있었고, 허균과는 문학과 음악으로 평

---

35 정광순, 「매창한시문학연구」, 숭실대학교 대학원, 1989, 1~2면.

생을 서로 존중하며 교유하는 사이였다. 십년지기(十年知己)라는 우정이 가능하게 한 것은 오직 문화와 문학이 바탕이 된 사랑법이기 때문이다. 이귀와는 애인사이라고는 하나 구체적인 것은 밝혀지지 않았다. 다만 부안 부사 이귀와 그 고을에 있는 기녀 매창과의 사이에서 맺어진 인연이었다고 생각한다. 그 외에 기녀 신분으로 만난 서우관, 윤씨 성을 가진 현감 등이 있다.

매창은 기녀의 신분으로 살아가기가 얼마나 부끄러운가를 시로 표출하는 한편 가까이 접근하려는 사내들에게도 따끔하게 사대부들의 천한 사랑 법을 가르치기도 한다.

> 남의 밥 얻어먹는 일 배우기 부끄러워
> 홀로 달빛에 어리비친 한매(寒梅)를 즐긴다
> 세상 사람들 유한한 뜻 알지 못하고
> 행인들 손가락질 하며 멋대로 들고 나누나
>
> 평생 남의 밥 먹는 건 배우지 않고
> 다만 매창에 비낀 달빛만 좋아했는데
> 시인들도 이 유한한 뜻 알지 못하고
> 떠가는 구름인양 가리키며 멋대로 오가누나
>
> 平生恥學食東家(평생치학식동가)
> 獨愛寒梅映月斜(독애한매영월사)
> 時人不識幽閑意(시인불식유한의)
> 指點行人枉自多(지점행인왕자다)

平生不學食東家(평생불학식동가)

只愛梅窓月影斜(지애매창월영사)

詞人未識幽閑意(사인미식유한의)

指點行人枉自多(지점행인왕자다)

《매창집(梅窓集)》〈추사(秋思), 기이(其二)〉

비록 미천한 기생이지만 한매(寒梅)처럼, 매창(梅窓)에 비친 달빛처럼 고고히 살아가려 하지만 세상 사람들 곧 사내들이 나의 이러한 뜻인 '정조(貞操)의식'을 이해하지 못하고 손가락질하며 제 멋대로 들고나고, 오고가고 한다는 매창의 '기녀 신분으로 살아가기'에 대한 토로다.

결국 기녀 시인 매창은 '기방(妓房)의 고독과 한'을 시와 거문고로 달래면서 촌은 유희경만을 사랑했다고 한다. 매창은 '비련(悲戀)의 문학(文學)'에 머무르지 않고 기녀 신분에서 오는 '질곡(桎梏)의 삶'을 문학적 표상을 통하여 극복하고자 한 것이 매창 시의 특징이다. 이번 논고에서는 그녀의 시조를 중심으로 기녀 신분인 매창이 시조를 통해 토로(吐露)하고자 하는 시 의식은 무엇인지, 사대부들과의 등거리 사랑을 한 매창이 사대부들에게 사랑 받았던 이유는 무엇인지를 가늠해 보고자 한다.

이화우(梨花雨) 흣날리제 울며 잡고 이별(離別)한 님

추풍낙엽(秋風落葉)에 져도 날을 싱각는가

천리(千里)에 외로운 쑴만 오락가락 ᄒ노매[36]

---

[36] 진본, 《청구영언》 367.

계랑 매창은 당대의 대시인 유희경과 진정 사랑하는 사이였다. 촌은이 서울로 상경한 후 소식이 끊기자 이 시조를 지으며 평생 수절했다는 기록이 전한다.[37] 배꽃이 떨어지는 봄날, 이별하고 있는 나와 임의 거리, 그 거리는 천리에서 꿈에서나 볼까 말까 하는 잡히지 않는 거리다. 매창은 시조로 이런 애상의 슬픔을 가장 잘 토로한 여성 시인이며 기녀다. 《시경》에 나오는 시란 모름지기 '애이불비(哀而不悲)'하여야 한다는 논리에 근접한 시인이다. 이런 시를 쓰는 매창은 아름답지 않은 용모에도 뭇 사대부들의 마음을 흔든 이유가 이런 연유에 있었던 것이 아닌가 한다.

청조(靑鳥)야 오도괴야 반갑도다 님의 소식(消息)
약수삼천리(弱水三千里)를 네 어이 건너온다
우리의 만단정회(萬端情懷)를 네가 알가노라[38]

청조는 서왕모의 사신이다. 청조는 서왕모 여신선의 먹이를 실어 나르는 상서로운 새다. 이러한 청조에게 임의 소식을 알려고 시도하는 독백체에서 '매창의 애상'이 나타난다. 머나먼 곳 삼천리 떨어져 있는 공간과 거리를 이어주는 것은 '청조' 뿐이다. 유희경만을 평생의 정인(情人)으로 생각했다는 매창의 '만단정회(萬端情懷)'의 의식은 정인(情人)과 떨어짐, 곧 공간의 거리감에서 비롯된 이별에 있음을 확인할 수 있다.

창오산붕(蒼梧山崩) 상수절(湘水絶)이라야 이 시름 업슬 거슬

---

37 "桂娘 扶安名妓 有梅窓集 以村隱劉希慶所眄 劉上京後 頓無音信故 作此歌守節(樂拾)"
38 최남선본, 《청구영언》 903.

구의봉(九疑峯) 구름이 가지록 새로왜라

밤중만 월출동령(月出東嶺)ᄒ니 님 뵈온 듯ᄒ여라[39]

임과 내가 떨어진 공간의 방해물은 창오산 봉우리와 상수다. 창오
산이 무너지고 상수가 끊어져야 매창의 시름이 없어지는데 구의봉
구름은 내 마음을 아는지 모르는지 점점 더 많이 떠다니고 있는 것이
다. 정적(靜的)인 산봉우리와 동적(動的)인 상수의 흐름이 방해물이며
구의봉 구름을 뚫고, 밤중만 살짝 비치는 달빛만이 나와 임을 매개해
주는 길잡이다. 매창은 이러한 공간적 거리를 구름과 달에 의지해 정
인(情人)과의 사랑을 잊지 않으려 노력하고 있다.

기럭이 손이로 잡아 정(情)드리고 길뜨려서

님의 집 가는 길을 역력(歷歷)히 ᄀ릇쳐 두고

밤중만 님 싱각 날제면 소식(消息) 전(傳)케 ᄒ리라[40]

소식을 전한다는 철새 기러기를 산 채로 붙잡아 길들여서 임의 집
으로 가는 길을 똑똑히 가르쳐 밤에만 가서 내 소식을 전하게 한다는
매창의 소망의식이다. 매창은 임과 항상 떨어져 있다. 정실(正室)이 될
수 없는 매창의 태생적 한계는 임이 찾아 주어야만 비로소 임을 볼
수 있는 수동적인 여성이다. 폐쇄된 기방에서 한 밤중에도 찾지 않는
임을 원망하지 않고, 기러기를 매개로 소식이나 전하고자 하는 매창
의 상실과 소망이 함께하는 공규(空閨)의식이다. 매창은 매개체인 기

---

39 이희승본, 《해동가요》 9.

40 《병와가곡집》 548.

러기에 매달려 촌은의 사랑을 확인하려 했으나 끝내 뜻을 이루지 못하고 상사병(相思病)으로 숨을 거둔다.

> 울며불며 잡은 사미 떨떨이고 가들 마오
> 그딕는 장부(丈夫)라 도라가면 잇건마는
> 소첩은 아녀자라 못닉 있씀네[41]

떠나려는 임의 소매를 부여잡고 매달리는 매창의 안쓰러운 모습이다. 매창은 장부(丈夫)인 남성, 곧 유희경과 아녀자인 나의 사랑법이 확연히 다름을 표출한다. '그대는 장부라 돌아가면 곧바로 나를 잊고 새 사랑을 찾겠지만 나는 아녀자라 그대를 못내 잊지 못하고 다른 남자도 내 안에는 없다'는 남녀의 성차에 따른 사랑을 확인해 주는 가슴 저미는 사랑 노래다. 이 시조를 부르며 매창은 수척해지기 시작한다. 성차(性差)에 대해서도 확연하다.

> 창 밧긔 감아솟 막키라는 장스 이별(離別)나는 굼멍도 막키옵
> 는가
> 그 궁기 본래(本來) 물이 흐으매 자고(自古)로 영웅호걸(英雄豪
> 傑)들도 지혜로 못 막앗고 허물며 서초백왕(西楚伯王)의 힘으
> 로 능(能)히 못 막앗신이 하 우은 말 마오
> 진실(眞實)로 장스의 말과 갓탈씬대 장리별(長離別)인가 ᄒ노
> 라[42]

41 《남훈태평가》 187.
42 《청구가요》 65.

매창이 쓴 시조 중에서 유일한 사설시조다. 매창은 한시뿐 아니라 사설시조도 품격 있게 쓰고 있음을 알 수 있다. 창 밖에서 '구멍 난 가마솥 때우라'며 장사치가 소리를 질러대며 지나간다. 그러니 매창이 이별의 구멍도 메울 수 있겠느냐는 반문이다. 이별의 구멍은 본래 눈물이 흐르기 때문에 메울 수 없다는 장사꾼의 답변이다. 이별하여 생기는 가슴의 텅 빈 구멍은 영웅호걸들도 막지 못했고 특히 힘이 가장 세다는 항우도 막지 못한 일을 어떻게 막겠느냐는 장사꾼의 이론대로라면 이것은 곧, 기나긴 이별을 뜻한다는 것이 매창의 지론이다. 촌은 유희경과의 긴 이별은 매창에게 있어 임진왜란이라는 7년 전쟁을 통해 영이별로 이어진다. 기녀 매창의 사랑은 누구도 메울 수 없는 상실감으로 차 있다는 것을 표출하고 있다.

　　위에서 살펴 본 바와 같이 매창은 촌은 유희경을 생각하며 많은 시조를 부른다. 매창은 유희경과 함께 지내지 못하는 '임의 부재'에 대해 한탄하며 슬퍼한다. 이별의 한이 곧 매창의 상실감[43]으로 나타나는데 그러면서도 매창은 끊임없이 임과의 재회를 소망하고 있다.

　　꿈에서 임을 만나고자 하고, 청조에게 임의 소식을 듣고자 하고, 밤중에 뜬 달로 먼 거리에 있으나 임의 얼굴을 본 듯 가깝게 느끼고자 했으며, 하물며 야생 기러기를 길들여 내 소식을 전하는 매개체로 임과 함께 하고자 하는 끊임없는 시도를 한다. 뿐만 아니라, 너는 남성이라 돌아서면 나를 잊겠지만 나는 여성이라 남성인 임을 잊지 못하

---

43 松柏芳盟日 송백처럼 꽃처럼 맹세하던 날
　　思情與海深 사랑은 깊어 아득한 바다 속 같은데
　　江南靑鳥斷 멀리 떠난 임께서 소식이 끊어지니
　　中夜獨傷心 밤마다 홀로 마음상하네
　　촌은에 대한 사모의 情은 深海와 같고 맹세는 松柏과 같아서 변할 수 없다는 작자의 심정이 직설적으로 토로되어 있다.

는 성차(性差)에 대해서도 간곡히 일러 돌아오기를 부탁하고, 이별의 한은 항우장사도 어찌 할 수 없다는 긴 이별의 한스러움을 적나라하게 사설체로 노래하고 있다. 그러나 매창의 시조는 사랑을 노래함에도 육욕적인 사랑 노래가 아닌 정숙한 품격이 있어 '기녀의 분 냄새가 풍기는 것'이 아니라 '여성의 자각'에서 비롯된 것이고, 인간 본연의 질서에 대해 노래하고 있어, 듣는 이들로 하여금 가슴을 저미게 한다.

이렇듯 매창은 '꿈, 기러기, 창오산, 상수, 이화우(梨花雨), 마음, 가마솥 구멍' 등의 소재들을 인유(引喩)하며 임과의 이별을 노래하고 있다. 임과의 이별은 매우 큰 상실감을 주었지만 매창은 거기에 머무르지 않고 임을 만나고자 하는 소망도 함께 표출하고 있어 기녀들이 지니는 상실감의 시학에서 한걸음 더 나아간 시의식이라 할 수 있다.

3) 매창의 등거리 사랑

허균은 그의 기행문에서 기녀에 대한 이야기를 솔직히 기록하고 있다. 그의 문집에 나와 있는 그가 상대한 기녀 수만 해도 30 여명이나 되는데 그러한 허균이 매창과는 성적 교유 없이 십년지기로 사귀었다는 것은 허균과 매창 사이는 성이 뒤로 앉은 정신적인 사랑의 교유가 아닌가 한다. 노래와 거문고에 뛰어나고 성정이 절개가 있고 깨끗하여 세상 어지러움에 물들지 않았으며 음란한 일을 좋아하지 않은 매창의 절조 높은 품성에 허균도 그녀를 다른 기녀처럼 대하지 못했을 것이다. 허균은 여성의 이상형으로 중국의 여선(女仙)이나 중국의 역사적(歷史的) 여성 인물에 두고 있는데 그의 누이 난설헌이나 매창, 장녀낭(張女娘) 등을 여선으로 들고 있는 것으로도 이를 충분히 짐작할 수 있다.[44] 매창이 죽은 후에 허균이 시를 지어 매창을 조상(弔喪)한 시가 사대부 문풍에서는 대단한 파격이었다.

아름다운 글귀는 비단 펼친 듯

맑은 노래는 구름도 멈추게 하네

복숭아를 훔쳐서 인간세계 내려오더니

불사약을 훔쳐서 인가 무리를 떠났네

부용꽃 수놓은 휘장엔 등불이 어둡고

비취색 치마엔 향내 남아 있는데

이듬해 작은 복숭아 열릴 무렵에

그 누가 설도의 무덤을 지나가는가

妙句堪摘錦(묘구감리금)

淸歌解駐雲(청가해주운)

偸桃來下界(투도래하계)

竊藥去人群(절약거인군)

燈暗芙蓉帳(등암부용장)

香殘翡翠裙(향잔비취군)

明年小桃發(명년소도발)

誰過薛濤墳(수과설도분)

《애계랑(哀桂娘)》

---

44 정광순, 앞의 논문, 32~33면.

허균은 매창을 회고하며 제일 먼저 한 화두는 비단을 펼친 듯한 '아름다운 글귀'라 했다. 그 글귀는 노래가 되어 지나가는 구름도 멈추게 한다는 최대의 찬사다. 그녀는 선녀라서 복숭아를 훔쳐 먹은 죄로 인간에 귀양 왔다가 다시 불사약을 훔쳐서 인간 세상을 떠나 영원히 살 수 있는 선계로 들어간 여성이다. 그녀가 남긴 자취는 아직 향내로 남아 있는데 이 무덤에 지나갈 시인묵객들은 이 무덤이 중국 최고의 기녀 시인 설도의 무덤임을 아는가, 모르는가라는 것이 허균의 매창에 대한 시의식이다. 허균이 이와 같이 매창을 기리는 시가 매우 진실되고 아름다워 뭇 남성들에게 귀감이 되는 시며 진정 사랑하는 여인에 대한 예의임을 깨우치게 한 조시(弔詩)다. 허균은 난폭한 남성도 아니고 함부로 여성을 대하는 조선 사대부도 아니다. 오히려 인간적인 면모가 물씬 배어나는 다정다감한 남성이었다. 허균은 매창과의 관계에서 '뛰어난 시재와 정숙한 몸가짐'을 높이 평가했음을 알 수 있다. 이것은 허균의 평소의 몸가짐과는 비교되는 상황이다. 허균은 어머니의 상중(喪中)에도 기방에 출입하여 조선조 사대부 간의 험구의 표적이 되었다.

　　그러나 허균과 매창과의 사이는 소문이 그치지 않았다. 매창은 〈부풍설(浮風說)〉에서 교산과의 풍설을 안타까워한다.[45] 오히려 매창은 이런 소문에 귀 기울이지 않고 촌은에 대한 마음 고백을 더하고 있다.

　　유희경은 본래는 천예출신인데 성품이 청정하고 주인 섬김에 충성스럽고 어버이 섬김도 극진하여 사대부들이 그를 좋아하였다. 시에 능해 그의 시는 순수하고 원숙된 경지였다.[46] 이처럼 매창이 사랑한

---

45 "잘못이 없어도 자꾸 헛소문 떠돌아/이러쿵저러쿵 여러 입이 무섭다오"

46 허균, 〈성수시화〉

남성은 모두 문예에 뛰어난 남성들이다. 유희경은 조선의 대시인이요, 학자요, 허균은 조선의 대 문벌의 자제로 뛰어난 문사요, 정치가인 것이다.

유희경은 시인인 계랑 매창에 대해 다음과 같은 시로 시인으로 인정하며 사랑한다.

촌은(村隱) 유희경의 문집 《촌은집》에는 〈회계랑(懷癸娘)〉, 〈증계랑(贈癸娘)〉, 〈기계랑(寄癸娘)〉, 〈도중억계랑(途中憶癸娘)〉, 〈희증계랑(戲贈癸娘)〉 등의 시가 있어 유씨가 매창의 명성을 듣고 만나고 싶었던 마음, 무산 신녀 같은 그녀의 진면목, 이별 후에 갖게 된 단장의 그리움 등이 절절하게 표출되었다.[47] 촌은시집에 매창을 그리는 시가 약 15수 된다고 한다.

일찍이 남국에 계랑이름 소문나
글솜씨 노래재주 서울까지 울리더니
오늘에야 그 모습 대하고 보니
선녀가 떨쳐입고 내려온 듯하다

曾聞南國癸娘名(증문남국계랑명)
詩韻歌詞動洛城(시운가사동락성)
今日相看眞面目(금일상간진면목)
却疑神女下三淸(각의신녀하삼청)

〈증계랑(贈癸娘)〉

---

47 이혜순 외, 앞의 책, 76면.

버들 꽃 붉은 자태 잠깐 봄이더니

마른 몸에 주름 얼굴 다시 못 고쳐

선녀인들 독수공방 어이 참으리

무산의 운우지정 자주 내린다

柳花紅艷暫時春(유화홍염잠시춘)

撻髓難醫玉頰嚬(달수난의옥협빈)

神女不堪孤枕冷(신녀부감고침랭)

巫山雲雨不來頻(무산운우부래빈)

〈희증계랑(戱贈癸娘)〉

헤어진 후 다시 만날 기약 없는데

초운 진수 그리움이 꿈속에 사무쳐

언제 함께 기대어 동루의 달을 보리

두어라 이제는 완산 때 시나 읊자

別後重逢未有期(별후중봉미유기)

楚雲秦樹夢相思(초운진수몽상사)

何當共倚東樓月(하당공의동루월)

却話完山醉賦詩(각화완산취부시)

〈기계랑(寄癸娘)〉

촌은은 매창을 처음 만났을 때 그 모습을 선녀에 비유한다. 뒤이
어 매창과 희롱하며 나눈 사랑도 잠시, 촌은은 서울로 돌아가 소식이

없었다. 매창은 대부분이 촌은에 대한 그리움을 읊조린다.

매창은 동시에 두 남성의 사랑을 받았고 동시에 두 남성을 사랑했다. 그러나 소문이 날 정도로 허균과는 가까웠으나 음란한 경지에는 들지 않았다는 이야기가 전해져 허균과 매창은 시우(詩友)여서 진정한 우정(友情)의 교유였고, 매창과 유희경은 서로 사랑하며 함께 지낸 사이다. 매창은 유희경이 서울로 간 후 돌아오지 않자 날로 쇠약해질 정도로 상사의 병이 깊어져 간다. 유희경과는 이루어질 수 없는 애틋한 사랑이었다. 그 외에 부사 이귀를 비롯한 다른 남성과의 관계는 기녀로서의 역할로 인한 관계 이상을 넘지 않았다. 매창은 평생 부끄러워 할 일은 '기녀 신분으로 사는 일'이라 자조한다.

기녀는 남존여비의 사회체제하에서 남성이 느낄 수 없는 한(恨)[48]을 안고 살아야 했던 여성이며 사치노예로 천인계급에 속하는 존재다. 그러므로 그들은 궁중(宮中)의 여성보다도 절절(切切)한 한(恨)을 안고 살아야 했다. 기녀는 주로 양반들과 상종하여 그들의 유락(遊樂)의 보조적 존재로서의 구실을 맡은 계층이라 명기(名妓)라면 지식인들과의 접촉을 위해서는 상당한 교양을 필요로 했다.[49] 기녀가 한시와 시조를 통해 나타낸 한(恨)은 사치노예로서의 존재인 그들이 감수해야 하는 비련과 고독이요, 다른 하나는 규방에 얽매이지 않는 자유분방한 생활로 그들 나름의 '심리적인 불안감' 때문이다. 기녀는 천인

---

48 이신복, 「李朝女流文學研究」, 단국대 석사논문, 3면; 이남희, 「女流古時調研究」, 영남대 대학원, 1982, 12면에서 재인용.
龍飛御天歌와 같은 樂章은 말할 것도 없거니와 思美人曲 같은 歌辭와 時調등이 唱으로 妓女들에 비하여 불태워졌다는 것은 기녀가 女樂을 제공하는 과정에서 문학과 불가분의 관계를 맺고 있음을 말해준다.

49 이남희, 앞의 논문, 18면.

의 신분을 타고 났기에 떳떳하게 한 남성과 백년해로의 부부애를 누리며 살기 어려울 뿐 아니라 정분(情分)을 나누는 임이 언제 어느 곳에서 이별을 고하면서 자기를 멀리할지 모른다는 불안감이 그들로 하여금 남성에 대한 한을 발생케 한 원인 중의 하나다.[50]

결국 매창은 기녀인지라 기녀 신분으로서의 사랑, 곧 시정에 사내들, 이귀 등이 그것이고, 평생 애정을 지니고 상사의 정을 표출했던 유희경과의 애절한 사랑, 허균과의 우정어린 사랑으로 남성들과 등거리 사랑을 자유롭게 펼쳤던 조선 최초의 시인이며 기녀였다. 그녀가 기녀로 명성을 얻은 이유는 바로 이런 그녀만의 등거리 사랑에 성공했기 때문이며 품성이 바르고, 재능이 있었기에 더욱 돋보인 것이다.

따라서 허균, 유희경 등 당대의 이름난 문인과의 등거리 사랑이 그녀를 더욱 기녀답게 한 증좌(證左)다.

5. 우정 어린 사랑

여성은 사회적이기 보다는 개인적이며, 능동적이기 보다는 수동적이고, 공격적이기 보다는 방어본능적인 의식이 있다. 더구나 우리의 중세 봉건사회에서는 이를 '여성적'이라 하여 미덕으로 가르쳐 왔다. 폐쇄성과 제약성은 봉건사회의 우리 부녀자들의 공통적인 여건이었지만 동시 조선시대(朝鮮時代)라는 계급사회는 그 부녀자들의 신분에도 위로는 내(內)·외(外) 명부(命婦)에서부터 아래로는 비천한 몸종

---

50 조윤식, 「李朝女流詩歌에 나타난 恨의 硏究」, 중앙대 석사학위논문, 77면; 이남희, 앞의 논문, 13면에서 재인용.

에 이르기까지 여러 계층을 두었는데 기녀라는 신분의 여성은 사족(士族)의 부녀에 비하면 제한된 속에서도 비교적 개방적인 대인관계가 마련되어 있고, 특히 지식층 남성들과의 접촉은 그들에게 독창적이고 창조적인 문학행위의 길을 열어 주었다. 그러나 그러한 활동 자체가 그들에게 오히려 비애의 원인이었을지도 모른다. 조선시대라는 봉건체제는 특히 부녀자에게 대한 사회적 의식에서 그 특징을 보인다. 조선시대 성립 배경이 된 유학사상은 치국평천하의 기본단위를 제가(齊家)로 보았기 때문에 유가적 여성관이 곧 근본 문제이거니와 이에 따른 가부장권(家父長權)의 확립에 따라 여성의 예속을 전제로 한 부부유별(夫婦有別)과 절(節)·열(烈)의 가치관을 낳았다. 그런 가운데서도 조선시대 엄격한 유교주의 속에서 여성들은 어깨너머로 글을 배워 여성특유의 생활이나 감정을 구사하여 찬란한 문학을 꽃피우게 된다.

여성으로서 한시를 남겼고, 보기 드문 여성문학을 남겼다는 역사성을 넘어, 질 높은 문학성을 성취하여 관념적인 유교의 표출이 농후했던 국문학의 흐름에서 매창은 순수한 인간감정의 정치한 묘사와 절실한 표현이 있다. 조선시대에 살았던 매창이 그 시대의 규범과 도덕으로부터 해방된 문학을 남긴 이유가 기녀라는 신분적인 자유로움에 있었던 것이다. 신분의 문제를 감안하더라도, 순수문학을 구사하여 우리 고시조에 대한 일반적인 선입감을 극복할 수 있는 충분한 근거를 찾을 수 있다. 그중에서 매창은 시조, 한시 등으로 그 당시 남성들을 상대로 기녀의 역할로 만난 남성과의 사랑, 그러한 육욕적인 사랑을 해야 밥을 얻어먹을 수 있다는 구절처럼, 평생 부끄러워하면서 살아야 했던 '기녀로서의 사랑'이 있었고 기녀임에도 절개를 지키면서 한 남자를 바라보며 '상사의 정'으로 살다 하직해야 했던 유희경과

의 사랑이 있다. 이러한 절절한 사랑은 '육체와 정신이 혼합된 사랑'
이라 할 수 있고 허균과의 사랑은 거리를 둔 우정 어린 사랑이라 하겠
다.

　사랑하는 사람과 　수 없는 공간적 이별, 신분적 차이에서 오는 이
별로 해서 '제한된 사랑'은 밀접했으나 가장 아픈 사랑이다. 그렇다면
허균 같은 당대의 문사들과의 10여년이나 지속되는 사랑은 문인과
문인으로, 인간 대 인간으로 만난 '우정 어린 사랑' 이어서 사랑이 없
는 것은 아니나 서로 절제하며 사랑해야 했던 거리를 둔 사랑이었다.
과연 사대부와 기녀 사이에서 거리를 둔 사랑이 존재하였는가 하는
의아함 속에서도 실제 그들은 그렇게 거리를 둔 사랑에 대해 불만족
하지 않은 상태에서 서로 존중하며 지속했다는 사실에서 페미니스트
허균, 문학을 사랑하고 혁신을 주창한 허균이기에 가능했던 일이 아
닌가 한다. 매창의 성격도 기녀지만 기녀답지 않은 고고한 품성이 있
었기에 절조를 지키지 않아도 되는 신분임에도 불구하고 성적 욕망
이 배제된 시인으로 살지 않았나한다. 매창은 허난설헌과 마찬가지
로 현세에서의 꿈을 이루지 못한 사랑을 선계로 옮겨 살고자 하며 38
세라는 짧은 생을 마감한다. 조선조에 있어 귀족 여성으로 난설헌의
문학이 있다면 기녀로서는 매창 문학이 조선조를 대표한다.

난설헌과 여신선

1. 신령을 나타내는 선(仙)

신령을 나타내는 선(仙)이라는 글자는 사람 인(人)자와 언덕이라는 산(山)으로 구성되어 있다. 이는 신이 되어 인간이 사는 곳에서 멀리 떨어진 산과 언덕에서 지내는 특별한 존재, 곧 신령스러운 존재를 뜻한다. 선은 이른바 장생불사하여 하늘로 올라가는 것에 대한 호칭이다.

신선이라는 존재는 기분이 내킬 때는 눈에 띄었다가 마음이 바뀌면 눈에 띄지 않게 할 수 있는 힘을 가진다. 또한 죽은 자를 일으키고 돌이며 구슬을 금으로 변하게도 하며, 자유자재로 연금술적인 변신을 일으킬 수 있는 힘을 가지고 있다. 그들이 살고 있는 곳은 이 세상을 이상화하여 그려진 초현실적인 공간이다.[1] 이러한 신선을 난설헌

---

1 무구도인, 김중걸 편역, 『팔선과해』, 일송북, 2003.

은 동경하고 신선이 되기를 염원하였고 행법을 통한 실천도 행하였다.

따라서 난설헌 시에는 유독 신선이 많이 등장한다. 논자는 난설헌과 신선과의 관계를 다양한 방법론으로 고찰한 바 있다.[2] 처음에는 난설헌의 〈유선사 87〉을 달의 이미지를 주축으로 달의 매체적 기능, 유선사의 가시적 이미지, 선인과의 교유와 신비적 체험, 몽환의 세계와 시적 현상으로 나누어 분석하였다. 그 다음에는 '난설헌의 유선문학에 나타난 도교적 환상의 양상과 기능'에 초점을 맞추어 꿈의 형식을 빌려 선계 여행의 환상과 여행 구조, 접신의 환상 체험으로 나누어 고찰한 바 있다. 마지막으로 '난설헌과 소설헌 시에 나타난 서왕모'라는 주제로 여선중에서 우두머리인 서왕모의 정체성과 역사적 고찰, 서왕모의 실체와 난설헌과 소설헌이 신선이 되는 숙명으로 연구한 바 있다.

여신선과 관련된 논문은 오문의의 '서왕모 신화연구',[3] 육완정의 '서왕모 신화의 문학적 수용',[4] 천현숙의 '여성 신화 연구',[5] 안병국의 '태평광기의 이입과 영향',[6] 이성규의 '한무제의 서역원정 봉선 황하치수와 우 서왕모신화'[7]가 있다. 최근 발표된 논문 가운데 '《태평광기》

---

2 김명희, 「허난설헌의 유선사 연구」, 『한국문학 연구 5집』, 동국대학교 한국문학연구소, 1982, 199~223면.
서강여성문학연구회, 『한국문학과 환상성』, 예림기획, 2001, 33~57면.
김명희, 「난설헌과 소설헌 시에 나타난 서왕모」, 우리문학회, 『우리문학연구 17집』, 2004, 279~301면.

3 오문의, 「서왕모 신화연구」, 서울대학교 중어중문학과 석사학위 논문, 1985.

4 육완정, 「서왕모 신화의 문학적 수용」, 『인문과학연구 논총』, 명지대학교 인문과학연구소, 1995.

5 천현숙, 「여성신화연구」, 『민속연구 1호』, 안동대학교 민속학연구소, 1991.

6 안병국, 「태평광기의 이입과 영향」, 『온지논총 6호』, 온지학회, 2000.

7 이성규, 「한무제의 서역원정 봉선 황하치수와 우 서왕모신화」, 『동양사연구 72호』, 동양사학회, 2000.

를 중심으로 신선고사의 시공간성 연구'와 '중국 신화의 여신 연구'가 있다. 여신선 논문은 제목에서 알 수 있듯이 서왕모에 편중되어 있다. 최근에 발표된 두 논문도 중국학에서 다루어진 논문인데, 정의경은 칙명에 의해 쓰인 방대한 신선 자료인 《태평광기》의 서지적 고찰, 신선고사의 성립배경, 신선의 시간관과 공간성에 대해 연구하였고[8] 김정인은 신화와 여신, 위대한 여신, 비극적 여신, 소외된 여신 등으로 분류하여 고찰하였다. 중국에 분포된 모든 여신(여선 포함)을 다룬 논문이다.[9]

난설헌 시의 선계시는 〈망선요〉로부터 비롯된다. 〈망선요〉에 여신들의 대모격인 서왕모가 월궁선녀를 대동하고 등장하면서 그 후편의 〈유선사〉에 다양한 여신들의 형상이 시극처럼 장면장면 화려하게 등장하여 자기들의 역할을 충분히 하고 있음을 확인 할 수 있다.

난설헌은 조선조 도교 신을 멀리해야하는 가문에서 태어나, 유교 이데올로기 속에서 훈육되었고, 결혼 생활도 안동김씨 명문 가문에서 시집살이를 하면서 남편 뒷바라지를 하다가 유독 선계라는 공간적 배경을 설정하고, 신선들과 교유하고 여신들과 동등한 입장에서 생활하며 여선의 환경을 스스로 만들어 현실과의 엄청난 괴리 속에서 고독한 세월을 지낸 것이 아닌가 한다. 그렇게 선녀의 생활로 일생을 마감한 난설헌이 선택한 여선들의 정체는 어떤 존재였으며, 난설헌은 어떤 의식세계를 지향하였는가에 주목하여 난설헌과 여선과의 관계를 확인하고자 하는 바이다.

---

8 정의경, 「〈태평광기〉 신선고사의 시공간성 연구」, 연세대학교 대학원, 중어중문학과, 2003.
9 김정인, 「중국신화의 여신 연구」, 연세대학교 대학원, 중어중문학과, 2002.

2. 난설헌 시에 나타난 여선의 정체성

하늘 중앙 균천(鈞天)에 옥황상제의 궁(宮)이 있으며 그 둘레에 삼십육중천(三十六重天)에는 대략 8만 6천 여 명의 신선이 있다고 하나 대개 남자들의 세계다. 다만 하늘에는 서왕모, 구천현녀, 월궁의 주인 상아 등이 있다.[10] 《팔선과해》에 나오는 팔선 중에 여선은 하선고가 있을 뿐이다. 하선고는 선검을 쓰는 미인으로 나온다.[11] 당연히 난설헌 시에 나타난 여선은 모두 중국의 선화에 나오는 여선임을 밝혀두는 바이다. 《태평광기》에는 여선을 따로 분류, 기록하고 있다. 신선 중에서 여선들의 활약에 주목할 필요가 있다고 본다. 요즈음 중국, 일본 등지에서 여선에 대한 연구가 활발하다고 하는데 한국에서의 여선 연구는 진행이 없다.[12] 그 이유는 한국에는 여선이 없기 때문이라는 생각이다.

우선, 난설헌 시에 나타난 여선의 분포도를 보겠다.

작품	여신
〈망선요〉〈유선사 44. 68. 76. 78〉	서왕모, 월궁선녀
〈유선사 6〉	옥녀(玉女)
〈유선사 8〉	서비 소녀, 비경
〈유선사 13〉	동비(東妃)
〈유선사17〉	서한부인, 자황
〈유선사18〉	동황의 맏 따님
〈유선사19〉	단릉공주

---

10 무구도인, 『팔선과해』2, 앞의 책, 258면.

11 무구도인, 『팔선과해』1, 앞의 책, 346면.

12 김정인, 앞의 논문.

작품	여신
〈유선사20〉	옥진군
〈유선사23. 28〉	옥비(玉妃)
〈유선사29〉	복비(宓妃)
〈유선사32〉	동쌍성
〈유선사36〉	상원부인
〈유선사46〉	천명의 선녀들
〈유선사48〉	옥녀 왕모
〈유선사49〉	남악부인
〈유선사65〉	후토부인
〈유선사67〉	농옥
〈유선사76〉	옥진(玉眞)
〈유선사79〉	악록화
〈유선사82〉	능화

이렇듯 난설헌 시에는 다양한 여선이 나타남을 알 수 있다. 빈도수로 살피면 여선의 대모격인 서왕모 4번, 옥비와 옥녀는 2번씩이고 나머지는 한 번씩 출현하고 있다.

위에서 지적하였듯이 난설헌 시에는 많은 숫자의 여선이 등장하는데《태평광기》에 나오는 여선과 정체를 알 수 없는 여선이 어우러져 나타난다.[13] 먼저, 여선의 우두머리 서왕모와의 관계를 보고자 한다.

1) 서왕모와의 여행

난설헌은 〈망선요〉에서 서왕모와 처음으로 만난다. 서왕모는 중국에서 위대한 여신으로 분류되어 내려온다. 중국에서 위대한 여신

---

[13] 유선사 87수에 남신선 36명 여신선 24명 등장한다.

으로 분류된 신은 여와, 서왕모, 희화, 상희, 직녀 등이 있다.[14] 《산해경》에 나타난 반인 반수의 흉측한 서왕모[15]가 아닌 인자하고 아름다운 모습으로 변모한 서왕모가 기린 수레를 타고 봉래로 향하는 모습이다. 모든 신선의 우두머리인 여선이 봉래 섬을 찾아 나서는 것이다. 봉래는 산동성에 있는 섬으로 진시황제, 한무제, 팔선 등이 노닐던 선도다.[16] 그곳을 난설헌이 서왕모와 심방(尋訪)하는 것이다.

구슬 꽃 산들 바람에 청조는 하늘하늘 날고

서왕모님 기린 수레 봉래로 향하시네

난초 깃발 배자에 하얀 봉황을 타고

웃으며 붉은 난간에 기대어 요초를 뜯네

하늘 바람 불어 푸른 치마 걷어 올리니

옥고리와 옥패소리 댕그랑댕그랑

쌍쌍의 월궁선녀 거문고 타고

세 번 피는 계수나무 봄내음 향기롭구나

동트자 부용각에서 잔치 마치고

푸른 바다에서 동자는 백학을 타네

붉은 퉁소 소리에 오색 노을 걷히니

이슬 젖은 은하수에 새벽 별 떨어지네

---

14 김정인, 앞의 논문, 5면.

15 김명희, 「난설헌과 소설헌 시에 나타난 서왕모」, 앞의 논문, 280~281면.
몸은 사람이고 표범의 꼬리, 호랑이 이빨을 가지고 있다. 큰 소리로 부르짖는 것을 좋아하며 머리카락이 흩어져 청조 세 마리가 교대로 곤륜산에서 먹을 것을 가져다주었다.

16 김명희, 〈산동성 연태 지방의 신화 전설〉, 『온지논총 17집』, 2007, 412~416면.

瓊花風軟飛靑鳥(경화풍연비청조)

王母麟車向蓬萊(왕모린거향봉래)

蘭旌蘂帔白鳳駕(난정예피백봉가)

笑倚紅蘭拾瑤草(소의홍란습요초)

天風吹擘翠霓裳(천풍취벽취예상)

玉環瓊佩聲丁當(옥환경패성정당)

素娥兩兩鼓謠瑟(소아양양고요슬)

三花珠樹春雲香(삼화주수춘운향)

平明宴罷芙蓉閣(평명연파부용각)

碧海靑童乘白鶴(벽해청동승백학)

紫簫吹徹彩霞飛(자소취철채하비)

露濕銀河曉星落(노습은하효성락)

〈망선요(望仙謠)〉

서왕모가 찾아 간 봉래 섬은 화려하다. 봉래는 한무제가 이곳에 와서 봉래산을 바라보았다고 해서 붙여진 이름이다. 신선들이 난초 깃발에 하얀색 봉황새를 타고 다니며, 요초를 뜯으며 월궁선녀가 거문고를 타고 있다. 봉래 섬의 묘사도 이채롭다. 푸른 바다의 동자는 백학을 타고 다니고 계수나무 냄새가 향기롭고 퉁소소리에 오색 노을이 걷히는 풍광이다. 위의 시를 장면으로 나누어 보면 다음과 같다.

장면1	서왕모가 청조와 함께 봉황을 타고 봉래를 찾아 떠나는 모습
장면2	서왕모가 봉래에 도착해서 월궁선녀 및 동자들과 부용각에서 잔치하는 모습
장면3	봉래 섬의 선궁의 아름다운 모습

각기 세 장면으로 이루어진 봉래 섬은 향초가 피고 옥패가 울리고 항아가 흰 옷을 입고 흰 난새를 타고 계수나무가 오색의 꽃을 피우고 열매를 맺고 신선들이 모여 사는 부용각이 있는 곳이다. 난설헌의 선계 여행은 이 시로부터 비롯되며 마치 자신이 서왕모가 된 듯 봉래로 여행을 떠난 것이다. 잔치를 돕는 월궁선녀는 달의 여신으로 자연신이 아닌가한다. 신선들이 산다는 봉래섬은 눈부신 금과 백옥으로 된 궁전에 일 년 내내 꽃이 피고, 열매가 열리며 순백색의 새와 짐승이 사는 곳, 흰 옷을 걸친 성인과 신선이 어우러진 영원히 죽지 않는 곳이다. 그러한 이상향의 봉래섬을 제일 먼저 찾은 난설헌은 선계로 비상(飛翔)한 조선조 최초의 여선이다.

2) 선녀들의 역할 기능

《태평광기》에 여선을 따로 분류하여 기록할 정도로 선녀들의 역할이 지대했음을 알 수 있다. 여선들의 위상에도 차이가 있음이 확인된다. 서왕모, 상원부인, 운화부인, 현천이녀, 태진부인, 그리고 마고다. 그중 운화부인, 태진부인은 서왕모의 딸이다. 다수의 선녀는 서왕모의 시녀라고 할 수 있다.

따라서 다음 시에 등장하는 옥녀나 서비소녀도 잔치 임무를 끝내고 한가로이 시간을 보내는 모습을 그려낸다.

서단에서 잔치 파하니 별이 드문하고
붉은 용은 남으로 학은 동으로 날아간다.
붉은 방의 선녀 님 봄 졸음에 겨워

붉은 난간에 기대어 새벽인데 돌아가질 않네

宴罷西壇星斗稀(연파서단성두희)

赤龍南去鶴東飛(적룡남거학동비)

丹房玉女春眠重(단방옥녀춘면중)

斜倚紅蘭曉未歸(사의홍란효미귀)

<유선사 6>

위의 시에 나오는 단방의 옥녀 역할은 곤한 봄잠에 빠져 있는 시녀
인데, 원래 옥녀는 《태평광기 권 63, 여선 8》에 의하면 45세에 큰 병
이 나서 몸이 썩어 문드러져 악취가 났던 여인이었다. 옥녀는 어떤 도
사의 가르침으로 푸성귀 풀 서너 뿌리를 먹고 열흘이 안 돼 건강해졌
다는 선녀다.

위의 시는 선방의 화려함을 '붉은 색'으로 묘사하여 선계의 상서로
움을 나타낸 것이 매우 특징적이다. 붉은 용, 붉은 방, 빨간 난초가 자
리 잡은 선계에 신선들의 잔치를 돕던 옥녀(玉女)가 잔치가 파한 뒤라
봄잠에 푹 빠져 있다. 다시 돌아가야 할 자리로 돌아가지 못하는 옥녀
의 곤한 잠이 모티브다. 난설헌 시에 등장하는 옥녀[17]는 두 번 등장하
는데 신선들의 잔치를 돕는 단순한 기능인이다. 따라서 선녀의 주된
역할은 선계 잔치를 돕는 시녀 역할이다.

한가히 청랑 풀고 신선의 경전 읽는데

---

17 《태평광기》에는 연꽃을 따먹고 선녀가 된 여인으로도 기록되어 있다(이방 등 모음, 김장환
외 옮김, 『태평광기』, 학고방, 2001, 297면).

이슬바람과 희미한 달에 계수나무 꽃 드문한데

서왕모의 소녀가 봄이라 할 일 없어

웃으며 비경에게 보허사를 부르라시네

開解靑囊讀素書(한해청랑독소서)

露風煙月桂花踈(노풍연월계화소)

西妃小女春無事(서비소녀춘무사)

笑請飛瓊唱步虛(소청비경창보허)

〈유선사 8〉

서왕모의 시녀인 비경이 등장한다. 비경[18]은 서왕모의 시녀로 생황을 잘 불렀다고 한다. 《태평광기》에 기록된 비경에 대한 이야기는 다음과 같다.

새벽녘에 요대에 들어가니 이슬 맺힌 기운 맑디 맑은데

좌중에서 인물은 허비경 뿐이라.

세속에 찌든 마음 미처 다하지 못해 속세에 인연이 남아있기에

10리 길 하산할 제 달만 하릴없이 밝구나[19]

– 중략 –

위의 기록에서 서왕모가 사는 요대에는 선녀 300명이 큰 집안에

18 위의 책, 455면.

19 《태평광기 권 제70》에서 허전이 실신하여 선계에 들었더니 선녀 300명이 있었다. 그중 허비경이 글을 지으라 해서 위의 시를 지었다가 다시 고쳐 적은 것이 '하늘 바람아래 보허성 들리네'였다. 허비경이 이 시를 읽고는 나중에 선계로 오라며 돌려보냈다고 한다.

거하는 것으로 되어 있다. 서왕모의 시녀인 허비경이 봄이라 할 일이
없어 신선이 하늘을 거니는 노래인 〈보허사〉[20]를 부르고 있다. 시녀
들도 한가한 때를 틈타 노래를 부르고 선계에 오른 허전의 글 솜씨를
보고는 다시 이승으로 돌려보내는 심판관 역할을 하기도 하였다.

〈유선사 13, 17〉에서는 태자비인 동비(東妃)와 서한부인이 등장한다.

동비에게 새로 조서를 내려 술랑에게 시집보내니
자색 난새 타고 안개 속에 부상으로 향하네
꽃나무 앞에서 이별한 지 삼천 년이니
신선이라도 긴긴 세월 한스러워 하네

新詔東妃嫁述郎(신조동비가술랑)
紫鸞煙蓋向扶桑(자란연개향부상)
花前一別三千歲(화전일별삼천세)
却恨仙家日月長(각한선가일월장)

〈유선사 13〉

서한부인 홀로 사는 것 한스러워
자황이 영 내려 허상서에게 시집 보내네
구름 한삼과 옥띠로 조회함이 늦으니
즐겁게 청룡을 타고 하늘로 올라가네

---

20 난새를 타고 밤중에 봉래도에 내려와/ 한가로이 기린 수레를 타고 요초를 밟네/ 바닷바람
벽도화를 불어 꺾는데/ 옥소반에 안기의 대추를 가득 담았네.

西漢夫人恨獨居(서한부인한독거)

紫皇令嫁許尙書(자황령가허상서)

雲衫玉帶歸朝晩(운산옥대귀조만)

笑駕靑龍上碧虛(소가청룡상벽허)

〈유선사 17〉

동비를 술랑에게 시집을 보낸다. 시집가는 모습이 단조롭다. 자색 난새를 타고 동해바다로 향하는 것으로 묘사되고 있다. 다만, 홀로 사는 서한부인을 옥황상제의 부인이 특별히 영을 내려 허상서에게 시집을 보내는 일을 돕는 것도 선녀들의 역할이다. 신선들의 세계도 인간사와 같아 홀로 지내는 여선을 결혼시키려는 일이 이채롭다.

〈유선사 37〉 역시 과부 선녀와 북궁의 선녀가 등장한다.

선동의 과부가 천 년이나 혼자 살다가

천수선랑과 좋은 인연 맺었네

하늘 풍악이 처마 밖 달밤에 울리고

북궁의 선녀가 발 앞까지 내려왔네

靑童孀宿一千年(청동상숙일천년)

天水仙郎結好緣(천수선랑결호연)

空樂夜鳴簷外月(공락야명첨외월)

北宮神女降簾前(북궁신녀강렴전)

〈유선사 37〉

신선세계에서 과부가 천 년이나 혼자 살다가 천수에 사는 신선과 혼인을 했는데 북궁의 선녀가 이들을 맞이하고 있다.

신선들의 수명은 천수(天壽)는 120년, 지수(地壽)는 100년, 인수(人壽)는 80년, 하급의 장수는 60년이라 한다.[21] 제왕의 수명이 40년이었을 때 팽조는 2000년을 살았다고 하고 동방삭은 거의 만년을 살았다고 한다. 이것은 신선세계의 초시간대를 의미한다. 그런데 선계에 사는 청상과부는 1000년이나 살았다는 것이다. 즉 영원히 죽지 않는 곳이 선계다. 다시 결혼하는 여선을 위해 풍악을 울리고 마중하는 역할을 북궁 선녀들이 도맡아 하고 있다. 그런가 하면 선녀들끼리 서로 방문하며 노을을 마시며 교유하는 장면도 있다.

한가로이 요지에 살며 노을 마시고
상서로운 바람 불어 벽도화 꺾어 놓네
동황의 맏따님 때때로 서로 찾아
온종일 발 앞에 봉황수레 세워 놓네

閒住瑤池吸彩霞(한주요지흡채하)
瑤風吹折碧桃花(요풍취절벽도화)
東皇長女時相訪(동황장녀시상방)
盡日簾前卓鳳車(진일렴전탁봉거)

〈유선사 18〉

---

21 정의경, 앞의 논문, 130면.

봄의 신인 동황의 맏딸을 때때로 찾아 노을 마시고 벽도화 꺾고 하면서 교유를 통한 친선을 도모하고 있다. 선녀들의 역할 중에 옷을 짓는 묘사도 있다. 여느 아낙과 같이 도포를 짓는 일이다.

복비가 한가로이 붉은 도포 짓는데
하얀 손으로 자주자주 가위질 하네
미간에 졸음 흔적 있고 꽃 그림자 점심때라
옥황께서 영을 내려 푸른 포도를 하사하네

宓妃閑製赤霜袍(복비한제적상포)
素手頻回玉剪刀(소수빈회옥전도)
眉鎖睡痕花影午(미쇄수흔화영오)
紫皇令賜碧葡萄(자황영사벽포도)

〈유선사 29〉

복비가 등장한다. 복비는 복희씨의 딸로 낙수에 빠져 낙수의 신이 되었다는 여신이다. 그런 복비의 형상이 묘사되는데 졸음이 가득한 채 붉은 도포를 짓느라 가위질하고 있다. 이를 본 옥황상제가 푸른 포도를 하사 하신다. 청포도가 나오는 것으로 보아 때는 여름이다. 여름날 점심을 먹은 후 노곤한 상태에서 바느질 하는 복비 수신의 형상이다.

위에서 고찰한 바와 같이 여선들의 역할은 잔치 시중을 드는 일부터 바느질을 하거나, 풍악을 울려 주거나, 결혼식 치르는 일을 담당하고, 결혼 후 신랑 신부를 맞이하는 일, 신선들과의 교유 등 실로 다양한 임무를 담당하고 있음을 알 수 있다. 그들의 나이는 '16,7세쯤 되어 보이고 푸른 비단의 웃옷을 입고 눈을 흘겨보니 신비스러운 자태가 맑게 드러나 보이는 진실로 미인이다'[22]로 표현되는 아름다운 여인들이 선녀의 정체다. 난설헌은 이들 선녀와의 공고한 유대를 통한 공감대를 형성하고자 한다.

3) 선녀들의 고독과 사랑

신선들은 속계에서 선계로, 선계에서 다시 속계로 순환한다. 항상 속계로 귀환하려는 것이 신선들의 속성이다. 선녀들도 마찬가지여서 속계의 일들이 종종 벌어진다. 속계에서 벌어지는 사랑, 고독, 투기 등이 주요 제재다.

〈유선사 19〉에서는 옥황의 따님인 단릉 공주가 투기를 하는 것으로 묘사되고 있다.

> 비취 옥잔에 술을 가득하게 따라
> 달 밝은 꽃 아래서 동비께 권하네
> 단릉 공주님은 투기를 하지 마오
> 일만 년이 흘러도 만나기란 드무니

> 滿酌瓊醪綠玉巵(만작경료녹옥치)
> 月明花下勸東妃(월명화하권동비)
> 丹陵公主休相妬(단릉공주휴상투)

---

22 오문의, 앞의 논문, 50면.

一萬年來會面稀(일만년래회면희)

〈유선사 19〉

　　단릉은 요임금의 출생지이고 단릉 공주는 옥황의 따님이다. 부부
의 인연은 일만 년의 세월이 주는 귀한 인연임을 일깨우는 시다. 부부
의 합환주를 마시는 정경과 단릉 공주의 질투어린 시선이 교차되는
시다. 소중한 부부의 사랑과 그로 인한 질투들이 선계에도 공존한다
고 믿었다. 다음 〈유선사 23, 28〉에서 옥비가 등장한다. 옥비는 원래
당 현종의 양귀비를 가리키나 여기서는 단순한 선녀다. 그런 옥비가
눈물을 흘리고 있다. 눈물을 흘리는 이유는 고독하기 때문이다.

　　　다락에 붉은 노을 끼고 땅은 티끌 가셔지고
　　　옥비의 쓰라린 눈물 비단 수건을 적시네
　　　하늘의 달이 은하수 그림자 잠기면
　　　추위에 놀란 앵무새 밤에 사람을 부르네

　　　樓鎖彤霞地絕塵(루쇄동하지절진)
　　　玉妃春淚濕羅巾(옥비춘루습라건)
　　　瑤空月浸星河影(요공월침성하영)
　　　鸚鵡驚寒夜喚人(앵무경한야환인)

〈유선사 23〉

　　　바다는 드넓어 푸른 하늘에 잠기고
　　　선녀는 말없이 동풍에 의지하네

봉래산 삼천리에서 꿈 깨고 나니

소매 가득 울은 흔적 한 자락이 붉네

瓊海漫漫浸碧空(경해만만침벽공)

玉妃無語倚東風(옥비무어의동풍)

蓬萊夢覺三千里(봉래몽각삼천리)

滿袖啼痕一枝紅(만수제흔일지홍)

〈유선사 28〉

〈유선사 23〉에서 추위에 놀란 앵무새가 우는 그런 상황은 고독한 가을 늦밤이다. 그럴 때 혼자라는 것이 비단 수건을 적시게 한다는 설정이다. 〈유선사 28〉도 옥비가 등장한다. 옥비는 말없이 동풍에 의지하고 있다. 때는 봄이다. 봉래 섬에서 한 잠 자고 나니 소매 자락에 운 흔적이 남아 있다. 위의 옥비는 허난설헌의 고독을 투영하고 있다는 생각이다. 이러한 고독함은 〈유선사 36〉에서 상원 부인을 원망하기에 이른다.

거울 속에 외로운 난새 상원 부인 원망하고

구름수레 타고 저문 봄에 천문을 내려오네

벼슬 얻은 낭군 너무도 정이 없는 사람이라

푸른 소매에 눈물 자욱 흥건하여 돌아왔네

粧鏡孤鸞怨上元(장경고란원상원)

雲車春暮下天門(운거춘모하천문)

封郎大是無情者(봉랑대시무정자)

翠袖歸來積淚痕(취수귀래적루흔)

<유선사 36>

원래 상원부인[23]은 도군(道君)의 제자로 진적을 통달하여 귀대금모에 버금간 여선이다. 상원부인이 새로 강림하는 곳에는 언제나 먼저 시녀를 보내 자신이 그곳에 손님으로 가는 것임을 알리도록 했다. 상원부인은 삼천 진황의 어머니시며 높고도 존귀하신 분으로 시방(十方)선녀의 명부를 관장한다. 주로 서왕모가 하늘에서 인간계로 내려올 때 시녀에게 상원부인을 오게 하여 동석한다. 서왕모는 '상원부인은 삼천 진황의 어머니고 상원의 높은 지위에 앉아 옥녀를 다스리는 존귀하고 높은 신이니 상원부인에게 장생의 요결을 배우도록 하라.'고 명령했다는 것[24]에서 서왕모는 상원부인을 자신에 버금가는 신선으로 여겼고 신선의 비서(秘書)를 둔 유일한 여선이다. 이백 또한 상청[25]파에서 높이 추앙받는 상원부인을 자나 깨나 잊지 못했다. 이백이 지은 시에 상원부인에 대한 묘사를 보면 "세 갈래로 틀어 올린 머리 모양/ 허리까지 드리운 머리채/ 늘씬한 몸매에 푸른 비단을 두르고/ 그 위에 껴입은 붉은 서릿발같이 빛나는 옷"으로 세밀히 노래하고 있다. 이백의 눈에 상원 부인은 조용한 눈매로 웃고 있는 얼굴에 부드러우면서도 매우 친근한, 그러면서도 아름다운 자태의 여인이다.[26] 그런

---

23 이방 등 모음, 김장환 외 옮김, 《태평광기》, 앞의 책, 139면.

24 구보노리타다, 이정환 옮김, 「도교의 신과 신선 이야기」, 뿌리와 이파리, 2003, 145~146면.

25 하늘에는 옥청(玉淸), 상청(上淸), 태청(太淸)이 있다.

26 잔스추앙, 안동준·김영수 뒤침, 『도교와 여성』, 창해, 2005, 169면.

데 외로운 난새 한 마리가 상원 부인을 원망하며 운다고 하니 상원부인이 맺어준 여선이 아닌가 한다. 난설헌은 자신을 외로운 난새에 감정이입하고 있다. 난새는 거울 속에 비춰진 난새가 자기의 짝인 줄 알고 거울을 쪼면서 우는 것이다. 벼슬을 한 낭군이 돌아오지 않자 여인이 소매에 눈물 자욱 흥건히 적신다는 것이다. 아마도 상원부인이 맺어준 인연도 별 수 없다는 생각이다. 선녀의 고독은 능화부인이 눈썹 그리기를 멈추는 곳에서 절정을 이룬다.

> 여덟 마리 바람을 타고 가서 돌아오지를 않으니
> 계수나무 가지와 누런 대나무가 요지를 원망하네
> 곤륜산 뜰의 옥 비파 소리 구름 속에 메아리치니
> 말 전하기를 능화부인 눈썹 그리기를 그만 두었다네

> 八馬乘風去不歸(팔마승풍거불귀)
> 桂枝黃竹怨瑤池(계지황죽원요지)
> 崑庭玉瑟雲中響(곤정옥슬운중향)
> 傳語凌華罷畵眉(전어능화파화미)

〈유선사 82〉

능화부인이 눈썹 그리기를 그만 두었다는 것으로 난설헌과 여선과의 관계망은 끝을 맺는다. 서왕모와 목왕의 고사다. 천하를 주유하던 목왕의 팔준마는 장엄하고 화려하게 바람을 타고 떠나 돌아오지 않는 것이다. 서왕모와 목왕이 놀던 흔적이 역력한데 전하는 말에 의하면 능화부인 역시 눈썹 그리기를 그만 두었다는 것으로 보아 팔준마를 타고 떠나간 임이 돌아오지 않는 것이다. 서왕모와 목왕과의 로맨스를 원용하여 난설헌의 고독함을 극대화시키고 있다. 불귀(不歸)이미지는 〈유선사 76〉에서 옥진의 이야기로 끝을 맺는다.

봄 내내 한가로이 옥진과 짝해 노는데
어느덧 세월 흘러 가을을 알리네
무제는 오질 않고 꽃만 다 지니
달빛 다락에 비치는데 이슬 가득하네

一春閒伴玉眞遊(일춘한반옥진유)
倏忽星霜已報秋(숙홀성상이보추)
武帝不來花落盡(무제불래화락진)
滿天煙露月當樓(만천연로월당루)

〈유선사 76〉

옥진은 양귀비의 이름이다. 옥진도 선녀다. 봄내 옥진과 더불어 놀았는데 어느덧 가을이 되어도 무제는 돌아오지 않는다. 한무제는 신선의 도를 좋아해서 명산대천과 오악에 기도하며 신선되기를 구한 황제다. 무제는 이곳에 와서 '봉래도'라는 명칭을 지어 준 후에 상상의 섬 선도에서 인간의 섬으로 자리 잡는다.[27] 이곳에서 옥진은 난설헌이다. 옥진의 고독은 난설헌의 고독이다. 무제 역시 남편 김성립의 대유다.

이상에서 살핀 시는 선녀들의 고독이 주요 제재다. 천상의 선녀가

---

27 김명희, 「산동성 연태 지방의 신화, 전설」, 앞의 논문, 418~420면; 한무제와 서왕모 참조 바람.

고독하다는 것은 어불성설(語不成說)이지만 현실에서 조선조 여성들의 고독감 특히 조선조 양반여성을 대표하는 난설헌의 고독의식을 선녀들에 대유(代喩)하여 표출한 것이 특징이라 본다.

4) 선녀들의 잔치 놀이

선경은 형용할 수 없을 정도로 화려하다. 아름다운 자연환경에 주옥으로 만들어진 궁궐, 기이한 약초, 영물이 뛰어 노는 선경의 설정에 잔치까지 벌어진다. 그곳에서 신선들의 잔치가 늘 화려하게 열린다. 잔치에 빼 놓을 수 없는 것이 연주다. 신선들이 쟁을 타고 시를 읊고 생적과 피리를 불며 웃음소리를 내며 즐겼던 장면에 빠짐없이 여선들이 등장한다.

구령의 신선이 벽옥 쟁을 타면서

한가로이 꽃을 꺾어 들고 동쌍성에 의지하네

구슬 줄 잘못 튕기어 황금 기둥 스치니

붉은 노을 사이 멀리 두고 웃음소리 들리네

緱嶺仙人碧玉箏(구령선인벽옥쟁)

折花開倚董雙成(절화한의동쌍성)

瑤絃誤拂黃金柱(요현오불황금주)

遙隔彤霞聽笑聲(요격동하청소성)

〈유선사 32〉

〈한무제 내전〉에서는 서왕모가 옥녀 동쌍성에게 명하여 구름을 일으키게 하고 그에 맞추어 생황을 연주하게 했다는 묘사가 있다.[28] 이 시에서는 주나라 영왕의 태자로 신선이 된 구령신선이 쟁을 탄다. 쟁을 잘 타는 신선을 구령선인이라 명하는데 그러한 구령선인이 동쌍성에게 꽃을 꺾어 주면서 붉은 노을 사이에서 서로 깔깔거리며 웃고 있는 장면이다. 남녀 신선의 놀이는 이 시가 처음이다. 이 시에 구령선인은 왕자 진의 고사다. 태자라는 고귀한 신분도 마다하고 신선이 된 진이 구령산에서 내려와 서왕모의 시녀 동쌍성과 함께 놀고 있는 것이다. 동쌍성은 서왕모의 시녀로 허비경, 가릉화와 함께 선녀가 되었다고 한다. 잔치에는 시선인 이백도 등장한다. 《열선전》에 나오는 신선은 전설상으로 구전되어 내려오는 고선(古仙)인데 반해 《태평광기》에 나오는 신선은 도사, 방사, 역사상의 실존 인물도 다 신선으로 기록되어 내려온다. 난설헌의 시에는 이백, 이하 등이 대표적인 신선 반열에 들어 있다.

　　고래 탄 한림학사 백옥경에 예를 올리자
　　서왕모 반가워 벽성에서 잔치 베푸네
　　손으로 채색 붓날려 옥(玉)자를 쓰니
　　취한 얼굴 오히려 청평조를 바침과 같네

　　騎鯨學士禮瑤京(기경학사예요경)
　　王母相留宴碧城(왕모상류연벽성)

---

28 잔스추앙, 앞의 책, 160~161면.

手展彩毫書玉字(수전채호서옥자)

醉顔類似進淸平(취안유사진청평)

〈유선사 44〉

이백은 너무나 유명한 당나라 시인이자 중국문학 역사상 천재 시 인으로 등장한다. 그는 어릴 때부터 도교에 심취했고 훗날 북해 자극 궁(紫極宮)을 찾아가 고천사(高天師)를 스승으로 모셔 그의 속제자가 되었다. 스스로를 인간 세상에 화생한 선인이라고 믿었으며 상청파의 저명한 도사 사마승정(司馬承禎)이나 오균과도 교유를 하였다. 이태백 은 도교 신자이자 전통적으로 여선을 숭배한, 상청파의 영향을 받은 시인으로 온갖 상상력을 동원해 여선의 자태를 묘사하기도 한다.

하늘나라 옥녀 네댓이

하늘 밖에서 표표히 내려와

방긋 웃음 띤 하얀 손으로

나에게 신선주를 건넬 줄이야[29]

난설헌은 이러한 이백을 특히 좋아했다. 그의 시문에 종종 나오는 이백은 신선으로서, 문학인으로서 난설헌을 매료시키기에 충분했다.

옥(玉)자는 옥비, 곧 양귀비를 뜻한다. 양귀비 궁중 전설에 의하면 양귀비는 도사였다. 그녀의 궁궐에는 〈예상우의곡〉이 궁중 구석구석 에 울려 퍼졌다고 한다. 산 위에 옥비태진원(玉妃太眞院)이란 현판이

---

29 위의 책, 168면.

있는데, 이는 〈장한가전〉에서 양귀비를 여선 만들기로 성공한 무대 배경이 된다.[30] 채석강에서 술에 취해 빠져 죽은 이백이 고래를 타고 하늘로 올랐다 해서 기경학사이며, 현종이 양귀비와 함께 노닐 때 이백이 현종의 영을 받들어 지어 올린 청평조사다.[31] 천 명의 선녀들이 등장하기도 한다.

> 부용성 대궐에 비단 구름 향기롭고
>
> 별도로 만경에게 조서 내려 화당을 맡겼네
>
> 아침나절 용을 타고 가는 천 명의 선녀들
>
> 흰 난초 떨기 속에서 피리를 합주하네

> 芙蓉城闕錦雲香(부용성궐금운향)
>
> 別詔曼卿主畫堂(별조만경주화당)
>
> 朝日駕龍千騎女(조일가룡천기녀)
>
> 白蘭叢裏合笙簧(백란총리합생황)

〈유선사 46〉

　　서왕모가 잔치를 연다. 석만경이 죽은 뒤에 신선이 되어 부용성을 거느렸다는 성으로 중국 사천성 성도를 별칭한다.[32] 신선이 사는 부용성에 석만경에게 화당을 맡긴다. 아침에 용을 타고 가는 천 명의 선녀들이 하얀 난초 떨기에서 생황을 불고 있다. 장엄한 연주다. 석만경

---

30 위의 책, 157~162면.

31 김명희, 『허난설헌 시 새로 읽기』, 앞의 책, 238면.

32 위의 책, 241면.

이 부용성에서 화려하게 살고 있음을 표출하고 있다. 다음 〈유선사 66〉에서는 후토 부인이 마고 선녀에게 잔치를 벌이는 것으로 잔치의 종류도 다양하다.

> 후토부인이 백옥경 대궐에 살면서
>
> 해가 중천인데 생적 불며 마고에게 잔치 베푸네
>
> 위랑이 젊은데도 게으름이 유난해
>
> 얇은 비단에 오악도도 그리지 못하네
>
>
> 后土夫人住玉都(후토부인주옥도)
>
> 日中笙笛宴麻姑(일중생적연마고)
>
> 韋郞年少心慵甚(위랑연소심용심)
>
> 不寫輕綃五岳圖(불사경초오악도)

〈유선사 66〉

후토는 무덤의 신이다. 중국은 예로부터 황천후토(皇天后土)라고 하여 하늘과 대칭시켰다. 후토는 천신에 대한 지기(地祇) 즉 지신(地神)의 의미다. 음양설로 인해 후토를 여신으로 보는 경향이 생겨 후토 부인의 사당이 생겼다. 《옥갑기》에 3월 18일을 후토 낭랑의 탄생일로 기록하고 그 날 제사를 지내는 전통이 있다. 18세기 후반부터는 무덤 옆에 후토 신의 상징을 만들어 후토 신이 무덤을 지키는 신으로 되어 있다.[33] 후토 부인이 백옥경 대궐에 사는데 마고[34]선녀를 위해 잔치

---

33 구보노리타다, 앞의 책, 259~261면.

34 이방 등, 앞의 책, 219면.

를 벌인다는 것이다. 마고는 18·19세의 아름다운 아가씨로 정수리엔 쪽을 지었으며 나머지 머리는 허리까지 늘어트리고 그녀의 옷은 화려하고 눈이 부셨다. 마고는 인간 수명을 관장하는 여신으로 집안에 재물과 수명을 관장하는 신이여서 중국 문 앞에 마고의 그림이 붙여진다.[35] 또한 쌀알을 진주로 변하게 하는 도술을 부렸으며 새 발톱 같은 손톱을 지녔다고 한다. 마고는 여선중에서 가장 아름다운 여인으로 묘사되는데 아버지에게 채찍으로 얻어맞고 도망친 마고는 산속에서 수행하고 다리 위에서 승천했다.[36] 그런 마고는 서왕모와 같이 천상의 복숭아나 영지를 들고 있는 모습으로 그려진다. 곧 마고는 요지에서 열리는 반도회에 참가할 때 영지로 빚은 술을 들고 나타나는 여선이다. 아리따운 마고를 위해 후토 부인이 잔치를 열어준 것이다. 후토 부인은 위랑과 결혼했는데, 위랑은 후촉 때 위방이 용녀의 편지를 받고 죽어 신선이 되었던 사람[37]으로 게을러서 오악도를 그리지 못했다는 이야기가 전해진다. 후토 부인, 마고, 위랑은 신선들의 대명사다. 그러한 신선들의 이야기를 난설헌은 즐겼다. 그리고 그러한 선계에 몰입했다.

5) 상서로운 선계의 정경

선계란 자연과 일체된 조화로운 공간이며 불사의 시계(時界)며 무궁한 생명력의 근원이 되는 곳이다. 선경(仙境)을 옥야(沃野), 낙토(樂

---

35 김선자, 『중국 신화 이야기2』, 아카넷, 2006, 107면.

36 구보노리타다, 앞의 책, 186~188면.

37 김명희, 『허난설헌 새로 읽기』, 앞의 책, 260면.

土), 동천복지(洞天福地), 승지(勝地)라 일컬으며, 낙원이며 물질적 풍요가 보장된 천혜의 공간을 의미한다.[38] 그러한 공간에서 선녀들의 이야기는 끝이 없다. 그중 〈유선사 48〉에서 천 명의 무리 가운데 한 선녀가 서왕모를 모시고 선도를 먹었다는 자랑이 펼쳐진다. 사실 여선이 되기 위해서 수행을 해야 하고 수행에는 외단 수행과 내단 수행이 있는데, 내단은 인간의 욕구를 절제하고 마음을 비우고 고요히 명상에 잠기는 방법이다. 그리고는 선도를 먹거나 단사를 먹는 방법이 있는데 난설헌 시에는 외단 수련 보다는 선도를 서왕모로부터 하사받는 방법을 채택하고 있다.

> 선녀 무리 가운데 가장 이름 있어
> 열 번이나 서왕모 모시고 선도 먹었다네
> 한가로이 잡고 있는 붓, 손보다 흰데
> 말하기를 월궁의 하얀 토끼털이라 하네
>
>
> 玉女群中價最高(옥녀군중가최고)
> 十陪王母喫仙桃(십배왕모끽선도)
> 閒持玉管白於手(한지옥관백어수)
> 道是月宮霜兎毫(도시월궁상토호)

〈유선사 48〉

옥동과 옥녀는 남녀 신선을 의미하여 옥녀는 여선녀를 칭하나 〈한

---

38 성의성, 앞의 논문, 156~159면.

무내전〉에 나오는 옥녀는 동방삭과 동중서가 시립하고 있었을 때 푸른 옷을 입은 여인이 나타나는데 아름답기가 이루 말할 수 없었다. 무제가 깜짝 놀라 누구냐고 하니 '저는 용궁의 옥녀(玉女)로 왕자등(王子登)이며, 서왕모의 심부름으로 곤륜산에서 왔다.'[39]라는 기록에서 왕자등의 명칭도 옥녀로 불린다는 사실을 알 수 있다. 위의 시 역시 서왕모의 불사약인 선도가 주요 제재다. 서왕모는 곤륜산의 신선세계에 살면서 불사약을 관장하며 하늘의 형벌과 재앙을 관장하던 무시무시한 여신 서왕모에서 주목왕을 기다리는 아름다운 여신으로 변신, 또다시 한무제와 함께 만나는 '천상의 왕모'로 변하였다가 동왕의 배우자로 등장하는데, 이때는 도교와 결합하여 반도회를 주관하는 왕모낭랑으로 민간 전설에 등장한다.[40] 반도는 선계의 과일로 먹으면 장생불사한다는 복숭아다. 요지에는 붉은 옷, 푸른 옷, 흰옷, 검은 옷, 노란 옷, 보랏빛 옷, 초록빛 옷을 입은 7명의 선녀가 바구니를 이고 반도를 따 잔치를 하는 것이다. 반도 잔치를 300년 만에 여는데 반도를 무제가 먹었다. 반도 중에는 6000년 만에 먹는 것, 9000년 만에 먹는 것 등 여러 종류가 있었다. 아름다운 선녀들 숫자는 천 명이나 된다고 하니 그 화려한 반도잔치를 상상할 수 있다. 그중에서 가장 이름 있는 선녀만이 서왕모 신을 모시고 선도를 먹었다는 것이다. 그러한 영광의 주인공 여선은 하얀 토끼털을 쥐고 글을 쓰는 월궁의 선녀이다. 월궁의 선녀 또한 공자님이 돌아오지 않음을 노심초사하는 선계의 광경을 리얼하게 읊는다.

---

39 잔스추앙, 앞의 책, 86면.
40 김선자, 앞의 책, 106면.

서쪽으로 간 공자님은 어느 때나 돌아올꼬

남악 부인은 조만간 돌아 올 것인데

십주를 돌아 다녀도 다 돌지 못하고

밤늦게 피리 불며 학 타고 봉래산 내려오네

西歸公子幾時廻(서귀공자기시회)

南岳夫人早晚來(남악부인조만래)

巡歷十洲猶未遍(순력십주유미편)

夜闌笙鶴降蓬萊(야란생학강봉래)

〈유선사 49〉

　　남악부인은 위(魏)부인으로 임성(任城)사람이다. 어려서부터 도를
좋아하고 말없이 공손하고 조용하였다. 노장과 사서삼경, 제자백가
를 모두 읽었다. 언제나 신선을 흠모하고 마침내 신선이 되고자 호마
산(胡麻散)과 복령환(茯苓丸)을 복용하고 호흡법을 익혀 양생술에 심
취한 여선이다.[41] 서쪽으로 간 공자님이 돌아오지 않을 때 남악부인은
서왕모가 한무제에게 살게 했다는 십주를 다 돌지 못하고 봉래산을
내려온다는 것이다. 행여나 서쪽으로 간 공자님이 돌아올까 먼저 와
서 기다리는 남악 부인의 모습인 것이다.

　　한가롭게 농옥을 따라 하늘 거리를 거니는데

　　발아래 향기로운 티끌 신발에 묻지 않네

---

41 산스추앙, 앞의 책, 128면.

앞에서 길잡이 하는 흰 기린 서른여덟 마리
뿔끝에는 모두 다 조그만 금패를 달았네요

閒隨弄玉步天街(한수농옥보천가)
脚下香塵不染鞋(각하향진불염혜)
前導白燐三十八(전도백린삼십팔)
角端都掛小金牌(각단도괘소금패)

〈유선사 67〉

자양궁 궁녀가 단사를 받들고
서왕모의 영으로 무제의 집을 지나가다
창 밑에서 우연히 동방삭을 만나 웃었네
이별 후 기수나무는 여섯 번이나 꽃 피웠다네

紫陽宮女捧丹砂(자양궁녀봉단사)
王母令過漢帝家(왕모영과한제가)
窓下偶逢方朔笑(창하우봉방삭소)
別來琪樹六開花(별래기수육개화)

〈유선사 68〉

　통소를 잘 부는 소사의 아내로 봉황을 타고 하늘로 올라가 선녀가
되었다는 농옥의 이야기다. 춘추시대 목공에게는 딸이 있었는데 피
리를 잘 불었다. 훗날 피리를 잘 부는 소사(蕭史)의 눈에 들어 그의 짝
이 되었다. 농옥은 피리로 봉황의 울음소리를 흉내 내면 봉황새와 신

선들이 떼로 몰려와 함께 놀았다.[42] 농옥은 난설헌을 데리고 하늘거리를 걷는다. 하늘거리는 발아래 티끌도 묻지 않고 하얀 기린 38마리가 끌고 그 기린들은 모두 금패를 단 상서로운 정경이다. 〈유선사 68〉에서 난설헌은 드디어 단사를 먹는다. 자양궁 궁녀가 단사를 받들고 서왕모의 영으로 무제를 찾다가 동방삭을 만나 웃었건만 이별 후 이미 시간은 3000년이나 흘렀다는 선계의 이야기다. 한무제가 선도를 먹고는 선도를 심으려고 씨를 갈무리하자 서왕모가 그럴 필요 없다고 한다. 그 이유는 선도는 3000년에 한 번 열매를 맺기 때문이었다. 그때 동방삭이 나타나자 서왕모는 웃으며 '이 아이는 옆집에 사는 장난꾸러기인데 세 번이나 복숭아를 훔쳐 먹고 달아났다'고 하면서 시녀를 시켜 천상의 음악을 연주하게 했다는 고사다.[43] 동방삭이 서왕모의 선도를 훔쳐 먹어 그렇게 오랜 세월을 살 수 있었다는 이야기다. 선도 이야기는 계속된다. 〈유선사 72〉에서 예의 아내가 선도를 훔쳐 먹고 달로 달아났다는 이야기가 나온다.

신선들이 아침에 구름사다리에 오르니
개인 날 계수나무 선 바위에서 흰 닭이 우네
순양도사가 돌아옴이 어찌 그리 늦었는가
정히 달나라 예의 아내를 방문했을 것이네

羽客朝升碧玉梯(우객조승벽옥제)
桂巖晴日白鷄啼(계엄청일백계제)

---

42 위의 책, 165면.
43 구보노히타다, 앞의 책, 144면.

純陽道士歸何晚(순양도사귀하만)

定向蟾宮訪羿妻(정향섬궁방예처)

<유선사 72>

팔선인 순양도사 여동빈이 늦는다. 여동빈은 학을 닮은 정수리, 거
북 등 호랑이 같은 몸에, 용의 허리 같은 눈썹에, 봉황의 눈, 그리고
왼쪽 눈썹 끝에 검은 반점을 지닌 모습의 특이한 상이었다. 여동빈은
증조부 부친이 모두 벼슬을 지낸 명문이었는데 여동빈은 벼슬에 뜻
을 두지 아니하고 술과 무예를 좋아했다. 여러 여인들과 염문을 뿌렸
지만 만족하지 못하고 선인이 되는 길을 택했던 사람이다. 그러한 여
동빈은 집안의 우물가 옆에 있는 100년 된 소나무를 하루에 삼천 번
씩 주먹으로 치며 5년을 단련한 후에 호랑이를 제압할 만한 힘을 가
진 후 종남산으로 들어간다.[44] 그런 여동빈이 예의 아내를 방문했을
것이라는 추측을 할 수 있다. 〈회남자 남명훈 영헌〉의 기록에 따르
면 수렵 시대에 씨족 수령이었던 후예(后羿)는 서왕모를 찾아 불사약
을 달라고 요청했다. 남편이 얻어 온 불사약을 예의 아내 항아(姮娥)
가 몰래 훔쳐 삼킨 뒤 홀연히 월궁으로 날아가 두꺼비가 되었다.[45] 그
리고는 달에 의탁해 살았다. 항아도 선녀가 된 것이다. 달의 신 두꺼
비 항아는 서왕모와 함께 달에서 살았던 것이다. 예의 선도를 훔쳐
달아난 여인이다.

〈유선사 78〉은 서왕모가 봄신인 동황에게 하례 올리는 모습이다.

---

44 무구도인, 앞의 책, 220~222면.

45 잔스추앙, 앞의 책, 68~74면.

붉은 촛불 같은 달이 찬란한 하늘에서 지는데

해가 궁전 앞 난간의 옥화로 위로 뜨네

끝없는 난새와 봉황이 서왕모를 따라서

동황님 일만 년의 수를 누리시라 하례 하네

絳燭熒煌下九天(강촉형황하구천)

日升蟾階玉爐煙(일승섬계옥로연)

無央鸞鳳隨金母(무앙란봉수금모)

來賀東皇一萬年(내하동황일만년)

<유선사 78>

서왕모는 동방을 다스리는 동왕공목공(東王公木公)에 대응하며 서
화지묘(西華至妙)의 기를 받고 구(緱)씨라는 성을 지니고 서방을 다스
린다 하여 서왕모라 불렸다. 동왕공은 서왕모가 여성신으로 인식됨
에 따라 그에 대응하여 창조된 남성신으로 보인다.[46] 그곳은 남선을
담당하는 동왕부에 호응하여 여선을 지배하며 귀산의 곤륜현포에
있는 궁전이며, 왼쪽에는 요지(瑤池)가 있고 오른쪽에는 취수(翠水)가,
산 아래는 약수(弱水)가 있어 깃털 바퀴가 달린 바람 같은 수레가 아
니면 갈 수가 없었다. 원시천왕은 그녀에게 만령(萬靈)과 진성(眞聖)을
총괄하는 법록을 주어 모든 하늘을 지배하게 하였다.[47] 이 시는 그러
한 서왕모가 동방을 다스리는 낭군 동황에게 일만 년 살라고 한 축원
이며 하례 의식의 의미를 갖는다. <유선사 79>는 절세미녀인 선녀 악

---

46 오문의, 앞의 논문, 63면.
47 구보노라타다, 앞의 책, 143~144면.

록화가 대궐 앞에 서서 애를 태우는 정경으로 끝을 맺는다.

오산 골짜기에 구름 나직하고 해는 기울려는데

수궁의 발을 가을 물결에 걷어 올리다.

단풍 향기 나는 월학산에서 해를 지낸 꿈에

대궐 앞 악록화는 애가 타누나

鰲岫雲低日欲斜(오수운저일욕사)

水宮簾箔捲秋波(수궁렴박권추파)

楓香月鶴經年夢(풍향월학경년몽)

腸斷閶門蕚綠華(장단여문악록화)

<유선사 79>

악록화는 20세가량의 절세미인의 여선이며 위아래 푸른 옷을 입었으며 안색이 뛰어나게 고왔다.[48] 신선 양권의 집에서 내려 왔다고 한다.[49] 오산은 자라 열다섯 마리가 육만 년 만에 교대로 지키는 곳이다.[50]

위와 같이 난설헌은 자신이 도교 신앙인으로 군림하고 중국의 문인들과 신선들, 그리고 여선 가운데 문학적인, 또는 전설적인 인물들을 배치시켜가며 선계의 화려한 장면 또는 고독한 선녀들의 세계, 그리고, 선녀들의 일과 삶을 리얼하게 묘사하고 있다. 특히 여선들의 삶을 자신의 작품들에 투영시켜 자신과 동일화 하며 자신의 상상력과

---

48 이방 등, 앞의 책, 169면.

49 김명희, 앞의 책, 273면.

50 김학주 역해, 『열자』, 명문당, 1991, 146면.

결합시켜 문학으로 승화시키고 있음을 알 수 있다. 아울러 난설헌은 철저히 이러한 작품들을 통해 선녀 되기에 몰입하였다는 것도 입증할 수 있겠다.

난설헌의 여선과의 유선 일정은 망선, 등선, 뭇 신선과 선녀들과 교유, 서왕모에게 선도 받아먹기, 선녀와의 놀이 및 잔치에 참석, 선계의 장엄함이나 화려함에 몰입, 시공을 초월한 광경을 노래로 펼친 대서사시다. 유선사의 창작시로 인해 선녀와의 관계망은 더욱 밀접하다.

3. 선녀시인 난설헌

조선조가 유가 문화적 기반위에 신선 관련 문학이 형성되기 어려웠던 점을 감안하면 난설헌의 선계시는 실로 엄청난 파격시라 할 수 있다. 그것은 난설헌 개인사의 불행이 가져다 준 특수한 문학적 상황이라고 본다. 그 상황은 유교 이데올로기를 탈출하여 난설헌이 선택한 돌파구로서의 선계다. 체계화된 종교사상인 도교적인 종교가 아닌 막연한 신선의 수용이며 특히 선녀와의 유대감이 공고한 것이 특징이다.

난설헌의 시에 나타난 선녀는 모두 20세가량의 미녀들이다. 자태가 고와 '선녀 같다'라는 말이 통용어로 쓰였듯 선녀는 모두 아름다운 자태로 묘사되었다. 미녀들의 세계인 선녀도 위계질서가 있어 서왕모, 상원부인을 주축으로 그 외에 나오는 선녀들은 두 부인을 모시는 시녀다. 현실에서 훌륭한 문학인 이백, 이하가 신선 반열에 합세하는 등 현세의 인간도 신선이 될 수 있고 난설헌 작품에 다수 인용된다.

선계의 공간적인 설정은 중국의 봉래섬과 월궁이며 월궁은 천상선계로 광한전과 백옥경을 아우르는 세계며 유토피아적 상징성을 지닌다.

선계의 고사 중에는 주목왕과 한무제의 고사가 주류를 이룬다. 선계는 아름다운 고장이며 온갖 짐승과 자연과의 조화가 이루어진 전형적인 낙원인 동시에 물질적인 풍요가 보장된 천혜의 공간이다. 또한 늘 반도(蟠桃) 잔치를 여는 화려한 곳이다. 선계에서 나는 선도를 먹으면 누구나 영생불사(永生不死)한다. 죽지 않는 곳이 선계인데 서왕모의 영으로만 선도를 먹을 수 있다.

난설헌은 천상의 선계에서 조선조라는 좁은 공간으로 적선한 선녀라는 인식이며 다시 선계로 오르고자 끝없이 노력하여 비상한 최초의 여성 시인이다. 그녀는 실제로 스스로 죽음을 선택하여 27세에 우화등선한다.

서영수합과 홍유한당

1. 명문가문의 딸 서영수합

　서영수합(1753~1823)은 본관이 달성(達成)이며, 아버지는 강원도 관찰사를 지낸 서형수(徐迴修, 1725~1778)이고, 어머니는 안동김씨로 농암(農巖) 김창협(金昌協)의 증손이며, 문경공(文敬公) 김원행(金元行)의 따님이시다.[1] 영수합은 14세에 승지 홍인모(洪仁謨)[2]와 결혼하였다. 남편 홍인모와는 시문을 서로 주고 받았으며 영수합이란 당호(堂號)도 남편 홍인모가 지어준 것이다. 그녀는 1753년에서 1823년 사이에

---

[1] 『영수합고』, 先妣 정경부인 行狀, "先妣 貞敬夫人 徐氏 江原道 觀察使 贈吏曹參判諱 迴修 女也 其貫曰 大邱之達成.........貞夫人 安東金氏 農巖先生 禮曹判書 文簡公諱 昌協 曾孫 渼湖先生 世孫 贊善 文敬公諱 元行女也."

[2] 이정화, 「서영수합의 시 연구 」, 숙명여대 대학원 석사, 1993, 10면 재인용.
홍인모는 영의정 洪樂性의 자제로 호조참의. 우부승지를 지냈다. 부군의 호는 足垂居士며 經史 陰陽 醫藥 卜筮와 孫吳兵書 및 도교 불교 경전에 통달하여 古文 수편과 古近體詩 2천여 편을 남겼다.

살았던 조선조 후기 양반 가문의 부인이다. 출가하여서는 세 아들 연천(淵泉) 홍석주(洪奭周), 항해(沆瀣) 홍길주(洪吉周), 영명(永明) 홍현주(洪顯周)를 두었는데 모두 문장가였다. 또 두 딸 중 유한당(幽閑堂) 원주(原周)도 형제에 비견되는 문장가요 어머니와도 나란한 시인이었다. 영수합의 가문은 조선조 유일한 벌열가(閥閱家)라 할 수 있다. 그녀는 친정, 시가(媤家)가 모두 명망 높은 양반가였다. 이조참판까지 지낸 아버지와 할아버지, 재상을 지낸 시가(媤家)를 합쳐 그녀가 순응적이고 예의범절을 지켜야 하는 여성으로 살게 하였다.

따라서 영수합은 현모양처라는 칭송을 들으며 살았던 현숙한 여성이었다. 서영수합은 《영수합고(令壽閣稿)》[3]라는 문집을 가진 조선조 후기 양반 가문으로서는 몇 안 되는 여성이지만 친정 할머니의 충고를 받아 들여 시집 간 지 10년이 되도록 글을 아는 내색을 하지 않으며 살아야 했다고 한다.

반면 홍유한당(洪幽閑堂)의 본관은 풍산(豊山)으로 이름은 원주(原周)이다. 홍인모(洪仁模)와 서영수합의 딸이며 심의석(沈宜奭)의 부인이다. 문집으로 《홍유한당고(洪幽閑堂稿)》가 있다. 《유한당시고》는 그녀가 죽은 뒤 그 아들 심성택이 이대우의 서문을 첨부하여 편집한 것으로 200편의 시가 실려 있다.

이와 같이 명문 가문을 지키며 가문의 며느리로, 5남매의 어머니로, 남편 홍인모의 아내로 살아야 했던 영수합과 그 딸 유한당의 시를 통해 조선 후기에 나타난 여성들의 정체성과 조선조 후기 양반가 모성의 정체성에 대해서도 분석하고자 한다.

---

3 『足睡堂集 附 令壽閣稿』全史字本 純祖 24년, 서울대 奎章閣本(시 177수, 辭 1편).

영수합 시를 대별하면 모성 의식이 강하게 나타나는 아들들에게 주는 시와 전원 속에서 한가롭게 시간을 보내며 읊조린 시들과 당시(唐詩)를 본받으며 당시(唐詩)의 운자를 밟아 차운, 호운의 형식으로 쓴 시들이 대부분이다.

홍유한당 역시 형제애, 규방의 고독, 부덕을 섬세하게 표출하였다. 모녀(母女)간의 시를 대비하면서 영수합과 홍유한당의 시적 특성과 정체성을 파악하는데 주안점을 둔다.

2. 영수합의 모성 이데올로기

여성이면 누구나 어머니가 된다. 특히 가부장제에 아래에서는 모성이라는 단어는 매우 중요하게 인식되어 왔다. 가부장제 아래에서는 어머니란 일반적으로 희생적 모성으로 인식되어 가정의 천사, 가정의 수호자로 여겼다. 그녀들은 가부장제의 은밀한 조력자일 뿐이며 전통적 가치의 수호세력으로 되어 왔기에 남성 세계에 편입하여 성공하려면 어머니와 같은 삶 그 자체를 거부하거나 초월해야 했다.[4]

영수합은 성공적인 모성이었다. 조선 중기의 대학자 이율곡을 길러낸 사임당의 뒤를 이은 전통적인 어머니상이다. 조선조 사회에서 훌륭한 어머니란 자식이 성공하여 이름을 드날려 가문을 영예롭게 하는 일을 제일로 꼽는다. 또한 자식이란 아버지에게 이어주는 종의 생식적 욕구에 의해서만 정의된다. 이런 면에서 아들을 3명이나 두었

---

4 서강여성문학연구회 편, 『한국문학과 모성성』, 태학사, 1998, 7면.

던 영수합은 일단은 어머니의 역할을 충실히 수행한 여인으로서 어머니의 지위가 매우 확고하였음을 알게 한다. 그러한 면면이 시문 곳곳에서 포착되어 나타난다.

순조 3년(1803)에 맏아들(홍석주)[5]이 서장관이 되어 중국 〈연경(燕京)에 사신 감을 배웅하면서〉라는 시에서는 어머니로서의 자긍심이 나타난다.

너를 보내는 곳 그 어디인고

구름너머 삼천리 중국의 연경

나라일로 말 달리니 귀하고 무거워

어미 마음 간절한들 어찌 말리리

성현의 유훈 잇기를

몸가짐을 바르게 하라는 가르침이지

항상 모든 일 조심하되 엷은 얼음 건너듯

몸은 평안하고 덕은 날로 새로워라

送汝向何處(송녀향하처)

燕雲三千里(연운삼천리)

征鞭去珍重(정편거진중)

何用戀兒子(하용연아자)

先聖有遺訓(선성유유훈)

莫若敬其身(막약경기신)

---

5 홍석주(1774~1842) 자는 成伯 호는 淵泉 저서로는 《淵泉集》, 《學海》, 《永嘉三怡集》, 《東史世家》, 《鶴岡散筆》이 있다.

常存履永戒(상존리영계)

身安德日新(신안덕일신)

〈기장아부연행중(寄長兒赴燕行中)〉

어머니(선비 정경부인)의 행장을 쓴 큰 아들 홍석주는 자신의 어린 시절을 회상하며 어머니의 가르침과 어머니의 인품에 감동을 새기며 살았다고 전한다.[6] 어머니인 영수합 또한 큰 아들 석주가 사신으로 뽑혀 연경으로 들어간다는 사실 자체에 대해 매우 흐뭇해하고 있다. 그녀는 조선조 어머니로서 관직에 몸담고 있는 귀한 아들에게 항상 얼음 밟듯이 조심하여 국가의 대사(大事)를 잘 처리하고 돌아오라는 당부(當付)의 시를 쓰고 있다. 그녀가 당부하는 말은 '나라 일로 삼천리 떨어진 연경 땅을 가니 네 몸이 참으로 귀하고 책임은 무겁다'라는 것이며 '나라 일은 기한이 있으니 나날이 훌륭해 진다라는 이름을 기한 안에 알리게 해 달라는 것'이어서 결론적으로는 성인들의 유훈을 마음에 새겨 몸을 닦고 조심하게 일을 성취하여 이름을 드날려 어미에게 당당히 돌아와 달라는 유교적이며 전통적인 어머니의 가르침이다. 조선조 어머니들은 아들의 성공이 곧, 어머니 자신들의 성공이기도 했다. 어머니와 아들은 일체된 몸으로 공존하여 조선조 유교 이데올로기를 꽃피웠다고 본다. 자식 사랑이 유달리 남달랐던 영수합은 "항상 부귀영화는 화의 근원이므로 근신하라."고 당부하였다. 평소에 성실하고 검소함을 가르쳤다는 영수합이 두 아들을 떠나보내며 지은 시에서는 자식들과의 이별의 아픔을 토로하고 있다.

---

6 《영수합고》선비 정경부인 행장, "奭周始生時 擧家無宅幼釋 奭周生十餘歲 又未有弟妹其 見愛小至矣 然自四五歲有一事不循誨立呵責 無少寬大 至大涕泣誓不敢復爲然後已."

이별의 정 내 어찌 옅으리오만

너희를 보내는 슬픔 더욱 깊어져

맑은 가을날 얼굴을 마주 대하니

하필 상한 마음 다시 일어나네

離情我不淺(이정아불천)

別懷爾更深(별회이경심)

會面在淸秋(회면재청추)

何必復傷心(하필부상심)

<송별양아(送別兩兒)>

　　영수합은 두 아들을 떠나보내며 어머니로서 아들들과 떨어져 있
다는 사실에 상심하고 있다. 두 아들이 세 아들 중에서 누구인지 분
명하지 않다. 둘째 아들 홍길주가 관직에 오르지 않았다는 사실로 미
루어 홍석주와 막내아들 홍현주가 아닌가 한다. 이 시는 어머니의 마
음을 잘 대변해 주고 있다고 본다. 가을날 길 떠나는 두 아들을 마주
대하고 느끼는 상심(傷心)이 핵심어이지만 창자가 끊어지는 듯한 어머
니의 아픔은 아니다. 다만 먼 길 떠나는 아들들을 두고 자랑 반, 염려
반으로 일어나는 심정을 읊은 시라 할 수 있다. 그러한 <두 아들이 길
떠나는 도중에 붙여 온 시>에 대해 차운하며 자신의 분신들에게 애
틋한 마음을 달랜다.

정을 머금으니 뜰의 풀이 푸르고

이별을 하려니 들의 꽃이 향기롭다

너를 보내니 고향의 산이 아득하고

고개를 돌리니 더욱 망망하여라

含情庭草綠(함정정초록)

惜別野花香(석별야화향)

送汝鄕山遠 (송여향산원)

回頭更査茫(회두경사망)

〈차양아로중기시(次兩兒路中寄示)〉

두 아들에 대한 어머니의 정이 가득하다. 정원의 풀이 푸르고 들 꽃 또한 향기롭다. 이러한 때 두 아들을 멀리 보내고 보니 더욱 '고향의 산이 아득해 보여 고개를 돌려 보니 아들들과 나의 거리가 더욱 망망하다'라는 공간적인 거리감이 이별과 맞물려 나타난 시다.

영수합은 세 아들 중에서 유독 막내아들(홍현주)에게 더욱 애틋한 정을 표출하고 있다. 《영수합고》에 발문을 쓴 막내아들 홍현주는 정조의 부마로 숙선옹주(淑善翁主)의 남편[7]이기도 하다. 가문의 영광을 안겨준 막내아들에게 차운하는 시가 여럿 된다. 〈차계아운(次季兒韻)〉, 〈차운송계아환경(次韻送季兒還京)〉, 〈차계아유구호기시운(次季兒遊鷗湖寄示韻)〉, 〈우차계아운(又次季兒韻)〉 등에서 모성이 담뿍 밴 글들이 눈에 띤다.

막내아들에 대한 자랑도 은근하여서 "난새와 학이 여러 무리와 다르다", "꿈에 지란이 핀 방에 들어가니/ 또한 옥수의 곁인가 의심하노

---

7 季子 顯周는 字는 世叔 號는 海居齋. 約軒으로 正祖의 둘째 딸 淑善翁主와 결혼하여 永明尉에 봉해지고 知敦寧府事를 지냈으며 문상에 능하었나.

라"라고 하여 막내아들을 난새와 학에 비유하거나 지란 옥수에 비유
해 잘 생기고 잘 자란 뛰어난 아들임을 암시하고 있다. 그러한 아들과
늘 떨어져 살아야 하는 어미의 아픔을 시로 달래며 스스로 위로한다.

　　　너를 그리다 다시 잠을 이루지 못하고

　　　파란 등불 켜 놓은 채 긴 밤을 지새네

　　　배회하며 북극성 쳐다보곤

　　　애달프게 남녘 구름 바라보누나

　　　들녘 가게에 닭 울음소리 요란하고

　　　관아에선 인사말을 나누고 있네

　　　은근히 몇 글자 적어 보내니

　　　힘써 우리 임금께 보은하여라

　　　戀爾還無寐(연이환무매)

　　　靑燈永夜焚(청등영야분)

　　　徘徊瞻北極(배회첨북극)

　　　怊悵望南雲(초창망남운)

　　　野店鷄聲亂(야점계성란)

　　　官樓角語分(관루각어분)

　　　慇懃書數紙(은근서수지)

　　　努力報吾君(노력보오군)

〈차계아기시운(次季兒寄示韻)〉

　영수합은 아들 중에서도 막내아들과의 교감이 가장 애틋하다. 마

지막 결구에 나타난 임금께 보답하라는 당부는 임금의 사위인 영명
위로 제수 받은 부마의 역할을 제대로 하기 위해 학문에 힘쓰고 의를
추구하는 선비의 몸가짐을 강조하려는 것이다. 실제 영수합은 부마
인 아들이 사치에 빠지고 교만에 빠질까 은근히 걱정을 많이 한 듯하
다. 셋째 아들에게 궁궐에서 하사한 비단 옷을 집에서는 입지 못하게
할 정도다.[8] 또한 관리의 생활 태도를 지적하는 가르침이 있는데 그중
에서 임금께 보답하는 길을 제시하며 항상 임금에게 충정하도록 가
르친다.[9] 이 세상에 태어나면서부터 백수(白首)가 되어 죽을 때까지 임
금의 은혜 아닌 것이 없으며 우리 집에 있는 음식부터 옷까지 모두 임
금의 하사품 아닌 것이 없다는, 누대에 걸쳐 재상을 지닌 양반가의 어
머니답게 아들들에게 충성심을 가르치고 있다. 아들을 부마까지 시
킨 어머니이고 보면 그 어머니의 조심스러운 당부의 마음을 읽을 수
있다.

영수합이 주로 세 아들을 길을 떠나보내며 쓴 시들에서 아들들에
대한 자랑스런 마음을 내재하면서 임금과 부모 섬기기, 가문의 이름
빛내기 등을 강조했고, 어머니로서의 인자함과 아들들에게 쏟는 정
(情)을 애틋하게 전달하고자 한다. 이로써 영수합은 세 아들들에게
주는 시를 남김으로써 조선조 어머니들의 일반적인 심상을 추측할
수 있게 한다.

---

8 영수합은 사치가 복 짓는 도리가 아님을 강조하여 검소함으로 禍를 경계하도록 가르치고
있다(幼子當敎以儉 且非所以惜福也).

9 《영수합고》 선비 정경부인 행장, "爾曹者 自始生呱呱 至于老白首 骨血筋肉無非吾 君惠也
吾家, 屢十口無少大上下一飮餐 一被服 無非吾 君賜也 其將何以報吾 君恩哉"

집 앞에 옥수를 심고

침상 머리에 빙호를 걸다

생각은 달빛 가득한 하늘같고

문장은 봉황이 오동나무에 깃든 것 같다

마당을 가로 지르는 학이 무리를 이루고

하늘에 닿을 듯 나는 기러기가 서로 부르다

문에 기대어 길 떠나가는 행렬 바라보니

봄빛이 마치 그림 그린 듯하다

堂前種玉樹(당전종옥수)

床頭掛氷壺(상두괘빙호)

襟期月滿天(금기월만천)

文章鳳棲梧(문장봉서오)

趨庭鶴成羣(추정학성군)

摩霄鴈相呼(마소안상호)

倚門望行塵(의문망행진)

春光似畫圖(춘광사화도)

〈증아배(贈兒輩)〉

　　행장에 따르면 영수합은 어려서 이미 경전과 전적(典籍)을 섭렵하여 현철함을 지니고 있었다. 영수합은 자녀 교육에 매진했다고 하는데 큰 아들 석주에게 밤마다 독서한 바를 암송케 하고 침상에서도 경전과 시문을 전해주고 고인들의 격언과 아름다운 행실을 가르쳤다는 것이다.[10] 뿐만 아니라 부귀영달을 잘못 누리면 그것이 큰 화가 될 것을 경계하여 석주의 벼슬과 현주의 부마됨을 근심하였다고 한다. 길주의 과거 응시 공부를 중단시키기도 했다[11]는 자상하면서도 현명한 어머니의 가르침이다. 그러면서도 자식들에 대한 대단한 자부심으로 세 아들에게 당부하는 영수합의 모습에서 조선조 여성의 모성이데올로기의 당당함을 느끼게 한다. 옥수(玉樹)를 심고 빙호(氷壺)를 걸어 아들들이 본받아 반듯하게 자라게 하고 글을 가르쳐 사고와 문장을 깊이 있게 하여 인격의 폭을 넓혀 상서로운 학처럼 고고하며 형제 우애가 가득한 그런 봄의 풍경이 영수합의 자식들의 풍경이며 홍씨 가문(家門)의 모습인 것이다. 이러한 아름다운 세 아들들의 모습이 우리 가문의 풍경이 아니겠느냐는 반문에서 어머니의 무한한 자긍심에의 결정체인 시라고 할 수 있다.

반면 영수합 시에는 딸 유한당에 대한 애절한 당부의 시가 없는 것이 특이한 현상이다. 이러한 사실은 영수합이 가부장제 하에서 여성의 지위는 아들을 낳아 부자의 관계를 이어 주어 종족 보존의 역할을 완수해야만 한다는, 곧 '약한 여성들이 유일하게 가부장제에서 인정받고 존경받는 일은 아들 낳는 일이 여성의 삶의 전부로 여겨졌다'[12]라는 것을 입증한다. 이에 영수합은 일차적으로 조선조 사회에서 모성으로 성공하여 대접받고 가문 내에서의 위치가 공고한 어머니

---

10 淵泉集 先妣 貞敬夫人 大邱徐氏 墓表, "夜分 乃置 爽周 膝下課所讀書 又令誦前所授 惑盡 一券乃止 及在枕上 又諄諄 擧古人格言懿行"

11 《영수합고》 선비 정경부인 행장, "先考早廢 與先妣歷贊成之 及 爽周驟躐顯列而顯周又 尙主 恒慨然有憂色 仲子吉周文甚工方朝夕綴科第 先妣謂曰 吾門戶亦已盛矣 吉周遂 不 復赴擧"

12 『한국문학과 모성성』, 앞의 책, 114면.

였다. 게다가 영수합은 어머니 노릇에도 성공한, 여성의 임무를 충실히 이행한 여성이었던 것이다. 모성이란 여성적이어서 남성의 지배 체계에 순응하고 가정에 임무를 충실히 하며 가족 구성원을 돌보고 아이를 양육하며 아이들에게 정서적으로 안정을 제공하는 것이 사회적 통념으로 인정하고 있는 모성이데올로기다.[13] 이러한 이데올로기 속에서 자신의 희생을 감수하면서 특히 아들들을 훌륭하게 양육하는 것이 이른바 훌륭한 어머니 상의 신화로 자리 잡는 것이다.

영수합의 전통적인 어머니 상에 비해 유한당은 〈꿈길에 고향가다, 몽귀(夢歸)〉에서 어머니 곁으로 가는 딸의 애잔한 모습을 그리고 있어 어머니의 위치와 매우 대비되는 시다.

> 내 마음은 먼 길 떠나온 길손과 같은데
> 그 누가 말하는가, 고향에 온 것이라고
> 눈길은 농서의 구름에 머물고
> 꿈속에선 어머니 곁으로 돌아가네
>
> 心似爲遠客(심사위원객)
> 誰云歸故鄕(수운귀고향)
> 目斷隴西雲(목단롱서운)
> 片夢歸萱堂(편몽귀훤당)

유한당은 꿈길에 고향 어머니 곁으로 달려가는 자신의 모습을 섬

---

13 위의 책, 120면.

세하게 묘사하고 있다. 그녀는 시에서 "아버지, 어머니는 이 딸을 생각하시며 달빛을 바라보고 계실 것"이라는 확신과 "옷자락 붙들고 어머니 곁에 앉아 하소연"하는 자신의 모습을 상상하며 형제들이 서로 웃으며 즐거워하는 그 날을 위해 사는 듯이 살아가고 있었다.

영수합이 조선조 전형적인 양반가 여성이라 조선조 가부장제에 순응하고 그 기반을 공고히 하는데 일조하며 자식 잘 키우는 것이 최대의 행복이었던 거룩한 어머니 상이었던 것은 영수합이 조선의 유교 모성이데올로기 속에서 틀을 벗어나지 못한 조선인의 유교적인 어머니상이었기 때문이다. 영수합은 딸과의 연대감 속에서 딸의 걱정을 하고 딸을 그리워하기는커녕 딸에 연연하지 않았던 것은 딸은 출가외인(出嫁外人)이라는 사실에 충실했던 탓이다. 시문을 통해 드러난 영수합의 생각은 온통 아들들 생각뿐이었다. 아들만이 자식이었다.

3. 영수합과 홍유한당의 학시(學詩) 의식

영수합은 차운 시를 즐겨 썼다. 차운 시를 쓰는 것은 자신이 즐겨 읽는 시를 본 따 운을 맞추며 즐기는 놀이 같은 시다. 최연미는 영수합이 차운 시를 많이 쓴 것은 그녀가 방대하게 문장을 수련한 결과라 한다.[14] 실제 영수합은 시 짓기 놀이를 하면서 자신의 정서 감각을 키워 나갔다. 그러나 실제로 영수합이 자신의 글 솜씨를 숨기고 살아오다 시 짓기를 즐긴 연유는 아내의 도리에서 비롯되었다는 역설적인

---

14 최연미, 「朝鮮時代 女性 著者의 編纂 및 筆寫 刊印에 관한 硏究」, 성균관 대학교 박사학위논문, 43면.

사연이 있음을 행장에서 볼 수 있다. "홍인모가 시 짓기를 좋아하여 노년에 군읍에 가 계실 때 더불어 시를 지을 사람이 없자 영수합에게 시 짓기를 권유하자 처음에는 달가워하지 않았다. 홍인모가 당율 시 집을 주니 열흘이 못되어 율시를 짓기 시작했다는 것이다"[15]. 영수합 의 문재는 이미 닦여져 있었으나 시 짓는 일이 여자의 부덕이 아니라 는 연유로 시를 짓지 않다[16]가 남편이 권하는 바람에 시를 짓기 시작 했는데 당율(唐律)에 푹 빠져 못 짓는 것이 없을 정도였다. 오히려 운 을 맞추어 시 짓는 일에 몰두하고 있었던 것 같다. 이렇듯 숨겨진 재 주를 감출 길 없어 중국 시에 운을 맞추면서 소일하다 보니 시의 폭과 영역이 넓어져 여성 특유의 분위기가 없으면서도 대담하며 풍류까지 감지되는 시를 쓰게 된다. 그녀는 중국의 시 가운데서도 당시 풍을 따 르게 되는데 그중에서도 특히 이백, 두보, 왕유, 맹호연 운을 따르고 좋아했던 것 같다. 그중에서도 두보 시에 운을 맞춘 시가 제일 많은데 두보 운에 맞추어 쓴 시 〈차두(次杜)〉가 5편이나 되고 〈차두춘수(次杜 春水)〉, 〈화두초월(和杜初月)〉, 〈화두청(和杜晴)〉, 〈차두천하(次杜天河)〉, 〈염두운(拈杜韻)〉, 〈두야정(杜野亭)〉, 〈우중차두(雨中次杜)〉, 〈소중양차 두(小重陽次杜)〉 등 영수합은 두보의 시를 가장 애송하며 두보의 시법 과 시 정신을 본받으려 했던 것 같다.

유한당도 어머니처럼 두보 시에 차운하는 시를 썼다. 〈두보 시에

---

15 《영수합고》 선비 정경부인 행장, "先考喜爲詩 晚歲在郡邑 無可與唱和者 乃强屬先妣 先 妣猶不肯曰 奈不識平仄何 先考以唐律詩一券與之 未浹旬卽 能作律詩長篇硬韻 無不立 就"

16 여자가 문학에 능하면 운명이 기박하다는 외조모의 금제에도 불구하고 15세에 이미 책을 널리 섭렵하여 주위를 놀라게 했다. 부친은 영수합이 대장부 아님을 한스러워하고 스스로 도 문자를 논하는 것은 女性의 일이 아니라 하여 시가에서는 10년간이나 글을 안다는 사 실을 모를 정도로 自制하였다.

차운하며, 차두(次杜)〉, 〈두보의 강상에 차운하며, 차두강상(次杜江上)〉, 〈두보의 등루 시에 차운하며, 차두등루(次杜登樓)〉 등이 있다.

두보는 성실하게 창작했던 생활 시인이며 사실적인 수법으로 시의 극치를 더한 시성(詩聖)이었다. 열심히 노력해서 시를 창작하는 그러한 시 짓는 수법을 높이 평가한 것이다. 두보의 시 중에서도 고향 이미지를 주로 선택해서 운을 밟은 것을 보면 영수합과 홍유한당 모두 성실한 여성이어서 관사(官舍)에서 늘 고향을 바라보며 살았던 안사람들이었던 까닭이다. 두보가 즐겨 쓴 달빛 이미지에 기러기가 자주 등장하는 것이 그 실례이다. 다음으로 두보의 〈초월(初月)〉 시에 답한 시다.

철새는 둥우리를 정하지 못해
나뭇가지에 편안히 쉬기 어려워
숲 사이 초생달 그림자
가늘게 구름 끝에 걸리었네
흐르는 달빛 노인 소매 속에 스미니
때는 밤중이라 쌀쌀하기 짝 없네
길손의 시름은 밤으로 더 짙어서
앉아서 바라보니 소나무 둥글게 그림자지네

羈鳥棲未定(기조서미정)
難爲一枝安(난위일지안)
林月初生影(임월초생영)
纖纖掛雲端(섬섬괘운단)
流老人懷袖(류노인회수)

中宵覺微寒(중소각미한)

園客愁愁永(원객수수영)

坐看松陰團(좌간송음단)

〈화두초월(和杜初月)〉

영수합은 둥지를 정하지 못하는 철새를 바라보며 쌀쌀한 밤중에 숲 사이에 뜬 초승달 그림자에 길손의 시름을 대유(代喩)하였다. 영수합은 두보시를 차운에서 애달픈 마음으로 봄의 포구를 바라보며 기러기와 백로에 의탁하기도 하고 천하(天河)에 이별의 회포를 담아내며 교교한 달밤 정취를 읊었다. 영수합은 주로 자연의 소리에 귀 기울여 적막한 밤에 고요함과 편안함, 우렁우렁 비 내리는 소리를 좋아하였다. 시각적으로는 두보와 매한가지로 중양절에 고향을 그리며 기우는 달과 국화를 사랑했다. 한편 유한당 역시 두보 시에 차운한다.

오늘밤 농서에 솟은 저 달은

응당 옛 정원을 비추고 있겠지

마을 방아소리는 먼 들판까지 들리고

정원 나무에선 가을소리 나네

隴西今夜月(농서금야월)

應照故鄉明(응조고향명)

村春鳴遠野(촌춘명원야)

庭樹作秋聲(정수작추성)

〈차두(次杜)〉

이 시는 고향의 달이 정원에 비출 때 고향의 정을 느낄 수 있는 시각과 마을 방아 소리를 들어도 고향을 느낄 수 있다는 청각을 동원한 수단이 매우 정겹다. 더욱이 나무의 바람 소리에서 가을 소리를 감지하는 유한당의 섬세한 감성은 매우 여성적인 시인임을 나타낸다. 어머니와 딸의 정서가 같아 마치 한 작품을 읽는 것 같다.

영수합은 고향에 대해서는 도연명시에 차운하며 도연명이 추구하던 시정신인 '나 돌아가리'라는 귀향 이미지에 몰입한다.

병이 깊어 아직도 베개 베고 누우니

늙어 가매 세상일에 소원하도다

오랜 손님이 돌아오지 않으니

성남에 내 집이 있기 때문이다

돌아옴이 늦음을 한하지 않고

흥취는 거문고와 책을 희롱함이로다

관사는 좌선을 하는 방과 같고

대문에는 관리의 수레가 없도다

때마침 오는 비가 만물을 살짝 적시니

좋은 맛은 밭 나물에 있으리

지팡이를 끌고 평원(平原)에 오르는데

어린 아이와 함께 하도다

고개 들어 푸른 산을 바라보니

푸른 산이 한 폭의 그림이어라

지극한 기쁨이 예 있으니

이외에 다시 무엇을 바라리오

多病尙伏枕(다병상복침)

老去世情疎(노거세정소)

久客歸未得(구객귀미득)

城南有吾廬(성남유오노)

不恨歸來遲(불한귀래지)

興到弄琴書(흥도농금서)

官舍始禪室(관사시단실)

門無大人車(문무대인차)

時雨潤物細(시우윤물세)

好味在園蔬(호미재원소)

携杖登平原(휴장등평원)

稚子相與俱(치자상여구)

擧頭望靑山(거두망청산)

靑山如畵圖(청산여화도)

至樂在此中(지락재차중)

此外更何如(차외갱하여)

〈차도연명운(次陶淵明韻)〉

　　영수합은 어렸을 때부터 〈축목해은가(祝牧偕隱歌)〉를 즐겨 암송했
으며 후에는 도연명의 〈귀전원작(歸田園作)〉의 운을 밟아 짓는 데까
지 이르렀다고 한다.[17] 영수합은 자연에 심취하여 살았던 것 같다. 그
녀의 시는 원망이나 한이 드러나지 않는 조금은 단조로운 자연에 대

---

17 《영수합고》, 선비 정경부인 행장, "先妣 自年少時 常喜誦祝牧偕隱歌 及陶淵明歸田園作"

한 흥취며 감상이다. 성남 관사에서 책과 거문고를 벗 삼고, 소일하는 데 검박한 나물밥을 먹으며 걱정 없이 지내다 비가 부슬부슬 내리니 문득 고개 들어 산을 보는 풍치의 산뜻함과 마음의 흥취가 더불어 일어나 만족감만 있을 뿐이다. 이러한 일상의 만족이 객수를 일으켜 고향 땅을 바라보는 일상이 점차 깊어져 고향 향수병이 심화되어 나타난다. 이와 같은 귀향 이미지가 더욱 구체화 된 것은 〈영귀안(詠歸雁)〉, 〈귀안(歸雁)〉으로 형상화 된다.

> 만리 남쪽으로 돌아가는 기러기
> 어느 때나 隴山을 지나가나
> 너와 같이 돌아가고 싶어
> 먼저 고향을 바라보는 곳으로 오르네

> 萬里南歸雁(만리남귀안)
> 幾時度隴去(기시도롱거)
> 欲與爾同歸(욕여이동귀)
> 先登望鄕處(선등망향처)

〈영귀안(詠歸雁)〉

영수합의 시 중에 제일 많이 나오는 시어는 조류, 즉 기러기다. 기러기는 원래 소식을 전해 준다는 철새며 철따라 자신의 살 곳을 정확하게 날아간다는 점에서 귀향하고자 하는 의도를 나타내고 있다. 특히 기러기의 울음소리가 객수와 향수를 불러일으킨다는 의미에서 즐겨 쓰는 새 이미지다. 영수합은 남편 홍인모[18]가 호조참의 우부승지를 역임하여 군읍에 기거할 때 익힌 시법대로 운을 맞추어 부르다 보니 지방 관리의 아내로 일상을 노래하게 되고 객수나 향수를 일으키는 제재를 볼 때마다 눈에 보이는 철새에 자신의 감정을 이입시켜 표출하는 시가 많은 것은 당연한 귀결이다.

유한당도 고향 이미지에 사로 잡혀 〈차두강상(次杜江上)〉에서 기러기가 울고 가는 새임을 노래한다.

> 고향 가는 저 기러기 구름 저 편으로 울고 가다
> 강 위 가을 추위에 문득 놀라네
> 찬 서리가 매서운 눈 재촉하니
> 나이든 길손은 겨울 갖옷 찾는구나

> 歸雁雲邊叫(귀안운변규)
> 驚寒江上秋(노한강상추)
> 嚴霜催寒雪(엄상최한설)
> 老客戀貂裘(노객연초구)

〈차두강상(次杜江上)〉

기러기에 이입하여 고향을 생각하는 유한당은 잠이 오지 않는 가을에, 달빛이 누각에 비추고 더욱 그리워지는 고향 생각은 그치지 않는다는 호소다. 어머니와 딸 모두 같은 심상으로 사물을 바라보며 조

---

18 홍인모(1755~1812) 본관은 豊山 자는 而壽 호는 足睡居士 정조 7년에 사마시로 합격한 뒤 벼슬길에 나감.

선조를 공유한 여성이었음을 알 수 있다.

영수합과 유한당 모두 당시(唐詩)를 배우며 익혔다. 곧, 두보의 성실성과 사실적인 수법과 도연명의 귀향 이미지, 그리고 왕유의 전원 속 고요함과 편안함을 즐기고, 이백의 깔끔한 절구의 수법을 익히며, 맹호연, 육방옹(陸放翁), 육유(陸遊), 동생 표민(表民)의 시에 차운하며 시 짓는 영역을 넓혀 갔다고 본다. 산술을 좋아했다는 기록만으로 영수합이 실용주의 사상을 지닌 여성이라고 단정하기 어렵다.[19] 다만 영수합의 시들이 다정다감하기는 하나 여성 화자들의 공통적인 특성인 감상이나 애상이 없다. 그것은 영수합의 가정이 부유했고, 자식을 훌륭하게 낳고 기른 덕분에 영수합의 일생 자체가 원만했던 탓이고, 훌륭한 가문에 좋은 가정 분위기, 자식들의 성공 등이 부부애로도 합해져 그늘 없이 살아온 영수합의 일생과 같은 궤적이기 때문이 아닌가 한다. 유한당 역시 좋은 가문에서 태어나 훌륭한 어머니의 가르침이 있어 시적 교감이 있었고, 형제들의 문벌의식이 도도히 시 의식에 자리 잡았을 것이다.

따라서 모녀는 화운, 호운, 차운의 형식을 통해 온화한 전원시를 즐겨 쓰며 단순한 귀향이미지에 향수(鄕愁)를 더해 펼치는 것으로 일상의 자족의식과 자유를 누리며 소박한 자연인으로서의 창작행위를 하였다고 본다. 당시(唐詩) 풍을 받아 들여 이전 당대(唐代)의 시인들과의 교감을 통해 시의 수련을 행하였다. 그러한 시의 수련법은 영수합과 유한당의 시재와 시적 기교를 넓히는데 일조를 한다. 그러면서 조선 후기 여성의 공간이 자연에 있음을 알게 한다. 자연은 여성도 남

---

19 김미란, 「조선후기 여류문학의 실학적 특질」, 『동방학지』84호, 1994, 195~199면.

성과 함께 만끽할 수 있는 최대의 자유로운 공간이었다. 아름다운 자연과의 교감을 통해 시 정신의 고양의식을 마음껏 펼칠 수 있었다고 본다.

4. 영수합과 유한당 시의 정체성

영수합은 유교적 윤리 관념이 철저하게 체질화된 전형적인 사대부가의 부녀자로 불평등한 사회적 상황을 부정하거나 저항하지 않고 능동적으로 받아들여 사대부가의 여성으로 조선시대 살아가기를 자각한 의식 있는 여성이라고 평가한다.[20] 영수합은 시를 통해 절제된 내면세계를 표출했다는 것이다. 또는 영수합의 인생관은 대단히 대범하면서도 남성적이고 달관한 삶과 자연관조적인 의식표출로 나타난다.[21]

영수합은 엄격한 모성의 태도를 견지하면서 학시를 통해 자신의 시세계를 성찰하고 있음을 보았다. 영수합은 시 형식에서 다른 여성들과 차별화 된다. '누구의 운을 밟아'라는 고유 명사가 아닌 보통명사로 차운, 호운(呼韻)이라는 시제로 많은 시를 쓴다. 차운, 호운의 풍류에서 시를 자유자재로 다루고자 하는 호기를 느낄 수 있게 한다. 남편 홍인모와 화답하고자 시를 배워 창작했다고 하는데 실제적으로 그녀의 문집에는 남편과의 화답시가 없다. 삼의당이 남편과 끊임없이 화답하여 시를 쓰는 현부(賢婦)의 시작 태도를 보이는 것과는 무

---

20 김여주, 「조선후기 여성문학연구」, 『한문교육연구』 제11집, 186면.

21 허미자, 『한국여성문학연구』, 태학사, 1996, 197~198면.

척 대조적이다. 영수합의 남편이 만년에 시골에 기거하며, 답답한 마음에 당율 책을 주어 운을 배우게 하고 시를 짓게 하였다는 기록이 있고, 남편의 죽음 후에는 시를 짓지 않았다는 행장 기록으로 미루어 화답시가 응당 있어야 함에도 남아 있지 않은 연유가 궁금하다. 운에 따라 시를 자유자재로 지으며 살았다는 영수합의 생활 시에 영수합 시의 우수성과 독창성이 있다.

영수합은 사물에 대한 관찰력이 뛰어나다. 그녀는 〈정(情)자를 중첩하여 쓴 시〉, 〈호상(湖上)〉, 〈송인(送人)〉, 〈형화(螢火)〉, 〈청선(聽蟬)〉, 〈신청(神晴)〉, 〈영운(詠雲)〉, 〈삼오칠언(三五七言)〉 등의 시에서 영수합만이 지닌 시의 고취 의식이나 정신을 읽을 수 있다. 그녀는 이백 시처럼 절구와 율시를 즐기며 특히 단율(短律)의 시가 뛰어나다.

유한당도 어머니 못지않게 오라버니와 동생에게 주는 각별한 시가 있고, 두보 시에 운을 맞추어 쓰는 학시를 통한 자신만의 색깔이 있다. 놀랍게도 어머니와 같은 시제로 시를 지으며 시의 언어를 유희하고 있음을 알 수 있다.

먼저 글자 수 놀이를 한 〈삼오칠언(三五七言)〉이라는 시(詩)의 내용이다.

　여름 해는 길고
　느티나무 그늘은 밝은데
　내일 아침 가는 사람을 보내고
　돌아오는 말은 쓸쓸히 우노라
　묻노니 이별하는 뜻 또한 어떠한고
　언덕나무 고개 위 구름이 정을 품었네

夏日長(하일장)

槐於淸(괴어청)

明朝送行子(명조송행자)

歸馬蕭蕭鳴(귀마소소명)

借問別意更何如(차문별의경하여)

隴掛嶺雲擡合情(롱괘영운총함정)

〈영수합의 삼오칠언(三五七言)〉

달은 떠오르고

눈은 비로소 개는구나

뜰에 서 있는 나무엔 흰 눈꽃 피어나고

언 강위엔 밝은 구슬을 흩뿌린 듯하구나

넓고 넓은 천지는 모두 다 한 빛인데

은하수 또렷하여 삼경을 알린다

月初出(월초출)

雪初晴(설초청)

庭柯生花白(정가생화백)

溪氷散玉明(계빙산옥명)

天地茫茫通一色(천지망망통일색)

星河歷歷報三更(성하력력보삼경)

〈유한당의 삼오칠언(三五七言)〉

글자를 3자, 5자, 7자로 맞추어 가며 지은 언어 유희적인 시다. 영수합은 숫자 놀이를 즐겼던 것 같다. 아들 홍석주가 쓴 행장기에 따르면 "영수합은 수학을 좋아하셔서 나눗셈, 약분법(約分法), 정부법(正負法), 화교법(和較法)을 당신 나름대로 계산하셨는데 후에 중국인이 편찬한 《수리정온(數理精蘊)》을 보니 들어맞지 않는 것이 없었다고 한다. 수학이라는 분야가 경험론과 실증론에 부합되기에 영수합을 실학자로 평가하려는 경향도 나타났다."[22]고 할 정도다. 조선 여성들에게는 있지 않은 면모가 드러난 셈이다. 그러나 실제 영수합의 시는 정(情)으로 다듬어져 시선이 매우 따뜻하며 마음이 포근하다. 여름날은 길고 느티나무 아래는 시원하지만 내일 아침 사람을 보내고 돌아오는 말은 쓸쓸해 이별의 뜻을 물으니 언덕 위 구름이 정을 품었다는 시다. 영수합의 시는 '정(情)'이라는 시어가 대단히 많다. 그 정(情)을 사물 전체에 투영하여 나타내려 한 것이 영수합 시의 정체다. 구름이 정을 담뿍 품고 있어 비록 헤어지더라도 언젠가는 돌아올 것이라는 따뜻한 시선이다. 이별의 아픔을 상심으로 끝내는 것이 아니라 돌아오고 있다는 언질을 주는 듯한 영수합의 긍정적인 사고가 돋보이는 작품이다.

유한당도 떠오르는 달과 눈을 대비시켜가며 달빛과 흰 눈이 천지를 한 빛으로 띠우는 자연 공간에 은하수를 비추는 시각과 삼경을 알리는 청각을 대조시키고 있다. 차가운 눈 이미지에 희망을 알리는 삼경의 종소리를 대비시킴이 시의 묘미를 확연하게 한다.

모녀간에 여름과 겨울의 이미지를 대조함에도 불구하고 그들이 자연을 바라보는 눈은 공통적으로 따뜻한 시선이다.

---

22 경기도, 『그대의 맑은 향기 사라지지 않으리』, 경기도 여성정책국 여성정책과, 2001, 116면.

산기운 출렁출렁 늦게야 구름되어

숲이 물빛이 되어 분간키 어렵구나

봄 하늘에 날아들어 저녁노을 비추어

어우러진 은빛 바다 푸른 물결 이루네

山氣溶溶晚作雲(산기용용만작운)

林容水色摠難分(임용수색총난분)

飛入春空落霞映(비입춘공락하영)

渾成銀海碧波文(혼성은해벽파문)

〈영수합의 영운(詠雲)〉

한그루 매화나무 보니 멀리 고향 생각난다

담 위로 달 밝아 올 제 홀로 피던 꽃인데

누구를 반기려고 몇 년이나 봄 비 맞으며

밤이면 농성 땅에서 내 꿈속으로 들어오느냐

千里歸心一樹梅(천리귀심일수매)

墻頭月下獨先開(장두월하독선개)

幾年春雨爲誰好(기년춘우위수호)

夜夜隴頭入夢來(야야롱두입몽래)

〈유한당의 억향매(憶鄉梅)〉

　　영수합이나 유한당 모두 칠언절구로 구름과 매화를 노래한다. 영
수합은 산기운이 어우러져 구름을 만들고 봄 하늘에 저녁노을까지

비추니 산과 숲과 봄, 하늘과 바다가 모두 조화를 이루어 푸른 물결
을 만들어 낸다는 역시 '어우러짐의 노래'다. 자연의 신비스러운 조
화, 자연의 소리 없는 하모니가 은색 자연의 아름다움을 창출해 낸다
는 의식이 드러난 영수합의 '포옹(抱擁)의 미'가 돋보이는 시다. 딸 유
한당은 칠언절구로 매화는 고향생각이라는 자연과 심회를 일치시킨
다. 매화가 담 위로 홀로 피는 꽃인데 몇 년이나 봄 비 맞으며 피면서
밤마다 내 꿈으로 들어온다는 정겨운 노래다. 다음의 시들에서도 서
로 공통된 심상을 찾을 수 있다.

높은 누각에 주렴 걷으니 매미 소리 들리고

그 소리 맑은 시냇가 푸른 숲에서 들려오네

비온 후 한 소리에 산 빛이 더욱 푸르르고

가을바람에 사람이 석양 하늘에 의지해 서있네

捲簾高閣聽鳴蟬(권렴고각청명선)

鳴在淸溪綠樹邊(명재청계록수변)

雨後一聲山色碧(우후일성산색벽)

西風人倚夕陽天(서풍인의석양천)

〈영수합의 청선(聽蟬)〉

깊은 밤벌레 소리에 눈물 흘리고

석양의 매미 소리 이별 설움 돋우네

베갯머리에서 남매의 정 꿈꾸고자 하나

새벽닭이 왔다고 닭아 울지 말아라

中夜蟲聲悲淚落(중야충성비루락)

夕陽蟬語離愁生(석양선어리수생)

枕邊欲作塤篪夢(침변욕작훈호몽)

莫教金鷄報曉鳴(막교금계보효명)

〈유한당의 화영명기시운(和永明寄示韻)〉

영수합이 매미 소리를 들으며 지은 시다. 매미소리라는 청각적 이미지에 푸른 숲이 보인다는 시각적 이미지의 공감각이다. 더욱이 비온 후 산 빛의 푸름에 취해 가을바람 맞으며 석양 하늘에 의지해 서 있는 사람이 외로워야 하는데 이 시는 전혀 외로워 보이거나 쓸쓸하지 않다. 단지 매미 소리 들리고 시냇물 소리 들려 산 빛이 더욱 푸르러 선명한 자연에 이미 시인은 도취되어 있을 뿐이다. 도취된 상태에서 자연을 더욱 깊게 음미하고 있다.

임인년(壬寅年, 1842)에 숙선옹주의 남편인 영명운에 화답한 유한당의 시에도 남매의 정을 애틋하게 기리고 있다. 매미 소리에 투영되어 있는 화자의 소리, 곧 남매의 설움을 이입시켜 이별을 더욱 아쉽게 하고 있다. 석양에 매미소리는 이별의 매개체로 청각을 돋우는 곤충이다. 어머니와 딸은 같은 제재로 택한 매미 소리를 가지고 자신들의 설움과 일체화시킨다. 남매가 이별의 설움에 빠져 있을 때 닭의 울음소리는 현실로 되짚어 오게 하므로 유한당은 조선의 여성으로, 가문의 울타리로 다시 돌아온다는 정조를 상징하고 있다. 이러한 점들은 모녀간에 시의 정조(情調)가 매우 흡사함을 알 수 있다. 이별의 슬픔도 피눈물 흘리는 절규의 아픔이 아닌 언제든지 다시 꿈꿀 수 있는 잠깐의 이별이라 설움이 진하지 않다.

따라서 모녀간에 나타나는 시의 정체성은 조선에서 여성으로 살아가기는 아픔이 있기는 하되 절실하지 않은 아픔이다. 조선조 여성들에게 흔히 나타나는 여성의 한(恨)과 가난이 그려져 있지 않은 투명한, 그러나 품격 있는 귀족 시풍을 지니고 있다고 생각한다.

그대 어느 곳으로 가려 하는고
추풍 부는 오호에 술을 싣고서
수많은 집과 곡식 헌신짝처럼 버리고
물과 달 빙호에 가슴 씻으리

問君欲向何處(문군욕향하처)
載酒秋風五胡(재주추풍오호)
弊履千鍾萬戶(폐리천종만호)
淸溪水月氷壺(청계수월빙호)

〈호상(湖上)〉

영수합이 호숫가에서 거닐며 지은 시일 것이다. 어디로 향하는지 모르는 배가 술을 싣고 떠난다. 그 배는 자신의 고향을 버리고 떠난 때라 집과 곡식 모두 버리고 다만 호수 물, 달빛, 빙호에 가슴을 씻으러 호수로 나온 것이다. 아름다운 호수에 가슴을 씻고 싶은 시인은 이미 자연에 심취되어 있는 상태인데도 더욱 그 자연을 가슴에 담으려는 듯하다.

반면에 유한당은 특이하게도 유녀(遊女)를 제재로 시를 지은 것이 있다. 유녀는 노는 여자란 뜻인데 귀족의 부인이 짓기에는 어색한 시제다.

아름다움이 충만한 계절 만상은 새로운데

가볍고 맑은 안개 냇가에 끼어 있네

꽃들은 활짝 피고 복사꽃은 비를 머금어

어린 잎 파릇파릇 버들은 봄이 한창

佳氣灔灔萬象新(가기융융만상신)

輕烟澹靄鎖江濱(경연담애쇄강빈)

濃花灼灼桃含雨(농화작작도함우)

嫩葉靑靑柳拂春(눈엽청청유불춘)

〈유녀(遊女)〉

유한당은 유녀를 통해 놀고자 하는 어린 여성들의 놀이를 즐기고 있는 것 같다. 어린잎이 파릇파릇하여 봄이 한창일 때 비단 버선 신으며 귀한 비취 비녀를 꽂은 유녀의 모습을 바라보기만 할 뿐 친할 수 없다는 토로를 통해[23] 아름다운 모습의 유녀들이지만 바라만 보는 존재로 인식하고 있어 결국 전통적인 관습의 여성임을 드러내고 있다.

영수합과 유한당은 조선 후기 문집을 가진 귀족 여성 시인이다. 그것이 그들의 공통점이기도 하다. 그들은 글자로 놀이를 하며 한시를 지을 정도로 시 짓기를 놀이 삼아 지었고 자유자재로 운을 맞출 수 있는 여성 시인이었다.

어머니 영수합은 짧은 글귀로 한시의 묘미를 살리고자 이백의 절구처럼 감칠맛나게 자신의 창작 욕구를 채워 나갔다. 구름을 읊고 매

---

23 향진을 바라볼 수는 있지만 친하지는 못하겠네(可望香塵不可親).

미 소리를 들으며 석양을 바라보는 관조를 즐기고 호숫가에서 물, 달 이미지에, 빙호에 가슴을 씻겠다는 청절한 이미지를 더하는 시의 품격이 느껴진다. 난설헌의 시에서 주로 나타나는 곡진한 아픔이 영수합의 시에는 없다. 삼의당의 시에서처럼 가난의 한도 없다. 기녀들의 시에 나오는 연인에 대한 실연(失戀)도 물론 없다. 두드러지는 것은 영수합 시의 정체성은 맑다는 것이다. 시어가 맑고, 시가 추구하는 정신이 맑다. 유한당도 어머니처럼 소재가 다양하지는 않아도 어머니 시의 정체성과 근사(近似)한 시적 가치를 지니고 있다.

5. 어머니와 딸의 연대감

조선시대 유교적인 제약 속에서 살아야 했던 영수합도 다른 여성과 마찬가지로 처음에는 자신의 재능을 숨기며 살아왔다. 그러나 조선 후기에 여성에게도 재능이 있으면 가문의 문집 속에 싣고 싶어 하는 양반가들의 풍속에 의해 당당히 《족수당고》에 실리게 된 영수합의 시문은 후기 양반가의 어머니로 대변되는 삶을 추정할 수 있게 해준다. 영수합은 71세까지 사는 장수복과 정경부인(貞敬夫人)이라는 품계를 받는 가문의 영광, 자식들을 학자와 시인으로 훌륭히 키워 낸 어머니로서의 영광도 두루 지닌 행복한 여성이었다. 비록 자신의 재능을 십분 발휘하지는 못했어도 조선시대 유교 이데올로기에서 결코 벗어나지 않으면서 그 법칙에 순응하고 스스로 절제하며 살았던 여성이어서 남성들은 모범적인 조선조 여성으로 평가한다. 자신의 시적 재능을 숨기고 살았던 초창기 삶과 남편의 사후에 더 이상 시를 쓰지 않았다는 대목에서 영수합의 극기심도 읽을 수 있다.

영수합 시의 정체성을 요약하면 영수합은 모성애가 매우 두드러져 나타난다는 것이다. 그것도 신사임당의 성공한 어머니상과는 또 다른 품격의 어머니 상이다. 사임당은 친정살이를 하며 아들과 딸을 키웠으나 시댁은 가난하여 어려움이 있었던 터인데 영수합은 그러한 궁색함도 없고 친정살이도 없다. 높은 문벌의 당당한 시댁과 친정이 만난 조화로운 귀족 여성이었다. 다만 객사에서 고향을 바라보며 읊는 향수 이미지가 두보나 도연명의 운을 맞추어 노스탤쟈를 외칠 뿐이나 절절한 외침이 아니라 돌아가고 싶다는 바람이어서 매우 연약한 향수 이미지다. 영수합이 시를 즐겨 쓴 동기는 자식들에게 주는 훈육의 말 대신 시로 증정하려고 했고, 둘째는 늘그막의 남편과의 한정(閑靜)을 시로 풀어내며 둘만의 여유로운 시간을 가지기 위함이며, 자신의 정서를 더욱 고취시키기 위해 당나라 시를 좇아 창작했던 것이다.

따라서 영수합의 시에는 조선조 여성들의 시에 흔하게 나타나는 한(恨)이 없다는 것이 다른 조선조 여성 시인들과 다른점이라 하겠다. 자식을 훌륭히 키우는 훈육의 방법으로 쓰고, 자신의 시도(詩道) 정신을 고양시키는 방편으로 시를 썼기에 영수합 시의 정체성은 매우 절조 있고 아름다울 뿐, 아픔이 없다는 것을 알 수 있다. 시의 기교도 있어 마치 당나라 시인 이백이나 두보, 왕유, 맹호연의 시를 읽는 흥취를 느끼게 해주는 묘미가 있다. 그녀는 달빛을 사랑하고 떠나가는 구름을 사랑했으며 호숫가 물을 사랑하고 석양에 기대며 학처럼 살려고 했고 기러기 같은 철새에 고향을 묻고자 했다. 영수합은 남편과 관사에서 전원생활을 만끽하며 따뜻한 시선으로 자연을 관찰하고 관조하며 자식들과 떨어져 생활하는 별리된 공간에서 자식의 소식을 기다리고 자식에게 조심스런 당부를 연이어 하며 자식과 함께 웃고 우는 어머니로서의 역할에 충실하였다.

유한당은 어머니처럼 모성애적인 시는 없다. 다만 남매의 정을 돈독히 하는 우애를 다룬 시와 자연 풍치를 돋우며 고향을 그리는 시가 주종을 이루고 있다. 그녀는 어머니와 아버지를 그리워하며 형제들과 함께 살았던 추억을 꿈속에서 즐겨 찾았다. 그리고 어머니처럼 시어가 맑고 세세한 감성으로 사물을 관찰하는 시를 지었다. 시어를 자유자재로 공굴리는 수법도 어머니와 같다. 다만 두 모녀의 끈끈한 연대감이 느껴지는 시가 없다는 점이 남다르다. 모녀는 자신들이 양반 가임을 한시도 잊지 않고 살았던 전통적인 조선의 여성이며 어머니며 딸이었음을 확인시켜준다.

따라서 영수합과 유한당은 조선 후기의 귀족 여성시인을 대표하며 귀족 문벌시인으로 당당한 모습으로 살았던 여성이었다.

김립(金炳淵)과 여성

1. 유랑문인 김립

김립은 조선조 봉건체재가 무너져 가는 19세기를 살다간 시인으로 조선조 마지막 한시 작가로 평가 받는다. 그는 조선조 사회에 안주하지 못하고 전국을 떠돌아다니면서 빈한한 백성의 대변자가 되기도 하고 조선 사회의 양반과 승려를 풍자하기도 하며 민요조로 혹은 한시를 내용과 형식의 파괴로 국문시가와 구전문학과 민속학을 이어 준 국민 문학의 사실적 전통을 확인시켜 주었다[1]고 한다.

김삿갓으로 널리 알려진 김립에 대한 논문은 생각보다 많았고 시집도 잘 정리되어 있다. 김립에 대한 자료는 《해동시선》, 《대동시선(大東詩選)》(1917), 《대동기문(大東奇聞)》(1926), 《연차집(緣此集)》(1932),

---

1 김태준, 「김삿갓 김병연론」, 『조선후기 한시 작가론』, 이회, 1998, 590면.

《해장집》 등에 산재해 있으며, 북한 문학자 이응수[2]는 구전되어 내려온 시들을 전국을 돌아다니면서 수집·정리하여 오늘에 이르게 되었다. 역적의 후예라는 남다른 생애를 살았던 김삿갓에 대한 연구는 1930년대부터 크게 3단계로 진행되었다고 한다.[3] 김립시집을 펴낸 이응수의 공로가 그 첫 번째요, 이응수의 채록·수집·정리를 바탕으로 1930년대 문사들이 너도 나도 단편적으로 발표한 바[4] 있고 그 후 일화와 노래 등을 거쳐 일반인에게 알려지면서 민심을 위로한 기간이 2기[5]라 보고 3기는 김립에 대한 재평가 기간이라 하겠다. 70년대 이후는 본격적으로 김삿갓 전기와 시화가 활발하게 다루어진 시기[6]다.

학계에서도 윤은근[7], 정응수[8], 박혜숙[9]의 석사논문이 나오고 정대구의 박사학위 논문[10]이 나오면서 김립에 대한 평가는 제 위치를 찾은 것으로 보인다. 이외에도 리처드 럿트[11], 임형택[12] 등의 논문과 북한(김일성대학편저 조선문학사)과 연변(박충록, 조선문학간사)에서도 김립

2 이응수(李應洙)는 김삿갓을 세계 시단의 3대 혁명아로 평한 바 있다. 이응수는 1939년 2월 하순에 초판을 냄.

3 정대구, 「김삿갓론」, 『한국문학작가론』, 현대문학사, 1991, 871면.

4 김재철, 김태준, 김동인, 김명식, 박재청, 성일, 차상찬 등이 신문 잡지에 단편적으로 기고함.

5 6·25, 4·19, 5·16 등을 거치는 시기에 해당함.

6 김용섭, 김용철, 김용재, 김인걸 등이 전기를 썼고, 박오양, 김일호, 박용구 등이 시집 간행. 80년대에는 신경림, 황헌식, 정공채, 정비석 등에 의해 출간.

7 윤은근, 「金笠 硏究」, 고려대학교 교육대학원 석사학위논문, 1979.

8 정응수, 「김삿갓 시 연구」, 명지대학교 석사학위논문, 1982.

9 박혜숙, 「김삿갓 시 연구 -金笠 詩集(1941)을 중심으로」, 서울대학교 석사학위논문, 1984.

10 정대구, 「김삿갓 시 연구」, 숭실대학교 박사학위논문, 1989.

11 리처드 럿트, 「Kim sakkat, the Popular Humorist」, 『Humour in Korean Literature』, 국제문화재단, 1970.

12 임형택, 「이조말 지식인의 분화와 문학의 희작화 경향」, 『전환기의 동아시아 문학』, 창작과 비평사, 1985.

에 대한 연구는 심도 있게 진행되었다. 위의 논의는 대부분 김립의 생애와 전기, 방랑과 풍자, 해학과 유머에 초점을 맞추어 집중 조명을 하고 있다.

김립은 스스로 작품집을 남긴 바 없는 유랑문인이다. 따라서 그의 시들이 전국에 흩어지고 민요처럼 불리다 보니 위작도 많고 진위여부가 뚜렷하지 않은 점도 인지를 해야 한다. 김삿갓 방랑지도가 만들어질 정도로 표박한 시인이니 그의 발길이 닿지 않은 곳이 없었다고 한다. 실로 조선의 문학 지도를 만들어낸 시인이라 하겠다. 김립의 엮은 시집 가운데 텍스트와 번역은 이응수의 시집으로 하고 기타의 시집은 보조 자료로 이용하고자 한다. 한시의 번역은 펴낸 사람의 번역을 그대로 원용(援用)하였다. 대부분 민중생활시를 써온 김립이 여성을 제재로 한 시가 다수 있어 이 여성시를 통해 김립과 여성이라는 주제로 평민 여성들의 생활상과 조선 시대 여성들의 정체성을 찾아보고자 한다.

2. 김립(金笠) 시에 나타난 여성의 정체성: 부정적 여성관

김립은 인간 군상에 대해 날카롭게 간파하고 그 인간상에 대해 시를 써서 풍자함으로써 그 당시 사회상을 대변했다고 본다. 김립의 시집에는 그래서 인간들에 대한 시가 많다. 조선조 사회에 중요한 위치를 차지한 훈장(訓長), 조선조 사회의 특별한 부류였던 기생, 소외되고 가난한 과부, 힘없는 노인 등이 주 대상인물이다. 또한 김립의 시에는 사람 같지 않은 모습으로 비쳐지는 여성들이 꽤 있다. 이 논고에서는 그중에서도 김립이 유랑하며 서민들 가까이에서 본 여성의 모습에 대해 논하고자 한다.

조선시대는 처첩의 시대였다. 양반들은 물론이고 서민들까지도 첩을 두고자 했다. 그 폐해는 고스란히 여성들 몫이었다. 그러한 시대적 상황을 묘사한 시가 있다. 남편을 사이에 두고 처첩이 함께 누워 자는 모습이 그것이다. 그런 모습을 보고 가련한 삶(不熱不寒二月天 一妻一妾最甚憐)이라 일갈했고 다음이 게으른 부녀자의 모습과 색정을 드러내는 과부, 기생에 이르기까지 그가 읊은 여성 인물은 실로 다양하다. 이런 제재의 선택은 보수 성격이 짙었던 조선 사회에서는 일말의 파격이다. 우선, 〈처첩(妻妾)〉에서는 아내와 첩이 가운데에 남편을 두고 함께 누워 자며 성애를 즐기는 모습을 그렸다.[13]

춥지도 덥지도 않은 이월 달에

아내와 소실이 견디는 꼴이 가련하다

원앙금침엔 머리 셋이 나란히 있고

비취 이불 속에는 여섯 팔이 나란하구나

함께 웃을 때 어우러진 입의 모습은 마치 품(品)자와 같고

몸 뒤집어 누운 옆모습은 천(川)자와 같구나

동쪽이 채 끝나기도 전에 다시 서쪽으로 돌아눕고

또 다시 동쪽을 향해 옥 같은 손목을 쓰다듬네

---

13 정비석 소설, 『김삿갓 2권』, 고려원, 1991, 21판, 254~255면. 정비석의 소설에서는 이항복이 임진왜란 때의 일로 崙自獻 대감을 찾아가 큰마누라와 작은 마누라를 한 방에 데리고 자는 것을 보고 〈妻妾同房〉이라는 제목으로 썼다고 한다.

不熱不寒二月天(불열불한이월천)

一妻一妾最堪憐(일처일첩최감련)

鴛鴦枕上三頭竝(원앙침상삼두병)

翡翠衾中六臂連(비취금중육비련)

開口笑時渾似品(개구소시혼사품)

翻身臥處變成川(번신와처섭성천)

東邊未了西邊事(동변미료서변사)

更向東邊打玉拳(경향동변타옥권)

〈처와 첩〉

조선시대 첩을 얻는 제도는 보편화된 관행이었다. 조선조 남성들은 나이가 들면 으레 첩을 얻으려 했거나, 남성들의 잦은 거주 이동(유배, 관직 이동, 수학 등)의 이유를 들어 첩을 얻기도 했으며, 부인의 병이 있어 집안일을 하지 못할 때에는 첩으로 부인의 역할을 대신하게 하였다. 마지막 이유로는 자식을 얻기 위해, 또는 여색을 탐하여 첩을 얻으니 양반, 서민 가릴 것 없이 모두 처첩제도 하에서 살았다고 본다. 위의 시는 서민의 생활 모습으로 추측되며, 셋이 함께 자면서 어우러져 웃는 모습을 한자어 '품(品)'자로 세 사람의 형상으로 묘사하고 남편이 가운데서 몸을 뒤집는 형상은 한자 '천(川)'자로써 익살스럽게 표현한 것이 특징이다. 여기에 나오는 처와 첩은 모두 여성으로서는 대접을 받지 못하는, 사람 같지 않은 군상에 들어가는 부정적 여성이다. 오죽하면 처와 첩이 나란히 자야 할 형편이었겠는가. 그런데도 웃는 '품(品)'자를 썼다는 것은 처와 첩이 일상생활처럼 한 방에 기거하였다는 증좌도 된다.

다음의 시도 같은 군상인데 나태한 아낙의 표상이다.

병 없고 근심 없는 게으른 아낙네가 세수 목욕하는 일 없고

십년을 하루같이 시집올 때 옷을 입으며

어린애에게 젖을 물리고 낮잠을 자며

이를 잡노라 해 비치는 처마 밑만 찾아 간다

몸을 움직이기 무섭게 부엌 그릇을 깨고

벽의 베틀을 보고 머리만 긁다가

이웃집에서 제사 지낸다는 소문만 들으면

문 대문 다 열어 던지고 달려가기가 날아가는 것 같다

無病無憂洗浴稀(무병무우세욕희)

十年猶着嫁時衣(십년유착가시의)

乳連褓兒謀年睡(유연보아모년수)

手拾裙虱愛簷暉(수습군슬애첨휘)

動身便碎廚中器(동신변쇄주중기)

搔首愁看壁上機(소수수간벽상기)

忽聞隣家神養慰(홀문린가신양위)

柴門半掩走如飛(시문반엄주여비)

〈나부 기일(懶婦 其一)〉

게으른 아낙네가 밤에 풀잎을 뜯어다가

죽 한 그릇을 쒀가지고

부엌에서 가만히 먹는 소리가

천연 산새 날아가는 후루룩 소리다

懶婦夜摘葉(나부야적엽)

纔成粥一器(재성죽일기)

廚間暗食聲(주간암식성)

山鳥善形客(산조선형객)

〈나부 기이(懶婦 其二)〉

일은 쌓여 산더미 같은데 마음은 늘 풀어져 있어

규중에 일월이 흘러 지나도 도무지 무관심하다

새벽에 늦게 일어나면서도 겨울밤이 짧다고 투덜대며

옷은 얇게 입고서 여름 바람이 차다고 한다

베를 짜라면 저녁때가 다 되어도 한 자를 미처 못 채우고

식사를 마치고도 밥상은 이윽해서야 치운다.

그러다 때때로 남편이 꾸지람이라도 하면

공연히 우는 아이나 더 때리며 종알댄다

事積如山意自寬(사적여산의자관)

閨中日月過無關(규중일월과무관)

曉困常云多夜短(효곤상운다야단)

衣薄還道夏風寒(의박환도하풍한)

織將至暮難盈尺(직장지모난영척)

食每過朝始洗盤(식매과조시세반)

時時逢被家君怒(시시봉피가군노)

漫打啼兒語萬端(만타제아어만단)[14]

〈타부(惰婦)〉

　김립은 게으른 아낙네를 제재로 한 시가 유독 많다. 위의 시들은
전형적인 게으른 아낙의 행태다. 정비석의 소설에서는 이 여인의 행
태를 '옥수수 알을 통째로 지은 밥을 먹이는 아낙으로, 그릇을 와장
창 깨는 여인으로, 굿을 하는 일이 생기면 굿 구경 하느라 밤을 새고
집에 들어오지 않는 아낙'으로 표상되었다.[15] 위의 시 〈나부〉, 〈타부〉
에서 아낙의 게으른 행태는 목욕 안 하고, 옷 안 갈아입고, 낮잠만 자
고, 속옷에서 이만 잡고, 옷감도 짤 줄 모르고, 남의 집 제사 음식 얻
어먹으러 다니고, 나물죽 한 그릇만 몰래 쒀서 밤중에 몰래 먹고, 밥
상도 안 치우고, 참다못한 남편이 그런 행태에 대해 지적하면 아이를
때려 울리는 못된 여성이며 아내며 어미다.
　그러나 실제로 조선조 여성의 생활은 실로 고달팠다. 아이 기르기,
길쌈하기, 봉제사, 손님접대, 시부모 봉양, 남편 봉양, 농사일, 바느질
등 엄청난 노동을 해야만 대가족을 먹이고 입힐 수 있었다.[16] 고단한
시집살이요가 대부분인 민요에서 보듯 우선 국가적으로는 길쌈 장려
를 하고, 절구 방아 같은 노동을 해야만 식솔이 먹고 살 수 있었던 시
대에 〈나부(懶婦)〉, 〈타부〉라는 시가 나왔다는 사실에 주목할 만하다.
또한 '시집살이가 당초 꽃보다 매워 행주치마 눈물 젖어 하루하루 보

14　신경림, 앞의 책, 42면.
15　정비석, 『김삿갓』, 고려원, 1991, 21판, 237~238면.
16　김명희 외, 『문학으로 읽는 옛 여성들의 삶』, 이회, 2005, 224~226면.

내며 얼굴에 노랑꽃이 피어 시집살이 정 무섭네"[17]와는 전혀 다른 생활, 마치 기녀들의 삶처럼 너무 한가하다 못해 눈썹이나 그리고 낮잠을 잘 수밖에 없다는 기녀들의 시와 같은 게으른 여인의 모습이어서 자못 의외다. 아래 두 기녀 시와 흡사한 '지일(遲日)'의 이미지도 있다.

약속해놓고 왜 늦는가
뜰에 매화 지려는데
갑자기 가지 위 까치소리 듣고
거울 보며 헛되이 눈썹 그리네

有約朗何晩(유약낭하만)
庭梅欲謝時(정매욕사시)
忽聞枝上鵲(홀문지상작)
虛畵鏡中眉(허화경중미)

〈옥봉 규정(閨情)〉

복사꽃 핀 지붕에서 닭이 울고
말은 버드나무 문 앞에서 우네
나에게 봄 술 권하는 이 없어
봄에 책 던지고 낮잠 자네

鷄唱桃花屋上(계창도화옥상)
馬嘶楊柳門前(마시양류문전)

---

17 임동권, 『한국민요전집』, 집문당, 1974; 목포, 달성, 울릉도 지방의 민요.

無人勸我春酒(무인권아춘주)

遲日抛書午眠(지일포서오면)

〈운초 오면(午眠)〉

　　그러나 김립의 시는 아무 병이 없는 건강한 아낙이 십년을 하루같이 목욕도 안 하고 옷도 갈아입지 않는다는 다소 '과장된 언술'을 하고 있다. 그래도 아이에게 젖은 물리고 더러운 옷에서 이를 잡고 풀죽을 쑤어 먹으며 연명을 하다가 제사를 지내는 집이 있다고 하면 날아가듯 달려가 얻어먹는 젊은 아낙의 비행을 매우 익살스럽게 표출했다. 여성들의 손재주가 대가족을 이끌었던 시절에 부엌 그릇을 깨고, 베틀을 보고 머리를 긁기만 하며 베를 짜지 못하는 살림 못하는 전형적인 아낙을 김립은 사람 같지 않은 매우 부정적인 시선으로 그려내고 있다. 가장 부지런하게 움직여야 먹고 살 수 있는 시절에 건강한 젊은 아낙이 기녀 옥봉과 운초의 삶처럼 무료하게 일상을 보내는 나태한 모습이다. 이처럼 김립은 전국을 돌아다니며 세심하게 평민들의 삶을 응시하고 있음을 알 수 있다. 조선조 남성들의 여성관이 부지런하고, 깨끗한 용모에, 음식 솜씨 좋고, 아이 잘 기르는 아낙인데 반해 위의 시에 나타난 여성은 전혀 다른 여성관, 곧 게으르고 더럽고 재주 없는 여성이다. 그런 여성이나마 '햇살비치는 처마 밑만 찾아 간다/ 머리만 긁다가/ 달려가기가 날아가는 것 같다/ 죽 먹는 소리가 산새 날아가는 후루룩 소리다'라고 한 표현은 직유, 은유를 써 가며 매우 유쾌하면서도 익살스럽게 표현하여 적나라하기는 하나 비속하지 않다.

　　그런가하면 잠꾸러기 여인 〈다수부(多睡婦)〉에서도 여인은 매우 부정적인 여인상이다.

이웃에 사는 어리석은 아낙 바야흐로 잠에 녹아 있다

누에치는 일도 잊고 있으니 하물며 농사일이야

베틀은 한가로와 베 한자를 사흘 걸러 짜고

절굿공이도 게을러 반나절에 양식 한 되 찧는다

아우의 옷도 가을이 다하매 입으로만 다듬질한다 핑계대고

시어머니 버선도 겨울이 다 지나 매양 말로만 깁고 있다

헝클어진 머리에 땟국낀 얼굴은 귀신같은 꼴이로다

한평생 함께 살 식구들 한을 만난 것 뿐일세

四隣愚婦睡方濃(사린우부수방농)

不識蠶工況也農(불식잠공황야농)

機閑尺布三朝織(기한척포삼조직)

杵倦升粮半日舂(저권승냥반일용)

弟衣秋盡獨稱搗(제의추진독칭도)

姑襪冬過每語縫(고말동과매어봉)

蓬髮垢面形如鬼(봉발구면형여귀)

偕老家中却恨逢(해로가중각한봉)[18]

〈다수부(多睡婦)〉

게으른 여인에 대한 김립의 시선은 매우 곱지 않다. 조선조 여인들의 생활은 '나는 없고 시댁식구들에 대한 봉양과 식구들의 일상을 책임져야 하는 임무만 있다'고 하는데 이 여인은 잠에 빠져 누에도 치지

---

18 정공채, 〈떠돌이 사랑 3〉, 157~158면.

않고 농사도 짓지 않고 베도 짜지 않고 절구도 찧지 않는 여인이다. 뿐만 아니라, 버선도 깁지 않고 있으니 시댁 식구들의 먹을 걱정 입을 걱정이 태산이다. 게으른 며느리로 인해 시댁 식구들은 의식주 해결을 할 수 없는 것이 시댁식구들에게는 바로 '한(恨)에 봉착'한 것이나 다름없다는 표출이다. 조선조 아낙들의 삶의 무게가 이렇듯 무거울 때 그 가운데서도 게으른 여인들이 가끔 있어 서민들의 생활고는 한층 어려웠던 것이다. 이를 본 방랑객 김립은 간과하지 않고 따끔하게 여성들의 의무와 책임감에 대해 일침을 놓은 것이라고 본다.

그런가하면 〈노옹(老翁)〉에서도 아낙이 자신의 아기 돌보는 책임마저도 회피한다는 모성부재에 대해서도 언급하였다.

누가 오래 사는 게 오복에 든다 말하였나

오래 살면 욕스럽다 말한 요제가 귀신 같이 알았다

옛날 친구는 다 돌아 못 올 손이 되어가고

젊은 사람은 끝없이 새로 생겨나는데

근력은 소모해 항상 앓는 소리요

위장은 허핍하여 미식만 생각하니

젊은 아낙들은 어린애 보는 것을 괴로운 줄 모르고

일없이 논다고 자주 애기를 데리고 온다

五福誰云一曰壽(오복수운일왈수)

堯言多辱知如神(요언다욕지여신)

舊交皆是歸山客(구교개시귀산객)

新少無端隔世人(신소무단격세인)

筋力衰耗聲似痛(근력쇠모성사통)

胃腸虛乏味思珍(위장허핍미사진)

內情不識看兒苦(내정불식간아고)

謂我浪遊抱送頻(위아낭유포송빈)

〈노옹(老翁)〉

　아이를 돌보는 늙은이의 입을 통해 오래 사는 것이 복이 아니고 욕
이며 옛날 친구들 모두 떠나고 없을 뿐더러 근력은 나날이 쇠약해지고
위장은 허한데도 젊은 아낙(며느리들)이 늙은이 곧 시아버지에게 (아이
보는 것이 힘든 나이) 자주 아이를 맡기고 있다는 언술을 통해 젊은 아
낙들이 자신의 육아 임무마저도 회피한 채 힘없는 늙은이에게 떠맡기
고 있어 늙은이 대접을 하지 않는 세태를 풍자하고 있다. 이 〈노옹〉에
서도 김립은 젊은 아낙을 매우 부정적인 시선으로 그려내고 있다.

　그런가하면 〈노구(老嫗)〉라는 시에서는 여성성을 상실한 노인에
대해 노래하고 있다.

　　연지랑 분이랑 사시오

　　동백기름 향유도 있습니다

　　늙은 노파는 백발을 빗으며

　　한 마디 대답은커녕 내다도 안 본다

　　臙脂粉等買耶否(연지분등매야부)

　　冬柏香油亦在斯(동백향유역재사)

　　老嫗當窓梳白髮(노구당창소백발)

更無一語出門遲(갱무일어출문지)

〈노구(老軀)〉

한 여성 노파를 통해 세월의 무상을 노래하고 있다. 젊은 아낙의 시절에는 화장품 소리만 들어도 솔깃하던 때가 있었는데 백발이 성성한 지금은 내다보지도 않는다는 '여성성의 상실감'에 대해 리얼하게 묘사하고 있다. 이처럼 풍류객 김립은 세심하게 혹은 날카롭게 여인들의 일상을 파헤치고 있다.

위의 시에서 김립은 게으른 부녀자, 처와 첩이 함께 살아가는 시골 주변의 이야기에 연지분 사라는 행상에 무관심한 노파, 아이를 돌보아야 하는 노구(老軀) 등의 인물을 통해 밑바닥의 삶을 익살스럽게 표현하였지만 자기 임무에 충실하지 못한 채 동물적인 삶을 살아가는 여성상으로 묘사되고 있어 매우 부정적인 여성상을 가지고 있다. 김립에게 있어 눈에 드는 여인상은 소수 밖에 없었던 것이다.

3. 김립의 연정시에 나타난 여성: 욕망의 대상

정공채는 그의 김삿갓 시와 인생[19] '떠돌이 사랑' 편에서 김삿갓에 대해 다음과 같이 논하였다.

김삿갓은 운명론자이다. 그가 만일 운명론자가 아니었다면 이

---

19 정공채, 『오늘은 어찌하랴』, 학원사, 1985, 93~175면.

것이 도리어 역설이 되고 만다. 그만큼 그는 미리 운명이 점 찍힌

숙명의 별 아래 태어났고 끝내는 이 숙명을 받아 들고 떠돌이가

되어 一杖 집고 一笠 쓰고 조선 땅을 밟아 나갔다고 했다.[20]

그에게 여자는 스쳐가는 여인일 수도 있고 정을 주고픈 여인도 있

었으나 떠돌이 김립은 정착된 사랑을 평생 가지지 못한다. 김립의 연

정시에 나타난 여성을 통해서는 그의 애정관과 여성관에 대해 엿볼

수 있을 뿐이다. 우선 〈회양과차(准陽過次)〉에 나타난 여인의 모습에

서 떠도는 길손에게 비쳐진 여인의 속살에 색정을 일으킨다.

　　산중에 처자 크기가 어른 같은데

　　분홍빛 짧은 치마 헐렁하게 입었네

　　맨살 허벅 낭창해라 길손 부끄러워

　　솔 울타리 깊은 집엔 꽃내음도 물씬하리

　　山中處子大如孃(산중처자대여양)

　　緩着粉紅短布裳(완착분홍단포상)

　　赤脚踉蹌羞過客(적각량창수과객)

　　松籬深院弄花香(송리심원농화향)[21]

〈회양과차(准陽過次)〉

한창 젊은 나이 김립이 지나가는 길에 본 여인의 모습이다. 얼마나

---

20 위의 책, 93면.
21 위의 책, 94~95면.

아름다운가. 얼마나 그리운 여인의 냄새인가. 소녀티가 물씬 나는 여인, 짧은 분홍치마, 헐렁하게 치마 속으로 드러난 허벅지 속살, 이 모든 상황에서 떠돌이 김립은 아무것도 할 수 없다. 스스로 부끄러워 얼굴 돌리며 꽃내음 물씬 풍기는 회양 땅의 봄을 탓하는 수밖에는 없다. 김립은 이렇듯 팔도를 다니며 여인을 시로 형상화 하고 있다. 김립은 노골적인 애정시도 다루고 있다. 김립이 주로 시의 제재로 삼은 여성은 주막집 과부, 기생(매화, 가련), 농촌 부녀자 등 소외계층이거나 서민들이다. 여성의 대상도 주로 서민 여성이다. 그의 시에 나타난 인물은 거의 서민이고, 서민들의 정서와 한을 대변했기 때문에 그는 민중 시인이라 일컫는 유랑 지식인이라고 할 수 있다. 때문에 사대부 문학에 비해 덜 세련되고 품격이 떨어지고 부도덕하다는 평가도 함께 받는 시인이다. 〈과부에게 주는 시〉에서 김립은 연정을 품고 다가가고 있음을 볼 수 있다.

나그네 베개가 소조하여 꿈자리가 사납더니
이 밤 시퍼런 칼날이 내 사랑을 비치다
소나무 대나무는 천고에 푸르르나
삼월달 紅桃야 한 때가 아니런가
옛날 왕소군도 북쪽 땅에 묻히고
천하미인 양귀비도 마외역에서 죽었나니
사람이 본래 목석이 아니어든
오늘 밤 그대여 정을 아끼지 말라

客枕蕭條夢不仁(객침소조몽불인)

滿天霜月照吾憐(만천상월조오련)

綠竹靑松千古節(녹죽청송천고절)

紅桃白李片時春(홍도백리편시춘)

昭君玉骨胡地土(소군옥골호지토)

貴妃花容馬嵬塵(귀비화용마외진)

人性本非無情物(인성본비무정물)

莫惜今宵解汝裙(막석금소해여군)

〈과부에게 주는 시〉

　　김립이 어느 과부의 집에 유숙하다가 밤에 여자 방에 들어갔던 바
그녀가 시퍼런 칼을 빼어 들고 거절함에 대한 응답시의 일종이다. 중
국의 천하미인 왕소군과 양귀비의 허망한 죽음을 비유로 삼월 아름
다운 홍도도 한 때이니 내 청을 거절 말고 함께 운우의 정을 나누자
는 권유의 시다. 과부의 정조 지킴이가 엄청났던 시대에 지나가는 과
객이 봄밤 춘흥을 이기지 못하고 벌어진 사건이다. 김립은 이 시를 통
해 여성이나 남성이나 목석(무정물: 無情物)이 아니라는 것을 강조하
며, 본능에 충실하자는 권유를 완곡하게 표현하고 있다. 한밤중 정사
의 성공여부를 떠나 남성 김립의 인간적인 면모를 볼 수 있고 김립이
여성에 관한 성적 충동도 남성과 같을 것이니 본능에 충실했으면 하
는 권유라 색정의 노출이 드러나기는 하나 인간적인 면모를 엿볼 수
있는 시다. 또한 김립은 평양 근방의 어느 농촌을 지나다가 한 농촌여
자가 논에서 김을 매면서 《시전》[22] 한 질을 죽죽 내려 읽는 것을 보고

---

22 정공채는 〈街上初見〉시라 하며 시경의 민요, 七月 七篇을 분명하게 낭송하여 길손 놀라
　　말 매고 머물었던 시라 했다.

감탄한 나머지 농촌 여성과 수답(酬答)을 한다.

시전 한 질을 똑똑히 읽는데
길 가던 나그네 황홀해 섰노라
밤이 깊어 야삼경 반달이 넘어갈 제
사람이 안 보이는 빈집에 와 못 주실까

葩經一帙誦分明(파경일질송분명)
客駐程驂忽有情(객주정참홀유정)
半輪殘月已三更(반륜잔월이삼경)
虛閣夜深人不識(허각야심인부지)

이에 농촌여성은 응답시로 거절의 의사 표시를 한다.

열 눈이 시퍼런 길가에서 만나니
정 있어도 말이 없어 정 없는 것 같으오
담을 넘고 벽을 뚫어 못 오실 것 없사오나
일찍이 농부에게 시집온 몸이외다

難掩長程十目明(난엄장정십목명)
有情無語似無情(유정무어사무정)
踰墙穿壁非難事(유장천벽비난사)
曾與農夫誓不更(증여농부서불경)

농촌 여성은 과객 김립에게 실로 대담하게 벽을 뚫고 못 오실 것은 없으나 그래도 아낙의 도리를 해야 하는 처지임을 일깨워 준다. 본인도 마음은 있으나 다른 사람들의 이목이 두려워 정분을 나눌 수 없다는 애석함이다. 조선조 여성들은 양반, 서민 가릴 것 없이 열녀의식에 사로잡혀 지냈다. 이에 김립은 농촌 여성에게 다음과 같은 시를 다시 보낸다.

앞은 푸르고 뒤는 흰데 그대는 옆으로 게걸음치며
왼손의 봄빛을 오른손에 옮기네
치마는 이 나비와 저 나비와 봄바람에 춤추며
손은 알 까듯이 물위를 점쳐 가다

前青後白蟹步地(전청후백해보지)
左手春色右手移(좌수춘색우수이)
裙同蛺蝶隨風舞(군동협접수풍무)
手與蜻蜓點水遲(수여청연점수지)

〈수작〉

농촌 여성의 모심는 광경을 게걸음에 비유하면서 그 속에 자신의 연정을 표현한 수법이 뛰어나다. 김립은 치마의 팔락거림도 '이 나비 저 나비가 앉는 듯'이라는 선정적인 표현법을 썼다. 여성도 자신의 애정을 다른 남자에게 품을 수 있다는 은유여서 시가 야비하지 않으면서도 자신의 속내를 모두 노출시키는 수법 또한 일품이다. 김립은 이처럼 남성의 욕망적 표출을 시로써 속속 드러내고 있는 것으로 보아 유랑의 삶이었지만 성(性)적으로는 결코 고독하지 않았음을 알게 한다. 김립의 이 〈수작〉 시는 삼십 이전의 에피소드라고 하는데 결국 김립의 희롱시에 한 농촌 여성만 희생당한다. 즉 이 소문이 농촌여성의 남편 귀에 들어가고 여성은 다음 시를 주고는 자살했다는 비련(悲戀) 시로 끝을 맺는다.

위엄은 서리 같고 신의는 산 같은데
가기도 어렵고 있기도 어려워
깊디깊은 대동강 물속에 몸을 던져
괴로운 이 신세를 어복에 장합니다

威如霜雪信如山(위여상설신여산)
去亦有難退亦難(거역유난퇴역난)
深見大同江水底(심견대동강수저)
是身投處是身閑(시신투처시신한)

조선시대 성 표현은 한 마디로 음사(淫辭)라 하여 폄하되었다. 어두운 말이며 음탕한 말은 드러내서는 안 되는 것으로 간주된 것이다. 그래서 부부애도 드러내지 못하는 것이 보편화 된 시대에 은밀히 숨겨온 성애의 시가 기녀가 아닌 평범한 농촌 여성을 상대로 벌어졌다는 것에서 김립시의 평가가 부도덕한 시라고 폄하되었을 것이다. 이런 외설적인 내용을 김립은 스스럼없이 표출하고 있음이 다른 사대부 시들의 근엄함과 차별화가 되는 것이다.

위의 시에서 평민 여성 가운데도 《시전》을 읊는 해박하고 똑똑한 인물이 있었다는 사실과 비록 병중에 있는 남편이라도 불경이부(不敬

二夫)를 해야 한다는 유교 이념이 사회 전반에 자리 잡고 있어, 결국은 유교 이데올로기에 굴복하여 자살이라는 극단의 방법을 택해야 하는 사회 풍토를 확인할 수 있다.

이를 통해 조선 후기 여성들이 정절을 목숨보다 중히 여기고 과부의 수절이 여성의 의무인양 생각하는 풍속이 있었음을 알 수 있다. 마당과부, 처녀과부까지도 수절해야 하는[23] 마당에 병중에 있더라도 남편이 있는 여인은 정절을 지켜야 했던 비인간적인 사회풍토를 노래했다고 본다. 심지어 첩들까지도 수절을 했다니 정부인들이야 수절과 정절 지키기는 목숨과 바꿔야 하는 것이라고 생각했을 것이다.

김립의 풍류시에 여인이 빠질 수 없다. 특히 시문을 잘하는 그 당시 기녀들과는 좋은 벗으로 어울렸을 것이다. 기생에게 주는 시 〈증기(贈妓)〉가 단적인 예다.

> 잡는 손도 뿌리치고 어울리기 힘들더니
>
> 되돌아 한자리에 친해졌구려
>
> 이 주선 저자거리에 숨은 여인과 사귀니
>
> 이 여인 글 잘하는 문인이군 그래
>
> 우리 서로 옷고름 풀기 가까웠을 때
>
> 그대 모습 달빛에 술잔에 새롭게 어리누나
>
> 이제 서로 껴안고 동녘 성곽 달빛 아래서
>
> 술 취해 쓰러지듯 봄날 가듯이 통정하누나

---

23 박주, 『조선시대의 여성과 유교문화』, 국학자료원, 2008, 26면.

却把難同調(각파난동조)

還爲一席親(환위일석친)

酒仙交市隱(주선교시은)

女俠是文人(여협시문인)

太半衿期合(태반금기합)

成三意態新(성삼의태신)

相携東郭月(상휴동곽월)

醉倒落梅春(취도락매춘)[24]

〈증기(贈妓)〉

김립은 이처럼 떠돌이 사랑이나마 여인들과의 '애정행각'을 매우 즐기며 자신의 풍류생활에 점점 탐닉(耽溺)해갔다. 〈설중한매〉[25]라는 시에서는 여인들을 매화, 버들, 밤꽃, 석류로 분류한 시도 있다.

눈 속에 차게 핀 매화 술에 상한 기생 같고

바람 앞에 마른 버들 경을 외는 중 같다

밤꽃이 져 버리면 삽살개 꼬리 같고

석류꽃 처음 필 땐 쥐 귀 같이 뾰족하다

雪中寒梅酒傷妓(설중한매주상기)

風前枯柳誦經僧(풍전고류송경승)

栗花已落尨尾短(율화이락방미단)

---

24 정공채, 『떠돌이 사랑2』, 130~132면.

25 위의 책, 133~134면.

榴花初生鼠耳凸(유화초생서이철)

〈설중한매〉

　'매화는 술에 상한 기생의 초췌힌 모습 같고 비들 꽃은 경을 외는 중처럼 건들거리고, 밤꽃은 지고나면 삽살개 꼬리처럼 축 쳐지고, 석류꽃은 가시가 있어 쥐의 귀처럼 뾰족하다'고 하였다. 기생의 속성에 대해 기생과의 정사 후의 여인들의 모습일 것 같은, 매우 적나라한 표현이다. 그런가하면 직접 기생을 찾아 나서는 시가 있다. 이 시에서 김립은 자신을 꽃내음 파고드는 미친 나비로 묘사한다.

　　향기 탐하는 미친 나비 한 밤중에 갔더니
　　온갖 꽃 짙게 피어도 모두 무정터라
　　홍련을 캐고자 남포로 가니
　　동정호 가을 물결에 작은 배만 놀란다

　　探香狂蝶半夜行(탐향광접반야행)
　　百花深處摠無情(백화심처총무정)
　　欲採紅蓮南浦去(욕채홍련남포거)
　　洞庭秋波小舟驚(동정추파소주경)[26]

　김립은 한밤중에 기생 홍련을 찾아 나선다. 마치 미친 나비가 되어 온갖 꽃에는 아무 생각이 없고 오로지 홍련을 캐러 남포로 가는 것이

---

26 위의 책, 134~135면.

다. 그곳에 가 보니 동정호의 가을 물결이 놀란다는 것은 홍련과의 로맨스이며 성희를 즐기고 있는 김립의 모습이다. 이처럼 야한 성의 노래를 은유로 깊숙이 감추고 있어 음란하지 않으면서 묘한 뉘앙스를 풍겨주는 풍자로 읊고 있다. 이렇듯 김립은 무수히 염문을 뿌리며 유랑의 생활을 한 것이다. 점점 유랑의 생활은 그를 익숙하게 만들어 한 번도 고향을 찾지 않는 무심한 지아비며 아비가 된 것이다. 즉 떠돌면서 기녀를 비롯한 여러 여인들과 사랑을 나누다 정말로 사랑했으나 헤어졌던 한 여인을 찾아갔지만 만나지 못해 애석해 하며 지은 시가 있다.

이별한 뒤 잊기 어려워 옛사랑을 찾아오니

그는 이미 죽어 백골이 되고 내 머리 또한 희어 백발이 되다.

그대 쓰던 거울은 봄이언만 차디차고

내 불던 피리도 달밤인데 소리 그쳤다

일찍이 부른 사랑의 노래 귀제곡과 채조장은

지금 생각하매 다 한때 꿈이어니

그래 내 추억의 땅에 와 고운 얼굴 못 보고

수레를 멈춘 뒤에 들꽃을 사랑하노라

一從別後豈堪忘(일종별후기감망)

汝骨爲粉我首霜(여골위분아수상)

鸞鏡影寒春寂寂(난경영한춘적적)

鳳簫音斷月茫茫(봉소음단월망망)

早吟衛北歸薺曲(조음위북귀제곡)

虛負周南采藻章(허부주남채조장)

舊路無痕難再訪(구로무흔난재방)

停車左愛野花芳(정거좌애야화방)

<가을바람에 미인을 찾아왔다 만나지 못하다(추풍방미인불견: 秋風訪美人不見)>

　　사랑하는 여인을 다시 찾았다가 그 여인이 죽었다는 사실을 알고 쓸쓸한 나머지 시를 읊은 것이다. 김립은 사방을 다니며 이러한 로맨스를 알게 모르게 많이 만들었던 것 같다. 안변에 사는 여인과는 꽤 사랑했던 사이인데 머리가 하얗게 되었다는 것으로 보아 여인을 떠난 방랑의 시간이 꽤나 길었던 것이다. 많은 시간이 흐른 후 다시 찾은 옛 애인의 정을 추억하며 '한 낱 꿈같은 세월 속에서 이젠 들꽃을 사랑해야지'라는 구절이 매우 애상적이다. 조선조 남성이 이런 표현을 썼다는 것은 흔하지 않다. 다음도 같은 맥락의 시다.

　　　　굳은비 소소하게 설루(雪樓)에 들 제

　　　　옛 기약을 찾아오니 그림자도 볼 수 없다

　　　　용 서린 거울은 먼지 속에 좀먹고

　　　　학 두루미 향로에 안개(수증기)는 걷혔다

　　　　초협(楚峽)에 구름은 사라져 사랑의 꿈 이루기 어렵고

　　　　한궁(漢宮)의 비단 부채는 가을바람을 일으키기 쉬워

　　　　쓸쓸한 강에 날이 저물 때

　　　　달 실은 배를 타고 하류로 내려가노라

　　　　瓊雨蕭蕭入雪樓(경우소소입설루)

　　　　歸尋舊約影無留(귀심구약영무류)

盤龍寶鏡輕塵蝕(반룡보경경진식)

睡鶴香爐瑞霧收(수학향로서무수)

楚峽行雲難作夢(초협행운난작몽)

漢宮紈扇易生秋(한궁환선역생추)

寥寥寂寂江天暮(요요적적강천모)

帶月中宵下小舟(대월중소하소주)

〈안변에 미인을 찾아왔다 만나지 못하다(학성방미인불견: 鶴城訪美人不見)〉

〈추풍방미인불견〉의 연작시 같다. 다만 이 시에서는 중국의 고사를 인용한 것이 다를 뿐이다. 중국의 고사 '초협행운'은 중국 초나라 양왕이 무산에 올라갔을 때 꿈에 선녀들이 나타나 초양왕과 사랑을 속삭이다가 우리들은 무산의 구름과 비라서 만약에 우리를 보려면 무산의 구름과 비를 보라며 떠났다는 고사여서 두 사람의 사랑이 현실에서는 이루어 질 수 없고 무산에서나 이어 갈 수 있다는 쓸쓸한 소회(所懷)다. 또한 중국 한나라 성제의 총애를 받던 반첩여가 조비연에게 사랑을 뺏기고 동궁에 머물면서 수심으로 세월을 보냈다는 고사를 인용해 자신의 처지가 사랑 없이 수심으로 가득한 채로 살아가는 반첩여 같다는 표현이다. 조선조 남성이 조비연, 반첩여의 고사를 들먹이며 상처 입은 사랑을 노래했다는 사실이 특이하다. 조선조 선비는 근엄하여 애정의 노출을 극도로 자제해야 하는데 이루어질 수 없는 이승의 남성이 저승의 여성을 그리워하며 '쓸쓸한 강물에 날이 저물면 달 실은 배를 타고 하염없이 하류로 떠나야 하는 것'이 자신의 신세라는 자백(自白)이며 독백(獨白)이다. 이러한 김립의 애정 행각은 도를 넘어서기 시작한다. 이응수의 시집에는 들어 있지 않지만 다른 시집²⁷에 들어 있는 〈운우(雲雨)의 정〉이다.

해도 해도 싫지 않아 다시 하고 또 하고

안 한다 안 한다 하면서도 다시 하고 또 하고

미친 나비 꽃을 탐내 한밤에 찾아드니

깊은 방에 숨은 꽃은 대답이 없네

붉은 연꽃 따러 남포에 갔더니

동정호 가을 물결에 조각배 나부끼네

털이 깊고 속이 넓은 걸 보니

필시 다른 사람이 지나갔나 보구나

시냇가 버들은 비가 오지 않아도 절로 자라고

뒷동산 밤송이는 벌이 쏘지 않아도 절로 터진 다오

爲爲不厭更爲爲(위위불염갱위위)

不爲不爲更爲爲(불위불위갱위위)

深花狂蝶半夜行(심화광접반야행)

百花深處摠無情(백화심처총무정)

欲探紅蓮南浦去(욕탐홍련남포거)

洞庭秋波小舟驚(동정추파소주경)

毛深內闊(모심내활)

必過他人(필과타인)

溪邊楊柳不雨長(계변양류불우장)

---

27 김병연, 신영준 해설, 『시선 김삿갓의 한시』, 투영, 2002, 37~39면.

後園黃栗不蜂坼(후원황율불봉기)

〈운우의 정〉

위의 〈운우의 정〉은 분위기가 전혀 다른 비속적인 언어로 김립의
성적 욕망을 여지없이 드러내고 있다. 이 시의 진위(眞僞) 여부를 떠나
방랑시인이 격을 늘 갖추고 살 수는 없고 정철,[28] 임제의 시조가 이미
사설시조처럼 비속한 시어로 기녀 시인을 유혹했던 시조 자료가 있
고 보면 근엄한 사대부들도 낮에는 도덕군자나 밤에는 욕망의 사슬
에서 헤어나지 못했을 것이라는 짐작을 할 수 있다. 남성은 여성을 보
면 나비가 꽃을 따르는 것이며 그것은 자연적 발로여서 죄의식이나
죄책감을 가질 필요가 없는 정당방위라는 것이다. 이런 의식은 조선
조 500년간 지속되어 온 이념이어서 김립도 그런 생각을 하며 살아온
조선 남성에 지나지 않았다. 이런 관점에서 보면 위의 시가 오히려 김
립의 시답지 않을까 하는 추측도 하게 된다. 〈운우지정(雲雨之情)〉[29]은
남녀 간의 애정행각은 아무리 해도 끝이 없고 아무리 해도 싫지 않다
는 서설적인 시로 시작한다. 김립이 잠깐 만난 처녀와 헤어진 후 갑자
기 치솟는 욕정을 이기지 못하여 그녀의 방을 찾아가 유혹을 하는 장
면, 그 장면에 이어서 김립의 욕망의 표출이 끝나고 처녀의 목숨 같은
순결을 너무 쉽게 자신에게 바쳤고 부끄러움이 없는 처녀가 아니냐고
오히려 야유하는 시를 읊자 처녀는 억울하다는 듯 자신은 김립에게
첫 정을 바친 처녀임을 시로써 화답하고 있으니 김립도 비겁함이 엿

---

28 玉은 玉이커늘 燔玉만 너겨쩌니/이제야 보아하니 뎝玉일시 졀실ᄒ다 내게 솔송곳 잇던이
쑤러볼가 ᄒ노라.
   김명희, 『옛 문학의 비평적 시각』, 태학사, 1997, 176면.

29 〈운우지정〉은 〈암야방홍련〉의 4구가 그대로 들어 있어 진위여부의 문제를 지닌 시다.

보이는 남성임을 알 수 있다. 즉 남성들의 빠져나가기 수법이 발견된다. 이미 여러 남성이 거쳐 갔으니 내 실수가 아니며 내 책임이 아니라는 회피성 발언, 그래서 오히려 나약한 남성으로 비쳐지는 조선조 남성들을 대변하고 있다는 생각도 든다.

또한 이응수 편에는 들어 있지 않으나 신영준 해설 시집에 있는 기생 가련과의 로맨스[30] 시가 있다. 가련은 김삿갓이 시를 잘 하기로 유명하다는 소문을 들었다. 그러던 중 함흥 땅에 있다는 소문을 듣고 그를 기다렸다[31]가 김삿갓을 만나 사랑을 나누게 된다는 것이다. 김립은 가련의 뜻에 따라 객관을 버리고 비어있는 초가를 빌려 살림을 차렸다. 한 1년 명기 가련과 행복한 시간을 보냈으나 김립은 늘 떠날 준비를 하였다. 가련은 자신도 함께 떠나겠다고 하며, 늘 곁에서 시중을 들겠다고 했으나 김립은 본인을 '흐르는 물'이라 했다.[32] 가련은 그런 김립을 유수(流水)어른으로 불렀고 붙들 수 없는 사람임을 확인한다. 〈가련〉시에서 '이름도 가련이요, 얼굴도 가련이요, 가련은 마음조차 가련하구나'라는 가련의 외모를 노래했고, 〈가련기시(可憐妓詩)〉에서는 가련에 대한 김립의 마음을 표현하고 있다.

가련 행색의 가련한 몸이
가련이의 문 앞에서 가련을 찾는다
가련할 사 가련에게 이 뜻을 전하니
가련이는 나의 가련한 마음을 알리라

---

30 김립이 금강산을 구경하고 통천을 거쳐 안변에 이르렀을 때 가련을 알게 되었다고 함.
31 김병연, 신영준 해설, 앞의 책, 33면.
32 이청, 『김삿갓 소설』, 경덕출판사, 2007, 211면.

可憐行色可憐身(가련행색가련신)

可憐門前訪可憐(가련문전방가련)

可憐此意傳可憐(가련차의전가련)

可憐能知可憐心(가련능지가련심)

〈가련기시(可憐妓詩)〉

　위에 시처럼 가련한 몸은 김립이요, 그런 가련한 사내를 맞는 가련
또한 가련한 여성이다. 그 여성은 기생이라는 가련한 인생을 살아야
하는 운명적인 가련함이 도사리고 있는 여성으로 그려지고 있다. 이
러한 가련과 1년을 살다가 오두막을 뒤로하고 〈이별〉[33]하면서 지은
시에 기녀 가련과의 헤어짐을 이름자를 써서 노래한다.

　가련문 앞에서 가련과 이별하려니

　가련한 나그네가 더욱 가련하구나

　가련아 가련한 몸 떠남을 슬퍼하지 마라

　가련을 잊지 않았다가 가련에게 다시 오리

可憐門前別可憐(가련문전별가련)

可憐行客尤可憐(가련행객우가련)

可憐莫惜可憐去(가련막석가련거)

可憐不忘歸可憐(가련불망귀가련)

〈이별〉

---

33 김병연, 앞의 책, 52면; 위의 책, 212~213면.

'꽃이 피면 비바람 많듯 인생에는 이별도 많다'라는 시를 주고 떠나야 하는 가련과 김립. 그 둘의 이별은 예정[34]되어 있었으나 기녀라도 정분을 나눈 사이여서 애틋함이 묻어난다. 비록 이름을 반복하며 어휘를 유머러스하게 표현은 했어도 울며 매달리는 가련과의 헤어짐이 쉽지는 않았음을 알게 한다. 이렇듯 청상과부, 주막집 과부, 처녀, 기녀인 가련, 매화 등과 연정을 나누며 방랑하던 김립에게 아내의 죽음이 다가온다.

　김립의 시에 나타난 〈아내를 잃고〉라는 시는 객관적으로 담담하게 노래하고 있어서 오히려 측은지심을 일으키는 여성에 관한 시로, 총결시(總結詩)같은 느낌이다.

　　서로 만난 것도 늦었거든 이별은 또 왜 그리 빨라

　　채 즐거움을 맛보기도 전에 슬픔만 이리 긴가

　　그대 제삿술은 잔칫날 남은 것을 썼고

　　그대 장사 옷도 신행 옷을 입혔나니

　　창 앞의 옛 나무에 복숭아꽃이 만발하고

　　발 바깥 새둥지에 제비가 쌍쌍으로 즐길 때

　　죽은 아내의 성품을 장모에게 물었더니

　　내 딸은 덕과 재주를 다 겸했다 말하더라

　　遇何晚也別何催(우하만야별하최)

　　未卜其欣只卜哀(미복기흔지복애)

---

34 김의숙 편저, 『김삿갓 구전설화』, 영월 문화원, 2000, 재인용.
　　김립과 1년 간 살았고, 가련은 김립이 오지 않을 것을 알고 있었다고 함.

祭酒惟餘醋日釀(제주유여초일양)

襲衣仍用嫁時裁(습의잉용가시재)

窓前舊種妖挑發(창전구종요도발)

簫外新巢雙燕來(소외신소쌍연래)

賢否郞從妻母問(현부낭종처모문)

其言吾女德兼才(기언오녀덕겸재)[35]

<아내를 잃고 스스로 슬퍼하노라(상배자만: 喪配自輓)>

김립은 조선 순조 7년(1807)에 권세가문인 장동(壯洞) 김씨 가문에서 태어났고 1801년에 시작된 '신유교란'과 1811년에 일어난 '홍경래의 난'으로 조선왕조가 어수선하면서 내리막길을 달리던 혼란의 시대에 살았던 사람이다. 그의 조부 김익순(金益淳)의 복주(服誅)와 폐족으로 인해 손자 김립은 가문의 몰락과 함께 방랑의 길로 내몰렸다. 그의 나이 21세에 장수 황씨와의 사이에 큰 아들 학균을 낳은 뒤 신분을 숨기고 상경하여 권문자제들과 교우하며 출세의 길을 도모하다가 여의치 않자 2년 만에 집으로 돌아간다. 그 후 둘째 아들 익균을 낳은 뒤 2차 가출을 하였는데 그의 나이 24세였다. 그리고 그 후 57(56)세에 전라도 동북 땅에서 죽을 때까지 한 번도 집에 돌아온 일이 없다고 한다.[36] 아내와 5년 정도 함께 생활한 김립은 과연 '아내와 몇 번이나 동침을 했을까'라는 생각이 들 정도로 아내와의 사이가 돈독했다고 할 수 없다. 김립의 아내는 김립이 조롱하던 부정적인 여성

---

35 이 시는 결혼한 지 얼마 안 되어 상처한 남편의 마음을 읊은 시로써 김삿갓의 시가 아니라는 설도 있다. 신경림, 앞의 책, 41면.

36 정대구, 「김삿갓의 생애와 그의 태생지를 찾아서」, 『양주향토자료총서』 제3집, 양주문화원, 2000, 137면.

상이 아닌 긍정적인 여성상으로 가문을 지키고, 아이를 양육하고, 봉제사에 손님 접대를 하면서 시집살이를 했을 것이라는 사실을 추측할 수 있다. 그리고 위의 시에 나타난 것처럼 김립은 아내의 인물됨에 아는 바도 없다. 죽은 연후에 장모에게 물어보니 '내 딸은 덕과 재주를 겸비한 현처'라고 말해주어 비로서 아내의 사람됨을 알았다는 이 시를 김응수는 가벼운 유머를 느끼게 해 준다고 했는데 오히려 여성의 입장에서 보면 씁쓸한 감을 지울 수 없다. 김립과 그 아내와의 관계를 과연 '부부'라 지칭할 수 있는가라는 생각에까지 미치게 된다. 아무튼 이 시는 김립이 '늦게 만났는데 헤어짐은 일찍'이라는 것으로 보아 아내와의 사별이 아쉽고 슬픈 일로 다가오기는 하지만 아내에 대한 미안함이나 애틋함이 묻어나지 않는, 아내의 죽음을 담담하게 받아들인 이별시다. 반면 김립의 아내는 현숙하고 재주 있는 조선조 여성의 한 행렬에 있었음을 장모의 언술로 감지할 수 있다. 김립은 자신에 대한 시도 많이 썼는데 그중에서 〈자화상〉1,2를 들 수 있다.

새도 둥지가 있고 짐승 또한 굴이 있어 집이 있거늘
내 평생 돌아 보건대 정처 없어 홀로 슬퍼할 뿐이다
죽장망혜로 수 천리 길 떠돌았고
물같이 구름처럼 온갖 곳 내 집이었구나

鳥巢獸穴皆有居(조소수혈개유거)
顧我平生獨自傷(고아평생독자상)
芒鞋竹杖路千里(망혜죽장로천리)
水性雲心家四方(수성운심가사방)

〈자탄(自嘆)〉4에서는 집 없이 떠도는 자신의 인생을 슬퍼하고 있다.

고향 길 꿈에 놀라 깨어 앉으니

삼경에 두견새 울음 남쪽 가지에서 나누나

驚罷還鄕夢起坐(경파환향몽기좌)

三更越鳥聲南枝(삼경월조성남기)

위의 시에서는 자신의 신세를 한탄하면서도 꿈에서는 늘 고향을 찾는 평범한 남성이다. 고향은 아내도 있고 아들도 있고 친구도 있고 일가가 있는 곳이다. 그러나 그곳을 꿈에서만 찾을 뿐 현실에서는 찾아 나서지 않는 김립이었다. 김립은 평범한 인생으로 살기 어려웠고, 평범한 지아비로 살기 어려웠고, 자애로운 아버지로 살지 못했다. 스스로 탄식도 하지만 방랑이 몸에 밴 그의 생은 날카로운 관찰력과 천부적인 감수성으로 속박 없이 유랑 시인이 되어 표일하며 살았던 시인[37]이었다.

따라서 김립은 방랑과 풍류생활이 몸에 익숙해진 그래서 더 편안하게 인생을 즐겼던 표박의 시인이라고 할 수 있다. 그러면서 그의 명성도 유랑묵객으로 점점 높아져 시인묵객으로 대접받고, 이러한 훈장을 업으로 여기며 일생을 보냈던 것이다. 그에게 있어서 여성은 빨래하고 밥하고 아이 잘 키우는 생활인으로서의 평범한 여성에 가치를 두었고, 또는 성적 대상자, 즉 성적 욕망의 돌파구로서의 여성만을 원했기에 그에게 있어서 여성은 기생 아니면 평범한 서민층(과부)의

---

37 하정승, 「김삿갓 시에 나타난 비개와 표일의 정신」, 『제11회 난고 김삿갓 학술 심포지엄』, 영월향토사 연구회, 2008년 9월 27일, 22면.

여성, 곧 소외계층의 여성이었다.

4. 김립시의 생명력

전통적으로 가부장제 사회에서 부여하는 여성성이 어머니, 아내, 애인으로서의 용모, 성격, 태도라면 남성상은 부양자, 가장으로서의 성격, 용모, 태도 등으로 정의할 수 있다.

이런 논리로 보면 김립이 대상으로 삼은 여성은 고귀한 품격이 있는 양반 여성이 아니었다. 어머니 역할을 제대로 않는 게으른 부녀자, 애인의 용모가 떨어지는 늙은 기생과 여성성을 상실한 노파 등 소외된 시골의 주변적 인물이며 평민여성이다. 길손의 처지에서 바라봐도 매우 가소롭거나 가련한 여성이다. 이 여성들은 이타성, 자상함, 순종적, 수동적, 감성적, 관계 중심적이라는 가부장제 문화가 구성하는 이미지와도 딴 판이다. 그런가하면 가부장제 남성은 능동적, 결단력, 추진력, 합리적, 이성적, 성취 지향적으로 이미지화하고 있다. 이렇게 본다면 김립은 과연 가부장제 남성 이미지와 부합하는가를 비교해 보면 김립 또한 유랑지식인으로 모든 것을 포기하고 허허롭게 산 남성으로 사람 같지 않은 인물이다. 그래서 김립의 시가 생명력이 있다고 느껴진다. 김립은 실제로 살아가는 평민여성들을 보며 느끼며 시를 지었고 그 시는 내용이나 장르를 벗어난 형태로 성 탐욕을 노래하고 있어 리얼하다.

조선조 사회 풍속사인 처첩의 모습을 그려 가련한 여성의 삶을 파헤치고 게으른 여성을 훈계는 하되 도덕적이지 않은 비유로 나무라는

가 하면 과부, 주모, 처녀, 기생을 통해 육욕(肉慾)에 대한 탐욕을 감추지 않고 있어 보수적인 한시의 내용과 형식의 파격이 매우 특징적이라 할 수 있다. 특히 기녀들과의 정분을 나눈 시는 방랑의 길손이지만 사랑과 이별을 겪는 평범한 남성임을 일깨우기도 한다. 이런 면이 그의 시를 서민들이 사랑하게 되고 회자된 이유이다. 사대부 시와는 다르게 칭송의 대상인 여성이 아니라 비난의 대상인 여성을 찾아 나서 그 여성들의 생활상을 적나라하게 파헤치고 소외 계층의 여성들과의 사랑을 파격적인 한시체로 흔들어 한시체의 품격을 떨어뜨렸다는 비난도 받으나 한시를 언문 풍율(風律)로 바꾸어준 공도 인정할 수 있다.

이번 논고에서 시의 진위 여부를 가리지 못하고 기존에 나와 있는 시집에만 의존했음을 밝힌다. 그리고 기녀 가련은 기녀 시조에 나타나지 않지만 매화는 시조가 다수 있어 같은 이름의 매화인가에 대해서도 밝혀야 한다는 생각이다.

제3부
고전문학의 원류

◎ 여암(旅庵) 신경준(申景濬)의 시칙고(詩則考)
◎ 산동성 연태(烟臺) 지방의 신화, 전설

여암(旅庵) 신경준(申景濬)의 시칙고(詩則考)

1. 시칙의 저술 의도

《한국 고전비평자료집》 2권에 신경준(申景濬)의 글 〈사부절선서(四部節選序)〉, 〈두기옹시집서(杜機翁詩集敍)〉와 〈시칙(詩則)〉이 실려 있다.

〈사부절선서〉는 경사자집(經史子集), 곧 경부(經部), 사부(史部), 자부(子部), 집부(集部)를 묶은 책의 서문이고, 〈두기옹시집서(杜機翁詩集敍)〉는 숙종(肅宗)17년(1691) 최성대(崔成大)의 시집 서문이다. 최성대는 자가 사집(士集)이고 호가 두기(杜機)이며 대사간을 지낸 김창흡(金昌洽) 이후 시의 제1인자로 꼽히는 사람이다. 그리고 〈시칙(詩則)〉은 갑인년(甲寅年) 영조(英祖) 10년(1734) 23세의 나이에 저술한 것이다.

〈시칙〉의 기본적인 저술 의도는 처음 시를 배우는 사람들을 위한 입문서라고 할 수 있다. 여암은 시의 기본 요건을 설명하고 요건들을 연결시켜서 시의 품격을 개괄하였다. 따라서 〈시칙〉은 시작법(詩作法)의 가장 기초적인 지식을 정리한 글로서 간략하면서도 시의 창작과 이해를 위해서는 필수적인 내용으로 짜여 있다.

18세기 실용학문이 성행했던 시대의 작시론과 시 이론서로 또한 시화(詩話)의 흐름에서 매우 독특한 위치를 차지하고 있는 저서이다.

이에 여암의 생애와 〈시칙〉의 이론과 그 예시로 든 중국의 한시들을 비교·열거하면서 고찰하기로 한다. 그리고 지면상의 이유로 총설 부분인 체(體), 의(意), 성(聲), 정(情), 물(物), 사(事)까지만 다루고 체용례(體用例) 이후 시중필례(詩中筆例)는 다음 원고로 넘기는 아쉬움이 있음을 밝힌다. 우선 여암의 생애부터 추적하고자 한다.

2. 여암(旅庵)의 생애와 업적

여암(旅庵) 신경준(申景濬)은 숙종(肅宗) 38년에서 정조(正祖) 5년 (1712~1781)까지를 살다간 인물이다. 조선조 영조(英祖) 때의 실학자로 자는 순민(舜民)이고 호는 여암(旅庵)이었으며 본관은 고령(高靈)이며 전남 순창(淳昌)출신이다. 신숙주(申叔舟)의 아우 말주(末舟)의 10대손인 진사 신래(申淶)의 아들이고 어머니는 한산이씨(韓山李氏)로 의홍(儀鴻)의 딸이다.[1] 33세 때까지 여기저기 옮겨서 살다가 43세 되던 해에 비로소 향시에 합격했는데 당시의 시험관이 홍양호(洪良浩)였다. 그 후 이계(耳溪) 홍양호(洪良浩)를 비롯한 이광려(李匡呂), 윤동승(尹東

---

1 『한국민족문화대백과사전』, 동아출판사, 666~667면.

昇), 정항령(鄭恒齡), 강세황(姜世晃)[2] 등과 교유하였다. 여암은 해박하여 천기(天機)·관직(官職), 성률(聲律)·의복(醫卜)과 역대의 헌장(憲章), 해외의 기서(奇書)에 이르기까지 통하였다.[3] 특히 고증학적인 방법으로 지리학을 개척하였다. 또한 언어학의 연구로도 국학 연구에 큰 업적을 남겼다. 40세가 넘은 후인 1754년(영조 30)에 증광문과(增廣文科) 을과(乙科)로 급제하여 승문원(承文院)에 등용되었다가 휘릉별검(徽陵別檢), 성균 전적(典籍), 병조와 예조의 낭관(郎官), 정언(正言)[4], 장령(掌令)[5]을 거쳐 1762년 서산군수(瑞山郡守)가 되었다. 이어서 장연현감(長淵縣監), 헌납(獻納), 사간(司諫)[6]을 지냈다가 영조 43년 8월 9일 호남의 물가로 귀양가고[7], 1769년 종부사정(宗簿寺正)으로 다시 부임하여 강화의 선원각(璿源閣)을 중수하고 일단 고향으로 돌아갔으나[8] 곧 영조의 명으로 《여지승람(與地勝覽)》을 감수하고[9], 1770년에는 문학지사 8인과 함께 《문헌비고(文獻備考)》를 편찬[10]할 때 《여지고(與地考)》를

---

2 조유진, '여암 신경준의 사유양식과 시문학 세계', 경북대 교육대학원, 1996, 17면.

3 『유교대사전』, 박영사, 831면.

4 영조실록 102권 영조 39년 7월 7일 (임술)에 윤급을 이조판서에 조명채를 참판에 심이지를 참의에 제수하였다. 원인손을 대사헌에 홍효중을 대사간으로 현광수를 집의로 이명환을 사간으로 이우철을 지평으로 이재협을 겸필선으로 견윤명을 공조판서로 홍인한을 호조참판으로 이익선을 설서로 신경준을 정언으로 박사해, 김재순을 부수찬으로 삼았다.

5 영조 40년 9월 17일. 이복원을 이조 참의로 서명신을 대사헌으로 이유을 사간으로 신경준, 황최언을 장령으로 삼았다.

6 영조실록 109권 영조 43년 7월 15일 (정축)에 李瀷을 대사헌으로 신경준을 사간으로 서유원을 수찬으로 민홍렬을 검문학으로 유세복을 전라 좌수사로 삼았다. 영조 44년 8월 24일 신경준을 사간으로, 45년 12월 21일 신경준을 사간으로 삼음.

7 영조 43년 (경오). 命復膳命下論後不上來諸臺竝施不叙之典基中申景濬湖汛按界.

8 영조 44년 2월 9일 (정묘). 신경준을 방면 『영조실록 110권』.

9 『한국민족문화대백과사전』, 동아출판사, 666면.

10 『영조실록 114권 』 영조 5월 16일 신유. 『文獻備考』의 象緯考가 이루어졌다. 임금이 몸소 숭정전에서 받고 편집청의 당상과 낭관에게 차이를 두어 상을 내렸다. 임금이『문헌비고』가 이루어진 것은 신경준의 『疆域志』에 의거한 것이라 하여 특별히 加資라고 명하였다.

담당하여 영조로부터 극진한 대접을 받고 그 공으로 동부승지(同副承旨)에 올랐다가 병조참지(兵曹參知)가 되었으며, 그 후 《팔도지도(八道地圖)》, 《동국여지도(東國與地圖)》를 완성하였다. 1771년 북청부사(北靑府使), 1773년 좌승지(左承旨), 강계부사(江界府使), 순천부사(順天府使), 제주목사(濟州牧使)[11] 등을 역임하고, 1779년(정조 3) 고향 순창으로 돌아갔다. 1781년(정조 5) 70세로 일생을 마쳤다.

여암은 우리나라가 실학의 전성기인 18세기 중엽에 실사구시(實事求是)의 학풍에 영향을 받은 데다 수리적인 두뇌와 박학한 지식으로 평생을 연구와 저술에 몰두하여 많은 성과를 올렸다. 여암은 모든 학문을 철저히 이해하고 그 위에서 새로운 주관을 확립하고자 하였다. 1750년(영조 26)에 《훈민정음운해(訓民正音韻解)》를 지어 한글에 대한 과학적 연구의 첫 업적을 남겼는데 이는 오늘날 학계에서 주목을 받고 있다. 강신항(姜信沆)교수는 《국문학사》에서 신경준의 운해 연구를 자세히 밝히고 있다. 그는 "여암은 훈민정음이라는 표음문자를 한자음표기에 적합하도록 정리하여, 가장 난해한 등운학(等韻學)을 깨우쳐서 일종의 운도를 작성한 것이 운해도"라고 했다.[12] 말하자면 여암은 한자음을 표시하는 운도를 작성함에 있어서 운도의 본보

---

11 『영조실록 124권』 영조 51년 1월 3일 신해에서 2월 1일 기묘에는 다음과 같은 기록이 있다. "대사헌 宋淳明이 아뢰기를 徽寧殿 正朝祭의 大祝인 南鶴聞이 나오지 않았으니 청컨대 譴罷의 벌을 시행하소서" 하니 임금이 겨우 出六하였는데 행동이 방자하다 하여 中道付處를 명하였다. 제주목사 신경준에게 서용하지 말라는 법을 시행하도록 명하였으니 貢果가 지체되었는데도 글을 지어 狀聞하는 것을 오랫동안 封呈하지 않았기 때문이다. 기묘에 林師海가 논핵하기를 "전 제주 목사 신경준은 어사의 죄를 받은 후 어사의 장계가 자연히 시행하지 않은 데로 돌아갔습니다. 지금 이것은 죄를 받기 전의 장계와 동봉해서 올려 보냈으니 그것이 해괴한데에 관계가 됩니다. 청컨대 잡아다 추문한 다음 엄중히 勘罪하게 하소서"하니 임금이 그대로 따랐다.

12 강신항, 『국문학사』, 보성문화사, 1979, 70면.

기는 송학(宋學)의 시조라는 소옹(邵雍)의 《황극경세성음도(皇極經世聲音圖)》에서 취하고 여기에 한자음을 정확하게 표기 할 수 있도록 훈민정음에 손질을 가하였다. 또한 그 문자론의 기초가 되는 것은 역학(易學)의 상형설(象形說)이고 훈민정음에 관한 설명을 권두의 《경세성음수도(經世聲音數圖)》에 배열된 한자음과 부합시키려고 했다.[13] 이러한 여암의 음운학에 대한 연구는 실학시대 재현된 중국 음운학에 대한 분위기에 영향을 받은 것이었으나 그 독창적인 면과 "훈민정음은 천하 성음의 대전"이라고 평가한 점들은 국학에 대한 애정과 실용적이고 논리적인 것을 추구하였던 그의 실학 정신을 단적으로 보여주는 예이다. 여암의 저서로는 《여암전서(旅庵全書)》, 《소사문답(素砂問答)》, 《훈민정음운해(訓民正音韻解)》, 행장(行狀)에는 《5성운해》, 《평측운호학(平仄韻互擧)》, 《거제책(車制策)》, 《병선책(兵船策)》, 《수군도설(水車圖說)》, 《논선거비어(論船車備禦)》, 《장자변해(莊子辨解)》, 《사연고(四沿考)》, 《증정일본운(證正日本韻)》, 《강계지(疆界志)》, 《산수경(山水經)》, 《도로고(道路考)》, 《산경표(山經表)》, 《시칙(詩則)》, 《직서(稷書)》, 《부앙도(頫仰圖)》, 《의표도(儀表圖)》, 《가람고(伽藍考)》, 《군현지제(郡縣之制)》 등이 있다.

필자가 이번 논고에서 다루려고 하는 것은 여암의 많은 저서 가운데 시칙에 관한 것이다. 《한시비평자료집 권2》에서 여암의 시칙을 공부하면서 눈이 번쩍 띄게 되었다. 한 마디로 한시를 연구하는 사람으로 한시의 법칙을 이렇게 자세하게 논술하고 있다는 데에 놀라움을 금치 못했다. 우선 여암이 누구인가를 알기 위해 《유교대사전》, 《인

---

13 위의 책, 같은 면.

명대사전》,《한국민족문화대백과사전》,《국사대사전》,《영조실록 102권, 109~111권》 등을 참고하여 위와 같은 사실을 추출하였다. 본론에서는 한시칙에 나오는 한시를 중심으로 고찰하고자 한다.

3. 시칙 분류(詩則 分類)

1) 한시의 세 요소 ─ 체(體), 의(意), 성(聲)

시칙은 영조 10년(1734) 여암의 나이 23세 되던 갑인(甲寅)년에 지었다. 여암은 첫머리에 '대저 시라는 것은 문장의 기예일 뿐이나 그것을 정확하게 알고 있는 자는 드물다'고 하면서 여암이 온수 북쪽에서 나그네로 묵고 있을 때 어떤 동자가 시에 대해 물어와 고서(古書)와 스승과 친구들에게서 얻어 들은 것을 가지고 이 책을 만들었다고 밝히고 있다. 그러나 그는 단서를 달기를 "그 미묘한 뜻은 내가 능히 궁구할 수 없는 것이며 또한 도서(圖書)로도 표현할 수 없는 것이다"라고 한다.

그의 서문에 나타난 것을 보면 온양에서 머무르고 있을 때 쓴 것이며 본인 자신도 시에 대한 오묘함은 깨닫지 못할 뿐 아니라 도서(圖書)로도 분석되지 않는다고 밝히고 있다. 시의 가장 기본이 되는 요소를 체(體), 의(意), 성(聲)으로 나누는데 체(體)로써 혼을 삼고 의(意)를 운용(運用)하여 성(聲)으로써 시(詩)를 완성하는 것이 시의 강령이라고 했다.

시칙을 도해한 것을 보면 다음과 같다.

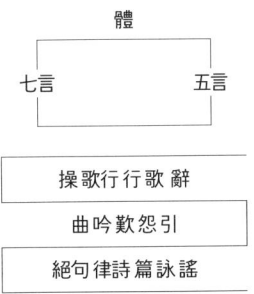

<table>
<tr><td>句應句格,疊字格,單蹄 格,首尾相同格,首尾互換格,續腰格,雙蹄格,纖腰格,交股格,接項格</td></tr>
</table>

句應句格,疊字格,單蹄 格,首尾相同格,首尾互換格,續腰格,雙蹄格,纖腰格,交股格,接項格

中聯互鎖格,結上生下格,興兼比格,拗句格,節節生意格,抑揚格,歸題格,歇續意格,前多後少格

雙字起結格,先體後用格,藏頭格,前實後虛格,變字格,兩重格,一意格,連珠格,比興格,前開後合格

시의 형식인 체(體)의 선택을 가장 으뜸으로 하고, 정해진 체(體)를 따라 의(意)를 운용(運用)하여 시의 내용을 표현하고 끝으로 성(聲)으로써 음율(音律)을 만들어 시를 완성하게 된다는 것이다. 그러면서 시의 형식을 15류로 분류하고 작시의 기본률인 5언과 7언을 두 축으로 하여 그 아래 각체의 격식으로 30류의 격을 나열하고 있는데 그 격(格)에 대한 설명이나 용례 등에 관한 언급은 없다.

여암은 다시 의(意)를 분류하였는데 이것은 오늘날 시의 주제를 나름대로 갈래별로 도해한 것이다.

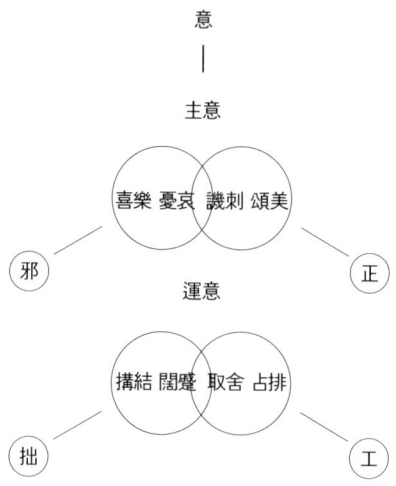

시의 내용인 의(意)를 주의(主意)와 운의(運意)로 분류하였다. 주의
(主意)는 시의 주제이고 운의(運意)는 작시상의 표현 기교이다.

위의 도해는 테마별로 정의하면 희락함(喜樂)이 있고 근심하며 슬
퍼함(憂哀)이 있으며, 풍자하여 기롱함(譏刺)이 있고 송축하고 찬미
함(頌美)이 있다는 것이다. 그것은 다시 사도(邪道)와 정도(正道)로 나
뉘는데 사도(邪道)는 퇴폐적인 경향을 나타내는 시들이고 정도(正
道)는 우아하고 아름다움을 칭송하는 시들에 해당한다. 그것을 다
시 주제별로 세분하여 분류하면 얽어서 맺는 구결(構結)과 넓게 하고
수축하는 활축(闊蹙)의 방법과 취하고 버림이 있는 취사와 점거하고
배열하는 점배(占排)의 법칙이 있는데 희락과 우애는 사도(邪道)에 해
당하고 구결과 활축은 졸렬(拙劣)한 작품에 해당된다는 것이며 기자
와 송미는 정도(正道)의 작품이며 취사와 점배 방법은 공교(工巧)한
작품이라고 분류하고 있다. 다시 여암은 성(聲)에 대해 분류했는데
다음과 같다.

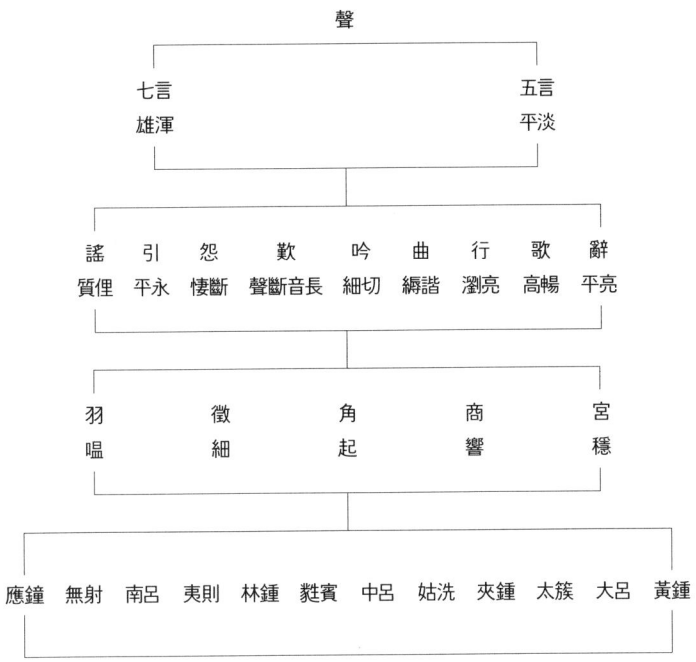

성(聲)이라는 것은 성조이며 리듬과 소리의 강약을 나타내는 것이다. 한시에 있어서 칠언(七言) 절구나 칠언(七言) 율시에 해당하는 성조는 웅혼(雄渾)한 마음을 갖게 한다는 것이며, 오언(五言) 절구나 오언(五言) 율시는 평이한 가락과 담박한 소리여서 싫증이 나지 않는 격조 높은 시를 나타내는 것이다. 5음은 음계명이 되고 12율은 음명이 된다.

성조에 따른 분류를 열거해 보면 요(謠)는 질박하고 속되며(質俚) 인(引)은 평이하고 길며(平永) 원(怨)은 처량하고 끊어지는(悽斷) 소리고 탄(歎)의 소리는 음은 길고 말소리는 짧게 끊어지며(音長聲斷) 음(吟)은 가늘고 절절하는 소리(細切)며 곡(曲)은 까다롭고 고르며 행(行)은 물이 맑듯이 맑고 밝으며 가(歌)는 높고 화창하며 사(辭)는 평이하고 밝은 것이라고 밝히고 있다.

그것은 5음으로 나타낼 수 있는데 궁(宮), 상(商), 각(角), 치(徵), 우(羽)이다. 우(羽)는 목이 메는 것 같은 소리고, 치(徵)는 세밀한 음이고, 각(角)은 일어나는 소리고, 상(商)은 울리는 소리고, 궁(宮)은 온당하며 온화한 소리다.

그것은 다시 12음으로 나뉘는데 국악에서 쓰는 기본음이다. 국악에서는 십이율은 12음과 같은 말이라고 한다. 한국과 중국은 황종(黃鍾), 대려(大呂), 태주(太簇), 협종(夾鍾), 고세(姑洗), 중려(中呂), 유빈(蕤賓), 임종(林鍾), 이칙(夷則), 남려(南呂), 무사(無射), 응종(應鍾) 등 같은 율명을 써왔다. 12율은 양율(陽律) 6, 음율(陰律) 6으로 구분하는데 양률은 황종, 태주, 고선, 유빈, 이칙, 무억으로서 양육성이라고 하고 음률은 대려, 협종, 중려, 임종, 남려, 응종으로서 음육성이라고 한다.[14]

여암은 위와 같은 도해를 중심으로 해서 용어를 풀이하고 있다.

먼저 체(體)를 말하는데 체란 시체(詩體)를 가리키는 말이고 사(辭)부터 풀이하면 다음과 같다.

사체(辭體)는 그 말을 세운 것을 인해서 사(辭)라고 한다. 후에 어부사(魚夫辭) 추풍사(秋風辭) 등이 이에 속한다.

가체(歌體)는 정을 호방하게 내쳐서 길게 말하는 것을 가(歌)라고 한다.

행체(行體)는 걷고 달리는 것이 행서와 같은 것을 행(行)이라고 하니 마땅히 통쾌하고 상세하게 표현하여 마치 구름이 떠가고 물이 흘러가는 것 같이 하는 것이다.

---

14 장사훈, 『국악총론』, 세광음악출판사, 1995, 38~39면

가행체(歌行體)는 가(歌)와 행(行)을 겸한 것이다.

조체(操體)는 지조이니 군자는 법도를 지조 있게 지켜서 비록 곤궁한 처지를 당하더라도 오히려 그 지조를 잃지 않는 것이다.

곡체(曲體)는 성음이 높고 낮고 길고 짧게 섞여 있는 것을 곡이라 하고 곡진하게 그 뜻을 펴는 것이다.

음체(吟體)는 탄식하고 감탄하기를 마치 귀뚜라미나 쓰르라미의 울음과 같이 하는 것을 말한다.

탄체(歎體)는 심각하게 읊고 깊이 생각하여 크게 한숨을 쉬는 것이다.

원체(怨體)는 분하지만 성내지 않음이다.

인체(引體)는 앞과 뒤의 순서를 잡아서 처음과 끝을 기재하는 것이다.

요체(謠體)는 북(鼓)을 두드리는 것도 아니고 종(鐘)을 치는 것도 아니며 다만 노래만 부르는 것이다. 마땅히 조화로운 음을 은은히 함축하여 통속적인 것과 통하게 해야 한다.

영체(詠體)는 말하는 것을 길게 하는 것이니 탄식만으로는 부족하기 때문에 말을 길게 하는 것이다.

편체(篇體)는 글을 엮음이니 정서(情緖)와 실사(實事)를 서술함에 분명하게 글로 엮는 것이다.

율시체(律詩體)는 대우(對偶)와 음율(音律)이 있는 것을 말한다.

절구체(絕句體)는 구(句)를 끊은 것이다. 그러나 구를 끊어도 뜻이 끊어지지 않게 하고 번잡한 것은 압축하여 간단하게 하는 것이다.

위와 같이 한시에서 쓰는 용어를 하나하나 풀이하여 분류하였다.
여암은 의(意)에 대해서도 간략히 풀이하고 있다.

의(意)

주의(主意)는 체문(體文)이다.

운의(運意)는 작문을 말한다. 곧 문장을 꿰매는 작업을 말한다.

문장의 주체됨이 주의(主意)이고 운의(運意)란 문장을 짓는 것을
뜻한다고 했다. 따라서 여암이 말하는 의(意)란 문장의 가장 기본 몸
체가 되는 것이니 주제에 해당되는 것이며 운의란 주제를 뒷받침하며
쓰는 작문 그 자체를 말한다고 할 수 있다. 또한 성(聲)에 대해서도 자
세히 풀이하고 있다.

성(聲)

상(商)은 금(金)에 속하니 계절로는 가을이다. 5월에서 음이 시
작된 뒤로부터 양은 차츰 쇠하여지고 음은 점점 성하여서 음
양이 서로 싸우게 된다. 그러므로 그 소리가 떨치어 발하는 것
이니 이것이 상의 울림이다. 상은 빛남이다. 만물이 성숙하여
법으로 할 수 있는 것이니 그 소리가 마치 양이 무리에서 떨어
진 것과 같아서 베푸는 것을 주로 한다.

각(角)은 목에 속하니 계절로는 봄이다. 11월에서 양이 시작된
뒤로부터 양은 점점 성해지고 음이 차츰 쇠하여서 양의 기운
이 비로소 상승하는 것이다. 그러므로 그 소리가 부딪치는 것
이니 이것이 각이 일어나는 까닭이다. 각은 부딪침이다. 사물이

부딪치고 나와서 뿔을 떠는 것이니 그 소리가 마치 닭이 나무에 올라가서 우는 것과 같아서 용솟음을 주로 한다.

치(徵)는 양이 이미 극에 달하여서 천지간에 가득함에 더 이상 위로 올라갈 수 없는 것이다. 그러므로 일어나 소리가 줄어들어 미세(微細)가 되는 것이다. 치(徵)는 행복이다. 사물이 성대해져서 행복이 성하여지는 것이니 그 소리가 마치 새끼 돼지가 등에 업힘에 놀라는 것과 같아서 소리가 갈라짐을 주로 한다.

우(羽)는 음(陰)이 이미 극에 달하여서 천지간에 가득함에 더불어 서로 싸울 수 없는 것이다. 그러므로 울리는 소리가 감소하여 우(羽)의 목메는 소리가 되는 것이다. 우(羽)는 지붕이다. 물건을 거두어 저장함에 덮는 것이니 그 소리가 마치 새가 들에서 우는 것과 같아서 토해내는 것을 주로 한다.

궁(宮)은 토(土)에 속하니 금(金), 목(木), 수(水), 화(火)를 주장하는 것이다. 그러므로 그 소리가 편벽되고 이지러짐이 없이 온당하여 마치 다섯 가지 맛 중에서 단것이 아니면 맛의 조화를 이룰 수 없는 것과 같다. 그러나 상(商)의 소리는 궁(宮)음을 내면서 울리는 것이요, 각(角)의 소리는 궁(宮)음을 내면서 일으키는 것이니 치(徵)와 우(羽)도 또한 마찬가지다. 궁은 가운데이다. 중앙에 위치하여 사방으로 통하는 것이니 창(唱)을 비로소 베풀어 냄에 그 소리가 마치 소가 동굴에서 우는 것과 같아서 합치는 것을 주로 한다.

위의 여암의 풀이를 참고로 주역 오행도에서 도표로 보면 다음과 같다.

水	金	土	火	木	五行
冬	秋	用土	夏	春	五時
北	面	中央	南	東	五方
羽	商	宮	緻	各	五聲
哀	怒	慾	樂	喜	五情
脣	齒	喉	舌	牙	五音
ㅂ	ㅈ	ㅇ	ㄹ	ㄱ	
ㅁ	ㅅ	ㅎ	ㅌ	ㅋ	
ㅍ	ㅊ		ㄴ	ㅇ	

여암은 이어서 시성(詩聲)에 대해 설명한다.

'시의 소리란 모두 첫 글자를 본궁(本宮)을 삼는다.'라고 했다. 본궁을 정하고자 하면 모름지기 먼저 한 편의 뜻을 살펴서 그 뜻이 화평(和平)하면 그 소리가 반드시 화평하게 해야 하는 것이다. 그러므로 궁(宮)과 치(徵)로 정하고 그 뜻이 애원(哀怨)하는 것이면 곧 그 소리가 반드시 애원하게 해야 하는 것이다. 그러므로 상(商)과 우(羽)로 정하는 것이니 "월도천심처(月到天心處)"와 같은 것은, 곧 5음에 있어서 황종(黃鍾)의 치(徵)에 해당되는 것이요, 12율에 있어서는 중려(仲呂)의 궁(宮)에 해당하는 것이다. "동정서망초강분(洞庭西望楚江分)"과 같은 것은 곧 5음에 있어서 황종의 상(商)에 해당되는 것이요 12율에서는 무사(無射)의 궁(宮)에 해당되는 것이다'라고 했다.

위에 인용된 〈월도천심처(月到天心處)〉란 시는 소강절(邵康節)로서 송대의 유학자이며 이름은 옹(雍)이고 자는 요부(堯夫)이며 주역으로 이름난 학자의 시다. 이 시의 원문을 보면 다음과 같다.

달은 하늘 한가운데 이르렀고

바람은 호수의 수면에 불어 올 때

예사롭게 청아한 의미를

헤아려 아는 사람이 적구나[15]

月到天心處(월도천심처)

風來水面時(풍래수면시)

一般淸意味(일반청의미)

料得少人知(요득소인지)

〈청야음(淸夜吟)〉

위의 시는 '맑은 밤에 읊은 시'라는 제목으로 하여 공간적인 개념
인 하늘 복판에 떠있는 달이다. 그리고는 시간적인 개념으로 해서 저
녁 바람에 일렁이는 물결을 바라보며 보편적인 자연의 청아한 의미를
욕망에 사로잡힌 속인들은 제대로 감상하지 못한다는 시이다. 운자
는 시(時), 지(知)이고 평성이다. 이 시를 기본음인 황종:c의 음높이에
치음: 소리가 갈라지는 소리의 시라고 한 것이다. 그 다음 나오는 시는
이백의 시다. 여암은 중국의 시론서(詩論書)와 사우(師友)들 간의 시에
대한 논의에서 얻은 시들을 종합한 다음 중점적으로 당대(唐代) 시인
들의 시를 인용하고 있다. 그중 이백(李白)의 시를 가장 많이 인용하고
있는 것이다.
    원제는 〈배족숙형부시랑엽급중서가사인지유동정(陪族叔刑部侍郎

---

15 조두현, 『한시의 이해』, 일지사, 1978, 127면.

曄及中書賈舍人至遊洞庭)〉으로 '아저씨뻘 되는 친척인 형부시랑 이엽과 중서사인 가지를 따라 동정호에 와서 노닐다'라는 시이다.

> 동정호의 서쪽으로 초강에 나뉜 것을 바라보니
> 물에 끝진 남쪽 하늘 구름 한 점 볼 수 없네
> 해 지는 長沙고을 가을 빛 아득한데
> 어디메서 湘君만나 위로의 말해야 할 지 알지 못하네[16]

> 洞庭西望楚江分(동정서망초강분)
> 水盡南天不見雲(수진남천불견운)
> 日落長沙秋色遠(일락장사추색원)
> 不知何處弔湘君(부지하처조상군)

이 시는 이백이 영왕(永王)사건에 걸려 고생하다가 석방된 뒤에 이엽(李曄)과 가지(賈至)를 만나 동정호에서 배를 띄우며 놀이를 한 시이다. 양자강을 동정호 북쪽은 초강이라고 불렀고 장사는 동정호 북쪽에 있는 마을이며 상군은 상강의 수신(水神)인 아황(娥皇)과 상군(湘君)을 말한다. 그녀들은 요(堯)의 딸로 태어나 순(舜)에게 시집갔는데 순이 순행 중에 창오(蒼梧)에서 죽자 두 여인도 슬퍼하다 상수에 빠져 죽었고 드디어 물의 신이 되었다. 엄밀히 말하면 아황(娥皇)은 상군(湘君)이고 여영(女英)은 상부인(湘夫人)이라고 일컬으나 여기서는 두 여인을 이르는 것 같다.

---

16 이원섭 역, 『이백시선』, 삼중당, 1980, 140~141면.

위의 시의 운자는 운(雲), 군(君)이고 여암은 이 시를 5음에 있어서는 황종, 기본음으로는 상에 해당한다는 것이고 12율로 보면 무역의 궁에 해당된다는 것이다.

상의 소리는 빛남이고 양이 무리에서 떨어진 것과 같아 베푸는 것을 주장한다 했으니 넉넉함이라고 할 수 있다. 무역은 격팔상생(隔八相生)하여 11음이 된다.[17] 그 음중에서 궁에 해당된다고 했으니 창을 내는 소리 곧 소의 울음소리 같다고 할 수 있는 탁 트인 소리의 시라고 할 수 있겠다.

여암은 시의 소리를 분별할 때는 호흡의 기를 살펴야 한다고 했다. 곧, 호(呼)는 기(氣)를 올리는 것이요, 흡(吸)은 기를 내리는 것이다. 올리는 것은 그 소리가 탁하고 내리는 것은 그 소리가 맑으니 탁한 소리는 그 소리가 서서히 느려지고 맑다는 것은 그 소리가 짧고 촉급한 소리라는 것이다.

따라서 궁(宮)의 소리는 모두 탁한 소리를 내고 상(商)은 그 다음으로 탁한 소리를 내며 각(角)은 맑고 탁한 소리의 중간을 내고 치(徵)는 그 다음으로 맑은 소리를 내며 우는 모두 맑은 소리를 내니 가슴으로 느껴서 호흡의 사이를 분별하면 곧 시를 짓는 사이에 5음이 가장 자연스럽게 조화되어 서로 산란하지 않게 된다고 했다. 그리고는 《시인옥설》에 있는 다음말로 대체하고 있다.

"진실로 두 글자가 뜻이 같고 소리도 같은 것이 있으니 뜻이 같은 것은 쓸 수 있어도 소리가 같은 것은 쓸 수 없다." 예를 들기를 "정고

---

17 장사훈, 앞의 책, 47면.
   황종, 임종, 태주, 남려, 고선, 응종, 유빈, 대려, 이칙, 협종, 무역, 증려의 순으로 12율을 얻게 된다. 이러한 방법을 격팔상생법이라고 한다. 격팔상생법은 8율씩 떨어져 서로 다음 음을 낳게 하는 법이다. 현대악보로 말하면 무역은 A#음이다.

목엽하(庭皐木葉下) 운중변연수(雲中辨烟樹)"는 또한 "정고수엽하(庭皐
樹葉下) 운중변연목(雲中辨烟木)"으로 쓸 수 있는데 마음속에 묵묵히
이해 할 수 있으나 말로 전할 수는 없다고 했으니 이것은 시는 5음을
가지고 조절하는 것인데 앞의 구에 목(木)자를 놓으면 정(庭)이 궁(宮)
이 되고 고(皐)는 치(徵)가 되며 목(木)은 각(角)이 되고 엽(葉)은 상(商)
이 되고 하(下)는 궁(宮)이 되어서 5음이 조화를 이룬다. 그러나 만약
그 자리에 수(樹)자를 놓으면 곧 정(庭)이 치(徵)가 되고 고(皐)가 우(羽)
가 되며 수(樹)가 치(徵)가 되며 엽(葉)이 각(角)이 되고 하(下)가 우(羽)
가 되어 5음이 산란해 진다는 것이다.

> 뜰에 나뭇잎 지니
> 구름속 연기낀 나무가 구분되네

> 庭皐木葉下(정고목엽하)
> 궁 치 각 상 궁

> 雲中辨烟樹(운중변연수)
> 궁 상 각 상 궁

(소리의 조화)

> 뜰에 나뭇잎 지니
> 구름속 연기낀 나무가 구분되네

> 庭皐樹葉下(정고수엽하)
> 치 우 치 각 우

雲中辨烟木(운중변연목)
치 상 궁 상 각

(소리의 부조화)

　이처럼 시에서 소리를 낸다는 것은 한 자의 소리가 변하면 한 구절의 소리가 크게 변하고 한 구절의 소리가 변하면 한편의 소리 또한 크게 변한다.

　시의 소리는 상하가 서로 호응하는 것에서 벗어나지 못하니 만약 상하가 호응하면 비록 천만가지로 변화하더라도 변화시켜서 통하게 하는 것은 하나이다. 그러므로 체(體)로서 주(主)를 삼고 의(意)로써 용(用)을 삼으며 성(聲)으로서 체(體)에 합하게 하는 것이니 이 세 가지가 시의 강령(綱領)이 되는 것이다.

　음악의 발단은 인간의 소리에서 발단되었다. 옛날의 노래지도는 발성법에 있었다. 곧 빨리 소리를 낼 때에는 낮은 궁음(宮音)에 맞추게 했고 느리게 낼 때는 높은 치음(徵音)에 맞추게 했다. 치(徵)·우(羽)의 고음계 궁(宮)·상(商)의 저음계는 목구멍의 진동과 혀의 위치, 입술의 개폐, 이의 접촉 등의 차이로 소리의 억양이 가해져서 명백히 구분된다고 한다.[18]

　시경의 시인들은 운에 엄밀했으며 초사는 방언이었기 때문에 운에 어긋났다. 정확히 정리된 운율은 매끄러워서 거질 것이 없으나 부정확한 운율은 둥근 구멍에 각목을 낀 것 같다고 했다. 이러한 이치에서 볼 때 선조들이 한시를 짓는다는 것은 소리로 먼저 해보고 나서

---

18 劉勰, 최신호 역, 『문심조룡』, 현암사, 1975, 138면.

음이 자연스러운지 아닌지를 가려서 또는 운이 맞는지 아닌지를 가리고 악기를 써서라도 그 음을 조화롭게 한다는 것을 알 수 있다. 이러한 때 여암은 시를 문체, 주제, 리듬으로 구분하였다. 오늘날 현대시의 해석과도 다를 바 없는 이론이다.

그중에서도 특기할 만한 것은 소리 부분인데 오늘날 한자 성조를 이해할 수 없고 5음 소리를 구별할 수 없는 현대인과는 달리 여암 신경준은 정확하게 5음을 알고 한시에 평측을 이해하고 있었다는 점이다.

2) 한시의 세 가지 뜻(意)

여암은 시의 주제를 크게 세 가지로 분류하여 도해하였다. 그가 분류한 것을 그대로 옮겨보면 다음과 같다.

위의 도해를 풀어 보면 먼저 크게 시에는 일(事)과 물(物)과 정(情)을 나타낼 수 있다.

곧 정물사(情·物·事)는 시의 재료라고 했다. 그리고 포진은 영묘의 방법으로 상징화 시킬 수 있거나 사실 그대로를 묘사하는 것 곧, 포진은 곧바로 사실을 서술하는 것이요 영묘는 그 영상을 그려서 형상화하는 것이니 동일한 산악이라도 한퇴지의 〈남산시〉는 포진이 되고 이태백의 〈촉도난〉은 영묘가 된다. 그리고 동일한 악률이라도 백낙천의 〈비파행〉은 포진이요 가랑선의 〈격구가〉는 영묘이니 시를 짓는 법이 비록 여러 가지라도 이 두 가지에서 벗어남이 없다고 했다.

따라서 체(體)는 이 두 가지의 제도요 의(意)는 이 두 가지를 주장하는 것이며 정(情)은 이 두 가지를 표현하는 것이다. 당나라 사람들

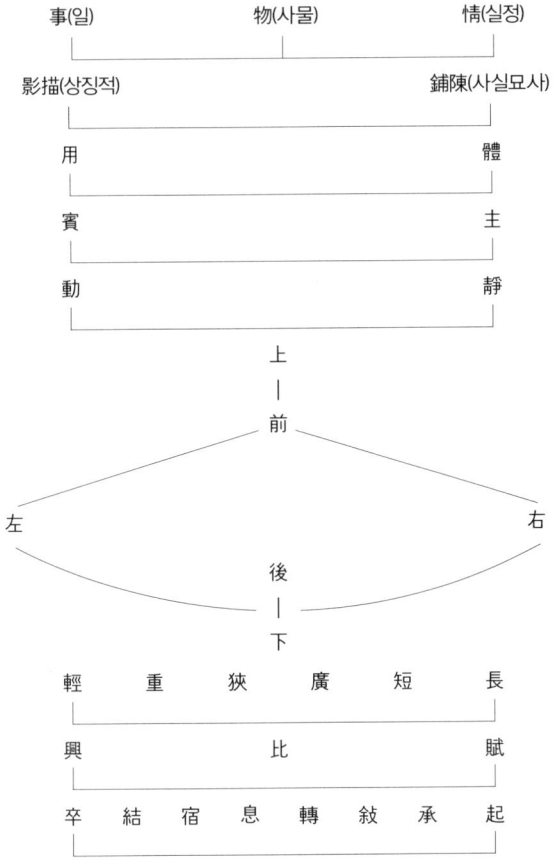

은 사물의 광경을 서술하기 좋아하여 영묘법을 주로 썼고 송나라 사
람들은 의론을 세우기를 좋아하여 포진법을 쓴 것이 많다. 세상 사람
들이 말하기를 "당나라 사람은 시로써 시를 짓고 송나라 사람은 문
으로써 시를 지었으니 당나라가 송나라보다 낫고 송나라는 당나라에
손색이 있다"고 했다. 이것은 당시는 영묘법을 많이 쓰고 송시는 포
진을 썼기 때문이다. 그러나 송시가 당시에 뒤지는 것은 시의 기(氣)와
격(格)이 다 함께 떨어진 소치이지 포진으로 말미암은 것은 아니라고

했다. 다음으로 위에서 인용한 한유의 남산시를 먼저 살펴보겠다.

- 포진의 예 : 한퇴지의 〈남산시〉

내가 듣기에 경성¹⁹의 남쪽

여기에 여러 산이 모여 있는데

동서의 양끝은 바다에 접해있고

크고 작은 산들은 다 헤아리기 어렵네

산경과 지리지에는

기록이 모호하여 전할 것이 아니기로

뜻을 모아 시험삼아 묘사하려 하지만

한 생각 붙들면 만가지가 누락되네

그만두려했으나 그럴 수가 없어서

경험하고 본 것만 대략 서술하노라

일찍이 높은 언덕 올라서 바라보니

여러 산이 옹기종기 모인 것을 보았네

날씨 맑아 뾰족한 산 모습이 나오고

실올 같은 산맥은 수놓은 듯 하였네

아지랑이 연이어 아득하더니

안팎이 갑작이 탁 트여서

바람이 없어도 스스로 나부끼고

---

19 京城: 하남 영양현에 있는 산

녹은 물은 따뜻하여 초목이 무성해지네

가로놓인 구름은 때때로 어려 있어

점점이 몇 개의 묏부리 드러나 있고

하늘엔 길다란 눈썹이 떠 있는데

짙어가는 녹음은 그림이 새로이 이루어 진 듯

외로이 서있는 가파른 절벽은

바다에서 붕새 부리 벌린 것 같네

吾聞京城南(오문경성남)

玆惟群山圍(자유군산유)

東西兩際海(동서량제해)

巨細難悉究(거세난실구)

山經及地志(산경급지지)

茫昧非受授(망매비수수)

團辭試提挈(단사시제설)

掛一念萬漏(괘일념만루)

欲休諒不能(욕휴량불능)

粗敍所經覯(조서소경구)

嘗昇崇丘望(상승숭구망)

戢戢見相湊(집집견상주)

晴明出稜角(청명출릉각)

縷脈碎分繡(루맥쇄분수)

蒸嵐相漱洞(증람상홍동)

表裏忽通透(표리홀통투)

無風自飄簸(무풍자표파)

融液煦柔茂(융액후유무)

橫雲時平凝(횡운시평응)

點點露數岫(점점로수수)

天空浮修眉(천공부수미)

濃綠畫新就(농록화신취)

孤撑有巉絕(고탱유참절)

海洛褰鵬噣(해락선붕주)

〈남산시(南山詩)〉

봄볕 몰래 스며들 때는

반짝이며 빼어난 잎 나오네

바위산은 비록 높고 뾰죽하다 해도

연약하게 마치 술을 머금은 듯

여름 더위에 온갖 나무 무성하니

음울하게 더욱 묻고 덮었네

신령함이 날로 숨을 내어 뿜어

구름 기운은 다투어 이루어 내네

가을 서리 추운 기운 몰아치기 좋아하니

산들은 앙상하게 뼈만 남아 있는데

들쑥날쑥 서로가 중첩되어

굳세고 빛나게 우주를 범했도다

겨울이 오니 어두운 먹빛이나

얼음 눈 아름답게 조각이 새겨지고

위태로이 솟은 봉우리 새 빛이 비치니

억만장 벼랑 항상 높고 넓구나

아침저녁 머문 모습 없고

경각으로 날씨가 바뀌네

春陽潛沮洳(춘양잠저여)

濯濯吐深秀[20](탁탁토심수)

巖巒雖嵂崒(엄만수률줄)

軟弱類含酌(연약류함주)

夏炎百木盛(하염백목성)

蔭鬱增埋覆(음울증매복)

神靈日歊歔(신령일효허)

雲氣爭結構(운기쟁결구)

秋霜喜刻轢[21](추상희각력)

礧卓立癯瘦(책탁립구수)

參差相疊重(참치상첩중)

剛耿陵宇宙(강경릉우주)

冬行雖幽墨(동행수유묵)

氷雪工琢鏤(빙설공탁루)

新曦照危峨(신희조위아)

---

20 深秀: 濃密秀美

21 刻轢: 深刻陵踐

億丈恒高衰(억장항고무)

明昏無停態(명혼무정태)

頃刻異狀候(경각이상후)

<이상서남산대개(以上敍南山大槪)>

서남에 웅거한 태백산은

우뚝 솟아 다른 산에 비길 수 없으니

도읍의 울타리로 덕운에 배합되고

집을 나누어서 서남방을 차지했네

소요[22]는 서넘방을 넘어

주제넘게 서북 틈으로 빠졌네

허공에 찬 기운 매서운데

바람은 빈틈없이 불어온다

붉은 햇살 바야흐로 타오르는데

싸락눈 사이사이 섞여서 날린다

곤명 큰 못은 북쪽에 있는데

가다가 우연히 맑은 날을 만났다

끝없이 이어진 모습 굽어 내려보니

뒤로 옆으로 맑은 물거품에 싸여있네

잔잔한 물결은 수면 위에 일렁이고

날뛰고 떠들던 원숭이들은

놀라 소리치며 부서지는 물결을 아쉬워하며

---

22 逍遙: 남산의 어떤 계곡 이름

처다보고 좋아라 입벌리곤 눕지를 않는구나

西南雄太白(서남웅태백)

突起莫間箆(돌기막간추)

蕃都配德運(번도배덕운)

分宅占丁戊(분택점정무)

逍遙越坤位(소요월곤위)

詆訐陷乾竇(저알함건두)

空虛寒兢兢(공허한경경)

風氣較搜漱(풍기교수수)

朱維方燒日(주유방소일)

陰霰縱騰糅(음산종등유)

昆明大池北(곤명대지북)

去覿偶晴晝(거적우청주)

綿聯窮俯視(면련궁부시)

倒側困淸漚(도측곤청구)

微瀾動水面(미란동수면)

踊躍躁猱狖(용약조노유)

驚呼惜破碎(경호석파쇄)

仰喜呀不仆(앙희하불부)

〈이상사사시변태(以上敍四時變態)〉

앞서 찾은 길 농가에서 막혀있고

갈림길에서 보니 필원[23]의 누추함 가리워져 있구나

험함을 무릅쓰고 산마루에 오르니

비로소 볼만한 경치가 풍부하다

앞으로 나아가 드디어 끝에 이르니

산마루와 육지가 어지러이 달리다가

갑자기 터져 열리는가 하였는데

다시 둘러싸여 여유가 없도다

거령과 과아는[24]

멀리 있는 상인을 불러 이 땅을 팔려다가

도리어 조물주의 뜻을 생각하고는

굳건히 이 땅을 보호하니

힘이 비록 산을 밀치거나 돌릴 수 없지만

천둥과 번개로 꾸짖어 겁을 준다

부여잡고 오르다가 손발이 미끄러지고

발을 헛디뎌 벽돌 무더기에 떨어져

망연히 고개를 빼어보니

흙으로 만든 요새 어리석은 생각 든다

자랑스러운 위용은 소상한 멋 잃었으니

가까운 것 요즘 것이고 먼 데 것은 옛것이라

관직에 매인 몸 시일이 촉박하여

나아가려 하나 어쩔 수 없어

그로 인해 탄곡추를 바라보니

---

23 畢原: 섬서성의 지명

24 巨靈: 河神, 夸峨: 神仙

고인 물 속 깊숙이 수룡(水龍)이 있는 듯

물고기와 새우는 몸 굽히면 잡히련만

신물을 어찌 감히 침범하리오

숲속의 나뭇가지 잎이 졌는데

떨어지는 찰나에 새들이 놀라서

다투어 잎을 물고 산위를 빙빙 돌고는

잎을 떨구고 황급히 새끼에게 먹이를 준다

돌아가기 위하여 길을 돌려 바라보니

그루터기에 올라 장쾌한 모습을 다시 아뢰면

참으로 기이하고 괴이하다

높은 산 모습이 저리도 바뀌다니

전년에 죄를 받아 귀양갈 적에

길을 찾아 가다가 우연히 만났었지

처음 남전[25]을 쫓아 들어가면서

돌아보느라 목이 뻣뻣하였다

그 때 마침 하늘은 어둡고 큰 눈이 내리는데

눈물이 흘러 눈이 흐릿하였고

험준한 산은 얼음이 덮혀 길게 덥히고

바로 위에서 떨어질 듯 매달렸지

옷을 걷고 걸으며 말을 떠미니

넘어지고 엎어지기 몇 번이던가

겨를 없어 먼 경치 바라볼 수 없었고

---

25 藍田: 섬서성에 있는 산

보이는 건 오로지 바로 곁 좌우뿐

삼대와 대나무는 풀과 어울려 소리치고

태양 빛은 투구와 갑옷에 번쩍였다

마음을 오로지 하여 평탄한 길 찾아

험난하고 더러운 길 벗어나는 생각 뿐

어제사 맑게 갠 날씨를 만나니

오랫동안 바라던 일 비로소 부합되어

가파른 길 따라 산꼭대기 오르니

간간히 다람쥐와 족제비 소리 들린다

앞쪽 아래에는 사른 듯 탁 트였고

언덕은 어지러이 주름이 잡혔는데

혹은 연이어 서로 따르는 듯 하고

혹은 쫓아 서로 싸우는 듯 하며

혹은 섬기어 복종하는 듯 하고

혹은 솟아올라 장끼가 놀라 우는 듯 하며

혹은 흩어져 기와가 부서진 듯 하고

혹은 달려듦이 바퀴살이 모이 듯 하며

혹은 나부껴 배가 노니는 듯 하고

혹은 재빠르게 말이 달리는 듯 하며

혹은 등져 서로 미워하는 듯 하고

혹은 향하여 서로 돕는 듯 하며

혹은 어지러이 죽순이 싹터 나오는 듯 하고

혹은 높이 솟아 사르는 쑥뜸 같으며

혹은 무늬 모양이 그림 같고

혹은 서로 감기고 얽힘이 전주 같으며

혹은 벌려서니 별이 흩어지는 듯 하고

혹은 우거져 구름이 머무는 듯하며

혹은 떠있어 파도 같고

혹은 부서져 호미로 김매는 듯 하며

혹은 맹분과 하육의 무리가

승부를 겨루려 앞 다퉈 나오는 듯

앞으로 강한 기운 이미 나오고

뒤로는 우둔스레 머뭇거리네

혹은 존귀한 제왕이

천유한 무리를 모아 조회하되

친하다 해서 함부로 친압치 않고

멀다고 해서 어긋나게 대하지 않으며

혹은 식탁에 임하여

반찬과 과일이 그릇에 높이 쌓인 듯하고

구원에 노님에

분묘가 관곽을 싸고 있는 듯하며

혹은 쌓인 것이 단지를 포갠 듯하고

혹은 세운 것이 제기와 같으며

혹은 엎어져 햇볕 쬐는 자라 같고

혹은 무너짐이 자는 짐승 같으며

혹은 숨은 용이 꿈틀대는 것 같고

혹은 먹이 잡는 독수리가 날개 짓 하는 듯 하며

혹은 나란한 모습이 벗 같고

혹은 따르는 모습이 선후배 같으며

혹은 달아나는 모습이 물이 흘러 떨어짐 같고

혹은 돌아보는 모습이 오래 머무르고 싶어 하는 듯 하며

혹은 틀어진 모습이 원수 같고

혹은 친밀한 모습이 혼인하는 듯 하며

혹은 엄한 모습이 높은 관을 쓴 듯 하고

혹은 나부끼는 모습이 춤추는 소매 같으며

혹은 우뚝함이 전쟁의 진열 같고

혹은 둘러쌈이 사냥하는 것 같으며

혹은 물 흐름이 동쪽으로 쏠리고

혹은 북쪽 산머리가 넘어진 듯 하며

혹은 불꽃이 타오르는 듯 하고

혹은 밥할 때 김이 나는 듯 하며

혹은 가기만 하여 그칠 줄 모르고

혹은 버려두고 거두지 않으며

혹은 비스듬하나 의지 할 수 없으며

혹은 느슨하여 당겨지지 못하며

혹은 붉어서 맨머리에 부스름 난 듯 하고

혹은 불 피워 제사지내는 듯하며

혹은 점치는 거북 등 갈라진 듯 하고

혹은 괘를 갈라 흔드는 듯 하니

혹은 앞이 이어진 박괘의 형상이요

혹은 뒤가 끊긴 구괘의 형상이라

끝없이 갈라졌다 또 이어지고

결단코 돌아섰다 다시 만나네

고기는 입을 오물거리며 수초를 엿보고

쓸쓸한 달은 밤을 지새네

은은한 나무는 담장을 이룬 듯 하고

높이 솟은 모습은 마구간의 말 같구나

빽빽한 모습은 창칼을 세운 듯 하고

밝은 모습은 구슬을 문 듯 하며

활짝 핀 모습은 꽃피운 듯 하고

정연한 모습은 지붕이 낙숫물 내리듯 하네

유유히 퍼져나가 안정되었고

미친 듯 위태로우나 바로잡히며

초연히 나가다가 갑자기 달리며

어지러이 움직이나 힘겹지 않네

크도다! 하늘과 땅이 섞이여

기강 있음은 병영과 같네

애초에 누가 천지를 열었으며

누가 힘써 권하여 도왔나

창조된 모습 질박하고 공교하니

힘을 합쳐 괴롭고 수고로움 참았네

잘못되면 도끼로 죽일지언정

어찌 저주를 빌릴 수 없으리

태고적 모습 전함이 없으나

공이 크다 하여 대가를 바라지 않았으리

일찍이 사관에게 듣건데

향풀이라야 귀신이 내려 흠향한다니

내 아름다운 노래를 지어서

이에 찬미하여 권하여 알리노라

前尋徑杜墅(전심경두서)

坌蔽畢原陋(분폐필원루)

崎嶇上軒昻(기구상헌앙)

始得觀覽富(시득관람부)

行行將遂窮(행행장수궁)

嶺陸煩互走(영륙번호주)

勃然思岸裂(발연사안열)

擁掩難恕宥(옹엄난서유)

巨靈與夸蛾(거령여과아)

遠賈朝必售(원가조필수)

還疑造物意(환의조물의)

固護蓄精祐(고호축정우)

力雖能排斡(역수능배알)

雷電怯呵訴(뢰전겁가후)

攀緣脫手足(반연탈수족)

蹭蹬抵積愁(층등저적추)

茫如試矯首(망여시교수)

堛塞生怐愗(벽새생구무)

威容喪蕭爽(위용상소상)²⁶

近新迷遠舊(근신미원구)

拘官計日月(구관계일월)

欲進不可又(욕진불가우)

因緣窺其湫(인연규기추)²⁷

凝湛閟陰獸(응담비음수)²⁸

魚蝦可俯掇(어하가부철)

神物安敢寇(신물안감구)

林柯有脫葉(임가유탈엽)

欲墮鳥驚救(욕타조경구)²⁹

爭銜彎環飛(쟁함만환비)

投棄急哺觳(투기급포구)

旋歸道迴睨(선귀도회예)

達柿壯復奏(달시장부주)

吁嗟信奇怪(우차신기괴)

峙質能化貿(치질능화무)

前年遭譴謫(전년조견적)

探歷得邂遇(탐력득해우)

初從藍田入(초종람전입)

顧盻勞頸脰(고혜노경두)

---

26 蕭爽: 高敞超逸

27 南山有炭谷湫

28 音嗅 或作獸 禮運 龍以爲獸 謂湫中蛟也

29 其湫葉落 恐污水 鳥卽銜去 蓋其神物之靈如此

時天晦大雪(시천회대설)

淚目苦矇瞀(누목고몽무)

峻塗拖長氷(준도타장빙)

直上若懸溜(직상약현류)

褰依步推馬(건의보추마)

顛蹶退且復(전궐퇴차부)

蒼黃忘遐晞(창황망하희)

所矚纔左右(소촉재좌우)

杉篁咤蒲蘇(삼황타포소)

杲耀攢介冑(고요찬개주)

專心憶平道(전심억평도)

脫險逾避臭(탈험유피취)

昨來逢淸霽(작래봉청제)

宿願忻始副(숙원흔시부)

崢嶸躋冢頂(쟁영제총정)

倏閃雜鼯鼬(숙섬잡오유)

前低劃開闊(전저획개활)

爛漫堆衆皺(난만퇴중추)[30]

或連若相從(혹련약상종)

或蹙若相鬪(혹축약상투)

或妥若弭伏(혹타약미복)

或竦若驚雊(혹송약경구)

---

30 言豁然見前山之低 雖有高陵深谷 但如皺物 微有蹙切之文耳

或散若瓦解(혹산약와해)

或赴若輻湊(혹부약폭주)

或翩若船遊(혹편약선유)

或決若馬驟(혹결약마취)

或背若相惡(혹배약상오)

或向若相佑(혹향약상우)

或亂若抽筍(혹란약추순)

或嵲若注灸(혹얼약주구)³¹

或錯若繪畫(혹착약회화)

或繚若篆籀(혹료약전주)

或羅若星離(혹라약성리)

或翁若雲逗(혹옹약운두)

或浮若波濤(혹부약파도)

或碎若鋤耨(혹쇄약서누)

或如賁育倫(혹여분육륜)

賭勝勇前購(도승용전구)

先强勢已出(선강세이출)

後鈍嗔躊躇(후둔진주저)

或如帝王尊(혹여제왕존)

叢集朝賤幼(총집조천유)

雖親不褻狎(수친불설압)

雖遠不悖謬(수원불패류)

31 一作炷

或如臨食案(혹여임식안)

肴核紛飣餖(희핵분정두)

又如遊九原(우여유구원)**32**

墳墓包槨柩(분묘포곽구)

或纍若盆甖(혹류약분앵)

或揭若甑桓(혹게약증두)

或覆若曝鼈(혹복약폭별)

或頹若寢獸(혹퇴약침수)

或蜿若藏龍(혹완약장룡)

或翼若搏鷲(혹익약박취)

或齊若友朋(혹제약우붕)

或隨若先後(혹수약선후)

或迸若流落(혹병약류락)

或顧若宿留(혹고약숙류)

或戾若仇讐(혹려약구수)

或密若婚媾(혹밀약혼구)

或儼若峨冠(혹엄약아관)

或飜若舞袖(혹번약무수)

或屹若戰陣(혹흘약전진)

或圍若蒐狩(혹위약수수)

或靡若東注(혹미약동주)

或偃然北首(혹언연북수)

---

32 九原: 전국시대 晉나라 卿大夫의 墓地. 轉하여 묘지, 황천

或如火熺焰(혹여화희염)

或若氣饋餾(혹약기분류)[33]

或行而不輟(혹행이불철)

或遺而不收(혹유이불수)

或斜而不倚(혹사이불의)

或弛而不觳(혹이이불구)

或赤若禿鬝(혹적약독간)

或燻若柴櫌(혹훈약시유)

或如龜坼兆(혹여구탁조)

或若卦分繇(혹약괘분요)

或前橫若剝(혹전횡약박)

或後斷若姤(혹후단약구)

延延離又屬(연연리우속)

夬夬叛還遘(쾌쾌반환구)

喁喁魚闖萍(우우어틈평)

落落月經宿(낙락월경숙)

闇闇樹牆垣(은은수장원)

巘巘駕庫廄(헌헌가고구)

參參削劍戟(삼삼삭검극)

煥煥衒瑩琇(환환함영수)

敷敷化披蕣(부부화피악)

闟屋摧闛靁(흡옥최흡류)

---

33 音溜 蒸飯也

悠悠舒而安(유유서이안)

兀兀狂以狃(올올광이뉴)

超超出猶奔(초초출유분)

蠢蠢駭不懋(준준해불무)

大哉立天地(대재립천지)

經紀肖營腠(경기초영주)

厥初孰開張(궐초숙개장)

僶俛誰勸侑(민면수권유)

創玆朴而巧(창자박이교)

戮力忍勞疚(육력인노구)

得非施斧斤(득비시부근)

無乃假詛呪(무내가저주)

鴻荒竟無傳(홍황경무전)

功大莫酬僦(공대막수추)

嘗聞於祠官(상문어사관)

芬苾降歆嗅(분필항흠후)

斐然作歌詩(비연작가시)

惟用贊報誘(유용찬보유)

<이상언남산방우련호지소(以上言南山方隅連互之所)>

한유의 시는 웅혼하다는 것이 일반적 평가인데 그가 철저한 유가 옹호론자였다는 데서 그의 작품이 탄생되었다고 보인다. 현존하는 402수에는 전쟁이나 정치 문제를 다룬 것도 있고 자신의 처지를 비감 어린 필치로 묘사한 것도 있으며 산수 자연을 아름답게 형상화한 것

도 적지 않다.[34]

한유는 고문 운동을 정원 연간에 본격적으로 제기하는데 그 이론은 문장을 인생에 유용한 도구로 삼아야 한다는 것이다. 고문 운동은 고도(古道) 부흥의 정신으로 문학을 단순히 장식 유희나 소일거리의 도구로 삼아서도 안 되는 무언가 인생에 도움을 주어야 한다는 입장에서 궁극적으로 문학을 통하여 정치를 바로 잡으려는 운동이었다. 이러한 고문 운동은 뒤에 백거이의 풍류시 정신과도 일치하는 바다.

소동파가 조주한문공(潮州韓文公)의 비문에 기록하고 있는 것처럼 "문장은 8대의 쇠함을 일으켰다"라는 칭찬을 받을 정도로 고문 부흥의 주역이 되었다. 평담하지 않은 기교를 구사하고 있는 그의 고문은 그 사상과 함께 송대에 커다란 영향을 미쳤다. 한유는 두보의 기교주의를 배워 시취(詩趣)보다 오히려 학력(學力)을 중시하였다.

위의 예시된 한유의 남산시는 바로 동일한 산악을 노래했는데도 포진(鋪陣)이 되고 뒤에 예시할 이백의 〈촉도난〉은 영묘라고 여암은 논하고 있다. 곧 포진이란 직서기실(直敍其實)이라고 하여 곧바로 사실을 사실대로 서술하는 형식이어서 부(賦)에 해당한다. 한유는 웅혼한 필치로 남산을 직서적인 표현으로 표출하여 그의 고문 운동의 실체를 보여 주었다고 할 수 있다. 다음은 이백의 〈촉도난〉의 시를 고찰하기로 한다.

아, 위태롭고 높은지고
촉으로 통하는 길의 험난함은 푸른 하늘로 오르는 것보다 더

---

34 김원중 평역, 『당시감상대관』, 까치사, 1993, 655면.

어려워라

잠총과 어부[35]의

개국은 얼마나 아득한 옛날인가

그로부터 사만 팔천년

진의 변경과는 사람들의 왕래 없었나니

서쪽에는 태백산, 새 다니는 길이 있고

아미산 꼭대기와 겨우 가로 질러 통하고

땅은 무너지고 산 무너져 장사 죽으니

그 뒤에야 사다리와 돌다리로 겨우 길이 뚫리니

위로는 태양 실은 육룡의 수레소차 뇌돌아가는 높은 봉우리

아래엔 부딪치고 꺾이어서 소용돌이 치는 골짜기 물

황학도 여기서는 날아 지나지 못하고

잔나비도 오르려면 부여잡고 의지할 것 없어 걱정하니

청니길은 어찌나 꾸불꾸불한지

백걸음에 아홉번은 꺾이어서 바위산 휘돌아라

參星 어루만지고 井星걸 지나 숨을 죽이고

손으로 가슴 쓸며 주저 앉아 길게 탄식하놋다

그대에게 묻노니 서쪽에 한 번 가면 어느때나 돌아오리

두려운 길 바위 투성이길은 오를 수 없어라

보이는 건 슬픈 새가 고목에서 울면서

쌍쌍이 숲 사이를 나는 모습

또한 달밤이면 소쩍새, 공산에서 슬피우는 소리 들릴 뿐이네

---

35 전설중의 蜀王

촉으로 통하는 험난함은, 푸른 하늘 오르는 것보다 어렵거늘

사람이 이말 들으면, 청춘이 금새 시들어 버린다네

이어진 봉우리는 하늘에서 한 자도 못되

마른 소나무 거꾸로 매달려 절벽에 기대 있고

여울물과 폭포수가 시끄럽게 다투며

언 벼랑에 돌 구르니 온 골짝이 우뢰소리네

험하기가 이와 같으니

아! 먼 길을 온 사람이여 어찌 왔는고

검각이 험하고도 높으니

한 사람만 관문 지키면

만 명이 밀려와도 열지 못하니

지키는 이가 친한 이가 아니라면

이리와 늑대로 금새 변하리

아침엔 호랑이 피해야 하고

저녁엔 긴 뱀을 피해야 하니

이 갈고 피를 빨아

사람 죽임이 삼단 같다네

成都 사람이야 아무리 즐겁다 한 들

일찌감치 돌아감만 못할 것이

촉으로 통하는 길의 험난함은 푸른 하늘 오르는 것보다 어려

워라

몸을 기울여 서쪽 하늘 바라보며, 길게 탄식하노라

噫噓危乎高哉(희허위호고재)

蜀道之難難於上靑天(촉도지난난어상청천)

蠶叢及魚鳧(잠총급어부)

開國何茫然(개국하망연)

爾來四萬八千歲(이래사만팔천세)

不與秦塞通人烟(불여진색통인연)

西當太白有鳥道(서당태백유조도)

可以橫絶峨眉嶺(가이횡절아미령)

地崩山摧壯士死(지붕산최장사사)

然後天梯石棧方鉤連(연후천제석잔방구련)

上有六龍回日之高標(상유육룡회일지고표)

下有衝波逆折之回川(하유충파역절지회천)

黃鶴之飛尙不得過(황학지비상부득과)

猿猱欲度愁攀緣(원노욕도수반연)

靑泥[36]何盤盤(청니하반반)

百步九折縈巖巒(백보구절영암만)

捫參歷井仰脅息(문삼력정앙협식)

以手撫膺坐長嘆(이수무응좌장탄)

問君西遊何時還(문군서유하시환)

畏途巉巖不可攀(외도참암불가반)

但見悲鳥號古木(단견비조호고목)

雄飛雌從繞林間(웅비자종요림간)

又聞子規啼夜月愁空山(우문자규제야월수공산)

---

36 섬서성 낙양현에 있는데, 높은 절벽을 끼고 있고 비와 구름이 많아 길가의 사람들은 진흙 때문에도 애먹는다 한다.

蜀道之難難於上靑天(촉도지난난어상청천)

使人聽此凋朱顔(사인청차조주안)

連峰去天不盈尺(연봉거천불영척)

枯松倒挂倚絕壁(고송도괘의절벽)

飛湍瀑流爭喧豗(비단폭류쟁훤회)

砯崖轉石萬壑雷(빙애전석만학뢰)

其險也若此(기험야약차)

嗟爾遠道之人胡爲乎來哉(차이원도지인호위호래재)

劍閣37峥嶸而崔嵬(검각쟁영이최외)

一夫當關(일부당관)

萬夫莫開(만부막개)

所守或匪親(소수혹비친)

化爲狼與豺(화위랑여시)

朝避猛虎(조피맹호)

夕避長蛇(석피장사)

磨牙吮血(마아연혈)

殺人如麻(살인여마)

錦城雖云樂(금성수운락)

不如早還家(불여조환가)

蜀道之難難於上靑天(촉도지난난어상청천)

側身西望長咨嗟(측신서망장자차)

〈촉도난(蜀道難) 영묘(影描)〉

---

37 四川省 검각현 북쪽에 있는 大劍山과 小劍山 사이에 만들어 놓은 棧道의 이름.

위의 시는 이백이 천보(天寶) 3년(744)에 아직 장안에 들어가기 이
전의 작품이다. 옛 악부의 제목이거니와 이백은 이 시를 빌어 촉으로
가는 험난함을 노래하여 인생의 행로에 험준함에 비겼다. 시는 7언을
기조로 하여 장단구가 뒤섞임으로써 아주 자유분방한 형식을 창조
하였다. 그러한 변화 많은 시체(詩體)가 험난한 촉의 산하와 잘 어울
려 이 시의 묘미를 더한다. 이백이 처음으로 장안에 나타났을 때 이것
을 읽은 하지장(賀知章)이 허리에 찼던 금귀(金龜)를 떼어 이백에게 술
을 사고 그를 적선이라고 불렀다[38]고 한다.

이 시는 고도의 과장적 수법이 쓰이고 신화 전설과 시인의 기묘한
상상이 어우러진 작품이기도 하다. 돌출한 지형 묘사의 회화적인 수
법으로 촉도의 웅장하고 험준함을 묘사하였고 전체의 시에는 감탄
어와 반복을 사용하는 수법으로 촉도의 험난함을 묘사해 사람들로
하여금 마음의 혼을 움직였다. 따라서 이 시의 시어는 웅장함, 기이
함, 분방함이다. 변화가 많고 강한 힘에 젖어드는 것이 낭만파 이백의
수법이다.[39]

이 시의 배경에 대해서는 촉도의 절도사 엄무(嚴武)를 규탄한 시라
는 설(신당서:新唐書)과 안록산(安祿山)의 난(亂) 때 현종(玄宗)이 촉으
로 피난 간 일을 풍자(이태백 시권 3)한 것[40]이라는 등의 이론이 있으나
적절치 못하고 위에서 설명한 바와 같이 촉도의 험난함을 들어 사로
(仕路)의 어려움과 인생항로의 어려움을 비유하고 있다는 것이 가장
설득력 있는 분석이다. 여암은 위의 시를 예를 들면서 같은 산악을 노

38 이원섭 역, 앞의 책, 250~256면.

39 沙灵娜 選詩, 『唐詩三百首全選』, 貴州人民出版社, 1990, 161~165면.

40 김학주 역, 『고문진보』, 명문당, 349면.

래했어도 이백의 〈촉도난〉은 영상을 그려서 형상화했기 때문에 영묘가 된다고 했다. 영묘(影描)는 '회상기영(繪象其影)'이라 하여 그림으로 형상화하고 그 그림자(이미지)를 회상하는 것이라고 할 수 있다.

다음은 동일한 악률이라도 백낙천의 〈비파행〉은 포진이고 가랑선의 〈격구가〉는 영묘라고 하는 주장을 뒷받침하기 위해 두 시를 비교해 보고자 한다.

삼양강가에서 밤늦게 나그네를 전송할 때

단풍잎 갈대꽃은 가을이 쓸쓸하구나

나는 말을 내려 나그네 탄 배에 올라

술잔 들어 마시려니 풍악도 없네

감흥 없는 취기 속에 이별의 정만이 처절하고

작별할 새 망망한 강물에는 달빛 창백하게 어렸네

이때 홀연히 강물타고 들려오는 비파 소리에

나는 돌아올 생각 잊고 나그네는 뱃길 멈추네

소리 찾아 타는 이 누구냐고 슬며시 물으니

비파소리 멈추고 말하려다 못 하네

배를 옮겨 가까이 가 맞이해 보려

술 더하고 등불 돌려 거듭 잔치 벌였네

천 번 만 번 부르니 처음 나타나는데

그래도 비파 안고 낯을 반쯤 가렸네

축을 돌려 줄을 죄고 두서 번 줄을 퉁기니

아직도 곡 타지 않은 소리건만 벌서부터 정이 담겼네

줄마다 눌러 타니 소리마다 생각이라

한평생 못 이룬 뜻 호소하듯이

눈썹 떨구고 손 가는 대로 줄줄이 타고 튕기어

마음속 무한한 일 털어 놓았네

가볍게 눌렀다가 살짝 꼬집듯 소리를 죽였다가 탕 튕기며

처음엔 '예상우의곡'[41] 타고 뒤이어 '육요곡'[42] 타니

큰 줄은 좔좔 소낙비 내리는 듯

작은 줄은 절절하여 속삭이는 듯

큰 소리와 작은 소리 섞여서 타니

크고 작은 진주알이 옥쟁반에 떨어진 듯

꾀꼴 꾀꼴 꾀꼬리 소리 꽃 밑에 매ㅿㅿ너우며

얼음 밑을 목매인 듯 얼음물 흐르는 소리 나네

마침내 물줄기 차게 얼어붙은 듯 비파줄이 굳어지며

굳어져 응결된 비파는 소리 내지 못하고 잠시 죽은 듯

새삼 가슴 깊이 묻혔던 슬픔과 원한이 복받쳐 올라오는 듯

죽은 듯 소리 없는 이 순간 비파소리 울릴 때 보다 더 흥겹네

홀연 은 항아리 깨어지며 물줄기 쏟아져 치닫듯 다시 튕기며

철갑 두른 기마병들 돌격하여 창칼을 맞부딪뜨리듯 하고

곡이 끝나자 채를 거두어 가슴 앞에 그리고는

한 번에 네 줄을 훑으니 마치 비단폭 찢는 듯하네

동쪽 서쪽으로 이어진 두 배는 말없이 숙연하고

오직 강물 속까지 가을달만 창백하게 비추고 있네

침울한 표정으로 채를 거두어 줄에 끼어 꽂고

---

41 당나라 개원 연간에 서역비장에서 전해온 무곡(舞曲)으로 현종이 편곡했다고 전함.

42 비파곡이며 樂丗라고도 함.

옷차림을 정돈하고 일어나 용모를 가다듬고

스스로 하는 말이 본래 장안에서 자라난 여인으로

하마릉 밑 기생촌에서 살고 있었다고 하더라

열세 살에 이미 비파를 배워 익혔고

이름이 교방에서도 으뜸으로 꼽히었다오

연주를 마칠 때마다 스승들도 탄복하였고

예쁜 모습에 기생들의 투기를 받았노라

오릉에 사는 젊은이 다투어 예물을 보내왔고

한 곡 끝날 때 마다 받는 붉은 비단은 헤아릴 수 없었네

금비녀 은비녀를 장단 맞추노라 꺾어 부쉈고

붉은 비단 치마는 술 쏟아 얼룩지었노라

올해도 즐겁게 웃고 또 이듬해에도 거듭하며

가을은 달 따라 봄에는 꽃 따라 한가히 세월 보냈노라

남동생 군대 가고 계모 또한 죽고 나니

밤 지나 아침 되니 젊음도 시들었고

어느 듯 문전에 말 타고 찾는 이 없어 썰렁하니

마침내 늙은 이 몸 장사꾼 아낙이 되었는데

장사꾼은 돈벌이만 중히 알고 이별을 가볍게 여기나니

지난달 부량으로 차를 사러 집을 떠나

줄곧 홀로 강가에서 빈 배를 지키고 지날 새

배를 맴도는 밝은 달빛에 강물이 더욱 차가워라

깊은 밤 홀연히 화려했던 옛날을 꿈꾸고

꿈속에서 우니 화장과 섞인 눈물 붉은 뺨으로 흐르네

나는 앞서 비파소리에 감탄하였고

또한 이 말 듣고 거듭 탄식하였으니

다 같이 우리는 하늘가에 떨어진 윤락한 신세로

서로 만났으니 굳이 지난날을 알아서 무엇하리

나는 지난해에 장안에서 쫓겨나

심양에 귀양 사는 병든 몸

벽지인 심양에는 음악 풍류가 없어

줄곧 관.현 연주소리 듣지 못했고

분강을 끼고 낮고 습한 곳에 자리한

집 둘레에는 누런 갈대와 억센 왕대가 집을 에워싸고 자라니

자나 깨나 조석으로 부슨 소리를 듣겠는가

피 토하는 두견새와 애절한 원숭이 울음뿐이요

봄 맞은 강물 꽃핀 아침 달 밝은 가을밤에

왕왕 술 받아 홀로 앉아 잔을 기울였노라

어찌 산촌의 노래나 피리소리 없었으랴만

어설프고 시끄럽고 탁한 소리 듣기 어려웠노라

오늘밤 그대의 비파소리와 신세타령 들으니

마치 신선의 음악 들은 듯 귀가 잠시 밝아졌네

사양 않고 다시 앉아 한 곡 더 타 준다면

그대를 위해 내가 비파행의 시를 지으리

내 말에 감동되어 한참 서 있다가

다시 앉아 줄을 조이고 급하게 타니

전보다 더욱 처절한 비파소리에

모든 사람은 얼굴 묻고 울면서 들었노라

그 중에서도 가장 많이 울고 눈물 흘린 자는

다름 아닌 청삼을 흠뻑 적신 강주의 사마였노라

潯陽江頭夜送客(심양강두야송객)

楓葉荻花秋瑟瑟(풍엽적화추슬슬)

主人下馬客在船(주인하마객재선)

擧酒欲飮無管絃(거주욕음무관현)

醉不成歡慘將別(취불성환참장별)

別時茫茫江浸月(별시망망강침월)

忽聞水上琵琶聲(홀문수상비파성)

主人忘歸客不發(주인망귀객불발)

尋聲暗問彈者誰(심성암문탄자수)

琵琶聲停欲語遲(비파성정욕어지)

移船相近邀相見(이선상근요상견)

添酒回燈重開宴(첨주회등중개연)

千呼萬喚始出來(천호만환시출래)

猶抱琵琶半遮面(유포비파반차면)

轉軸撥絃三兩聲(전축발현삼양성)

未成曲調先有情(미성곡조선유정)

絃絃掩抑聲聲思(현현엄억성성사)

似訴平生不得志(사소평생부득지)

低眉信手續續彈(저미신수속속탄)

說盡心中無限事(설진심중무한사)

輕攏慢撚抹復挑(경롱만연말복도)

初爲霓裳後六幺(초위예상후육요)

大絃嘈嘈[43]如急雨(대현조조여급우)

小絃切切如私語(소현절절여사어)

嘈嘈切切錯雜彈(조조절절착잡탄)

大珠小珠落玉盤(대주소주락옥반)

間關鶯語花底滑(간관앵어화저활)

幽咽泉流氷下難(유인천류빙하난)

水泉冷澁絃凝絕(수천냉삽현응절)

凝絕不通聲暫死(응절불통성잠사)

別有幽愁暗恨生(별유유수암한생)

此時無聲勝有聲(차시무성승유성)

銀瓶乍破水漿迸(은병사파수장병)

鐵騎突出刀槍鳴(철기돌출도창명)

曲終收撥當心畫(곡종수발당심주)

四絃一聲如裂帛(사현일성여열백)

東船西舫悄無言(동선서방초무언)

唯見江心秋月白(유견강심추월백)

沈吟放撥挿絃中(침음방발삽현중)

整頓衣裳起斂容(정돈의상기렴용)

自言本是京城女(자언본시경성녀)

家在蝦蟆陵[44]下住(가재하마능하주)

十三學得琵琶成(십삼학득비파성)

名屬敎坊第一部(명속교방제일부)

---

43 비파 음조가 비가 주룩주룩 내리는 듯 세고도 급박하게 울리는 것을 나타냄.

44 장안성 동남쪽에 있는 지명, 환락가.

曲罷曾敎善才服(곡파증교선재복)

粧成每被秋娘[45]妬(장성매피추낭투)

五陵[46]年少爭纏頭(오릉년소쟁전두)

一曲紅綃不知數(일곡홍초부지수)

鈿頭銀篦擊節碎(전두은비격절쇄)

血色羅裙翻酒汚(혈색라군번주오)

今年歡笑復明年(금년환소복명년)

秋月春風等閒度(추월춘풍등한도)

弟走從軍阿姨死(제주종군아이사)

暮去朝來顔色故(모거조래안색고)

門前冷落鞍馬稀(문전냉락안마희)

老大嫁作商人婦(노대가작상인부)

商人重利輕別離(상인중리경별리)

前月浮梁[47]買茶去(전월부량매다거)

去來江口守空船(거래강구수공선)

遶船明月江水寒(요선명월강수한)

夜深忽夢少年事(야심홀몽소년사)

夢啼粧淚紅欄干(몽제장루홍란간)

我聞琵琶已歎息(아문비파기탄식)

又聞此語重喞喞(우문차어중즐즐)

---

45 기녀 이름, 여기서는 미인을 가리킴.

46 한나라 高祖이하 다섯 임금의 능을 말하는 것으로 長陵(高祖), 安陵(惠帝), 陽陵(景帝), 茂陵(武帝), 平陵(昭帝)

47 지금의 강서성 景德鎭市로서 당나라 시대에는 차 생산지로 유명했음.

同是天涯淪落人(동시천애윤락인)

相逢何必曾相識(상봉하필증상식)

我從去年辭帝京(아종거년사제경)

謫居臥病潯陽城[48](적거와병심양성)

潯陽地僻無音樂(심양지벽무음악)

終歲不聞絲竹聲(종세불문사죽성)

住近湓江地低濕(주근분강지저습)

黃蘆苦竹繞宅生(황로고죽요택생)

其間旦暮聞何物(기간단모문하물)

杜鵑啼血猿哀鳴(두견제혈원애명)

春江花朝秋月夜(춘강화조추월야)

往往取酒還獨傾(왕왕취주환독경)

豈無山歌與村笛(기무산가여촌적)

嘔啞[49]嘲哳[50]難爲聽(구아조철난위청)

今夜聞君琵琶語(금야문군비파어)

如聽仙樂耳暫明(여청선악이잠명)

莫辭更坐彈一曲(막사갱좌탄일곡)

爲君翻作琵琶行(위군번작비파행)

感我此言良久立(감아차언양구립)

卻坐促絃絃轉急(욕좌촉현현전급)

凄凄不似向前聲(처처불사향전성)

---

48 九江의 성

49 난잡한 음

50 저속한 음

滿座重聞皆掩泣(만좌중문개엄읍)

就中泣下誰最多(취중읍하수최다)

江州司馬靑衫濕(강주사마청삼습)

백낙천 〈비파행〉 (포진의 예)

위의 시는 비파의 노래로 행(行)은 가(歌), 인(引), 곡(曲) 등과 함께 악부의 제명으로 쓰였다. 원화(元和) 11년(A.D 816) 백거이의 나이 45세 때의 지은 것이다. 원시에는 제목 다음에 백락천 자신이 적은 서문이 있다.

원화 10년에 구강군(九江郡)에 사마(司馬)로 좌천되었으며 이듬해 가을 분포구(湓浦口)에서 나그네를 전송하려던 밤에 누군가가 비파를 타는 소리를 들었다. 비파소리가 쟁쟁하고 장안의 세련된 가락이었다. 그 사람을 찾아 물으니 본래 장안의 기생으로 비파의 명인 목(穆)과 조(曹)라는 뛰어난 재주꾼에게 배웠다고 하며 늙고 시들어 장사꾼의 아낙이 되어 이곳에 와 있다고 했다. 다시 술자리를 차리고 그녀로 하여금 비파를 여러 곡 타게 했다. 연주가 끝나자 그녀는 젊었을 때의 환락에 젖었던 추억과 늙어 영락하여 초췌한 꼴로 강호를 유랑하는 애처로운 자신의 신세를 털어 놓았다.

나도 귀양살이 2년에 담담한 심정이었으나 그녀의 말에 동하는바 있어 새삼 적거하는 서러움을 느꼈으며 이에 길게 시를 지어 그녀에게 바치고자 했다. 모두 612자(사실은 88구 616자)의 시로 비파행이라 이름했다.[51]

---

51 장기근 편저, 『백낙천』, 태종출판사, 1977, 331~332면.

백거이는 〈비파행〉을 짓게 된 동기와 자신의 심정을 포진의 형식으로 행을 지은 것이다. 사실 백거이는 44세 때 재상 무원형(武元衡)이 도적에게 피살되자 사서를 올려 적을 잡아 처단하고 나라의 욕을 씻기를 바랐으나 간관(諫官)의 일을 월권했다는 이유로 권문세족들의 미움을 받아 강주의 사마로 좌천되었던 것이다. 그리고 일 년이 지난 가을에 지은 이 시에는 "다 같이 하늘 끝에 쫓겨난 윤락인"의 감회가 짙게 깔려 있다. 시 자체에 해설이 필요 없을 정도로 용이한 이 시를 두고 여암은 사실을 사실대로 읊는 포진의 시라고 한 것이다.

그러나 이 시도 후세에 많은 영향을 주었으며 원(元)의 마치원(馬致遠)의 희곡 〈청삼루잡극(靑衫淚雜劇)〉도 이에 바탕을 둔 것이다.[52] 청삼을 입은 사람이 제일 많이 울었다는 시구는 바로 백거이 자신이다. 또한 불쌍하고 약하고 죄 없는 인간에게 편들고 동정하고 눈물을 쏟는 백거이의 고운 심정이 절절이 나타나는 시다.

"부는 포(鋪)라고 하며 문채(文彩)를 포진하여 사물을 체현(體現)하고 뜻을 묘사한 것"이라고 시경에서 말하고 있다.[53] 사물의 양상을 묘사함에 조각이나 그림처럼 아름답다. 일체의 막힌 것이 없다.

"무한한 언어를 저해할 것도 없다. 풍격은 절도가 있는 여칙(麗則)으로 귀결시키고 표현은 아름다운 것으로 다듬었다."라고 《문심조룡》에서는 밝히고 있다.[54] 위의 〈비파행〉은 악부이면서 부체(賦體)이겠는데 정교하고 아름다운 논리로 전개되었다고 하기보다는 자신의 감정에 솔직하여 기생의 비파소리에서 정취가 일어 자신의 귀양살이

---

52 위의 책, 같은 면.

53 劉勰, 최신호 옮김, 『문심조룡』, 현암사, 1975, 33면.

54 위의 책, 36면.

와의 일체감이 일으킨 우울하면서도 한편으로는 정겨운 시다.

　다음은 격구가를 살펴보기로 한다. 여암은 가도의 격구가를 예시로 들고 있으나 가도의 전당시에는 격구가가 없고 온정균의 격구가가 있어 이를 대신하여 예시·비교 하고자한다. 혹여 사람의 이름이 착인 된 것이 아닌가 한다.

　온정균의 본명은 기(岐)이고 자는 비경(飛卿)이다. 태원(太原)사람으로 재상인 언박(彦博)의 후손이다. 어려서 명민하고 재주가 있었으며 운격이 청발(淸拔)하고 공교하여 이상은(李商殷)과 더불어 유명하였다. 그러나 과거(科擧)에는 자주 낙방하였다. 그는 만당시인을 대표하는 시인이고 음악도 잘 하여 가사(歌辭) 창작에 힘을 기울였으며 새로운 운문양식의 기초를 만들었다고 하며 〈보살만(菩薩蠻)〉 14수의 연작이 유명하다.

　　　건장하고 위엄 있는 규룡이 오랜 연못에서

　　　잔 기울여 넘치는 술과 그윽한 말이

　　　그대 보배스런 말이 신령스런 구름 위에 있고

　　　부서진 패옥, 방울이 안개비에 자욱이 찬데

　　　내 듣건대 삼십육궁엔 꽃이 무성해

　　　부드러운 봄바람 불고, 별은 성근데

　　　새벽 찬 바람에 경 깨지는 소리에 저녁 꿈 깨우네

　　　이슬이 채 마르기 전, 향그런 옷을 입고

　　　구름 같은 머리에 내려진 비녀잠이

　　　작은 소리 눈길 돌아 좇아가네

　　　푸른 안개 첩첩산에 자욱하고

복사꽃 달빛은 병풍처럼 반이나 가리웠는데

태평스런 천자의 수레는 멈춰 있고

임금 화로엔 두 깃발이 바람을 선회하고

궁중의 신하는 부채를 안고 서 있으며

시녀들의 늘어뜨린 머리단은 푸른 꽃처럼 떨어졌네

어지러운 구슬 이어져 바로 튀어 올라

머리 기울여 금오새 기울어짐을 깨닫지 못 하네

나 또한 그대 위해 길게 탄식하노니

정을 수놓은 채 시름에 겨워 안색이 창백하이

푸른 버들에 꿈을 누젖게 하지 말라

천리에 봄바람 힘없이 불 뿐이네

佶栗金虯石潭古(길율금규석담고)

勺陂激灩幽修語(작피렴염유수어)

湘君寶馬上神雲(상군보마상신운)

碎佩叢鈴滿煙雨(쇄패총령만연우)

吾聞三十六宮花離離(오문삼십육궁화리리)

軟風吹春星斗稀(연풍취춘성두희)

玉晨冷磬破昏夢(옥신랭경파혼몽)

天露未乾香著衣(천로미건향저의)

蘭釵委墮垂雲髮(난채위타수운발)

小響丁當逐廻雪(소향정당축회설)

晴碧煙滋重疊山(청벽연자중첩산)

羅屏半掩桃花月(나병반엄도화월)

太平天子駐雲車(태평천자주운거)

龍鑪勃鬱雙幡挐(용로발울쌍번라)

宮中近臣抱扇立(궁중근신포선립)

侍女低鬟落翠花(시녀저환락취화)

亂珠觸續正跳蕩(난주촉속정도탕)

傾頭不覺金烏斜(경두불각금오사)

我亦爲君長歎息(아역위군장탄식)

緘情遠寄愁無色(함정원기수무색)

莫霑香夢綠楊絲(막점향몽록양사)

千里春風正無力(천리춘풍정무력)

〈곽처사격구가(郭處士擊甌歌)〉

《구당서》에는 온정균을 칭찬하기를 "현금이나 취적 같은 음악을 능히 좇았고 또 측은하고 화염한 사(詞)를 잘 지었다"고 하였다.[55] 위의 시도 궁 안의 시녀들의 정한을 노래하여 온정균이 염정(艶情)을 묘사하는데 뛰어났다는 대목을 잘 설명해주고 있다.

위에서 본 바와 같이 여암은 포진과 영묘의 수법을 예시를 통해 설명하고 있다. 같은 악률이라도 두 가지로 표출되고 시체도 두 가지로 형상화 된다고 했으며 당시(唐詩)는 영묘법이 많고 송시(宋詩)는 포진이 많은 이유는 송나라가 당나라만 못한 것은 기격(氣格)이 떨어진 소치 때문이지 포진으로 말미암은 것은 아니라고 했다. 포진이 영묘만 못한 것이 아니라 세대가 내려 갈수록 문폐(文弊)가 승하여 다만 풍운

---

55 호운익, 장기근 역, 『중국문학사』, 대한교과서주식회사, 198~199면.

경색을 숭상하고 다시는 체격(體格)과 기미(氣味)가 어떻게 된 지를 살피지 않으니 애석할 뿐이라고 했다.

4. 여암의 시 창작법

여암은 실학의 전성기였던 18세기 중엽에 실사구시(實事求是)의 학풍에 영향을 받은 데다 수리적인 두뇌와 박학한 지식으로 평생을 연구와 저술에 몰두하여 성과를 올린 학자였다. 그가 우리 어문학사에 미친 영향은 실로 대단하다.

《훈민정음운해(訓民正音韻解)》, 〈시칙(詩則)〉, 《평측운호여(平仄韻互與)》 등을 살펴 한시(漢詩)의 음(音)과 성(聲)을 정확하게 도해한 것을 보면 과학적이고 치밀한 사람임을 알 수 있다.

여암의 〈시칙(詩則)〉에 대한 연구는 최신호(崔信浩)의 '시칙성(詩則聲)의 문제에 대한 것'[56]과 허호구(許鎬九)의 '역주 〈시칙〉'[57]이 있다. 조동일은 《한국문학통사》중 '문학의 근본문제에 관한 재검토'[58]에서 신경준의 〈시칙〉은 개론서 같은 것을 마련하고자 했기 때문에 새로운 주장을 내세우지 못했다고 했으며, 정대림은 '신경준의 〈시칙〉 분석'[59]에서 개인의 문학관에 존재하는 재도적(載道的) 성격과 개성적 성격의 양면성이 있는 저술이라고 했다. 그러나 20여세에 과단성 있는

---

56 최신호, 『한국한문학 연구 2집』, 한국한문학연구회, 1977, 5~13면.

57 허호구 역주, 「여암 신경준의 시칙」, 『한문학논집』4집, 단국대학교, 1986.

58 조동일, 『한국문학통사 제2판』, 지식산업사, 1969, 132~133면.

59 정대림, 『한국고전시학사』, 홍성사, 1981, 402~418면.

이론과 시칙작법을 쓸 수 있었던 여암의 학식은 대단하다고 생각된다. 그리고 요즈음에도 한시를 비평하고 한시를 창작하고자 하는 사람들에게 이 〈시칙(詩則)〉은 필독서가 아닌가 한다.

산동성 연태(烟臺) 지방의 신화, 전설

1. 중국의 봉래신화, 전설

중국은 상고시대부터 곤륜과 봉래 양 갈래에 걸쳐 신화, 전설이 형성되었다.

곤륜신화는 중국 최초의 서북지방에서부터 비롯되었고, 동쪽 지방인 제(齊)나라, 연(燕)나라 연해지방에는 봉래 신화가 출발했었고, 춘추전국시대에는 신기루의 기이한 현상으로 인해 황현(黃縣)일대, 연해 지방에서 발해 바다 가운데 삼신산이 있다는 것이다.

옛 사람들은 푸른 하늘과 바다가 신비로웠고, 수평선이 펼쳐진 바다에서 폭풍이 일고 파도가 치는 험난함에 놀라고, 그런 가운데 별, 하늘, 천체와 어우러진 바다 가운데 신산이 있다는 생각이 봉래 전설이 이루어진 배경이다.

이 지방에 나타난 신화와 전설도 역사의 흐름에 따라 구분된다. 전국(戰國)시대에는 발해 연안에 가까운 제나라, 연나라 양국의 군왕 중에서 제나라 위 선왕(威 宣王)과 연나라 소왕(昭王) 모두가 바다에 들어가 불로장생·선약을 구해 오라고 했다. 이런 불로장생·선약을 구하는 일은 진(秦)대에 시황제(始皇帝)에 이르러서다. 진시황이 중국을 통일한 후 공자의 높은 학문을 이어 받은 박사가 7000명이나 있었지만 어느 한 명도 중용하지 않고 노생 등을 시켜 영지를 얻게 하는 등[1] 장생불로 약을 구하기 위한 제사를 아끼지 않았고, 제군황현서향 (齊郡黃縣徐鄕)인 방사 서복(徐福)을 삼신산에 파견한다. 서한(西漢) 무제(武帝) 때도 진시황을 본받아 많은 인원을 동원해 발해 중에서 선약을 구하러 보냈다. 이렇듯 삼신산에서 선약을 구하려는 활동은 기원 전 4세기부터 서한(西漢)시기까지 대략 400년이나 계속되었다.[2]

논자는 실크로드를 답사하면서 우루무치 천지호수 유람선에서 서왕모 사당을 볼 수 있었다. 그 이후 서왕모 신화를 연구 발표하고[3] 이번 논고에서는 서북지역 신선연구와 대치(對峙)하는 연구로 중국 산동성 연태 지방 봉래 신화, 전설을 고찰하여 한국의 신화, 전설문학의 원류를 찾고자 한다.

2. 산동성 연태(烟臺) 지명 전설

중국의 신화 전설은 그 발생시대가 빨랐으나 기록은 늦고 그나마

---

1 무구도인, 김중걸 편역, 『팔선과해』, 일송북, 2003, 94면.

2 山東省 徐福硏究會 編, 『徐福傳說』, 香港亞洲通信出版社, 1992, 180면.

3 김명희, 「난설헌과 소설헌 시에 나타난 서왕모」, 『우리문학연구 17집』, 279~301면.

산문으로 구성된데다가 산실되어 시종이 일관되지 못하다.[4]《산해경》,《초사》,《회남자》,《장자》,《열자》 등이 사전(史前) 신화인데 절대적이지 못하다. 환상의 형식을 빌려 현실을 반영하는 것이 신화라면 어떤 사실을 확대해석하여 허황하게 하는 것이 전설이다. 신화가 전설로 연화(演化)되고, 전설은 확대 과장되어 나타난다.

연태는 연태산으로 불리며 본래 연태산은 외적을 방어하기 위하여 만든 봉화대다. 외적이 오면 연태 지방을 지키는 병사들이 다른 지방에 경고의 신호를 보내기 위해 연기를 태우는 곳이었다. 연태산에는 옛날 글자가 새겨져 있는 돌 하나가 있는데 그 문자에 의하면 연태의 원래 이름은 제비대(燕兒臺)라는 것이다.

제비대에 관한 전설은 철새 제비와 관련된다. 연태의 제일 높은 곳인 육황(毓璜) 정상에서 연태 지형을 내려다보면 마치 제비가 날개를 펼치며 날아가는 형상으로 보인다는 것이다. 연태는 제비의 머리를 뜻하며 이것이 연태 명칭에 대한 1차 지명 전설이다.

〈연태산 내의 봉화대〉

〈연태 바다〉

두 번째, 연태산 지명 전설은 어민의 이야기다. 어부 부부는 가정생

---

4 허세욱, 『중국고전문학사』, 법문사, 1999, 95면.

활이 어려웠으나 매우 화목하였고 사랑하는 어린 자식이 있었다. 어부가 바다에 나가 풍랑을 만나 죽자 부인은 몇 날 며칠을 밤새워 통곡하다 눈이 먼다. 눈먼 부인은 역경 속에서도 아들 하나를 잘 키웠는데 아들은 눈에 유난히 광채가 돌아 바다의 풍랑과 평온함을 감지해 내고 바다 깊숙이 있는 물고기도 선별하여 잡을 수 있는 '신안(神眼)'을 갖는다. 이후 사람들은 이 총각을 '신안(神眼)'이라 부른다. 더욱이 아들은 엄마의 눈까지 가져가 두 쌍이 되자 신통력은 배가 된다. 그러한 신안의 재주를 동해용왕(東海龍王)이 질투를 해 신안(神眼)을 죽이려고 하자 동해용왕의 시녀인 옥연(玉燕)이 나서서 신안의 목숨을 구해낸다. 옥연(玉燕)은 옥황대제가 키운 제비로 수천 년의 수련을 거친 아름나운 처녀였다. 또한, 옥연은 동해용왕의 불씨도 몰래 훔쳐와 백성들이 불을 피울 수 있게 해줘 그로부터 연태 바다는 겨울에도 얼지 않는 부동항(不凍港)이 된다. 결국 동해용왕은 두 남녀를 돌로 만들어버렸다. 이때 신안은 지부도(之罘島)가 되고, 옥연은 오늘의 연태산이 되었다는 것이다. 지금 연태 바다는 현대적인 등대가 서 있지만 옛날에 등대가 없을 때도 반짝 반짝 빛나는 것은 바로 옥연처녀의 눈 때문이라고 전한다.[5] 이처럼 연태시는 로맨틱한 남녀의 사랑으로 이루어진 해양도시다.

연태는 우리나라 서해와 인접해 있다. 신라시대부터 왕래가 빈번했던 곳이고 신라방이 있었다는 사실을 현대의 중국인들도 인지하고 있다. 작금의 현주소 또한 제2의 신라방 구실을 하고 있는 곳이 연태, 위해, 영성 지방이다. 위해에는 한국기업뿐 아니라 장보고 유적지가 있어 신라 장보고의 기상까지 느끼게 해준다. 현재 연태, 위해는 한국

---

5 于秉杰 主編, 『煙臺 旅遊 故事』, 中國旅遊出版社, 1995, 2~5면.

의 기업과 한국 타운이 있어 한국 문화, 종교, 산업을 주도한다.

3. 봉래의 유래와 봉래각 전기(傳奇)

봉래시는 산동 반도의 북부에 위치해 있고 연태시에서 140리(1리
=500미터)가 된다.

봉래는 경치도 아름답고 기후가 좋을 뿐만 아니라 명승고적이 많
은 산동성의 역사도시다. 또한 가끔 '신기루'라는 희귀한 현상으로 '인
간의 선경'이라는 별명도 얻은 승람지라 여행자나 시인묵객이 많이
찾았고 팔선이 바다를 건넜다는 곳이기도 하다.

봉래에는 봉래각이 있다. 봉래각은 봉래시의 북쪽 단애산에 위치
해 있다. 단애산은 바다 쪽으로 튀어나와 절벽이 백 자나 되고, 허공
을 가로질러 서 있으며, 높은 누각들이 솟아있다. 봉래각은 절과 원림
(園林)으로 잘 조화된 고전 건축물이며, 서부는 천후궁, 동부는 삼청
전이다. 봉래각은 바로 이 두 절 사이의 단애산 정상에 자리 잡고 있
다. 이러한 봉래는 산동성에 있는 명방(名邦)이고 인간의 선경(仙境)이
라 했으며 중국 문명의 중심이다.

봉래라는 단어가 최초로 등장한 것은 《산해경》, 《해내북경》에서
부터다. "봉래산은 바다 가운데 있다. 산 위에 선인의 집이 있는데 모
두 황금으로 만들어졌다. 새와 짐승은 모두 희고 바라보면 구름처럼
보이며 발해 가운데 있다." 라고 되어있다.[6] 이어, 《열자(列子)》에는 발

---

6 박일봉 편역, 『산해경』, 육문사, 481면. 蓬萊山在海中(上有仙人宮室 皆以金玉爲之 鳥獸盡白 望
　之如雲 在渤海中也)

해 동쪽 몇 억 만 리나 되는지는 알지 못하나 그곳에 큰 구덩이가 있는데 실은 바닥이 없는 골짜기여서 그곳을 귀허(歸墟)라 부른다. 온 세상 팔방의 물과 은하수의 흐르는 물이 모두 그곳으로 흘러들지만 물은 늘지도 줄지도 않는 가운데 다섯 개의 산이 있는데 대여(岱輿), 원교(員嶠), 방호(方壺), 영주(瀛州), 봉래(蓬萊)다. 그 산들은 높이와 둘레가 삼만 리이며 꼭대기에는 구천 리 넓이의 평평한 곳이 있고 그 위에 누대와 궁관들은 모두가 금과 구슬로 되어 있고, 그 뒤에 새와 짐승들은 모두가 순백색이다. - (중략) - 그곳에서 사는 사람들은 모두가 신선과 성인의 무리로 하루 낮이나 하루 저녁에 날아서 왔다 갔다 하는 사람들이 이루 헤아릴 수 없을 정도이다. 그런데도 나섯 산의 뿌리는 연결되어 붙은 곳이 없어 언제나 조류와 물결을 따라서 올라갔다 내려갔다 잠시도 멎는 일이 없다. 신선과 성인들은 이것을 근심하여 그 사실을 하나님께 호소하니 하나님은 사극(四極)으로 흘러가 버리어 여러 성인들이 살 곳을 잃게 될까 두려워 곧 우강(禹彊)에게 명하여 큰 자라 열다섯 마리로 하여금 머리를 들고 그것들을 이고 있게 하고 육년 만에 교대하도록 하였다고 전한다.

〈봉래산 상상도〉　　　　〈현재 봉래산〉　　　　　〈봉래산 내 봉래각〉

이처럼 신선들이 산다는 봉래섬은 눈부신 금과 백옥으로 된 궁전이고, 일 년 내내 울긋불긋 피는 꽃과 열매가 주렁주렁 열리며 이 열매를 따 먹으면 언제까지나 젊고 아름다움을 간직하여 장수한다는 곳이다.[7] 또한 순백색의 새와 짐승이 살며 백설같이 흰 옷을 걸친 성인과 신선의 무리가 어우러져 사는 '영원히 죽지 않는 곳'이고 그 섬을 지키기 위해 자라 열다섯 마리가 육만 년 만에 교대로 지키는 곳이다.[8] 이어 《사기》, 《봉선서(封禪書)》〈삼신산〉 편에도 진시황제의 불로선약을 봉래에서 구하는 이야기가 전한다.

제(齊)의 위왕(威王), 선왕(宣王), 연(燕)의 소왕(昭王)이 사람을 시켜 바다를 건너 봉래 방장 영주의 삼신산을 찾게 하였다.[9] 이 삼신산은 발해 가운데 있으며, 그렇게 먼 곳이 아니었지만 배가 바람에 불어 번번이 떠내려가는 것이 탈이었다. (중략. 열자편 내용과 같음) 가까이 가지 않고 멀리서 바라보면 구름처럼 보이고 가까이 가서 보면 삼신산은 도리어 물밑에 있으며 이것을 보고 있노라면 문득 바람에 밀려 떠내려가고 마니 끝내 아무도 갈 수 없었다. 그러니 인군(人君)치고 여기에 관심을 가지지 않는 이가 없었다. 진(秦)의 시황제가 천하를 병탄(倂呑)하고 바닷가에 이르자 이런 사실을 알려주는 방사가 헤아릴 수 없이 많았다. 시황제는 더 갈 수 없다고 생각하고 사자를 시켜 동남동녀(童男童女)를 이끌고 바닷가를 찾아가 삼신산을 찾게 했다.(중략)[10]

---

7 장기근, 『중국의 신화』, 을유문화사, 1977, 68~70면.

8 김학주 역해, 『열자』, 명문당, 1991, 146면.

9 이훈종 편역, 『중국고대신화』, 법문사, 1982, 38~43. 진의 시황, 한의 무제 등 모두 가망 없는 시도를 한 사람이라 평함.

10 김병총 평역, 『사기 10 서.표』 집문당, 1994, 147~148면.

이처럼 '봉래'가 신산이며 광채 나는 환상적인 섬이어서 '선각능공, 어량가조, 만리등파, 일출부상, 만조신월, 만곡주기, 사동연운, 누천적우, 동정금파(仙閣凌空, 魚梁歌釣, 萬里澄波, 日出扶桑, 晚潮新月, 萬斛珠玑, 獅洞煙雲, 漏天適雨, 銅井金波)'[11]라는 다양한 명성을 얻었을 뿐만 아니라, 발해 북쪽과 황해 두 바다를 접하고 있는 매우 좋은 지리적 위치에 있다. 진(秦)·한(漢)시대 방사(方士)가 신산(神山)이라고 지적하고 제왕들이 서로 다투어 와서 신선산을 바라보고 신선을 찾아 나섰다. 한나라 무제가 신선산을 바라보았으나 신선을 만나지는 못하고 봉래라는 이름만 짓고 돌아간 후 봉래는 고성(古城)이 되고 봉래는 신산의 대명사가 된다. '봉래'라는 명칭은 그 후에노 계속 이어져 송(宋)나라 가탁(嘉祐) 六年(1061)에 등주(登州) 군수 주처약(朱處約)이 북쪽 바다 단애산의 고각을 보며 또한 '봉래각'이라 명한다. 등주 군수 주처약은 원래 용왕궁이었던 자리에 웅장한 봉래각을 지었다. 당시 봉래각의 규모는 지금과 비교할 수 없을 만큼 작았는데 역대 태수들의 거듭된 중건을 거쳐 오늘의 규모가 된다. 따라서 봉래각은 인간의 선경이고[12] 봉래의 옛 명칭은 '등주'로 '등주해시'[13]다. 봉래는 흰 옷을 걸치고 등에 조그마한 날개가 있는 신선들이 새같이 자유자재로 푸른 하늘과 바다를 날아들고 이러한 신선들이 다섯 개의 섬을 서로·왕래하며 친척이나 친구를 만나 즐거움을 나누는 신산으로 인류가 동경하는 선경이다. 그러한 선경 봉래가 한국 문학에 도교적 이상향으로 나타난 것이다. 봉래와 연관된 인물은 진시황제, 한무제, 소동파, 마조, 노자, 팔

---

11 陳文念 編著, 『走進蓬萊』, 中國廣播電視出版社, 2002, 10면.

12 蓬萊市政府 公室史志編纂科 編, 『蓬萊閣志』, 山東友誼出版社, 1998, 1면.

13 위의 책, 42면.

선 등이 있다.[14] 이처럼 신선이 산다는 봉래에 봉래각을 지어 신선을 모셔 놓았다. 따라서 이러한 봉래각에 모셔진 많은 인물 중에서 한국 문학에 영향을 끼친 인물의 전기를 중심으로 고찰하고자 한다.

4. 봉래 신화에 나타난 인물

1) 진시황과 봉래 신약

진(秦)의 시황제는 진나라 장양왕(莊襄王)의 아들이다. 시황제는 진나라 소왕 정월에 조도감단(趙都 邯鄲)에서 출생했으며 이름은 정(政)이고 성은 조씨(趙氏)다. 그는 13세에 장양왕이 사거함으로써 즉위하여 진왕이 되었다. 그 무렵 진의 영토가 서쪽으로는 이미 읍(巴), 촉(蜀), 한중(漢中:섬서성 남부, 호북성 서북부)을 병탄하고 남쪽으로는 완(宛)을 넘어 영(郢)을 영유해 남군을 두고 있었다. 시황이 즉위한 지 26년 만에 천하를 병합하고 비로소 황제라 칭하며 법도를 세워 만물의 강기를 삼아 인사를 밝혔다. 진시황은 예리한 콧날, 길게 째진 눈, 매처럼 튀어나온 앞가슴, 이리처럼 으르렁거리는 음성을 가진 인물이며 호랑이처럼 잔인한 선천적인 정복자로 통일의 능력을 지니고 태어났다.[15] 진왕은 발해를 따라 동행하여 황(黃), 수(腄) 산동성의 현을 지나 산동성 성산(成山)의 소정(小頂)에 오르고 지부산(之罘山)에 올라 비석을 세워 진의 덕을 칭송하고 떠났다. 그리고 남행하여 낭야산(산

---

14 方偉華 編著, 『蓬萊閣 傳奇』, 吉林攝影出版社, 2004, 8~109면.

15 다케다 다이준, 이시헌 옮김, 『사마천과 함께하는 역사여행』, 하나미디어, 1992, 79~80면.

동성)에 올라 그 풍경을 즐기며 낭야산 누각을 대대적으로 증수하여 낭야대라 부르며[16] 3개월이나 두류한다.[17] 이때 제나라 사람 서시(徐巿)[18]가 상서하기를 봉래산에 가서 선인을 구하겠다고 하자 서시를 시켜 동남동녀와 함께 바다로 들어가 구하기에 이른다. 이 기록은 《사기》, 《봉선서》에 자세하다.

〈성산두(聖山頭)〉

자고로 역대 제왕들은 인간세계에서의 부귀영화를 오래도록 누리고자 하는 욕망으로 가득하다. 천하를 통일한 진시황은 비록 봉래신산의 발견자는 아니나 동남동녀를 데리고 직접 찾아온 첫 번째 제왕이다. 기원전 219년 진시황은 단애산에 와서 끝이 보이지 않는 바다위에 파도가 힘차게 돌 바위에 부딪치는 것을 오랫동안 바라보았으나 신산이 보이지 않았다. 철렁거리는 물밑에 어렴풋이 적색이 보였는데 무엇이냐고 물으니 방사는 주저 없이 선도(仙島)라고 답했다. 선도의 이름이 뭐냐는 질

---

16 무구도인, 김중권 편역, 앞의 책, 95면.

17 黔首 3만호를 낭야산에 이주시켜 12년간 부세를 면제해 낭야대를 만들어 비석을 세워 진의 덕을 칭송했다.

18 서복이며 방사는 방술을 하여 신선이 되기를 추구하는 자.

문을 받은 방사는 난감해하다가 바다위에 떠있는 해초를 보고 이 선도의 이름이 바로 '봉래'라고 재치 있게 대답하였다. 진시황도 이 이름이 아주 만족스러웠다. 그 후부터 '봉래신산'이라는 이름으로 전해져 내려왔다. 진시황은 지부산이 마음에 들어 비석까지 남기고 갔다는 전설이 있다.[19]

이후 방사 서시는 신약을 구한지가 수년이 지났으나 구득하지 못하자 시황제에게 견책 당할까 두려워 다시 거짓으로 고한다. "봉래도의 신약은 구득이 가능하나 언제나 큰 상어가 방해를 하는 바람에 봉래도에 도달할 수 없습니다. 청하옵건대 활 잘 쏘는 사수와 동행하게 해 주시면 노(弩)를 연사(連射)하여 상어를 잡아 버리겠습니다." 때마침 시황제도 꿈에 해신과 싸우는 꿈을 꾸었는데 사람과 흡사했다. 점술가에게 물어보니 점술가는 수신은 눈으로 볼 수 없는 것인데 대어나 교룡이 나타나는 것은 해신이 있다는 징후라 말하고는 악신인 대어를 잡아야 한다고 했다. 시황제는 자신도 노를 가지고 악신[20]을 잡으려 영성산에 이르렀으나 대어를 보지 못했다. 결국 지부에 이르러 대어 한 마리를 쏘아 잡고 서쪽으로 행해 산동성 평원진에서 병에 걸려 죽음에 이르고 옥새는 황자 부소에게 내려졌다.[21] 시황제는 스스로 진인이라 부르며 신선이 되기를 염원했으나 아무것도 이루지 못한 채 죽음에 이른다. 영성산, 지부산은 오늘날도 시황제의 유적으로

19 陳文念 編著, 앞의 책, 27~28면.
20 『팔선과해』에서는 용왕, 해신, 악신을 죽였다고 하고 3000명을 동원하여 도끼로 나무를 자르고 불을 냈다고 함.
21 김병충 평역, 『사기 본기2』, 9~42면.

가득하다. 오늘날도 이곳을 찾는 방문객 중 고위 관료들은 진시황제 유적지 성산두에 오르지 못하고 되돌아간다. 진시황제가 이곳에 머물다 되돌아가 황위 자리에서 물러났듯 이곳을 방문한 자는 실각을 한다는 이야기가 유포되어 있기 때문이다. 결국, 천하는 얻었으나 불로장생의 선약은 끝내 얻지 못한 시황제다.

2) 한무제와 서왕모

한(漢) 나라 무제는 경제(景帝)의 아들이다. 경제가 꿈을 꾸었는데 붉은 돼지가 구름을 뚫고 내려오고 숭방각(崇芳閣)으로 들어가는 것이었다. 꿈을 깨서 보니 붉은 용이 다가와 문과 창을 가리고 노을이 뭉게뭉게 피었다 사라지자 붉은 용이 마룻대를 휘감는 것이었다. 점쟁이와 신녀의 도움으로 꿈을 꾼 지 14개월 만에 무제가 태어났다.[22]

한무제는 서왕모와 상원부인과 밀접하다. 《태평광기》에 따르면 한무제가 즉위해서는 신선의 도를 좋아해서 명산대천과 오악에 기도하며 신선되기를 구했다. 무제가 동방삭, 동중군과 제사를 지내고 있는데 푸른 옷을 입은 매우 아름다운 여자가 홀연히 나타나 "저는 용궁의 옥녀로 왕자등입니다. 서왕모의 사신이며 곤륜산에서 왔습니다."라며 서왕모의 말씀을 전한다. 무제가 그동안 인간사에 끼어들지 않고 선도를 닦고 있으면 7월7일에 서왕모께서 오신다는 전갈이다. 서왕모는 곤륜산에서 무제를 만나러 왔는데 검은 옥으로 장식된 봉황문양의 신을 신고 적당한 키에 온화한 분위기로 매우 신령스러운

---

22 이방 등 모음, 김장환 외 옮김, 『태평광기 1』, 학고방, 83~109면.

모습이다. 서왕모는 스스로 하늘나라 음식을 준비하고 시녀에게 명해 선도를 준비해 네 알을 무제에게 주고, 세 알은 자신이 먹었다. 무제는 씨를 챙겨 심으려 했으나 서왕모가 이 선도는 3000년에 한 번 열매를 맺는 것으로 중원의 땅은 척박하여 자라지 못한다고 하자 무제는 그만둔다.[23] 서왕모는 서쪽 부족의 반인반수의 여신이었다가 30대의 금모로 재창조되고 여왕으로 승격되어 중원과 서북지방의 문화, 역사, 정치, 경제를 연결하는 교량역할을 하며, 반도라는 선계를 설정하여 재난을 평정하고 불사를 관장하는 여신선의 우두머리다. 옥황의 부인역할도 하는 다양한 능력을 지닌 여선인 서왕모는 허난설헌의 〈유선사 87수〉에서도 상원부인과 함께 등장한다.[24] 무제와 봉래의 관계 또한 서왕모와 연계되어 나타난다.

서왕모는 《오악진형도(五嶽眞形圖)》를 무제에게 보여주며 말한다. '곤륜산은 신선들이 쉬게 하는 곳이고, 봉래산은 진인들을 묵게 하고, 방장산은 신선들이 편히 거하는 곳이며, 여러 신선과 옥녀들이 창명에 모여 사는데 헤아리기 어려울 만큼 많다'라는 것이다.[25] 따라서 곳곳에 그들을 잘 모시고 선도를 닦아야 하고 그 비밀을 범속한 이들에게 누설하면 재앙이 닥친다는 것이다. 이 대화에서 '봉래'라는 지명이 나타나며 '봉래'는 진인(眞人)을 묵게 하는 신산의 대명사에서 오늘날 중국지도에 '봉래'라는 곳을 찾을 수 있게 한 사람이 바로 한무제다. 전국 시대 방사들은 영화부귀를 누리기 위하여 발해, 봉래 신산의 전설을 이용하여 그곳에 장생불로약이 있다고 거짓말을 꾸며댔다.

---

23 위의 책, 87면.

24 김명희, 『조선시대 여성 한문학 −여선 서왕모 숭배의 시』, 이회문화사, 2005, 111~135면.

25 이방 등, 앞의 책, 96면.

황제들은 이것을 듣고 서로 다투어 사람을 보냈다. 한무제도 선약을 찾고 싶었다. 방사를 신산으로 보낸 지 몇 개월이 되었지만 아무 소식이 없자 한무제는 먼 길임에도 불구하고 밤낮없이 달려서 드디어 봉래신도에 도착했다. 교활한 방사는 황제에게 거짓말 한 것이 들통 나면 죽임을 당한다는 것을 잘 알고 있었기에 자기 말이 거짓말이 아니라는 것을 보여주기 위해 숲에 거대한 발자국을 미리 만들어 놓았다. 한무제는 봉래신산은 찾지 못했지만 이 발자국을 보고 신선이 있다는 것을 믿게 된다. 한무제는 단애산의 꼭대기에 서서 동경하는 눈길로 먼 바다를 바라보며 "내가 서있는 곳이 바로 봉래잖아"라고 감탄한다. 당(唐)나라 두우(杜佑)의 《통전(通典)》에는 한무제가 서 있던 곳에 성을 만들어 '봉래'라는 이름을 붙였다고 한다. 이로부터 무제는 상상속의 봉래 섬을 인간과 공존하는 봉래로 변모시킨 최초의 황제가 된다.[26] 원수(元狩) 2년(기원전 121년) 2월 무제는 병이 들어 붕어한다. 후에 무제의 무덤에서 옥 상자 하나와 옥 지팡이 하나가 나왔는데[27] 이것은 무제가 가장 아끼던 물건으로 서쪽 오랑캐 강거왕(康渠王)이 바친 것이다. 《한무내전》에는 "당초 경서와 지팡이를 무덤 안에서 수렴했건만 갑자기 나타나 저잣거리에서 팔리고, 산 속 암실에서 발견되었으니 자고로 신기한 변화와 오묘함이 아니라면 누가 이렇게 할 수 있겠는가."[28] 라고 했다. 서왕모의 경고대로 가르침을 따르지 않은 무제는 신선대열에는 올랐으나 재앙을 받아 죽음에 이르렀고 아끼던 보물마저 저잣거리에 떠돌게 된 것이다.

---

26 陳文念 編著, 앞의 책, 33~37면.
27 이방 등, 앞의 책, 108면.
28 위의 책, 109면.

그러나 한무제는 신선의 섬, 진인이 묵는 선경을 인간과 함께 사는 섬으로 만든 황제며《오악진형도》를 서왕모에게 받아, 간직하고, 전수하며, 전수받은 바를 잘 준수하도록 명령한 황제이기도 하다. 한무제 이후 봉래는 신선과 옥녀가 거처하는 상상의 섬에서, 인간들의 섬으로 자리 잡는다.

3) 소동파와 용왕신화

소동파는 당송팔대가(唐宋八大家)의 한 사람으로서 중국문학에서 중요한 위치를 차지한다. 중국의 근대 작가 임어당(林語堂)은 소동파가[29] 단순한 시인이 아니라 여러 방면에서 천재적인 소질을 지닌 지혜로운 사람이라고 평할 정도다.

서기 1085년 6월 소동파는 발령을 받아 은거(隱居)하던 황주(黃州)를 떠나 산동의 등주(登州)로 향하였다. 4개월을 거쳐 드디어 등주에 도착했지만 5일 만에 다시 임금의 명을 받들어 경성(京城)으로 가게 된다. 소동파는 등주에 5일 동안 머물렀지만 '오일등주성 천년소동파(五日登州城, 千年蘇東波)'라는 미담이 전할 정도로 등주에 있는 동안 백성의 살림에 관심을 두었다.[30] 해방(海防)의 안전에 신경을 써서 직

---

29 그분은 낙천주의자이며, 人道주의자며, 백성들의 친구며, 대문호며, 조예 깊은 서예가며, 창의적인 화가며, 술 빚는 법을 연구하는 실험가며, 엔지니어이며, 淸敎徒주의를 반대하는 사람이며, 瑜珈修行者이며, 불교신자이며, 대단한 儒家정치가이며, 황제의 비서이며, 酒仙이며, 마음이 후한 법관이며, 특이한 정치 견해를 주장하는 사람이며, 달빛 아래서 배회를 즐기는 사람이며, 시인이다.

30 官이 독점하고 있는 소금이 비싸다는 말을 듣고 朝廷에 이런 규정을 폐지하면 어떨까 上奏하여 朝廷에서 이 건의를 받아들여 그 후 등주백성들은 자유롭게 소금을 사다 먹을 수 있게 되었다. 이런 개혁적인 제도는 전역에서 드문 일이었다.

접 바다 뚝방을 시찰하고, 병사의 숙소까지 방문하며 조정(朝廷)에 등주가 전략적인 중요한 위치로 여겨지는 여러 가지 역사적인 사실(史實)을 상주(上奏)하였다. 그가 쓴 〈해시(海市)〉는 절창으로 등주는 더욱 널리 알려져 사람의 발길을 끌게 되었다.[31] 봉래 신화에는 소동파와 용왕에 대한 이야기가 있다.

소동파는 등주에 도착한지 5일 만에 예부낭중(禮部郎中)으로 임명되고 京城으로 부임하라는 발령을 받았다. 유감스럽게도 등주의 해시기관(海市奇觀)에 대해서 많이 들었지만 직접 본 적은 없었다. 해시는 보통 5~6월에 나타나지만 지금은 10월이었다. 소동파는 술을 조금 마신 뒤에 봉래각에 올라가 바라보았지만 해천일색(海天一色)이었을 뿐 신선은 볼 수 없었다. 해시라고 하면 해저용왕(海底龍王)이 다스리는 범위가 아닐까하여 용왕에게 부탁하면 볼 수 있을 지도 모른다고 생각하면서 봉래각 근처 용왕오광(龍王敖廣)을 섬기는 광덕왕묘(廣德王廟)에 가서 용왕에게 소원을 빌었다. 동해용왕오광(東海龍王敖廣)이 용궁에 앉아 있었는데 갑자기 용궁이 흔들리기 시작했다. 예전에 나타(哪吒)와 손오공(孫悟空)이 소란을 피울 때 이런 일이 한번 있었기에 이번에도 또 그들인가라는 생각이 들자 동해용왕이 순해야차(巡海夜叉)를 불러 무슨 일이 일어났느냐고 물어보았다. 순해야차가 나타나도 손오공도 보이지 않는다고 일렀다. 용궁이 더욱더 세게 흔들리었다. 그리하여 용왕이 천

31 陳文念編著, 앞의 책, 53~67면.

리안(千里眼)과 순풍이(順風耳)를 불렀다. 천리안은 자세히 보고는 "봉래각의 광덕왕묘에서 어떤 긴 수염의 사람이 대왕에게 절을 하면서 뭐라고 중얼거리고 있습니다."라고 아뢰었다. 또 순풍이를 시켰더니 순풍이는 소동파가 말한 것을 용왕에게 그대로 전달하였다. "용왕이 잘 보살핀 덕분에 등주는 날씨가 좋고 풍년이 들었습니다. 용왕의 공덕(功德)에 감사하여 사찰도 짓고 불상도 조각해드렸습니다. 그리고 백성이 용왕의 참된 모습을 제 눈으로 볼 수 있도록 봉래각도 새로 세웠습니다. 그 옛날 진시황제며 한무제며 용왕을 경모하는 사람이 수없이 찾아왔지만 끝내 실망해서 떠날 수밖에 없었습니다. 저도 곧 떠나겠으니 용왕의 용안(龍顔)을 뵙고 말씀을 듣고 가면 섭섭하지 않겠습니다. 내일 정오에 봉래각에 술을 준비하여 정식으로 인사를 드리겠습니다."라는 말을 전해 듣고 용왕이 몹시 기뻐했다. 이때는 진동도 멈추고 용궁이 다시 고요하였다.

이튿날 소동파는 해시기관을 같이 보자고 관리와 백성을 데리고 봉래각에 올라 술잔을 들고 바다 쪽으로 향해 뭐라고 중얼거리다가 술잔을 바다에 던져버렸다. 바로 이때 잔잔하던 바다 표면 위에 형태가 이상한 산봉우리와 궁궐이 나타났고 산봉우리 위에서 신선 여러 분이 바둑을 두기도 하고 술을 마시기도 하는 것처럼 보였다. 조금 후에 용맹한 사병들이 말을 타고 씩씩하게 나왔다. 사람들은 이런 굉장한 모습[32]을 보고 무슨 말을 해야 할지 모를 정도로 깜짝 놀랐다. 소

---

[32] 용왕이 "동파는 무엇을 하는 사람인지 용궁을 흔드는 재주까지 있을까"라고 신하들에게 물었다. 박식한 거북 승상이 "이 분은 天上文曲星이라는 신선이 속세에 내려와서 변신한

동파는 미소 짓는 얼굴로 수염을 훑으며 바라보기만 하였다.

한 시간 후에 산이나 신선이 모두 사라졌으며 바다 표면은 또 다시 잔잔한 모습으로 회복되었다. 소동파는 종이를 펼쳐 줄줄 쓰기 시작했다. 이 시가 〈해시시병서(海市詩併序)〉이다.[33]

동쪽에 구름이 두둥실 떠다니고

신선 무리는 하늘가운데 나타나네

온 세상에는 생동하는 만물이 흔들거리는데

어찌 패궐 안에만 진주궁이 숨겨져 있나

내가 보고 알고 있는 것이 다 환영이니

감히 눈과 귀로 신공을 번민하게 하네

날은 춥고 물도 얼어 천지가 막혔으니

나를 위해 고기무리를 채찍질 해주시오

서리 내린 아침에 우거진 누각들이 거듭 나타나는데

이런 기이한 일은 백세 노인을 놀라게 하네

세상에 있는 일은 노력하면 이룰 수 있지만

세상 밖에 아무것도 없는데 누가 영웅이란 말이냐

내가 거절할 수 없는 맑은 세계로 이끌리네

내가 믿기로는 사람의 재앙은 다함이 없고

조양태수 남쪽에서 다시 돌아와

시름에 쌓인 축융(祝融)을 기쁘게 바라보며

사람이고 당나라 詩仙 이태백이 다시 태어난 사람입니다."라고 아뢰었다. 용왕이 "과연 문장을 잘하는구나, 내일 삼천 재능이 뛰어난 병사를 데리고 봉래바다로 가서 蘇大學士에게 보여 주거라"라고 명령하였다.

33 方偉華 編著, 앞의 책, 13~17면.

스스로 말하기를 산귀를 곧바로 움직였다고

슬픈 용종이 만들어짐을 어찌 알리오

한번 웃으면 쉽게 얻어짐을 믿으며

신이 너에게 준 것이 이미 풍부하다

고독한 새가 기울어진 햇빛에서 만 리를 날아 사라지고

다만 푸른 바닷물은 구리거울 같아 보이네

아름답고 새로운 시구들이 또한 무슨 소용인가

서로 더불어 동풍을 좇아 변화할 뿐이네[34]

東方雲海空復空(동방운해공복공)

群仙出沒空明中(군선출몰공명중)

蕩搖浮世生萬象(탕요부세생만상)

豈有貝闕藏珠宮(기유패궐장주궁)

心知所見皆幻影(심지소견개환영)

敢以耳目煩神工(감이이목번신공)

歲寒水冷天地閉(세한수냉천지폐)

爲我起蟄鞭魚龍(위아기칩편어룡)

重樓翠卓出霜曉(중루취부출상효)

異事驚倒百歲翁(이사경도백세옹)

人間所得容力取(인간소득용력취)

世外無物誰爲雄(세외무물수위웅)

---

34 내가 등주시에 대해서 오래전부터 들었는데 백성들이 말하기를: 항상 봄과 여름에 나타나고 올해는 때가 늦어 다시 나타나지 않는다고 한다. 나는 5일이면 떠나는데 보지 못하는 것을 한스러워 해신광덕묘지에서 내일 만나자고 기도하며 이 시를 쓴다.

率然有請不我拒(솔연유청불아거)

信我人厄非川窮(신아인액비천궁)

潮陽太守南遷歸(조양태수남천귀)

喜見石廩堆祝融(희견석름퇴축융)

自言正直動山鬼(자언정직동산귀)

豈知造物哀龍鍾(기지조물애용종)

信眉一笑豈易得(신미일소기이득)

神之報汝亦已豊(신지보여역이풍)

斜陽萬里孤鳥沒(사양만리고조몰)

但見碧海磨靑銅(단견벽해마칭동)

新詩綺語亦安用(신시기어역안용)

相與變滅隨東風(상여변멸수동풍)[35]

    소동파는 위의 시 외에도 〈망해(望海)〉, 〈복어행(鰒魚行)〉, 〈유직방
(遺直坊)〉, 〈유별등주거인(留別登州擧人)〉, 〈유수자당노인(遺垂慈堂老
人)〉, 〈해상서부(海上書懷)〉 등이 있는데, 모두 등주에 관한 시로 등주
에 대한 깊은 애정을 읽을 수 있다.

    한국문학에 문학가로만 인식되어진 소동파가 봉래 신화를 역사적
인 사실로 받아들여 등주에 관한 시문을 많이 남김으로써 등주를 실
증적인 신화의 마을로 만드는데 일조를 한다. 소동파는 봉래를 신선
의 세계만이 아닌 용궁신화를 시문으로 남김으로써 신선과 인간, 용
왕이 함께 사는 신비의 섬으로 바꾸어 놓았다.

---

35 위의 책, 11면.

4) 백성의 수호신 천후여신(天后女神)

마조는 현재 중국에서 가장 잘 알려진 여신이다. 서왕모가 문헌 속에서만 존재하는 위대한 여신이었다면 마조는 중국 전역에 걸쳐 현재도 추앙받는 여신이다. 대만을 비롯한 홍콩, 마카오 등 중국 전역에 걸쳐 마조 사당이 없는 곳이 없다. 송대 이후 동남아시아 화교 사이에서도 가장 유명한 여신은 여와, 서왕모가 아닌 마조다.[36]

〈마조(媽祖)〉

천후는 마조(媽祖), 천비(天妃)라고 불리기도 하고 마조파(媽祖婆)라는 별명도 지닌다.

마조는 해상항운을 다스리는 여신이다. 천후는 송나라 초기 복건성(福建省) 순검(巡檢) 임원(林源)의 딸이며 건륭원년(建隆元年)(960년) 음력 3월 23일에 태어났다. 불교를 믿는 부모는 자식이 없다가 어느 날 꿈에서 관세음보살이 주신 약을 받아먹고 그녀를 낳았다. 이상하게 태어난 후에 울지 않아서 '묵(黙)'이라는 이름을 얻었다. 다른 아이하고 다르게 10살부터 불교를 믿고 13살부터 법술(法術)을 배우기 시

---

36 김선자, 『김선자의 중국신화 이야기 2』, 아카넷, 2006, 153면.

작했다. 바닷가에서 자라 수영을 아주 잘했다. 17살이었을 때 그녀가 바닷가에서 놀 때 갑자기 바람이 세게 일면서 거대한 파도가 일어났다. 어선 한척이 무서운 파도에 뒤집어져서 배 위에 탄 사람들이 다 물에 빠졌다. 바로 그때 그녀가 물에 뛰어 들어가 파도에서 몸부림치고 있던 사람들을 한 명 씩 구해냈다. 아직 살려달라고 외치는 사람이 있는 것을 보고 그녀는 풀 한 포기를 따서 바다에 던져버렸다. 삽시간에 풀이 거대한 나무가 되어 물에 빠진 사람들은 그 나무를 붙잡고 모두 살아났다. 그 후 어부들은 그녀를 신녀라고 부르기 시작했다. 그런 그녀는 송(宋) 옹희(雍熙) 사년(四年)(987년) 음력 9월9일에 복건(福建) 미주도(湄州島)에서 세상을 떴다. 꽃 같은 나이에 갑사기 죽은 그녀를 위해 어부들은 절을 만들어 그녀에게 제사를 지내기 시작했다. 이 절들은 천후궁(天后宮)이나 마조묘(媽祖廟)라고 불리었다.[37] 이후 바다의 여신 마조는 여러 왕조에 의해 작위를 거듭 받는다.

송나라 휘종(徽宗) 선화(宣和) 5년(1123년)에 노윤적 등이 황제의 명을 받아 고려로 가게 되었는데 미주 지방을 지나다가 폭풍이 휘몰아쳐 일곱 척의 배를 잃었다. 그때 노윤적의 배만 무사했는데 마조가 도왔다는 것이다. 이 사실이 조정에 알려지면서 조정에서는 마조를 순제(順濟)부인, 영혜(靈惠)부인[38]이라는 작위를 내린다. 이때부터 마조는 백성의 수호신으로 격상되고 보랏빛 옷을 걸치고 바다 위를 날아다니며 해적을 잡고, 전염병을 치료하고, 풍년이 들게 하는 등 바다와 지역민을 지키는 수호신이 된다. 원나라 때는 부인에서 천비로 승격된다. 원나라 때부터는 마조 신앙이 북부 지방에까지 퍼지다가 명조 영

---

37 方偉華 編著, 앞의 책, 18~20면.
38 원래 처녀라 부인 칭호를 받지 못하는데 조정에 큰 공을 세웠다고 해서 내린 부인 칭호다.

락제 때 유명한 환관인 정화가 거대한 선박을 이끌고 아프리카까지 진출하는 세계사적인 사건이 있었다. 그때마다 마조에게 제사를 올려 머나먼 바닷길에서 무사할 수 있었는데 마조가 붉은 옷을 입고 붉은 등불을 들고 나타났다. 이어 청나라 강희제(康熙帝)는 천후로 격상시키고 천후낭낭(天后娘娘)이라 호칭한다. 1683년 강희제는 대만 정벌을 나서는데 팽호도를 정벌하지 못했다. 그때 청나라 사령관이 마조 신상을 싣고 바다에 나서자 바다에 붉은 빛이 나타나면서 마조가 거느리는 붉고 푸른 신장이 나서서 대만 군대를 격파한다. 이로써, 청나라 말기 마조는 신들 이름 중에 가장 긴 이름을 조정에서 받게 된다. 총 62자에 이른다.[39]

중국 전역에 유포된 마조 신앙은 바다를 항해하는 많은 사람들에게 심리적 안정을 주는 신이다. 마조 여신은 봉래각에도 모셔져 있다. 마조는 고려로 가는 배를 지켜 주었고, 근대사에서는 대만, 아프리카까지 여 전사 차림으로 뱃길을 안전하게 안내하는 여신이 된다. 마조는 백성을 지켜주는 수호신으로 산동성, 봉래각 천후 사당에 봉인되어 있다.

5) 팔선과 봉래

팔선에 대해서는 많은 전설이 있다. 《팔선과해》는 중국의 10대 고전으로 중국인들이 가장 선호하는 책이다. 초현실적인 팔선의 전설과

---

39 '護國庇民妙靈照應 弘仁普濟福佑群生 誠感咸孚顯神贊順 垂慈篤佑安瀾利運 澤覃海宇恬波宣惠 導流衍慶靖洋錫祉 恩周德溥衛漕保泰 振武綏疆嘉佑天后' 김성자, 앞의 책, 156~159면.

봉래를 연계하여 고찰하고자 한다.

당나라 시성인 두보의 시 〈음중팔선가(飮中八仙歌)〉[40]는 당시의 신선들의 경황을 짐작하게 한다. 득도한지 얼마 안 된 신선 여덟 명이 오래전부터 봉래 절경에 대해 들어왔다.

여자와 술을 좋아하는 여동빈이 봉래에 와서 술을 마시며 즐겼다. 술을 마시다가 멀리 바다 표면 위에서 이상한 경관들이 어렴풋이 나타났는데 신기루였다. 인간을 교화하는 신선인 철괴리가 말하기를 '봉래선산이 신선들이 수련하고 사는 곳이라고 오래전부터 들었는데 우리 이 기회에 그 선산에 가보는 게 어떨까' 했다. 마부 신선인 장과로는 세상일을 많이 겪은 사람이라서 '신선들이 조용하게 수련하는 선도라면 경솔하게 방문할 수 없으며 비난을 초래할지도 모른다'고 답했다. 명문가의 자제로 서생 한상자는 참견하기 좋아하는 사람이라 '우리 모두 다 신선인데 뭘 그렇게 무서워하느냐, 그분들도 심심해서 같이 놀 사람을 찾고 있을지도 모른다'고 하고 장과로의 처남으로 중성이며 가무를 즐기는 남채화는 철없는 소년이라 한상자의 의견

---

40 知章騎馬似乘船 술 취한 하지장의 말 탄 모습은 마치 배를 탄 듯
　　眼花落井水底眠 게슴츠레한 눈으로 우물에 빠지면 물 밑에서 그냥 잠든다
　　汝陽三斗始朝天 여양왕 이진은 세 말 술을 마시고 나서야 비로소 천자께 아침조회하고
　　道逢麴車口流涎 길에서 누룩 수레를 보면 군침을 흘리고
　　恨不移封向酒泉 주천으로 옮기지 못한 것을 한탄한다
　　左相日興費萬錢 좌상 이적지는 하루 술값이 만전
　　飮如長鯨吸百川 큰 고래가 냇물을 들이켜듯
　　銜杯樂聖稱避賢 잔을 들면 청주를 마시고 탁주를 싫어하기로 유명하다.
　　宗之瀟灑美少年 최종지는 인품이 훌륭한 미소년이라
　　舉觴白眼望靑天 잔을 들고 눈을 흘겨 푸른 하늘을 바라보면
　　皎如玉樹臨風前 바람 앞에 옥나무인 양 밝다
　　蘇晉長齋繡佛前 불자인 소진은 항상 수놓은 불상 앞에서 재계하다가
　　醉中往往愛逃禪 종종 술에 취하면 참선을 핑계하고 잠을 잔다
　　- 중략 -

을 따랐다. 팔선 중에서 제일 존경을 받는 여동빈이 막 말을 하려는데 무부출신 한종리가 빙그레 웃으면서 손에 쥐고 있던 파초부채를 물에 던져버렸다. 그 부채는 물에 떨어지자마자 배만큼 커졌고 한종리는 자기의 뚱뚱한 몸을 뛰어 안전하게 부채위에 떨어진다. 그는 선박만한 부채 위에 편안히 누워서 조그만 힘을 모아 스스로 바다 건너편을 향한다. 여동빈은 술김에 그의 행동에 동의한다. 그는 등 뒤의 음양 검을 뽑아 그 빛나는 검을 타고 바다표면을 유성처럼 빨리 달리는데 얼마 안 돼 한종리가 탄 부채선을 따라잡는다. 철괴리는 술이 담긴 호박을 꺼내 한숨에 바닥나게 마시고 그 호박을 타고 파도를 헤치며 나아갔다. 한상자는 신선 모두 누구도 배를 타지 않고 각자 자기의 재간으로 가는 것을 보고 어쩔 수 없이 따라할 수밖에 없었다. 그가 끼고 다니던 통소를 바다에 던지자 통소가 대나무 뗏목처럼 커졌다. 그도 기뻐하며 재빨리 그것을 타고 앞선 신선을 쫓아갔다. 남채화는 나이는 어리지만 누구에게도 지지 않게 손에 있는 꽃바구니를 바다에 던져버리니 꽃바구니는 아름답게 장식한 배가 되어 그를 태우고 바람처럼 앞으로 나갔다. 미녀 신선 하선고도 남자 못지않게 보물 연꽃에 바람을 불었다. 그 연꽃은 삽시간에 거대한 꽃배가 되어 그를 태워 바람을 타고 앞으로 나갔다. 고관대작 출신인 조국구의 보물은 옛날 임금을 뵈러 조정에 갈 때 들고 가던 홀인데 그도 다른 사람을 흉내내 바다 건너편으로 갔다. 장과로는 보물이 없다고 해서 안 따라갈 수도 없었고 자기가 타고 다니던 당나귀를 바다로 몰았다. 습관대로 거꾸로 앉자 그 당나귀는 한 치도 기다리고 싶지 않은 듯 다른 사람을 따라잡는다.

팔선은 서로 앞을 다투어 쫓고 쫓기고 하면서 바다 건너편을 향해

갔는데 뒷이야기는 아무도 알 수 없다고 한다.

〈팔선의 모습〉

〈팔선과해의 모습〉

　　매우 낭만적인 팔선은 신선들이 산다는 봉래산에서 화려하게 살다 언제 어디로 갔는지 모르게 훌쩍 하늘로 다시 떠난다. 이들의 공통점은 노자를 따르지 않는 자유자재한 신선이라는 점이다. 또 하나는 그들의 일탈된 행동이다. 나귀를 거꾸로 타고, 긴 수염을 기르고, 총채를 쥐고 다니는, 거지같은 행색에 철지팡이 짚기, 갖은 이적을 일으키며 서로가 서로에게 선단을 주고받아 신선이 된다. 팔선은 인간과 어울려 살지만 행동이나 마음은 늘 자유롭다.

　　팔선이 봉래를 지나갔다는 기록이 있고, 봉래각에는 팔선이 취해 놀고 있는 그림으로 가득하다. 그들은 새로운 세계를 꿈꾸고 문장이나 부귀영화는 일장춘몽임을 갈파한다. 곧 북망산에 묻힐 인생이니 가난뱅이 부자 되어 웃고, 부자는 퍼주어 웃는 세상을 만들자[41]는 것이 팔선의 궁극적인 지향점이다.

5. 운무의 봉래섬

　신화란 인간의 소망이 구체화 된 것이며 그것이 적절한 상상적 표현이라는 해석이 있다.[42] 신화는 서술의 형식을 가지고 있으며 비합리적이고 기원이나 운명에 관한 작자 불명의 설화며, 상상력의 도식이라 할 수 있다. 이러한 도식에서 얻어진 설화가 전설의 유래담이 된다. 이러한 신화·전설의 비합리성이 동양문학에서는 흔하다. 특히 중국을 비롯한 한국에는 유사한 모티브를 그대로 쓰고 있다. 위에서 고찰한 중국 산동성 봉래 역시 한국 문학에도 신선과 관련된 인물과 지명 유래담이 그대로 전해져 내려온다. 신선이 될 수 있다는 신념으로 불로초를 캐러 동남동녀를 보냈다는 진시황이 도착한 곳도 바로 연태산이고, 한무제, 소동파가 뒤이어 봉래를 다녀가면서 그곳이 신들만 사는 곳이 아닌 인간과 함께 살아가는 전설의 고장이 된다. 또한 천혜여신 마조 신앙이 바닷길을 안전하게 열어주는 여신으로 추앙받아 모셔진 곳이어서 항해뿐 아니라 재앙마저도 막아주는 벽사진경의 신이 모셔진 곳이기도 하다. 그 운무의 신비한 바닷길을 팔선들도 이곳을 최종의 선경의 종착지로 생각하고 이곳을 지났다는 신들의 섬이다.

　봉래라는 명칭만으로도 한국문학에서는 신선이 사는 곳으로 인식되어 내려온다. 그곳은 서왕모가 '오악진형도'를 한무제에게 내려 신선과 옥녀들이 거처하는 곳으로 형성하고 그 계율을 지키려고 명령했다는 기록으로 보아 서북 지역을 관장한 서왕모 여신이 한무제를 시켜

---

41 무구도인, 앞의 책, 374면.
42 윌리엄 라이터, 이경식 역, 『신화와 문학』, 전망사, 1981.

상원부인과 함께 이곳을 신선의 고장으로 만든 의도가 엿보인다. 이런 기록은 《태평광기》라는 책이 조선에 유포되면서 많은 도교 신앙을 지닌 문인들의 문학에서 앞 다투어 시의 제재로 인용되었기 때문이다. 논자가 이런 봉래 신화에 관심을 가진 이유도 여기에 있다. 허난설헌이 〈유선사〉를 짓게 된 동기가 조선에 유입된 《태평광기》를 읽었고 그 책에 심취되어 스스로 도교를 신봉하며 도인으로 살다가 죽음을 택한 신선이 아닌가 한다. 그녀의 시 〈유선사〉에 나오는 신선들, 곧 서왕모, 상원부인, 옥녀, 한무제 등을 실재화시킨 시문이 실증이다. 한국문학의 장르 중에서도 시조, 가사에 가장 흔하게 나오는 봉래 섬은 말할 것도 없다. 봉래는 한국문학의 신화, 전설의 본향(本鄕)으로 가보지 못한 곳이지만 그 섬을 늘 동경하며 노래하였다고 본다.

참고문헌

1. 자료

《영조실록》 102, 104, 109, 124권

《유교대사전》

《한국고전비평자료집》권 2.

《한국민족문화대백과사전》

갈홍선 전위어석, 『신선전』, 학원출판사, 1998.

＿＿＿＿＿＿＿＿, 『열선전』, 학원출판사, 1998.

김병총 평역, 《사기 본기2》, 집문당, 1994.

＿＿＿＿＿, 《사기 서·표》, 집문당, 1994.

＿＿＿＿＿, 『당시감상대관』, 까치사, 1993.

김학주 역해, 『열자』, 명문당, 1991.

무구도인, 김중걸 편역, 『팔선과해』1~2, 일송북, 2003.

박일봉 편역, 『산해경』, 육문사, 1995.

沙靈娜 選詩, 『唐詩三百首全選』, 貴州人民出版社, 1990.

오명제, 『조선시선교주』, 요령민족출판사, 1999.

유몽인, 《어우야담》.

劉勰, 『문심조룡』, 현암사, 1975.

유향, 김장환 옮김, 『列仙傳』, 예문서원, 1996.

유향, 이숙인 옮김, 『열녀전』, 예문서원, 1996.

李德懋,《士小節》卷之七.

이방 등 모음, 김장환·이민숙 외 옮김,『태평광기』1~3, 학고방, 2001.

이원섭 역,『이백시선』, 삼중당, 1980.

임동권,『한국민요전집』, 집문당, 1974.

허균,《성소부부고》권 19.

____ ,《학산초담》.

2. 단행본

강신항,『국문학사』, 보성문화사, 1979.

경기도 편,『그대의 맑은 향기 사라지지 않으리』, 경기도 여성정책국 여성정책과, 2001.

구보노리타다, 이정환 옮김,『도교의 신과 신선 이야기』, 뿌리와 이파리, 2004.

김대행,『시조유형론』, 이화여대 출판부.

김동준,『한국시가의 원형이론』, 진명문화사, 1996.

김명희·박현숙,『조선시대 여성한문학』, 이회, 2005.

김명희 외,『문학으로 읽는 옛 여성들의 삶』, 이회, 2005.

_____ ,『조선시대 여성문학과 사상』, 이회, 2003.

김명희,『소설헌 허경란의 시와 문학』, 국학자료원, 2000.

_____ ,『옛 문학의 비평적 시각』, 태학사, 1997.

_____ ,『허부인 난설헌 시 새로 읽기』, 이회, 2002.

김병연,『김삿갓 풍자시 전집』, 이응수 정리, 실천문학, 2000.

_____ ,『시선 김삿갓의 한시』, 신영준 해설, 투영 미디어, 2002.

김선자,『김선자의 중국 신화 이야기 2』, 아카넷, 2006.

김승찬,『고전시가론』, 방송통신대학 출판부, 1989.

김용철,『김삿갓』, 홍신문화사, 1977.

김의숙 편저,『김삿갓 구전설화』, 영월 문화원, 2000.

김일호 편,『김립시집』, 진문출판사, 1965.

김지용 역,『역대여류한시문선』, 대양서적, 1975.

_____ ,『한국의 여류한시』, 여강출판사, 1991.

김현룡,『한중소설설화비교연구』, 일지사, 1976.

뇌절칭·사다무 저,『동방신화』, 희망출판사, 2007.

다케다 다이준, 이시헌 옮김,『사마천과 함께하는 역사여행』, 하나미디어, 1992.

도양 중수 편,『중국신화』, 상해문예출판사, 1996.

라마자노글루 외, 최영·박정호·최경희·이희원 역,『푸코와 페미니즘』, 동문선, 1997.

레프리웍스, 서동진·채규형,『섹슈얼리티』, 현실문화연구, 1999.

무천국,『신선』, 중주고적출판사, 1998.

문복희,『한국 신선시의 이해』, 형설출판사, 2005.

미셸 푸코, 이규현 역,『성의 역사』, 나남신서, 1993.

박을수,『시조대사전』, 아세아문화사, 1992.

_____ ,『시화: 사랑 그 그리움의 샘』, 아세아문화사, 1994.

_____ ,『한국시가문학사』, 아세아문화사, 1997.

_____ ,『한국시조문학대사전』, 아세아문화사, 1992.

박주,『조선시대 여성과 유교문화』, 국학자료원, 2008.

方偉華 編著,『蓬萊閣 傳奇』, 吉林撮影出版社, 2004.

_____ ,『봉래각각생』, 길림촬영출판사, 2004.

_____ ,『봉래각고금서화정선』, 길림촬영출판사, 2004.

_____ ,『봉래각시문』, 길림촬영출판사, 2003.

蓬萊市政府 公室史志編纂科 編,『蓬萊閣志』, 山東友誼出版社, 1998.

山東省 徐福研究會 編,『徐福傳說』, 香港亞洲通信出版社, 1992.

서강여성문학연구회 편,『한국문학과 모성성』, 태학사, 1998.

_____ ,『한국문학과 환상성』, 예림기획, 2001.

성기옥,『국문학과 도교』, 태학사, 1998.

성현경,『한국고전시가작품론』, 집문당, 1992.

신경림 편역,『죽장에 삿갓 쓰고 방랑 삼천리』, 시인사, 1980.

신연우,『조선조 사대부 시조문학 연구』, 보고사, 1997.

오생근 · 윤혜진 공편,『성과 사회』, 나남사, 1998.

오성견 편저,『역대신화기경전』, 서원출판사, 2006.

于秉杰 主編,『煙臺 旅遊 故事』, 中國旅遊出版社, 1995.

雨虹 編著,『八仙過海在蓬萊』, 中國文聯出版公司, 2004.

원가,『중국고대신화』, 화하출판사, 2006.

윌리엄 라이터, 이경식 역,『신화와 문학』, 전망사, 1981.

李能和,『朝鮮朝解語花史』, 한남서림, 1927.

이이화,『허균』, 한길사, 1997.

이청,『바람처럼 흐르는 구름처럼 소설 김삿갓』, 경덕출판사, 2007.

이훈종 편역,『중국고대신화』, 범문사, 1982.

잔스추앙, 안동준 · 김영수 뒤침,『도교와 여성』, 창해, 2005.

잠명자,『중국고대신화와 전설』, 상무인수관, 1996.

_____ ,『중국신화학』, 우하인민출판사, 1993.

장기근 편저,『백낙천』, 태종출판사, 1977.

장기근,『중국의 신화』, 을유문화사, 1977.

장불등 · 공창우 주편,『봉래여유』, 산동우의출판사, 1996.

장사훈,『국악총론』, 세광음악출판사, 1995.

전규태,『고려가요의 연구』, 백문사, 1991.

정공채,『김삿갓 시와 인생 오늘은 어찌하랴』, 학원사, 1985.

정대구,『김삿갓 연구』, 문학아카데미, 1990.

정대림 외,『한국고전시학사』, 홍성사, 1981.

정비석,『소설 김삿갓』, 고려원, 1991, 21판.

정토유 편,『중국선화』, 상해문예출판사, 1992.

조동일,『한국문학통사』, 지식산업사, 1991.

조두현,『한시의 이해』, 일지사, 1978.

조셉 브리스토우, 이영정·공선희 옮김,『섹슈얼리티』, 한나래, 2000.

陳文念 編著,『走進蓬萊』, 中國廣播電視出版社, 2002.

최광수,『고시조해설』, 세운문화사, 1977.

최동현·임명진 편,『페미니즘 문학론』, 한국문화사, 1996.

표정옥,『현대 문화와 신화』, 연세대 출판부, 2006

피터 브룩스, 이봉지·한애경 옮김,『육체와 예술』, 문학과 지성사, 2000.

한국고전문학회편,『국문학과 도교』, 태학사, 1998.

허경진,『허균의 시화』, 민음사, 1982.

허미자,『이매창 연구』, 싱신여자대학교출판부, 1988.

_____ ,『조선조 여류 시문 전집』, 태학사, 1984.

_____ ,『朝鮮朝女流詩文學全集 1』, 太學社, 1988.

_____ ,『한국여성문학연구』, 태학사, 1996.

허세욱,『중국고전문학사 상』, 법문사, 1999.

3. 학위 논문

고미숙,「19세기 시조의 전개 양상과 그 작품세계 연구」, 고려대학교 박사학위논문, 1993.

김정인,「중국신화의 여신 연구」, 연세대학교 석사학위논문, 2002.

김종식,「고전에 나타난 山의 의미」, 경희대학교 교육대학원 석사학위논문, 1976.

김학성,「사설시조의 미의식 구조」, 서울대학교 석사학위논문, 1971.

문선지,「매창한시의 이미지 분석」, 고려대학교 교육대학원 석사학위논문, 1980.

박길남,「조선후기 양반시조 연구」, 한남대학교 박사학위 논문, 1996.

박양기,「가사문학의 도교 사상적 배경연구」, 서울대학교 석사학위논문, 1986.

박혜숙,「김삿갓 시 연구 -金笠 詩集(1941)을 중심으로」, 서울대학교 석사학위논문, 1984.

송종관,「조선중기 시조연구」, 영남대학교 박사학위논문, 1996.

오문의,「서왕모 신화 연구」, 서울대학교 석사학위논문, 1985.

오상택,「시조문학에 나타난 유교사상」, 고려대학교 교육대학원 석사학위논문, 1975.

오순자,「이매창시문학론」, 동국대학교 석사논문, 1984.

윤은근,「金笠 硏究」, 고려대학교 석사학위논문, 1979.

이남희,「女流古時調硏究」, 영남대학교 석사학위논문, 1982.

이동연,「19세기 시조의 변모양상」, 이화여자대학교 박사학위논문, 1995.

이신복, 「韓國妓流文學硏究」, 단국대학교 석사학위논문, 1976.

이은숙, 「시조문학에 나타난 유가사상」, 숙명여자대학교 석사학위논문, 1980.

이정화, 「서영수합의 시 연구」, 숙명여자대학교 석사학위논문, 1993.

이종은, 「한국시가의 도교사상연구」, 동국대학교 박사논문, 1978.

장성진, 「사설시조의 작자의식과 그 표현사상」, 경북대학교 석사학위논문, 1981.

장순조, 「사설시조의 통속문학적 특성에 관한 연구」, 숙명여자대학교 박사학위논문, 1999.

전원범, 「매창연구 - 생애와 한시를 중심으로」, 고려대학교 교육대학원 석사학위논문, 1977.

정광순, 「매창한시문학연구」, 숭실대학교 석사학위논문, 1989.

정대구, 「김삿갓 시 연구」, 숭실대학교 박사학위논문, 1989.

정선경, 「태평광기 신선고사의 시공간성 연구」, 연세대학교 박사학위논문, 2003.

정응수, 「김삿갓 시 연구」, 명지대학교 석사학위논문, 1982.

조윤식, 「朝鮮初 女流詩歌에 나타난 恨의 硏究」, 중앙대학교 석사학위논문, 1980.

천두현, 「조선조 시가에 나타난 유교사상연구」, 동아대학교 박사학위논문, 1985.

최연미, 「조선시대 여성 저서의 편찬 및 필사 간인에 관한 연구」, 성균관대학교 박사학위논문, 2000.

최정운, 「영수합고의 연구」, 성균관대학교 교육대학원 석사학위논문, 1998.

한종구, 「시조 문학에 나타난 도교 사상」, 고려대 교육대학원 석사논문, 1980.

_____, 「시조문학에 나타난 도교사상」, 고려대학교 석사학위논문, 1980.

홍승완, 「고시조에 나타난 불교사상 고찰」, 중앙대학교 교육대학원 석사학위논문, 1982.

4. 학술지 및 기타

강명혜, 「사설시조의 미적 특성」, 《시조학논총》13집, 1997.

강석중, 「쌍화점 소고」, 『한국고전시가 작품론』1, 집문당, 1992.

金咸得, 「朝鮮朝女人의 敎訓書〈內訓〉의 近代的 考察」, 《國文學論集》12, 단국대학교 국어국문학과, 1985.

김대행, 「시조에 나타난 가치관」, 『우인섭선생화갑기념논총』, 1986.

김동준, 「고시조 인명소재의 고구」, 『김사엽박사 송수기념논총』, 1973.

김명희, 「고전시가에 나타난 성의식 고찰」, 《시조학 논총》제18집, 한국시조학회, 2002.

_____, 「난설헌과 소설헌 시에 나타난 서왕모」, 《우리문학연구》제17집, 우리문학회, 2004.

_____, 「사설시조의 인물 형상고」, 《시조학 논총》제16집, 한국시조학회, 2000.

_____, 「산동성 연태 지방의 신화 전설」, 《온지논총》 제17집, 온지학회, 2007.

_____, 「허난설헌의 유선사 연구」, 《한국문학 연구》5집, 동국대학교 한국문학연구소, 1982.

김미란, 「조선후기 여류문학의 실학적 특질」, 《동방학지》84호, 연세대국학연구원, 1994.

김여주, 「영수합서씨론」, 소석 이종찬 교수치임기념논총 간행위원회, 『조선후기 한시작가론 2』, 이회, 1998.

_____, 「조선후기 여성문학 연구」, 《한문교육연구》 제11집, 한국한문교육학회, 1997.

김옥기, 「시조를 통해 본 이조인의 내적 갈등」, 《자하》8집, 상명여자대학교, 1976.

김인중, 「사설시조에 나타난 은유의 의미작용연구」, 《관악어문연구》5집, 서울대학교 국어국문학과, 1980.

김중렬, 「사설시조의 형성에 미친 당시의 영향」, 《어문논집》19집, 안암어문학회, 1977.

김지용, 「매창문학연구」, 《논문집》6, 세종대학교 출판부, 1974.

김태준, 「김삿갓 金炳淵론」, 『조선후기한시 작가론』, 이회문화사, 1998.

리처드 럿트, 「Kim sakkat, the Popular Humorist」, 『Humour in Korean Literature』, 국제문화재단, 1970.

문학과 교육연구회, 《문학과 교육》 제14호, 2000.

민찬, 「파계승 사설시조의 유흥적 단면」, 《백영 정병욱선생 10주기 추모논문집》, 집문당, 1995.

박기정, 「도교문학과 가사문학」, 《국어국문학》114, 국어국문학회, 1995.

박시교, 「사설 몇 가지 문제점」, 《현대시학》105호, 현대시학사, 1977.

박을수, 「사설시조의 수사기교」, 《고대문화》13집, 1972.

_____, 「시조문학 배경론연구」, 《새국어교육》23, 1976.

_____, 「시조문학에 끼친 한문학의 영향」, 《고대어문논집》11, 1968.

박춘규, 「시조에 투영된 유교적 현실주의의 경향」, 《어문논집》 제9집, 중앙어문학회, 1974.

박평주, 「시조문학에 나타난 불교세계」, 《법륜》8월호, 1970.

서원섭, 「사설시조의 주제 연구」, 《어문학》34집, 한국어문학회, 1976.

서지영, 「조선시대 기녀 섹슈얼리티와 사랑의 담론」, 《한국고전여성문학연구》제5집, 월인, 2002.

성낙희, 「조선조 여류한시의 세계」, 《아세아여성연구》30집, 숙명여대 아세아여성문제연구소, 1991.

신경숙, 「사설시조 연행의 존재양상」, 남사화갑기념논총, 1992.

_____, 「초기 사설시조의 성인식과 시정적 삶의 수용」, 《한국문화논총 16집》, 1995.

안병국, 「태평광기의 이입과 영향」, 《온지논총》6호, 온지학회, 2000.

안승덕, 「사설시조에 나타난 중국적 소재의 다양성」, 독어신문, 1978.

_____, 「소재 분석을 통한 사설시조 연구」, 《논문집》8집, 청주교육대학교, 1972.

_____, 「한시류의 사설시조 연구」, 《논문집》7집, 청주교육대학교, 1971.

앤소니 기든스, 배은경·황정미 옮김, 『현대사회의 성·사랑·에로티시즘』, 새물결, 2000.

예창해, 「이조 유가시조의 미적 고찰」, 《성대문학》18집, 성균관대학교국어국문학과, 1973.

육완정, 「서왕모 신화의 문학적 수용」, 《인문과학 연구 논총》13호, 명지대학교 인문과학 연구소, 1995.

이명길, 「시조에 표현된 이조시대의 사대주의와 사대사상」, 《논문집》11집, 경상대학교, 1972.

_____ , 「시조에 표현된 이조시대의 정치 관념과 정치 형태」, 《논문집》제7집, 진주농대, 1968.

이봉원, 「시조와 가사에 반영된 신선사상 연구」, 《덕성여대 논문집》2, 덕성여자대학교, 1973.

이상원, 「조선 중기 시조의 신선 모티브 수용과 그 역사적 의미」, 《어문논집》32, 민족어문 학회, 1993.

이성규, 「한무제의 서역원정. 봉선. 황하치수와 우. 서왕모 신화」, 《동양사학연구》72, 동양 사학회, 2000.

이순구, 「조선시대 여성의 일과 생활」, 『우리 여성의 역사』, 청년사, 1999.

이신복, 「시조에 있어서의 한시인용 방법에 대한 고찰」, 《공주교대논총》11집, 공주교육대 학 교육연구소, 1974.

이양교, 「시조에서 찾은 불심」, 《법시》 제32호, 1970.

이창룡, 「시조 문학에 나타난 현실도피사상」, 《한국국어교육 연구》3, 한국어국어교육연 구회, 1973.

이태극, 「한시가 시조에 끼친 영향」, 《이대논문집》12집, 1968.

임꺽정 · 김병연 태생지 고증 학술 보고서, 「임꺽정 김삿갓 양주에서 태어났는가?」, 《양주 향토자료 총서》제3집, 양주군 양주문화원, 2000.

임헌도, 「고시조에 나타난 효관」, 《시조문학》8집, 시조문학사, 1976.

임형택, 「이조말 지식인의 분화와 문학의 희작화 경향」, 『전환기의 동아시아 문학』, 창작과 비평사, 1985.

장흥재, 「사설시조에 나타난 승려」, 《문리학총》7집, 경희대학교 문리과대학, 1975.

전일환, 「시조 가사에 나타난 도가사상」, 《한국언어문학》21, 한국언어문학회, 1982.

전재강, 「도가 관련 시조의 작자와 주제 문제」, 《어문학》73집, 한국어문학회, 2001

정대구, 「김삿갓론」, 『한국문학작가론』, 현대문학사, 1991.

정병욱, 「한시의 시조화 방법에 대한 고찰」, 《국어국문학》49~50합본집, 국어국문학회, 1970.

정재서, 「한국도교의 고유성」, 《정신문화원 논총》. 한국정신문화연구원, 1992.

정헌교, 「고시조에서 본 중국 고사성어 및 사물명」, 《부산공대 논문집》, 부산대학교 출판 부, 1970.

조재억, 「한국 시가에 나타난 신선 사상」, 《국문학 논집》2, 단국대 국문과, 1968.

조태영, 「사설시조의 작자층」, 『한국문학사의 쟁점』, 집문당, 1986.

주승택, 「시조의 악부시적 성격」, 『동천 조건상선생 고희기념논총』, 螢雪出版社, 1986.

차주환, 「시가를 통해 본 한 · 중 문학사상」, 《한국사상대계》, 성균관대학교, 1973.

천혜숙, 「여성신화 연구-대모신 상징과 그 변용」, 《민속연구》1호, 안동대학교 민속학 연구소, 1991

최동원, 「고시조에서 본 중국인물」, 『낙산 김정환선생 송수기념논집』, 1968.

_____ , 「도가사상과 도교사상이 국문학에 미친 영향」, 《부산대 논문집》10, 부산대 출판부, 1969.

_____ , 「장시조의 생성과 그 시대적 전개」, 《부산대논문집》15집, 부산대 출판부, 1976.

최신호, 「신경준의 시칙에 대하여」, 《한국한문학연구》2집, 한국한문학연구회, 1977.

함은선, 「중국고대문학에 나타난 사랑」, 《전통과 사회 13》, 2000.

許米子, 「李梅窓論」, 『古時調作家論』, 白山出版社, 1986.

허호구 역주, 「여암 신경준의 시칙」, 《한문학 논집》4집, 단국대학교, 1986.

홍우흠, 「고시조에 나타난 禮의 安節유형」, 《한민족어문학》 제6집, 한민족어문학회, 1979.

홍학희, 「여성 인식의 측면에서 본 허균의 개혁 사상」, 《한국고전여성문학연구》6, 한국고전여성문학회, 2003.

황형식, 「16·7세기 시대부 시조에 니타난 도교의식」, 《우리말글》21집, 우리밀글학회, 2001

찾아보기